CAÏN

Le Cycle de Babel
Livre 1

CAÏN

EMMANUEL BRAM

Du même auteur :

Viva Angelina, Éditions Brumerge, 2017

Cycle du Cimetière :

Le Cimetière, Éditions Brumerge, 2013

La Sorcière, Éditions Brumerge, 2018

Des nouvelles de la famille, Éditions Brumerge, 2018

Cycle de Babel :

La Fuite, Éditions BoD, 2022

Remerciements à Julien Raynaud

© 2024 Emmanuel Bram
Édition : BoD • Books on Demand GmbH, In de Tarpen 42,
22848 Norderstedt (Allemagne)
Impression : Libri Plureos GmbH, Friedensallee 273,
22763 Hamburg (Allemagne)
Couverture : Erwan Marchand
ISBN : 978-2-3225-3695-5
Dépôt légal : mai 2024

À Jeff,
qui nous a fait un étrange
poison d'avril

« On prend un lecteur par la main et on l'emmène lentement à l'endroit où on la lui tranchera »
Élizabeth Witchell

« Suis-je le gardien de mon frère ? »
Genèse 4 : 9

1

Arnold Guérin, dit Nono le pharmaco, a commencé sa carrière en milieu d'adolescence. Au début, c'était simplement pour payer sa conso. Il vendait quelques barrettes de hasch aux ados de Saint-Velin-le-Vieux, une commune d'environ huit mille habitants, banlieue résidentielle à une demi-heure de la métropole. Le temps des vaches maigres, à gratter une boulette sur un dix grammes, à faire le tour des parcs certains soirs juste pour avoir de quoi s'enfiler un pétard avant d'aller se pieuter, à fumer des bédos coupés à la paraffine voire au pneu en périodes de grosses galères. Surtout à la fin du printemps, lorsque les flics venaient choper un ou deux dealers afin que tous les autres se fassent discrets durant l'été. Par le jeu des connaissances, il finit par obtenir une qualité bien supérieure à ce que l'on pouvait trouver dans sa ville. Rapidement, il augmenta ses ventes et devint le fournisseur de ceux qui, comme lui peu de temps auparavant, n'étaient pas loin de faire du porte-à-porte pour tenter de fourguer un gramme ou deux. Une étape de sa vie assez heureuse, peut-être la seule… Il avait toujours de quoi fumer et n'avait plus à chercher le client. La découverte des festivals lui offrit un univers totalement nouveau et exotique, une multitude d'univers… Le LSD, l'ecstasy, la cocaïne, les amphéts, chacun d'eux possédait tout un monde à explorer. Paradoxalement, il recommença à s'intéresser aux divagations de ses professeurs. Jusque-là, il prenait le lycée pour une colo où il était facile de trouver des clients, voire de les fabriquer lorsque ces derniers n'avaient jamais fumé. La découverte des prods redonna tout son intérêt au cours de chimie et malgré ce qu'il s'envoyait sous la langue, dans les poumons et les narines, il poursuivit des études de biochimie. C'est durant cette période que sa conscience dût décider de lui faire explorer les bas-fonds de la psyché. La paranoïa vint lentement s'installer. Une pensée par-ci, par-là, une intuition légèrement déviée, une soirée où un mec sentait le flic à plein nez… La consommation de drogue combinée à la revente est un bon carburant pour ce genre de problème… Il avait largement diversifié son catalogue et commençait à se faire pas mal d'argent. Ça aurait pu être chouette s'il n'avait pas toujours l'impression d'être suivi, de voir des stups partout, de se demander si ses amis pouvaient être des indics. Après tout, il suffisait qu'ils se fassent choper sans rien dire à personne et deviennent des balances pour éviter la taule. Seules les études lui permettaient encore de maintenir sa conscience dans un semblant de réalité. Il voulait absolument apprendre à fabriquer ces tickets pour l'autre monde, où les choses ne sont plus ce qu'elles paraissent être, changent de couleur et de formes, où l'on devient tout puissant, empli d'amour, artiste et magicien, où l'on comprend le langage des elfes et des esprits malins en prenant garde de ne pas se laisser enfermer dans leurs pièges. Il se concentra sur ses cours et sortit de moins en moins. La paranoïa l'éloigna de toutes ses connaissances et seule une poignée de fidèles clients avait la permission de venir acheter sa came. À l'heure où les étudiants angoissés attendent les résultats de leurs partiels, il fabriquait déjà, dans son labo de fortune, des produits d'une qualité balayant toute concurrence.

    Les liasses de billets s'accumulaient et par crainte d'être trop exposé, il se rendit propriétaire d'une vieille bicoque en pleine campagne, isolée au milieu des champs et des bois. Une ancienne ferme oubliée par le temps, ne figurant même pas sur le cadastre, avec un chemin de terre obstruée par les buissons pour unique accès. Nono eut l'impression d'avoir le plus beau cadeau de Noël dont il put rêver. Deux chambres et une grande pièce servant de cuisine mais surtout, une cave de quarante-cinq mètres carrés. On y accédait par un escalier derrière la maison. Il boucha l'entrée et scia le plancher pour fabriquer une trappe qu'il dissimulerait sous un tapis. C'était idiot, il le savait, on voyait ça dans la plupart des films mais il ne pouvait pas faire venir un ingénieur pour fabriquer un passage secret. De toute façon, sa parano était plus fine que n'importe quelle cachette et il lui était impossible d'en imaginer une où il se sentirait en sécurité. Tout se paie dans l'univers et c'était le prix pour exercer son Art. Il ne trouverait jamais la paix, n'aurait jamais le plaisir de s'exposer au monde en fumant de gros cigares, roulant dans de belles voitures, serrant la main du maire, paradant avec l'élite de la société et toutes ces niaiseries dont il n'avait cure. Il deviendrait le plus grand génie de la chimie parallèle, celui dont les travaux sauraient réunir science et plaisir, un humaniste en somme. Au-delà des commandes régulières, il travaillait sur une drogue ne provoquant aucune dépendance ni déficience, sans avoir les effets aussi dévastateurs que le LSD ou aussi niais que l'ecsta. Un mélange de coke et de psilocybine, un chouïa de mescaline et une goutte d'opiacé pour équilibrer la coca. Une drogue qui rendrait les gens normaux, selon ses normes assez particulières. Une fois son labo installé dans la cave, il décupla sa production et forcement, attira l'œil de la mafia, curieuse de connaître l'artisan dont tout le monde cherchait la came. La rencontre fut brève. O'Nowel, le parrain gérant une grande partie du business dans le pays, se rendit assez vite compte de la schizophrénie du gamin. Il sut jouer les bonnes cartes et se le mit dans la poche. Désormais, il achètera toute la production de Nono, peu importe la quantité, et Nono ne verra jamais personne excepté deux hommes, toujours les mêmes, venant apporter l'argent et prendre le matos. Ne plus avoir de contact avec les clients, bien que réduit au minimum, fut un soulagement intense et forcement, une aubaine pareille ne pouvait se refuser. Les plus aisés allaient goûter sa drogue et l'encenser sans risque de voir un indic venir le balancer. Il accepta avec enthousiasme et commença une vie assez paisible, bien que solitaire. Seul, au milieu des ballons et des becs Bunsen, la parano devint sa maîtresse. Elle le taraudait, l'engueulait, le travaillait au corps pour détruire sa confiance. Il avait laissé un vieux mafieux faire de lui une pute, lui l'Artiste, le génie de la psychotropie, le Michel Ange du plaisir…

— Un jour, ils viendront avec des chimistes et ils te feront parler. Ils t'arracheront les ongles puis ils t'enlèveront la peau, avant de te découper tout doucement. Tu ne pourras pas résister, tu leur donneras tous tes secrets et alors tu ne leur serviras plus à rien. Fais-moi confiance Arnold, ils vont te crever. Moi j'ai toujours été là pour toi, je t'ai protégé, je t'ai montré les salauds qui voulaient te niquer. Je suis ton ange gardien, je t'aime et personne n'a la connaissance pour mieux te garder. Ils vont te tuer et surtout ils vont voler ton art…

Elle n'avait pas tort, tout le monde finit par se faire baiser dans ce milieu. Il demanda aux deux gars venant chercher la prod de lui fournir des grenades. Le mois d'après, il piégeait la porte d'entrée et les fenêtres de sa maison.

— Imbécile, tu les laisses entrer, à quoi servent tes pièges ?

C'est chiant d'avoir une compagne aussi perspicace. Il a demandé des mines et les a disposées sur tout son terrain. Désormais, ils viendraient en voiture à la limite de sa propriété pour faire l'échange. Sa maîtresse semblait satisfaite. Malgré sa clairvoyance, elle n'avait pas prévu les conséquences de son emprise. Nono ne se droguait quasiment plus, il fumait quelques pétards mais ramenait de plus en plus de bouteilles d'alcool à la maison. Elle allait devoir gérer, cette drogue n'ouvrait pas les mêmes portes et il lui faudrait un peu de temps pour s'y engouffrer. C'est à cette période que Nono ressentit tout le poids de la solitude et décida, malgré les remontrances de son âme sœur, de prendre sa voiture pour aller boire un verre au Riverstale, un bistrot tranquille du quinzième. Il prit une cuite, bienheureux d'être enfin seul. C'est drôle comme l'on peut apprécier la présence des autres lorsque l'on n'a personne dans la tête à radoter sans cesse les mêmes avertissements. Ça lui a beaucoup plu. Il revint au Riverstale deux ou trois fois par semaine. Toujours assis à une table, dans un coin de la salle, buvant de la vodka ou du whisky, selon l'humeur. Lorsqu'un type ou une nana, un peu éméché, venait lui parler, ça ne durait pas longtemps. La plupart des clients le voyaient comme un paumé sans intérêt, mal dans sa peau. O'Nowel a proposé un rendez-vous avec Tarval, pour après-demain. Tarval bosse sur l'international et il fera de lui le chimiste le plus connu au monde. Chimiste ? Bande de crétins ! Ils ne comprendront jamais rien…

Ce matin, peu après l'aube, rentrant d'une nuit trop chargée, Nono s'est fait sauter. La maison, le terrain, tout n'est qu'un champ de ruine. Il n'est même pas certain que les experts puissent déterminer si c'est une mine ou la porte d'entrée qui se déclencha en premier, vu le nombre d'explosifs sur les lieux. Nono s'en est allé au paradis des paranos et aucun moyen de savoir si Tarval était déjà en ville.

Le téléphone sonna.

— Caritas, j'écoute !

— Salut, c'est Billy, t'es encore au bureau à cette heure ?

— Ouais, j'me morfonds sur le dossier d'un abruti qui vient de bousiller ma meilleure piste.

— Il t'a planté ?

— Il est mort ce con !

— Ah, désolé… J'ai peut-être de quoi te redonner le sourire, Malgoff s'est fait buter !

— C'est une blague ?

— Pas pour lui. J'ai son cadavre sous les yeux. Une balle dans la tête.

— T'es où ?

— Chez sa rombière, au huit, rue du docteur Douez, dans le sixième. C'est la rue qui part de…

— Je connais, le coupa-t-il. Touche à rien, j'arrive !

Caritas se précipita hors de son bureau sans éteindre lumière ni ventilateur. Il passa la porte du commissariat et se dirigea à grandes enjambées vers sa voiture garée sur le parking du poste. La nuit était agréable, le thermomètre descendait au-dessous des trente degrés. La canicule sévissait depuis une quinzaine, un temps à ne pas mettre un vieux dehors. On pouvait tenir au bureau, les ventilos à fond, avec un son de soufflerie qui finissait par taper sur le système, mais à l'extérieur, cela devenait difficile de faire quoique ce soit. Le mercure oscillait entre quarante et quarante-cinq, cherchant sans doute à battre des records. La plupart des gens restaient enfermés lorsqu'ils le pouvaient. Ceux qui travaillaient en plein air commençaient plus tôt et avaient droit à une pause de plusieurs heures en milieu de journée.

Au bout de la rue Daïnon, il prit l'avenue Léon de Pella et la suivit pour traverser les deux arrondissements le séparant du sixième. Les vitres grandes ouvertes, un léger courant d'air tiède offrait un semblant de fraîcheur. Son esprit voulait profiter du plaisir d'apprendre la mort de Malgoff. Une ordure de moins sur Terre, que Dieu fasse pleurer son âme ! À cette heure, il n'y avait quasiment personne sur la route, inutile de mettre le gyrophare. Il ralentit en passant dans le quartier de la Ruche, observant les badauds et les affiches des dizaines de peep-show, bars à putes, salons de massages, cinémas pour adultes et autres réjouissances s'étalant sur près d'un kilomètre. Les montages photos grands formats proposaient toutes sortes de prestations, de la call-girl trois étoiles au vieux gigolo sado-maso. Les néons multicolores des enseignes illuminaient la nuit de clignotements obscènes. Le seul endroit de la ville où les trottoirs restaient fréquentés du coucher au lever du soleil. Bientôt, une guerre sans pitié risquait de venir perturber cette effervescence de foutre et de nonchalance...

Malgoff tenait tout cela d'une main de fer dans un gant de banquier. Du premier au dix-septième arrondissement, on ne pouvait trouver le moindre tapin échappant à sa gabelle. Les seules personnes en dehors de son réseau étaient les travailleurs et travailleuses à domicile, les temps partiels, histoire de se mettre un peu de beurre dans les épinards et un peu d'héro dans les veines. Ceux-là, il ne les emmerdait jamais. « La plupart du temps, c'est pour nourrir leurs gosses », disait-il, « La famille, c'est sacré ! ». L'enflure ! Ça ne le dérangeait pas de faire enlever un môme par les services sociaux lorsqu'une mère avait des envies de reconversion professionnelle. Même usées, il continuait à les faire bosser en tant qu'instructrices. Il avait ouvert des centres de formation, sous le terme officiel « d'Agent(e) Accueil-Bien-être » et décernait un diplôme à la fin de l'année. Lors d'un procès retentissant, son avocat réussit à faire reconnaître le sexe comme un des éléments essentiels du bien-être. Le juge sur cette affaire, tout comme le procureur, était client de longue date. Il s'agissait simplement d'une formalité médiatisée à outrance. Malgré de nombreuses tentatives, on ne réussit jamais à le coincer. Vices de procédure, témoins devenus soudainement amnésiques ou disparaissant avant même de connaître la date du procès, dossier volatilisé mystérieusement dans le bureau du proc… Sa clientèle de haute qualité lui garantissait une totale impunité. Dans cette ville, la mafia avait plus d'indics et d'amis chez les flics, les politiques et les magistrats que la police n'en avait chez eux, au point de ne plus savoir qui on avait le droit d'arrêter ou non.

La nouvelle de sa mort allait provoquer un tremblement de terre dans le milieu. Ils allaient être nombreux à tenter de reprendre le business. Les Russes, les Albanais, les frères Ghyka ou encore la famille Kloos, qui contrôle la prostitution dans tout le sud du pays. Caritas redoutait une guerre des gangs mettant la Ruche à feu et à sang. Ils pouvaient bien s'entre-tuer, cela ne lui posait aucun problème, mais ce n'était pas le cas de son boss qui devrait rendre des comptes aux politicards véreux de cette ville pourrie. Ils ont les mains dans la merde à longueur de journée et font semblant de s'offusquer lorsqu'un règlement de compte tourne au carnage. Caritas n'était pas naïf, il connaissait assez bien leur manège. On s'indigne devant les journalistes, le peuple n'aime pas la violence, alors on fait semblant d'être touché et l'on continue à palper notre commission. Peu importe qui dirige le commerce du sexe, de la drogue, des tripots et paris clandestins, du moment qu'ils versent leur part et évitent de se flinguer en public, tout va bien. Hector Malgoff dessoudé, ça changeait la donne. Il imaginait déjà les explosions et l'horreur répandue en lambeaux sur les trottoirs, les bâtiments en feu et son boss hurlant sur tout le commissariat pour ordonner de stopper ce conflit par tous les moyens possibles. Tous les moyens possibles ? Facile, pensa-t-il. On appelle les brigades d'interventions et l'on bute tous les membres de chaque famille mafieuse. On en laisse une seule vivante, tiré au sort, qui aura le monopole sur tout le business illégal. Ainsi, plus de guerre, plus de règlement de compte, et tout ira pour le mieux dans le meilleur des mondes hypocrites. Évidemment, jamais son boss, ni le maire, ni aucun autre élu ne validera une solution aussi radicale…

Il quitta l'avenue pour s'engouffrer dans le sixième arrondissement, bifurqua plusieurs fois dans les ruelles avant d'arriver au bout de celle du docteur Douez. Sur un espace recouvrant une dizaine de rues, toutes les maisons étaient identiques, collées les unes aux autres, deux étages avec un balcon en fer forgé au premier et un œil-de-bœuf au second, quatre fenêtres arborant une paire de volets verdâtres. Elles avaient été construites juste après la guerre, sur les ruines d'immeubles plus populaires, devenues aujourd'hui, un quartier de classe moyenne. Juste assez riche pour dénigrer la populace mais pas assez pour respirer l'air des sommets. Les derniers à croire que l'argent fait de vous quelqu'un, des médecins, des avocats, des cadres supérieurs… Peut-être les pires de tous…

Caritas se gara sur le trottoir en face du numéro huit. Deux bagnoles laissaient tourner leur gyrophare, projetant un peu de couleur sur la façade ocre des maisons. Il s'étonna de ne voir personne à l'entrée, ni de périmètre de sécurité. Ceci dit, il n'y avait pas une âme dans la rue, aucun badaud pour tenter de grappiller des infos. Ici, les habitants ont bien trop d'estime d'eux-mêmes pour s'autoriser ce genre de curiosité. La police dans leur quartier ? C'était presque une honte, ou tout du moins, une chose inavouable. Caritas monta les trois marches menant à la porte et entra. Dans le couloir assez étroit, aux murs dont la tapisserie représentait des fleurs de lys stylisées de couleur bordeaux sur fond jaune, ou renvoi de vinasse sur fond de bile, l'équipe de la scientifique cherchait des empreintes sur les meubles, les bibelots, la rampe d'escalier. La cuisine se trouvait juste à sa droite. Il aperçut Billy, les bras croisés, à demi assis sur le rebord de la fenêtre. Hormis le grand meuble contenant l'évier, la gazinière, le plan de travail, le frigo intégré, le lave-vaisselle et une multitude de placards, seules une table en merisier et sa paire de chaises assorties occupaient la pièce. Sur la table recouverte d'un napperon en dentelle blanche, une cafetière, un sucrier et deux mugs ornés d'un cœur semblaient perdre patience. Au sol, adossé au placard, Hector Malgoff gisait dans son peignoir, serein, les mains posées sur son ventre proéminent. Un filet de sang partant de son front, avait coulé le long de son visage, imbibé le peignoir et laissé une flaque sur les lattes blanches du parquet.

— Ah, te voilà !

Billy, le sourire aux lèvres, s'approcha pour serrer la main de Caritas. Toujours habillé très classe, il n'ôtait jamais son blazer malgré les températures intenables de la saison. Il avait une tête à faire de la pub pour un dentifrice ou du déodorant, une belle façade tentant désespérément de masquer son vide existentiel. Malheureusement, c'est assez courant, plus l'emballage est tape-à-l'œil et plus le colis est léger. Billy approchait de la quarantaine à grands pas et avait toujours été un flic assez médiocre. À se demander comment il avait pu devenir inspecteur. Caritas ne pouvait déterminer s'il le méprisait pour son incompétence ou sa malhonnêteté. Impossible de savoir quelle « qualité » surpassait l'autre. Ceci dit, en dehors des membres de son équipe, la probité restait assez rare dans ce métier.

— Vous avez quelque chose ?

— Que dalle ! Aucune trace, sans doute pas d'empreintes. Les gars cherchent encore mais on y croit plus. J'ai deux mecs partis interroger les voisins. À cette heure, si on ne tombe pas sur un insomniaque passant les nuits à espionner la rue, on n'aura rien. Ils se trouvaient à l'étage, à jouer avec leurs parties génitales. Aux environs d'une heure, Hector est descendu faire couler un café. Ne le voyant pas revenir, sa greluche est descendue et a trouvé le cadavre. Elle nous a appelées immédiatement. Il était 1 h 17 d'après le relevé. Lorsque je suis arrivé, moins d'une demi-heure plus tard, je l'ai reconnu et t'ai prévenu de suite. Selon moi, un type est entré par la porte, elle n'était pas fermée, lui a tiré une balle entre les deux yeux avant de ressortir tranquillement. Ça lui a pris quinze secondes, pas plus.

— Personne n'a entendu de coup de feu ?

— Non, certainement un silencieux.

— Et la nana ?

— Héléna Bovista, jeune, bandante, un petit air de sainte-nitouche qui devait plaire à ce gros enfoiré. Fille de bijoutier, naïve, elle ne se doute même pas qu'elle couchait avec le plus gros mac de la ville. Je n'ai pas pu en tirer grand-chose. On l'a emmené à l'hôpital pour lui filer des calmants. Au téléphone, elle était tellement choquée qu'ils ont eu tout le mal du monde à comprendre son adresse. Apparemment, Malgoff passait plus de temps dans son pieu que dans ses bordels. À se demander si elle n'est pas l'une de ses bâtardes.

— T'es vraiment tordu, Billy. Tu vois Hector baiser sa propre fille ?

— Avec lui, je m'attends à tout.

— C'était une merde, c'est vrai, mais là, t'exagères…

Caritas observa le corps de Malgoff

— Quinze secondes ? C'est le tueur qui lui a mis les mains dans cette position. Elle n'a pas entendu des bribes de conversations ?

— Pas que je sache, mais je te l'ai dit, elle n'était pas en état de répondre aux questions. On l'interrogera demain, lorsqu'elle aura repris ses esprits.

Caritas s'approcha du corps. La jolie tache pourpre sur le placard au-dessus de l'évier indiquait sa position au moment du tir. La balle a traversé la tête, laissant un trou dans la porte du vaisselier. Accroupi, le sourire aux lèvres, heureux qu'un bon samaritain ou une crevure quelconque ait pu enfin nous débarrasser de Malgoff, Caritas aperçut une chaînette autour du cou de la victime.

— Passe-moi ton stylo.

Billy sortit un Waterman de la poche intérieure de sa veste et lui tendit. À l'aide du stylo, il souleva délicatement la chaînette afin de faire émerger du peignoir un pendentif. Un crucifix, de la taille d'un demi-doigt, où Jésus était cloué sur une sorte de dague dont le pommeau représentait un crâne et la lame une stalactite rouge.

— T'as vu ça ?

Billy s'approcha pour jeter un œil.

— Non, ça te parle ?

— Hector portant un crucifix, ce serait déjà anormal, mais un truc dans ce genre, ça m'étonne vraiment.

— Peut-être un cadeau de sa donzelle, répondit Billy.

— Je vois mal une sainte-nitouche offrir un truc aussi glauque. À moins que tu aies de la merde dans les yeux et qu'il s'agisse d'une gothique sado-maso jouant aux pucelles pour faire triquer son pervers.

— Bon, OK, ça vient pas d'elle.

Caritas resta les yeux fixés un long moment sur le pendentif. Une sensation étrange venait chahuter ses pensées, un air de déjà-vu émotionnel. Sans pouvoir mettre la main sur le moindre souvenir, il était persuadé de connaître ce bijou. Avoir ce genre de sentiment sur une scène de crime était devenu naturel, les taches de sang, l'ambiance du lieu, la position du cadavre… Là, c'était différent, jamais il ne l'avait ressenti à cause d'un objet. Ce crucifix, où l'avait-il déjà aperçu ? Dans un film, un livre, une brochure de journal errant dans les bas-fonds de son inconscient… ? Pas lors de l'une de ses enquêtes, il s'en souviendrait. Ses pensées creusaient dans toutes les directions sans parvenir à accrocher le début d'une piste. Cette sensation devenait oppressante et ne pas trouver la moindre empreinte mémorielle la rendait insupportable.

— T'es avec nous ? Si cette babiole te plaît, prends-la ! C'est pas moi qui vais te dire quoi que ce soit. De toute façon, en enfer, il en aura pas besoin.

Caritas sortit soudain de ses pensées et revint dans la cuisine de miss Bovista.

— Demande à Francis de l'analyser le plus tôt possible demain matin. Hector ne portait jamais de bijou. Ça pourrait être une signature.

— Comme tu veux. Du coup, tu prends l'affaire ?

— J'aimerai bien mais Tarval est certainement en ville. Il avait rendez-vous après-demain avec un type qui vient de mourir. Il va sans doute rester dans le coin un moment, histoire de gérer ses affaires. Je dois en profiter. Si je ne le chope pas maintenant, qui sait dans combien de temps il va refaire surface. Je te la laisse pour l'instant et tiens-moi au courant de tout ce que tu pourras trouver. Si je me fais Tarval assez rapidement, je te rejoins sur ce coup.

— Ça marche. Tu as une idée de qui aurait voulu le buter ? Excepté toutes les familles de la ville, évidemment.

— C'est bien le problème. Ils lorgnaient tous sur son business mais ne voulaient pas risquer de tout perdre en déclenchant une guerre ouverte. Aucune famille n'est assez puissante pour mater les autres et flinguer Hector, ça va foutre un sacré bordel. Ils vont tous se poser la même question que toi. L'assassin ou le commanditaire vient d'envoyer un message à toute la ville et si l'on ne découvre pas rapidement le coupable, nous allons bientôt ramasser des cadavres à la pelle.

— Justement, j'aurai bien besoin d'un coup de main.

— T'inquiètes, Tarval ne reste jamais longtemps lors de ses séjours ici. Je le chope et je m'occupe de cette affaire avec toi.

Caritas fit un tour d'horizon dans la cuisine, inspecta les mugs vides, la cafetière.

— Rien d'intéressant à l'étage ?

— Non, au premier, la chambre d'une nana friquée avec des goûts de chiotte et au second, une pièce servant de bibliothèque.

— Quelle merde… Je vais y aller. Quand le légiste sera passé, s'il trouve la moindre chose, tu m'appelles chez moi pour me prévenir.

— C'est Alexa d'astreinte ce soir. Le temps qu'elle bouge son cul du lit, se fasse belle et traverse la moitié de la ville, tu seras déjà au bureau.

— Il y a des chances, répondit-il en souriant. Bon courage.

— Merci, à plus.

Caritas sortit de la maison et inspecta la rue, essayant d'imaginer une personne venir se garer tout proche, entrer, tirer et ressortir, ni vu ni connu. Un quartier idéal pour un meurtre, on ne risque pas de croiser quelqu'un après minuit. Il monta dans sa voiture et rentra chez lui.

Au troisième étage d'un vieux bâtiment de la rue Laboa, proche du parc des Antonymes, dans le cinquième arrondissement, son appartement était d'une sobriété à toute épreuve. Une chambre, une cuisine donnant sur un petit salon, salle de bain avec W.C. et un grand cagibi servant de bureau.

À peine entré, une chaleur étouffante le mit en sueur. Il ôta sa chemise, ouvrit la grande fenêtre du salon, fit de même avec celle de la chambre, laissant la porte ouverte pour tenter de créer un courant d'air, puis s'accouda à la rambarde de son mini balcon. Il prit une grande bouffée d'air tiède avant de s'allumer une cigarette. Son quartier était bâti sur une colline et de sa position, les lumières de la mégapole s'étendaient sous ses yeux. D'autant qu'il s'en souvienne, il avait toujours aimé cette ville, bien que cet amour s'accompagnât d'un sentiment de culpabilité. N'était-ce pas une preuve de déchéance que d'apprécier ainsi un réservoir à damnés ? Les étoiles tombées du Ciel illuminaient avec fierté les ténèbres de ce lieu oublié des anges. Perdu dans une nuit sans fin, il avait l'impression de n'avoir jamais rien connu d'autre. Il est bien possible que ce soit le cas, se dit-il en tirant une dernière latte. D'une pichenette, il envoya le mégot dans les airs, observa tranquillement le petit point rouge tournoyer avant de disparaître en se rapprochant du sol puis rentra dans le salon. Le type de l'agence lui avait vendu ça comme l'occase du siècle, à dix minutes du centre, bien isolé, refait à neuf pour un prix dérisoire comparé aux tarifs du quartier. Il aurait vendu une dépendance à un camé. « Bien isolé, mon cul ! ». Caritas détestait ces métiers d'escrocs, agents immobiliers, assureurs, banquiers, médecins… La liste semblant infinie, il préféra penser à autre chose et ouvrit le frigo famélique dans l'espoir de trouver des restes à grignoter. Il sortit une assiette de rôti de porc bleuté entouré de rondelles de cornichons sèches qu'il vida directement dans la poubelle. Il mangeait rarement chez lui, d'ailleurs, il ne se souvenait même plus du jour où il avait entamé ces tranches de rôti. Caritas fouilla le placard au-dessus de l'évier et mit la main sur un paquet de biscuits au chocolat. Tout en ouvrant le paquet, il s'écroula sur son canapé et alluma la télé. Les murs ne portaient aucune décoration, pas de tableaux, ni affiche, ni même une simple pendule égrenant les secondes d'un tic monotone. Outre le fauteuil, le meuble télé et la chaîne hi-fi entourée de trois tours range-CD remplis à ras bord, une table basse trop propre, supportant un cendrier trop plein, s'ennuyait devant les émissions soporifiques diffusées à cette heure de la nuit. Dans la cuisine, un vaisselier comblait son obsolescence avec deux ou trois paquets de nourriture lyophilisée, une bouteille de tequila pratiquement vide et une boîte de conserve. La chambre, en plus du lit, avait tout de même eu le droit à une armoire pour accueillir les vêtements. Pas de bibelot, pas de paperasse, l'appart semblait plus impersonnel qu'un logement témoin. En cherchant bien, il fallait ouvrir la porte du bureau pour trouver une pile de dossiers parfaitement rangée aux côtés d'une lampe de chevet. Caritas grignota devant un documentaire sur le Kenya, puis, ennuyé, il zappa et tomba sur la rediff d'un match de curling. Il adorait ce sport. Observer le contraste entre le zen du lanceur de pierre et la frénésie des balayeurs, c'est exactement ce qu'il ressentait à ce moment. La joie de savoir Malgoff au neuvième cercle des enfers et en même temps, le regret d'avoir perdu la piste de Tarval. Il coupa le son de la télé, alluma la chaîne hi-fi et lança les Gymnopédies d'Erik Satie, musique idéale pour accompagner une partie de curling. Puis, affalé dans son fauteuil, il termina le paquet de biscuits en se laissant bercer par les notes de piano, essayant pour un bref moment d'oublier le boulot…

L'orage avait fini par éclater. La bibliothèque plongée dans la pénombre laissait planer une odeur d'humidité. À travers la fenêtre, on percevait seulement les longues traînées de pluie dans un ciel plus sombre que l'ennui. Par intermittence, un éclair venait cracher sa lumière blanche, illuminant les centaines de livres serrés les uns contre les autres sur les rayonnages. L'immense salle paraissait vide, excepté cette jeune fille aux cheveux longs, installée à une table, éclairée faiblement par une petite lampe. Il s'approcha lentement, des effluves de papier moisi s'insinuaient dans ses narines, laissant un goût putride au fond de sa gorge. Prenant garde de ne faire aucun bruit ni buter sur une chaise ou une table se jouant de la semi-obscurité, il se retrouva juste devant l'inconnue vêtue d'un pull à col roulé mauve et d'un jean délavé. Elle étudiait un livre ancien, assez épais, dont les feuilles de parchemin se voyaient jaunies par le temps et l'usure des regards curieux. Elle leva la tête vers lui en refermant le grimoire d'un geste vif. La couverture noire, craquelée, faite certainement de peau, semblait respirer. Elle enflait par endroit avant de dégonfler, comme le ferait le corps d'un petit animal que l'on sert trop fort dans la main. Gravé dans le cuir, le mot « Yamchalt », en lettres rouges, surmontait l'empreinte d'un crucifix dont la croix représentait une dague. Lorsqu'il revint sur le visage de la fille, assez mignonne, les yeux verts, elle esquissa un sourire et dévoila une paire de gencives dépourvues de dents. Surpris et mal à l'aise, il recula en trébuchant. Un éclair vint illuminer le fond de la bibliothèque où il crut percevoir, appuyé sur un bâton, la silhouette d'une vieille le montrant du doigt. Du coin le plus noir de la pièce surgit un hurlement.

Il se réveilla en poussant un cri, le corps ruisselant de sueur. D'un geste machinal, les yeux à demi ouverts, il regarda sa montre. 7 h 15. Il lui fallut un bon moment avant de reprendre ses esprits, les sensations du rêve refusant de le quitter aussi brusquement. Il se leva et fit couler un café, le temps de se raser et prendre une douche. Il enfourna ses vêtements de la veille dans la gueule béante de la machine à laver, se vêtit de ceux pendant sur l'étendoir et alla se servir une tasse. Installé sur le fauteuil, une clope au bec, un arabica, l'esprit encore suffisamment vaseux pour ne pas se souvenir du monde et de la condition misérable de ses congénères, il savourait à petite gorgée son nectar. Le meilleur moment de la journée, une cigarette, un kawa, la sensation d'être seul dans l'univers, dans un appartement flottant au milieu de l'espace infini. Malheureusement, aujourd'hui, le cauchemar restait accroché à son âme et lui gâchait ce plaisir. Toujours le même, la bibliothèque, la jeune fille au col roulé, l'odeur putride des livres. Ni la douche ni le café n'étaient parvenus à l'effacer, sans compter la fatigue due au manque de sommeil… Caritas écrasa le mégot et se resservit une tasse. Lentement, ses méninges recommencèrent à fonctionner. Tarval était certainement en ville, il devait le trouver rapidement avant qu'il ne se fasse la belle une fois de plus. Inutile d'appeler tous les indics, ce serait trop long et Tarval serait prévenu bien avant lui. Il n'avait pas non plus les moyens et le personnel pour mettre tous ses contacts connus sous surveillance. Il alluma une nouvelle cigarette, aspira une bouffée puis ferma les yeux. Réfléchis… Il peut avoir une multitude de planques ou loger chez un complice. Réfléchis… Soudain, un visage lui apparut à l'esprit, une évidence, une espèce de joker oublié sous le tapis, Rapha ! Il ouvrit les yeux et eut le temps de voir la cendre tomber sur sa chemise. Si un type pouvait trouver Tarval en moins de trois jours, c'était lui. Caritas se pencha pour secouer sa chemise au-dessus du cendrier et sortit de chez lui.

En arrivant dans le hall, il croisa Mme Clotogre, la concierge de l'immeuble. Bigoudis en tête, elle fredonnait du Nana Mouskouri en terminant de passer la serpillière au rez-de-chaussée.

— Bonjour, monsieur, nous allons encore avoir une journée insupportable.

— Bonjour. En effet, il va encore faire chaud, répondit-il avec le sourire. Comment allez-vous ?

— Ma foi, je vais bien, si tant est qu'à mon âge on puisse aller bien…

Caritas ne poursuivit pas la conversation, il connaissait par cœur les jérémiades de la concierge, sur ses os douloureux, son petit-fils menant une mauvaise vie, sans parler des locataires du deuxième qui ne respectent pas son travail, lorsque ce n'est pas une inquiétude sur l'éventuelle séparation d'un couple de people…

Il prit sa voiture et partit en direction de Sainte-Vey, une banlieue mitoyenne de la ville. Trois quarts d'heure plus tard, il se garait devant un bâtiment de quinze étages. En sortant de la voiture, il aperçut un gamin d'une dizaine d'années, l'appela et lui tendit un billet de dix.

— Tu auras le double si lorsque je reviens, personne n'a touché à ma bagnole.

— Vous inquiétez pas m'sieur, je la quitterai pas des yeux.

Les immeubles ressemblaient à des Lego posés par un aveugle au milieu d'un terrain vague. Ici, tout était gris, les rues, les bâtiments, même le ciel était gris, bien qu'il n'y ait pas la trace du moindre petit nuage. Sur le pourtour des immeubles, l'on trouvait des semblants d'espaces verts ridicules. L'herbe, éparse et brûlée, priait pour ne plus repousser, les arbres faméliques maudissaient l'abruti ayant eu l'idée de les planter au milieu de ces amas de béton. Il s'approcha de la porte d'entrée de la tour A28 dont les murs extérieurs comme intérieurs étaient recouverts de graffitis. « Nique ta mere sa te fera des freres ». Caritas releva la pertinence du propos et entama la montée d'escalier. Au quatrième étage, il frappa à la porte. Après un instant, une femme vint ouvrir. Maigrichonne, les cheveux en carré, secs et cassants, des cernes à vexer un insomniaque, la peau bien trop blanche pour être saine, les yeux espiègles de celles qui ont fait de la route et une certaine tenue voulant mimer un semblant d'aristocratie.

— Caritas… Ça f'sait longtemps…

— Salut Marianne.

— Entre…

Il pénétra dans l'appartement, assez propre vu l'état du bâtiment. Elle le conduisit dans la cuisine donnant sur le salon, où une gamine d'environ douze ans regardait des dessins animés, allongée sur le canapé.

— Assieds-toi. Je suppose que tu cherches Rapha. Tu veux un café ?
— Oui et… oui.

Marianne posa une tasse sur la table et la remplit.

— Je vais pas pouvoir t'aider. Ça fait un mois qu'il n'est pas revenu. Il s'est trouvé une bourgeoise à plumer.

— Un mois ? Ça ne t'inquiète pas ? demanda-t-il en buvant une gorgée.

— Bof, j'ai l'habitude. Il va l'essorer à mort et une fois qu'il aura tout dépensé dans ses putains de bourrins à la con, il reviendra. Dans moins de trois semaines, il est de retour la queue entre les jambes. J'me fais pas de souci pour ça. Finalement, il a plus besoin de moi que le contraire.

— Tu sais où je peux le trouver ? C'est assez urgent.
— Pfff, va voir au Stewball, sinon p't'être au Crin-Blanc.

Caritas tourna les yeux vers la gosse sur le canapé en réfléchissant à l'endroit le plus pertinent pour mettre la main sur Rapha.

— Elle te plaît ? Si tu veux, j'te fais un prix. Elle a des p'tites fesses plus rondes et sucrées que des melons bien mûrs.

Marianne se tourna vers le salon.

— Sophia, viens montrer ton derrière au monsieur !

La gamine se leva avec nonchalance et s'approcha de la cuisine en déboutonnant son pantalon.

— Eh, arrête ça ! gueula Caritas. Retourne devant la télé ! Et toi, me fais pas chier, tu sais que j'ai horreur de ces conneries ! dit-il à Marianne en essayant de se contenir.

— Eh, ça va, c'est pas comme si t'étais un étranger…

Sophia fit une moue interrogative et retourna s'affaler sur le canapé.

— T'es vraiment une connasse ! Je devrais te balancer aux services sociaux…

— Et après ? Elle ira en foyer ? Avec un peu de chance, son éduc sera pas assez con pour la foutre en cloque et si elle se suicide pas avant, lorsqu'elle sera majeure, elle se retrouvera sur le trottoir pour payer sa came. Elle est bien mieux avec moi. Au moins, ici, lorsqu'un éduc veut la toucher, il doit raquer.

Caritas ne répondit rien. Il avait envie de l'étrangler mais finalement, elle n'avait pas tort. C'était sûrement ce qui le perturbait le plus. Pauvre gosse… Peu importe ce qu'elle allait vivre en bien ou en mal, elle était foutue d'avance. Il ne croyait pas aux histoires de Karma ou aux autres justifications mystico-perchées, pourtant il savait qu'elle aurait une vie de merde. Quelle idée de venir sur Terre par le ventre d'un tapin toxico, une taptox comme ils les appellent au bureau. Quelle connerie a-t-elle faite dans l'autre monde pour payer un si lourd tribut ? Rien, peut-être… Il est possible qu'il n'y ait aucune raison à toutes ces saloperies. Le monde est un enfer et lui cherche désespérément l'absolution d'un Dieu inexistant… Quelle ironie… Il n'avait pas l'habitude d'éprouver de l'empathie pour les autres, mais parfois, sans raison apparente, il lui arrivait d'être touché lorsqu'il s'agissait d'un enfant. Pourtant, ce n'est rien de plus qu'un adulte miniature. L'innocence résiste comme elle peut les sept premières années puis s'enfuit le plus loin possible de toute présence humaine. Caritas n'avait pas le goût de finir son café. Il partit sans oser conseiller à Marianne d'être un peu plus… maternelle… femme… humaine ? Il ne savait plus…

Sortit de l'immeuble, il fit le tour de sa voiture pour vérifier que personne n'y avait touché puis tendit un billet de vingt au gamin.

— Merci, m'sieur, revenez quand vous voulez.

Le Stewball se trouvait proche de la porte des Panchoens, à deux rues du boulevard Crasselame, bien plus près que le Crin-Blanc. Il commencerait par celui-là. Les thermomètres poussaient déjà au-delà des trente-cinq et malgré la vitre ouverte, Caritas, coincé dans la circulation, ne roulait pas assez vite pour trouver un brin d'air vivifiant. Les klaxons chantaient, les automobilistes perdaient patience sous l'effet de cette chaleur amplifiée par les pare-brise. Après s'être rentré dedans, des types juste devant lui furent à deux doigts d'en venir aux mains. Il aurait bien mis le gyro mais ça ne l'avancerait pas à grand-chose, les rues étaient bondées, il n'allait tout de même pas rouler sur le trottoir. En nage, il trouva une place sur le boulevard et se rendit au bistrot à pied.

Le Stewball, un rendez-vous de turfistes, bookmakers et d'un tas d'escrocs à la petite semaine passionné par les chevaux et l'argent qu'ils te bouffent. Les courses étaient annulées pour cause de canicule mais ça ne les empêchait pas de venir passer la journée dans leur résidence secondaire. Caritas entra en jetant un regard rapide sur toute la salle. Deux ventilateurs géants remuaient l'air saturé de fumée. Rapha, en sueur, comme le reste de la clientèle, installé dans le fonds en compagnie de trois collègues, jouait une partie de belote. Caritas vint se placer devant le comptoir à peu près au milieu de la pièce et demanda d'une voie assez forte afin que tout le monde le remarque :

— Bonjour, je cherche la rue Malfer. Quelqu'un pourrait me l'indiquer ? Je crois qu'elle ne se trouve pas très loin.

Un petit vieux dont les doigts moites tachaient son journal, leva les yeux pour lui répondre.

— Tu prends à gauche en sortant et c'est au deuxième croisement à droite.

— C'est loin ?

— Non, cinq minutes. Au deuxième croisement, j'te dis.

— Je vous remercie.

Caritas sortit du bistrot et trouva un coin d'ombre à l'angle de la rue Malfer.

Vingt minutes plus tard, Rapha le rejoignait. Ils pénétrèrent dans le hall d'un immeuble.

— J'ai failli perdre patience.

— T'es complètement malade ? Tu veux que je me fasse buter ? s'énerva Rapha.

— Eh, reste tranquille ! Je ne suis pas venu à la table en sortant ma carte.

— C'est tout comme ! Y a écrit poulaga sur ton front. Ça nous piquait les yeux tellement tu sens le flic à trois kilomètres. Je ne sais même pas si j'ai assez attendu avant de te rejoindre sans éveiller de soupçon. Et t'as failli perdre patience ? Espèce de connard !

Caritas lui envoya une gifle qui le fit reculer jusqu'au mur.

— Écoute-moi, tas de merde ! J'ai pas le temps de jouer au jeune couple avec toi. Tarval est en ville. Il ne va pas rester longtemps. Tu as deux jours pour me donner une piste.

— J'ai pas de nouvelles de lui depuis des mois. Où t'as entendu qu'il était là ?

— T'occupes, je le sais.

— Tu t'es fait enfler. S'il était en ville, je le saurais.

— Et bien, renseigne-toi. S'il repart avant que tu ne m'aies donné des nouvelles, tu tombes pour le meurtre de Sitchin.

— Quoi ? Qu'est-ce tu racontes ? J'ai rien à voir avec Sitchin ?

— Je sais, mais j'ai retrouvé un paquet de clopes avec tes empreintes sur les lieux du crime.

— Fils de pute…

— Possible, j'en parlerai à ma mère. Si tu ne veux pas te retrouver les quinze prochaines années logé aux frais de la princesse, tu m'appelles avant le départ de Tarval. T'as deux jours, Rapha. Content de t'avoir vu.
Il ne pouvait pas faire grand-chose de plus. Il appellerait une paire d'indics une fois au bureau, histoire de mettre toutes les chances de son côté mais si Rapha ne le trouvait pas, Tarval n'était pas en ville.

Le labo de la scientifique se trouvait au sous-sol du poste de police. Caritas descendit directement dans le bureau de Francis, le chef de service. Ce dernier l'accueilli la bouche pleine d'un sandwich jambon fromage.
— Ah, voilà mon père Noël ! Entre, je t'en prie.
Francis était un bonhomme d'humeur assez étrange. Il restait toujours d'un sérieux exténuant, à croire que ce n'était pas un balai qu'il avait dans le cul, mais une tour de vingt étages, et d'un coup, au moment le moins opportun, il pouvait lâcher une réflexion ou une blague si crue que l'on se demandait toujours si une personne cachée derrière son imposante stature n'aurait pas imité sa voix. Il avait peut-être sucé un clown lorsqu'il était gosse et c'était resté en travers de la gorge de son inconscient. De temps en temps, le clown parvenait à sortir une connerie avant d'être refoulé au plus profond de ses abîmes psychiques. Il mesurait plus d'un mètre quatre-vingt-dix et devait avoisiner les cent trente kilos, dont une grande partie se concentrait entre les hanches et le thorax. Un collier de barbe grisonnante masquait l'émergence d'un double menton et ses rares cheveux rasés de près entouraient une calvitie datant sans doute d'une jeunesse oubliée. Malgré ce physique disgracieux, ses yeux pétillaient d'intelligence, de curiosité et de bienveillance. Caritas l'aimait beaucoup. Il aurait pu obtenir une chaire de professeur dans les universités les plus renommées du monde mais préférait tourner le dos à tous les honneurs pour mettre ses talents au service de la police. Francis posa son sandwich pour lui serrer la main avec un sourire extrêmement rare sur ce visage d'une sobriété à toute épreuve.
— Père Noël ?
— Tu as dit à Billy de m'envoyer le pendentif, n'est-ce pas ?
— En effet.
— J'ai envie de te prendre dans les bras. Je ne vais pas en dormir de la nuit.
— Heureux d'avoir pu te faire plaisir. Il est si spécial que ça ce bijou ?

— Spécial ? Viens, suis-moi.

Ils sortirent du bureau. Dans la salle, Andy et Séraphine, les deux assistants, s'affairaient autour d'une centrifugeuse. Francis conduisit Caritas devant un microscope électronique d'où il récupéra le pendentif.

— C'est un crucifix dont la croix a été remplacée par la représentation d'une dague, annonça-t-il fièrement.

— Oui, je vois.

— Tu vois ? Non, tu ne vois rien, car il n'existe pas, ou du moins, n'est pas censé exister.

Caritas attendit patiemment que Francis veuille bien lui donner des explications. Ce dernier observait l'objet comme s'il s'agissait de la pierre philosophale.

— Hum… Francis ?

— Oui, pardon. Ce pendentif m'hypnotise. Je suis dessus depuis mon arrivée ce matin et je vais de surprise en surprise.

— Je comprends mais si tu pouvais me faire partager ton enthousiasme, je ne serais pas contre, vu que j'ai aussi du boulot.

Le visage de Francis perdit immédiatement son sourire.

— Très bien. La chaîne est en fer assez commun, de facture artisanale et récente. Il m'est impossible, pour l'instant, d'en trouver l'origine. Le Jésus par contre me pose des problèmes. En fer également, recouvert de pigments d'origines végétales, certainement peint à la main il y a environ six mois. Là aussi, les pigments sont bien trop communs pour mener à une piste.

— Et alors, il est où ton problème ?

— Une seconde, j'y arrive. Je suis incapable de déterminer comment il a été fabriqué. Je n'ai trouvé aucune marque d'outil ni bavure, même microscopiques. Il n'a donc pas été taillé ni moulé.

— Au laser, c'est possible non ?

— Le laser laisse des marques révélées par le microscope. Là, il n'y a rien. C'est comme s'il avait poussé naturellement au sein d'une roche et aurait pris cette forme par une extraordinaire coïncidence. Un croyant penserait au miracle divin, c'est certain. Moi, je crois aux coïncidences, mais celle-là est un peu trop lourde à digérer.

— Il n'aurait pas été possible de le mouler tout en masquant les bavures dans le dos du Jésus ? Il est contre la dague.

— Non, je t'assure, ce Jésus ne peut exister. Ceci dit, je ne me laisserai pas abattre par une énigme et vais continuer à chercher en espérant bien trouver par quel moyen un orfèvre de génie a mis au monde ce bijou. J'ai pris une photo si tu en as besoin pour l'enquête.

Il ouvrit une chemise posée sur une table, sortit plusieurs clichés du pendentif et en donna un à Caritas.

— OK, merci. C'est tout ?

— Non, bien sûr, je t'ai gardé le meilleur pour la fin. Tu vois, notre petit Jésus est cloué par le moyen de trois minuscules pierres précieuses. Une émeraude en main gauche, un rubis pour la droite et un saphir sur les pieds. Toutes trois d'une pureté exceptionnelle. La garde et le manche sont en os humain. La lame est faite du sang fossilisé du même individu. Là non plus, aucune trace d'outil venant expliquer la forme crânienne du pommeau ni la façon dont les os de la garde et du manche furent soudés. Je ne t'apprends pas qu'il n'existe aucun os dans le corps humain ressemblant à cela.

— Tu as dit, fossilisé ?

— Oui, selon une première estimation, l'individu ayant offert une partie de son corps pour créer cette dague aurait vécu il y a environ quinze à vingt mille ans.

II

— Une piécette pour loqueteux, une briseuse de disette, une braguette d'amoureux pour une gueuse de lichette. Mon chapeau d'étamine affligé et boiteux se changera pour vous plaire en fontaine de Trevi. Jetez donc un denier, un billet, un mot doux, il se charge de vos vœux sans en être jaloux. Nous hantons vos ruelles, animant vos errances, sur les pavés fertiles de la petite enfance et avons pour tout dire, dans nos têtes folles, la modeste requête d'une simple obole…

Maël remuait son chapeau sous le nez des gens, faisant voleter les quelques pièces au fond. Derrière lui, Léa jouait du violon. Une jeune fille robuste avec des seins larges et des hanches à pondre des gosses en acier. En l'observant, on ne pouvait s'empêcher de ressentir le contraste entre la puissance émanant de sa personne et la douceur des sons que ses doigts extirpaient de l'instrument. Assis par terre, le dos appuyé contre le rebord de la fontaine d'où surgissait une sculpture de Vénus, Lazo grattait quelques arpèges sur une guitare. De nombreux arbres taillés à la perfection ombrageaient la place et le bruissement liquide de la fontaine apportait une touche de fraîcheur en cette fin d'après-midi aussi torride que les précédentes. Ici, les terrasses de bistrots restaient bondées, à faire pâlir de jalousie tous les tenanciers de la ville. Aux côtés de Lazo, Félibre, le poète de la bande, jouait du cymbalum, Daphné vêtue d'une longue robe de flamenco noir et rouge, dansait sur le rythme langoureux de la musique. Ses pas lestes et gracieux invitaient le chaland à se laisser envoûter. Nathan jonglait avec des balles rebondissantes de différentes couleurs et dimensions. Elles émettaient des notes au contact du sol, élevant de simples balles au rang d'instrument. Wilfrid, haut de forme sur la tête et chaussures de clowns, marchait sur les mains, faisant des va-et-vient entre Maël et Daphné. Alors qu'une dame entre deux âges sortait son porte-monnaie pour déposer une pièce dans le chapeau, Félibre se leva d'un coup, attrapa le couvre-chef de Wilfrid et se précipita vers une femme frôlant la trentaine. Arrivé à sa hauteur, il fit la révérence.

— Mon chapeau vide, en écrin de votre cœur, attend affamé, un signe en ma faveur...

— Désolé, je ne comprends pas. Vous voulez une pièce ?

— De votre âme, votre vertu ou un simple reflet. Daignez-vous verrer en mienne compagnie ?

— Pardon, mais...

— Accepteriez-vous d'aller chopiner une eau sulfurée dans l'un des estaminets de notre belle cité ? dit-il en lui montrant la terrasse du bar.

— Vous voulez que l'on aille boire un verre ?

— Vouloir, certes, rêver, j'ose, à vous prier, je me plie.

La main sur le plexus, il fit à nouveau une révérence...

— D'accord, pourquoi pas, répondit-elle amusée.

Il reposa le chapeau sur la tête de Wilfrid.

— Compagnons, à tantôt, je m'en vas jolifiller cette prémisse de soir.

Il prit par la taille sa nouvelle Dulcinée puis l'emporta au loin, sous le regard amusé de ses compagnons. Maël continuait de haranguer les passants, poussant un peu plus la voix pour augmenter sa portée.

— Un marin échoué ! Un de plus, perdu dans les remous de l'océan sans fin ! Combien serons-nous demain ? Il y aura-t-il un demain pour nous autres, pauvres naufragés ? Votre manne céleste viendra-t-elle au secours de nos âmes égarées ? La méduse a mangé son radeau et nous laisse brûlés par le sel de nos muses...

Tout en continuant de poser des accords sur le manche, Lazo observait les passants en promenade, certains pressés, d'autres dans la lune, les clients de bar, buvant et discutant le sourire aux lèvres ou la déprime au coin du verre. Ces êtres fantoches gaspillant leur temps à se plaindre, à ruminer leur haine, à médire sur tout ce qui bouge. Ils chient sur la tête de tout le monde et vont pleurnicher dans les jupes d'un psy que la vie est trop dure. Ce n'est pas une poutre dans l'œil, mais un gode géant qui leur traverse la tronche et vibre lorsque l'on met des piles ou de la musique. Sodome et Gomorrhe perpétuelle, dont les habitants consanguins, liés par une danse macabre, mêlent le sexe et le sang, à la gloire de leur ignominie. Le plaisir mesquin, transfusé de la douleur fraternelle, nourrit leur propre néant. Ces fumiers ne donneront jamais rien, excepté la puanteur d'une psyché maudite. Morts, ils seraient capables de faire crever les vers. Même le Diable ne veut pas de leur âme tellement elle est tiède, souillée, sans la moindre trace d'intégrité. Tu veux connaître leur âme ? Va à la messe et prends l'hostie, tu verras. Aucun goût, elle fond sur la langue plus vite qu'un hymen au bordel et prends une texture de vieux journal mouillé. Ils s'extasient sur la merde pourvu qu'elle sorte du cul de leurs idoles. Dégénérés, vaincus avant la bataille et pourtant d'une totale inexistence. Il s'interrogeait. Par quelle mystérieuse perversion ce qui n'existe pas peut contenir autant de tares ? Quel maléfice a pu créer une telle abomination ? L'écœurante ampleur d'une éventuelle réponse lui fit lâcher la guitare. Il s'approcha de Léa.

— Je dois m'en aller, je vous laisse ranger le matos.
— Pas de problème, on va pas tarder de toute façon…
Il s'éloigna en direction de la vieille ville.

Lazo marchait sur les pavés usés par le temps. Il avait toujours aimé ce quartier, son atmosphère moyenâgeuse, ses traboules sombres, ses bâtiments ancestraux parfois rongés par l'humidité des siècles passés, les réverbères imitant le style d'une époque où on les allumait encore manuellement. Une odeur de rat crevé ou de merde le transportait dans un autre temps. Le tout-à-l'égout n'existait pas. Les vendeurs de viande, de poissons, de remèdes miracles, criaient dans la rue les vertus imaginaires de leurs produits frelatés. Il voyait les estropiés mendier une pièce ou détrousser un badaud au détour d'une ruelle peu fréquentée. Une Cour des Miracles dans laquelle on trouvait encore quelques glyphes gravés par des initiés sur le porche des maisons, une poutre dépassant d'un toit, la pierre d'angle d'une bâtisse ayant accueilli un faiseur d'or ou un chasseur de démons. Bien sûr, à cette époque, la vie semblait plus dure aux yeux d'un contemporain. Les hommes mouraient pour un rien et souvent assez jeunes, mais ils n'avaient pas totalement perdu le sens du sacré. D'ailleurs, aujourd'hui, meurent-ils pour quelque chose ? Les esprits, les lutins et les jeteurs de sorts faisaient partie du quotidien. Les guérisseuses étaient bénies ou brûlées, selon l'humeur. On bâtissait des monuments à la gloire de Dieu en acceptant notre sort. Que l'on soit voleur, seigneur, ou cul-de-jatte, on tenait tous dans le creux d'une main divine…

Sans se presser, il atteignit la plus petite et plus ancienne église de la ville. Dédiée à Marie-Madeleine, ses gargouilles hurlaient leur douleur sur tous les toits du quartier. Dès l'entrée, un diable nous accueillait malicieusement. Ses yeux bleus lançaient un avertissement au visiteur : *Ce lieu est terrible car c'est la demeure de l'Éternel.* Nul archange Michael au-dessus de lui pour le transpercer d'une lance. Il était là, un genou à terre, telle était sa place, gardant un secret ancien, comme l'indiquait la teinture de sa cape aux reflets d'émeraude. *Ce qui est né de chair est chair et ce qui est né d'esprit est esprit. Il faut naître une seconde fois* et pour cela, le seul chemin est la mort. Le sourire narquois du prince des enfers nous invitait à abandonner tout espoir si l'on désirait le suivre sur le chemin de la résurrection. *Eli, Eli, lema sabachtani*, la sueur de sang inondera ton visage, toi qui désires trouver le château du roi pêcheur.

Après une longue traversée des enfers, apparaît, en face du gardien du seuil, une sculpture grandeur nature de saint Jean baptisant Jésus. Si tu n'as pas sombré dans l'au-delà durant ton périple et que l'Esprit-Saint t'estime digne de poursuivre la Voie, il descendra sur toi pour te permettre de vaincre la première mort. Tu recevras la marque sur le front et commencera à voir le Monde avec ce nouvel œil. Entouré par les ténèbres, laissant tes larmes dans une ancienne vie, tu avanceras d'un pas humble vers la prochaine statue éclairée à travers les vitraux par le soleil de midi. Sainte Germaine, la bergère, baisse les yeux sur la rivière de roses s'écoulant de sa robe. Atrophiée, humiliée par sa marâtre, Cendrillon dormait dans l'étable et offrait son pain aux indigents. Un jour, sa belle-mère, cherchant à l'accuser de voler du pain pour le gaspiller en aumône, l'obligea à dévoiler le pan de sa robe qu'elle tenait souvent relevé lorsqu'elle se rendait au village. Prise en flagrant délit, Germaine lâcha sa robe et fut émerveillée de voir un flot de roses s'en échapper. Le pain s'était changé en fleurs car *ce n'est pas de pain que vivra l'homme mais de la parole de Dieu*. Germaine nous apprend le don de soi, l'oubli de soi, le renoncement à l'amour propre pour ne porter dévotion qu'au divin. Devenir Personne afin de tromper Polyphème et travesti en brebis du Seigneur, échapper à son emprise mensongère. Lazo cherchait à se souvenir de ce temps où miséreux, il ne s'accordait même plus la qualité d'être humain. Dimitri était venu le repêcher dans la rue et avait changé sa croûte de pain en roses resplendissantes. Du moins, c'est la façon dont il le vécut à l'époque. Après s'être recueilli un instant, il se retourna et fit quelques pas en direction de la façade nord où nous attend avec impatience la prochaine statue sur la voie royale. Saint Roch, patron des compagnons et des pèlerins, un bâton arborant la coquille Saint-Jacques en main gauche, il nous montre de la droite sa blessure à la jambe. Il boite, tout comme Jacob après son combat avec l'ange, Héphaïstos le forgeron des dieux, Œdipe et tant d'autres à travers les nombreuses histoires de tous les peuples. L'initié est boiteux. Comme l'aurait dit le Poète, « Exilé sur le sol au milieu des huées, ses ailes de géant l'empêchent de marcher ». Le Mat du Tarot, mordu par les monstres de ce monde, cheminant sur le sentier du champ d'étoiles, son bâton de coudrier rouge ouvrant la voie. Le Minotaure, changé en chien docile, reste à ses pieds. Il ne l'a pas tué contrairement à Thésée, il en a encore besoin. Périlleuse est la route du pèlerin lorsque la lune maîtresse règne dans le ciel, profitant de la visite du Christ aux enfers. Long est le sentier de la rédemption et de la résurrection d'entre les morts. Guidé par l'étoile et la voix de saint Jacques, il passe de monde en monde, de bâtiment en bâtiment, observant les signes lui montrant la prochaine étape. Lazo fit à nouveau un demi-tour incomplet sur lui-même et avança vers la statue de saint Antoine l'Ermite. Lui ne nous attendait pas, parcourant l'immensité de sa solitude. Le Monde n'est plus. La Création, un désert infini de vide où baigne la présence de Dieu. Les émotions s'éteignent sous le flot de la manne céleste, les sept péchés capitaux se mêlent aux sept vertus pour fondre sous les rayons d'une pure lumière. Plus un bruit, pas même le chuchotement du vent ne vient troubler la sérénité de l'errant. Il ne sait pas qui il est ni qui il a pu être. A-t-il déjà été ? Les questions s'effacent, le sable assèche ses lèvres, ses yeux perçoivent enfin la lueur. Il parle toutes les langues et aucune, il mange son propre corps et boit son propre sang. Étranger dans son pays, dont le nom a fui sa mémoire, il se souvient seulement d'avoir été appelé et de partir répondre à l'appel. Peu importe qu'il soit élu ou non, il fait son devoir, sans désir ni regret. Après quarante jours, quarante ans ou quarante siècles, l'aube d'un nouveau ciel viendra réchauffer notre âme et nous traverserons encore une fois la nef pour saluer saint Antoine de Padoue. Fleur de lys en main droite, un livre ouvert dans la gauche sur lequel trône l'Enfant Jésus. Il réunit en un seul corps, pouvoir temporel et spirituel. Il a trouvé son Dieu. Enfin, après tant d'errances, de souffrances, d'abandon, le Verbe est en lui, pour les siècles des siècles. C'est un Saint, un Bouddha, l'Éveillé, celui qui siégera à la droite du Seigneur. Juste parmi les Justes, il change les métaux en or et guérit les âmes. Il a été appelé et a été élu. Il n'est plus qu'Amour et voit en toutes choses la manifestation divine. Lazo n'eut pas à se retourner, il savait qu'aucune statue ne terminait le mot Graal. Derrière lui, en face de saint Antoine, la chaire exposait des gravures. Les quatre évangélistes surmontés par deux Christ. Jésus, en manteau rouge, roi des cieux et saint Lazare, en manteau bleu, roi du Monde. Lazare, le premier ressuscité d'entre les morts, frère de Marie et de Marthe, celui que Jésus aimait, son jumeau. Dans le chœur, les statues de saint Joseph et de Marie, chacun portant un de leurs enfants bénis. Le premier, fils d'Adam, mourra sur une croix pour racheter les péchés de l'humanité, le second, fils d'Eve, se rendra en pays celte pour enfouir dans les denses forêts bretonnes, le secret de l'immortalité. Une certaine fraîcheur baignait l'église, un parfum d'encens amplifiait l'odeur sacrée de la pierre. Lazo posa un genou à terre devant l'autel et fit le signe de croix. La porte donnant sur la sacristie s'ouvrit et le prêtre apparut.

— Lazo ! Tu t'es enfin décidé à venir me voir.
— Comment vas-tu, frangin ?

Sven, en soutane et chaussures noires, cirées le matin même, prit son ami dans les bras. Il avait une vingtaine d'années de plus que Lazo et une bien meilleure humeur. Les cheveux courts, le nez fin et les joues creuses, ses yeux pétillaient de bonté.

— Alors tu as réussi à l'avoir cette église...
— Évidemment ! Ne restons pas là, je viens de recevoir un sang du Christ qui se boit comme du petit lait. Viens, suis-moi.

Sven le conduisit au presbytère. Attenant à la nef, il suffisait de passer une porte cachée par un rideau. Une table, trois chaises, un évier, une cuisinière, une armoire, un lit et des W.C., rien de plus.

— Tu ne vas pas me dire que tu vis ici tout de même ? Je sais que les curetons aiment la privation, mais là, j'ai du mal à le croire.

— Non, bien sûr que non. Je vis toujours dans notre maison de campagne. Je reste ici lorsque j'ai affaire en ville. Assieds-toi, je t'en prie.

Sven sortit une bouteille de vin rouge et deux verres à ballon. Il servit avant de s'asseoir à son tour. Ils trinquèrent, avalèrent une bonne rasade puis posèrent leur Graal sur la table. Ensemble, ils ne buvaient pas un canon, ils communiaient et revivaient la Cène, dégustant le sang du Seigneur dans le calice ayant recueilli ses dernières gouttes.

— Il est excellent, en effet... Comment va Clara ? demanda Lazo.

— Elle va bien, répondit Sven en remplissant à nouveau les verres.

— Et tes patrons, ça ne les emmerde pas que tu continues à vivre avec une femme ?

— L'évêché préfère fermer les yeux si je reste discret. Ils savent pertinemment que peu d'hommes sont capables de rester totalement abstinents. Le désir de chair est trop ancré dans notre nature animale pour nous permettre de s'en débarrasser aussi facilement, du moins, pas avant un certain âge.

— Écouter toutes les cochonneries des fidèles lors des confessions, ça ne doit pas aider. D'ailleurs c'est pour cela que ça s'appelle « con » « fesse », non ?

— Non, ça vient du latin, ceci dit, tu n'as pas tort. Demander à un abstinent de maintenir son imagination en cage alors qu'une jolie jeune fille lui raconte ses fantasmes les plus lubriques, c'est assez pervers, voire dangereux. Cela peut provoquer des monstruosités.

Lazo but un peu de vin, le sourire aux lèvres. La dernière fois qu'ils s'étaient vus, Sven venait de recevoir l'ordination. Ils avaient passé une nuit de beuverie à refaire le Monde d'avant sa création.

— Comment as-tu fait pour récupérer l'église la plus sacrée de la ville ? Tu m'avais dit qu'ils ne voulaient plus de messes ici et qu'aucun prêtre n'obtiendrait jamais le pouvoir d'y officier ?

— En effet, je l'ai dit et c'était vrai, il y a encore peu. Lorsque je suis arrivé, j'ai remarqué trois collègues un peu trop proches des gosses. *Laissez venir à moi les petits enfants...* Ils prenaient le message à la lettre. Les deux premiers ont mystérieusement disparu assez rapidement. Je suis allé me confesser à l'évêque et le lendemain, le troisième se retrouvait interné dans un hospice d'où l'on m'a assuré qu'il n'en sortirait jamais. J'ai demandé cette église et l'évêque s'est empressé de satisfaire une si pauvre requête. Malgré le secret de la confession, ils savent qui je suis, ou plutôt, était, et préfèrent m'avoir avec eux, même si je n'applique pas toutes les règles avec zèle.

— Je pensais que tu devais faire le serment de ne jamais prendre de vie humaine pour devenir prêtre ?

— C'est plus ou moins le cas, en effet. Parfois, on peut considérer que certaines personnes sont envoûtées par un démon. Tu comprends ce que cela signifie. Il faut alors pratiquer un exorcisme. Je ne suis pas habilité à le faire moi-même et dans l'urgence, afin de protéger le troupeau du Seigneur, je me vois contraint d'utiliser des méthodes plus radicales.

— Je suis tout à fait d'accord, évidemment. Seulement, je m'étonne que ta hiérarchie le soit aussi.

— Si je me contente d'éliminer les plus monstrueux sans aller regarder de plus près leurs propres démons, ça leur convient. Honnêtement, ils ne savent pas quoi faire de ces prêtres dégénérés. Je suis une aubaine pour eux. Grâce à la rumeur sur les deux disparitions, de plus en plus de « malades » vont tenter de se retenir ou se présenter d'eux-mêmes à l'hôpital pour se faire soigner.

— Et tu les attendras à la sortie, prêt à les renvoyer chez leur créateur...

— Je ne suis plus l'homme que tu as connu...

Sven remplit à nouveau les verres et but une gorgée en observant son ami. Il n'avait pas changé, mais Lazo ne croyait pas au changement. Pour lui, on restait toujours le même, peu importe les aléas de la vie. Les changements d'idées, de croyances ou de comportements n'étaient rien de plus qu'un nouveau costume, un nouveau maquillage pour tenter de tromper le destin. L'Être restait immuable. Lazo avait toujours cette flamme sombre au fond des yeux, cette colère le consumant de l'intérieur, ce regard d'obsidienne prêt à vous fendre l'âme pour s'assurer de sa pureté. Son tatouage sur le front et ses longs cheveux tombant sur les épaules lui donnait un air d'ange de l'Apocalypse.

— Et toi, Lazo. N'es-tu pas fatigué parfois de cette vie ?

— Ça m'arrive. Une sorte de lassitude cherche à ébranler ma volonté. Je la chasse d'un revers de main. Ma quête n'est pas accomplie.

— Inutile de te proposer une confession, je suppose.

— Non, merci, répondit-il en riant. Je préfère porter ma croix tout seul. De toute façon, je n'en verrais pas l'intérêt, tu sais déjà tout de moi.

— N'as-tu jamais de doute sur l'objet de ta quête ?

— C'est-à-dire ?

— *Aime ton prochain comme toi-même !* Ne crains-tu pas de t'être éloigné du principal message de notre Seigneur ?

— C'est toi qui oses me dire ça ? Elle est bien bonne celle-là ! Tu m'as quasiment tout appris sur le métier ! Et d'ailleurs qui est mon prochain ? Celui qui est proche de moi, qui me ressemble ! Toi, tu es mon prochain et je t'aime comme moi-même. Mais si tu parles de ces cadavres ambulants pullulants et se multipliant au point d'offrir aux esprits des ténèbres des milliards de corps inhabités, ces fabricants de squats pour démons sans abri ! La simple présence de ces saloperies décérébrées pollue la création. Je ne suis pas leur prochain. Ils descendent du singe, comme ils se plaisent à le répéter si souvent. À croire qu'ils en sont fiers ces imbéciles ! D'ailleurs, c'est peut-être vrai. Il est possible que ces cafards viennent du singe, ou l'inverse, en supposant que le singe ait continué d'évoluer alors qu'eux ont cessé il y a des millions d'années. Les singes ne baisent pas leurs gosses, il me semble. C'est bien la preuve que Darwin s'est planté ! Imagine si nous étions au temps où l'on a bâti cette église et que nous allions voir les religieux, les nobles, les lettrés ou même les paysans, pour leur raconter que dans quelques siècles, on aura tellement abruti les hommes qu'ils seront persuadés d'avoir des singes pour aïeux. Ils nous brûleraient et prieraient de toutes leurs larmes pour la venue immédiate de la fin des temps. Les ancêtres avaient encore une grande importance jadis et ils auraient peu goûté la plaisanterie.

— C'est certain, répondit Sven en remplissant les verres. Pourtant, peu importe comment tu les vois, ils restent des enfants de Dieu comme tous les êtres de la Création.

— Non, ce sont les filles des hommes, les descendants de Seth, fils d'Eve et frère ennemi d'Osiris. Je suis le témoin de Dieu et n'ai rien en commun avec cette race maudite, issue du Menteur. Ils sont faits à partir de glaise, je ne vais pas te l'apprendre. Étant apparus lors de la seconde création, ils n'ont jamais connu Abel. Chez nous autres, le souvenir de sa disparition hante encore nos âmes. Ses cris nous réveillent la nuit, nous tordent le ventre, ravivent les blessures de notre plus grand péché. Nous avons tué l'Esprit et errons sur Terre de siècle en siècle, en mal de rédemption…

— Oui… Je connais très bien cette théorie, répondit Sven avant de finir son verre. La race de Caïn et la race de Seth, les fils des dieux et les filles des hommes… Tu vois, tout mon vécu n'a fait que prouver sa véracité, et pourtant, mon cœur s'y refuse. Je ne peux accepter l'idée d'une multitude de simples figurants sans aucune chance de salvation. Je les aime.

— C'est pour cela que tu es curé… et moi, un assassin…

Sven se leva chercher une autre bouteille dans l'armoire, la déboucha et servit. La nuit de leur rencontre vint traverser sa conscience. Un soir de pluie, la Dame avait relié leur destin devant le porche d'une ferme isolée en pleine campagne. Lazo, une hache à la main, attendait patiemment le bon moment pour entrer et accomplir son forfait. L'orage grondait, éclairant par intermittence cette ombre assoiffée de sang. Sven l'avait empêché de commettre l'irréparable. Lui parlant avec sagesse, il réussit à le convaincre de le suivre et finalement, en fit son disciple. Il passa deux années à lui enseigner l'Art de tuer, de sacraliser le moment où notre main ôte la vie d'une personne. Grâce à la haine de Lazo envers le Monde et son zèle incroyable, il avait pu se libérer de son sacerdoce pour devenir prêtre et ainsi chercher le pardon auprès de son Dieu. L'idée dessina un sourire sur son visage. Former un assassin afin de pouvoir se retirer et entrer dans les ordres… *Les voies du Seigneur sont impénétrables…* Il vida son verre.

— Je ne peux m'empêcher d'avoir l'impression que cette croyance est fausse. Je ne saurais l'expliquer mais… c'est comme si la théorie était biaisée. Ne te demandes-tu jamais si tu pouvais faire erreur ? Lorsque notre Seigneur dit qu'il faut aimer ses ennemis, il ne parle ni de frères ni de prochains.

— Aimer un démon n'empêche pas de le renvoyer en enfer, répondit Lazo. Le pardon et la sanction sont deux choses bien différentes. Lorsqu'un enfant fait une bêtise, on le réprimande mais on ne passe pas notre vie à lui en vouloir. Tu l'as dit toi-même. Lorsqu'il t'arrive de prendre la vie, ce n'est pas pour punir le loup mais simplement pour protéger le troupeau. Je n'ai aucune haine envers personne. Je ne peux les aimer, c'est tout.

— Le mépris est bien pire que la haine, mon ami. Il faut aimer pour haïr, le mépris est une absence d'amour, la graine de l'obscurité et de la perdition.

— Je ne suis pas si perdu. Ne dit-on pas : l'homme qui a un ami est le plus riche du monde ? Je suis le bras armé de Dieu et j'accomplis sa volonté. J'ai suivi Moïse à travers la Mer Rouge, erré dans le désert à la recherche du buisson ardent. Je ne suis plus aliéné à la botte de Seth.

— Tu penses un jour atteindre la Terre Promise ? Moïse n'y a pas eu droit.

— Mon Dieu ne fait aucune promesse, il n'a que faire des ânes ayant besoin d'une carotte pour avancer sur sa Voie. Une Terre Promise ? Et pourquoi pas soixante-douze vierges pendant que l'on y est ? Des promesses pour Égyptiens tout ça… D'ailleurs, Moïse n'en avait cure, il connaissait la futilité de tels espoirs et a préféré mourir avant de voir la décadence de son peuple. Lorsque ces imbéciles lui reprochaient de ne plus avoir à manger ni à boire, il aurait dû les renvoyer à leur esclavage.

— Les renvoyer ? Tu parles de nous, il me semble…

— C'est vrai… Parfois, nos conversations me manquent… Si je me souviens bien, selon toi, Moïse serait une sorte d'allégorie, l'union de deux traditions différentes. C'est bien cela ?

Avant de répondre, Sven remplit les verres.

— Oui, en tant que demi-frère du pharaon, il a reçu la plus haute initiation pratiquée à cette époque. L'Égypte est à l'origine des mystères de tout le bassin méditerranéen. D'après Hérodote, sa lignée de pharaons et de grands prêtres remonterait à plus de dix mille ans avant notre ère. Moïse, après son meurtre, dut sortir du pays et se maria avec la fille d'un prêtre de Madiân. Il fut donc initié aux mystères de Sumer et par lui, les deux traditions furent unifiées. Tout comme la quête du Graal racontera la fusion de la tradition celte avec le christianisme, lui-même issu de Moïse et des mystères grecs.

— Ça me paraît un peu alambiqué. Avec ce genre de notions, on pourrait prouver que Pinocchio n'est jamais allé sur la Lune.

— Si ça te fait plaisir. Pourtant, ça se tient, tu ne peux dire le contraire.

— Il est très bon celui-là aussi, répondit Lazo en reposant son verre vide, j'espère que tu n'en fais pas boire à tes enfants de chœur, ça va leur donner des goûts de luxe… Oui, tu as sans doute raison mais cela ne reste que des traditions, ça ne va pas au-delà de ce Monde. Le nom « Moïse » signifie « sauvé des eaux ». Il a donc échappé à l'hypnose collective du Déluge, tout comme Noé, ses fils et l'ensemble des animaux sauvages. Je n'affirmerai pas son inexistence, au contraire, il a existé des dizaines de Moïse. Abraham par exemple, vient de la cité d'Ur. Tu peux le voir comme un Akkadien si ça te chante, mais Ur est l'Ouranos des Grecs, l'Aour des Celtes ou encore, la Lumière des sumériens. Ta théorie sur les traditions reste géographique et historique. Là, nous parlons d'hommes sortis du Monde. Moïse a les yeux ouverts et a rencontré celui qui Est. Ce n'est pas un grand prêtre ou un prophète, il est sauvé des eaux et de ce fait, a la capacité de les ouvrir pour laisser passer ses frères de l'autre côté du miroir.

— Tu as la vision d'un chevalier. Moi, si je dois utiliser des mots pour exprimer ma pensée, je laisse parler mon égyptien. Je ne peux me résoudre à l'abandonner. Je suis assis, sur la plage, de l'autre côté de la Mer Rouge, pour reprendre ton allégorie et je l'observe, comme un père aimant n'ayant la possibilité d'effacer son enfant.

— Ce n'est pas une allégorie ! Puisque nous le vivons, c'est forcément réel ! Ceci dit, tu as raison, tout ça ne mène à rien. Des mots, des idées, des voiles nous masquant la sagesse du soleil…

Lazo laissa traîner son regard autour de la pièce.

— J'espère que tu n'emmènes pas Clara dans ce bouge, dit-il en plaisantant. Ce serait indigne d'une princesse ! Elle continue de travailler ?

— Oui, un peu. Elle fait dans le social maintenant. Nous avons largement de quoi vivre un siècle ou deux sans nous priver. Alors, elle préfère aider les pauvres. La plupart des gens n'ont pas les moyens de se payer ses services, pourtant ils en ont autant besoin, si ce n'est plus. Le plus souvent, elle bosse gratuitement ou pour trois fois rien, selon ce que les gens peuvent donner pour leur permettre d'apaiser leurs rancœurs.

— L'une des meilleures d'entre nous, tu en as fait une mère Teresa ! Ça ne m'étonne pas de toi…

— Si on veut… une mère Teresa du crime.

— Fais gaffe, tu es peut-être contagieux. À vouloir sauver les âmes, tu vas finir par mettre les flics au chômedu !

— Plaise à Dieu de m'en donner le pouvoir, je serais le plus comblé des hommes. Si on allait continuer cette discussion à la maison ? Elle serait vraiment heureuse de te revoir, cela fait tellement longtemps.

— Désolé, une autre fois peut-être. J'ai à faire, ce soir.

III

Caritas regarda Francis avec stupeur, se demandant si le clown venait de faire une brève apparition. Apparemment, non. Francis était des plus sérieux.
— Vingt mille ans, répéta-t-il hébété...
— Il va me falloir un peu de temps pour te donner une date plus précise.
— On aurait affaire à un trafic d'antiquités ?
— J'aimerais pouvoir l'affirmer. Malheureusement, à ma connaissance, nous n'avons jamais retrouvé de sang humain fossilisé. Tous les musées du monde s'arracheraient ce bijou s'ils venaient à apprendre son existence. Ceci dit, il existe de nombreux artefacts d'une immense valeur qui ne sont jamais passés par les voies officielles. Ton client, il était branché archéo ?
— Hector ? Non, pas du tout. Au contraire, il avait de l'intérêt pour la marchandise de plus en plus jeune.
— J'allais oublier, pardonne-moi, cet objet me perturbe au point de me disperser. Sur le dos du manche, on a marqué au fer le nom de la victime, « Malgoff ».
Francis prit délicatement le crucifix et porta une loupe afin de montrer l'inscription à Caritas.
— Marqué au fer, tu dis ?
— Oui, pour cela, c'est évident. L'os a légèrement brûlé autour des lettres. Un travail de pro.
— Donc, il est personnalisé. On sait qu'il ne l'a pas trouvé au bazar du coin.
— Tu as entendu tout ce que je viens de te dire ? demanda Francis soupçonneux.
— Oui, bien sûr. Je plaisantais.

— Quel boute-en-train ! Tu dois faire rire tout le bâtiment avec un tel humour. Je parie que tu es la vedette principale de ces soirées affligeantes où les collègues tentent désespérément de retrouver leur enfance en ingurgitant des quantités maladives d'alcool.
— Pas vraiment… Tu as pu trouver autre chose ?
— Non, c'est affreux et dans le même temps, merveilleux. Je vais passer le reste de ma journée dessus et certainement une bonne partie de la nuit. Je te tiens au courant si je découvre quoique ce soit.
— Merci Francis.

Caritas monta au deuxième étage retrouver son équipe. Trois bureaux installés dans chaque angle de la pièce et dans le quatrième, son box vitré, aux parois imitation bois. Cathy, Laurent et Basile venaient de finir leur déjeuner. Caritas lança un salut et leur ordonna d'abandonner les affaires en cours. Il photocopia le cliché du pendentif en trois exemplaires et posa les photocopies sur la table centrale, jonchée d'un tas de dossiers en attente, d'avis de recherche, de plans de la ville griffonnés, etc. Laurent s'étira en se levant de son siège et se rapprocha pour jeter un œil sur la photo. Il avait encore l'air dans le coltar, le visage pâle, les yeux rosés par l'insomnie éthylique. Son corps trop maigre se déplaçait tel un fantôme gêné d'avoir perdu son voile blanc. Proche de l'anorexie, il n'avait jamais réussi à prendre du poids. Pour plaisanter, Caritas lui avait demandé si cela venait de sa mère. Elle avait peut-être testé un avortement à l'aiguille à tricoter et depuis son corps refusait de s'épaissir de crainte qu'elle ne retente le coup.
— Il y a peu de chance, avait répondu Laurent en souriant. Ma daronne est six pieds sous terre et elle n'a pas emporté son tricot dans le cercueil.

Il y a encore trois ans, c'était un très bon flic, vif d'esprit, capable de rester sous tension sans perdre son sang-froid. Très habile lors des interrogatoires et d'une intuition particulière lui permettant de trouver preuves et indices aux endroits où personne n'aurait pensé à chercher. Malheureusement, un soir, sur la piste d'un tueur en série, son sixième sens lui fit défaut et condamna une mère et ses deux bambins à mourir dans d'atroces souffrances. Laurent ne s'en était jamais remis. L'image de cette femme accompagnée des gosses le hantait. Il n'en dormait plus la nuit et se couchait rarement avant trois ou quatre grammes du matin. Loin de lui permettre d'oublier, l'alcool alimentait ses remords. S'il avait suivi le protocole, il aurait pu les sauver, il en était convaincu. Tout le monde avait beau lui répéter qu'il n'y était pour rien, il n'arrivait pas à se pardonner ce mauvais choix lorsque son instinct le poussa vers un bâtiment isolé plutôt que de se rendre chez le suspect. Les hurlements des enfants résonnaient dans sa tête et le whisky dans lequel il se noyait chaque soir ne faisait qu'augmenter le volume. Bien que diminué, il restait encore l'un des meilleurs pour obtenir des informations, soutirer des aveux ou combiner les indices afin d'entrevoir le début d'une piste.

Basile vint le rejoindre pour observer la photocopie du pendentif. Basile, le flic sympa, toujours le sourire aux lèvres. Sa femme est en phase terminale, il a le sourire, même si ses larmes poussent de toutes leurs forces pour jaillirent de ses yeux. Une affaire par en couille, le patron pousse une gueulante, Basile sourit en s'excusant. Il apporte un peu de légèreté dans ce monde d'abruti. Pour la douceur, ils ont Cathy, la petite touche féminine nécessaire dans une équipe de mâles désabusés. Jeune, énergique, très intelligente, elle est le ciment qui maintient la cohésion du groupe, leur leitmotiv, la petite sœur pour laquelle ils donneraient leur existence afin qu'un jour elle puisse entrevoir le bonheur. Cathy, c'était leur rayon de soleil et en cette période suffocante, leur flocon de neige. Les ventilos tournaient à fond, bourdonnant tels des moteurs de zeppelin lié au sol par des tonnes de béton.

— C'est mignon, dit-elle en prenant l'une des photocopies. C'est pour la déco ?

— Vous êtes au courant au sujet de Malgoff, je suppose, déclara Caritas.

— Évidemment, ça a fait le tour du poste.

— Il avait ce pendentif autour du cou. Je viens de voir Francis. Sans rentrer dans les détails, il estime que la dague, faite d'os et de sang humain fossilisé, daterait de plus de quinze mille ans. Selon lui, nous n'avons jamais découvert de sang humain fossilisé. Laurent, tu fais le tour des fourgues et des antiquaires de la ville. Tu te renseignes sur les artefacts rarissimes, les collectionneurs branchés préhistoire, n'importe quoi pouvant nous aider à avancer. Basile, tu appelles les musées, les universités, tu remues tout le petit monde de l'archéologie, tu leur faxes la photo s'ils veulent, trouve-moi une personne pouvant nous dire de quoi il s'agit. Cathy, tu vas me maudire, je te laisse le sale boulot. Contacte Interpol, lance un avis dans toutes les villes, tous les pays d'Europe, je suis persuadé que ce bijou a été laissé par le meurtrier. Il y a forcément une raison. Si on peut le retrouver sur une autre affaire, on aura une piste.

— OK, et pour Tarval, on laisse tomber ? demanda Basile.

— Je vais lancer quelques hameçons mais avec la mort de Nono, à mon avis, c'est grillé. Aujourd'hui, vous vous occupez du pendentif. Remuez ciel et terre pour me trouver une info.

Caritas entra dans son bureau et s'installa dans le fauteuil. Au moment où il décrochait le téléphone, Cathy vint le rejoindre.

— T'as une sale gueule, il y a un problème ?
— Rien de spécial.. J'ai pas assez dormi…
— Tes cauchemars sont revenus ?
— On dirait.
— Tu veux pas aller voir un psy ? J'en connais un super.
— Tu m'emmerdes avec tes psys, gueula Caritas. Tu crois pas que j'en ai assez vu comme ça ?
— Et doucement l'cow-boy, répondit-elle d'un ton brusque, c'est pour toi que je dis ça. Mais tu peux aller te faire foutre, ça me va aussi.
— Désolé. Excuse-moi. Le manque de sommeil, cette chaleur et maintenant les cauchemars qui s'ramènent…
— Excuses acceptées. T'as mangé aujourd'hui ?
— Non, pas eu le temps.
— Je te commande une pizza ou des tagliatelles ?

Caritas se détendit sur le dossier, semblant penser à d'autres lieux.

— Oui, pourquoi pas ? Avec du saumon, les pâtes.
— C'est parti ! Un Zito express et je me mets au boulot.

Zito, le patron de la pizzeria située juste en face du poste de police. Un ancien perceur de coffre bien plus doué pour la cuisine, vu le nombre de séjours à l'ombre qu'il avait cumulé durant sa carrière. Une cellule de luxe lui était réservée d'après les « on-dit » et les matons tout comme les locataires avaient hâte de le voir revenir s'occuper de la cantine. Son sens du relationnel et de la bonne bouffe lui permit d'ouvrir un resto, en partie financé par les condés eux-mêmes. « Chez Zito » était le lieu de décompression de nombreux flics. Il servait certainement de taupe pour les truands mais tout le monde s'en fichait. De toute façon, le ministre de l'Intérieur venait lui-même d'un milieu assez louche où l'on ne sait plus trop faire la différence entre la légalité et les amnésies spontanées. Il n'y avait donc pas grand-chose à tirer des indiscrétions d'un agent un peu éméché. Une serveuse de vingt-cinq ans, mini-jupe et gilet aux couleurs de la pizzeria vint frapper à la porte du bureau avant d'entrer déposer le plateau-repas.

— Bonjour, inspecteur. Comment allez-vous ?
— Bien, et toi Delphine, pas trop dur de bosser avec cette chaleur.

— Ça va, on fait avec. Bonne journée.

Caritas souleva le couvercle de l'assiette géante, découvrant une demi-livre de tagliatelles ruisselantes de beurre décorées de lamelles de saumon. Il aurait dû prendre un sandwich. Quelle idée de commander un plat chaud alors que le ventilateur parvient tout juste à tiédir la pièce...

Il venait d'appeler Billy pour avoir des nouvelles. L'enquête restait au point mort. Pas étonnant... Cet abruti ne trouverait pas une preuve même si on la lui fourrait dans le cul... La nouvelle du meurtre d'Hector s'était répandue comme une traînée de poudre et pour le moment, aucune source ne pouvait donner d'info sérieuse sur un éventuel commanditaire. Caritas se força à manger un tiers de l'assiette avant de remettre le couvercle dessus et la pousser sur le côté...

Il passa la journée au téléphone, cherchant à contacter les vieilles connaissances de Tarval, des gens trouvant un intérêt ou une simple jouissance à le voir finir sa vie derrière les barreaux. Soupçonné de plusieurs meurtres, braquages, kidnapping, trafic de drogue et j'en passe, un juge le condamna par contumace à vingt ans incompressibles, voire plus si affinités. Depuis, Caritas lui courrait après dès que la nouvelle de sa venue en ville se répandait. Trois ans à traquer un fantôme lui glissant entre les doigts au dernier moment. Le boulot n'est pas facile lorsque la majorité des flics est rémunérée par la mafia. Caritas avait toujours refusé. Il avait du mal à trouver un sens sociétal à son métier, ayant l'impression de devoir remplir le tonneau des Danaïdes, mais cela lui apportait un soulagement moral...

Depuis un bon moment déjà, le ciel s'était paré de sa robe scintillante d'étoiles. Laurent et Basile avaient fait un passage au poste avant de rentrer chez eux. Les musées et les universités confirmaient les dires de Francis. « Nous n'avons pas connaissance de la découverte de sang humain fossilisé datant de cette période ». Les receleurs d'antiquités n'ont jamais entendu parler d'un tel bijou. Du conservateur du Smithsonian National au petit fourgue de la rue Dompierre, tous se sont mis à genou demandant à voir le pendentif. Nombreux professeurs d'université rirent de bon cœur, pensant à une blague. Un tel objet ne pouvait exister, il y avait certainement eu erreur. On n'a jamais pu retrouver de sang sur les fossiles d'homo sapiens de cette époque. Il s'agissait forcément d'un faux, suffisamment bon pour tromper un expert comme Francis, certes, mais indéniablement faux.

Un cri de joie vint perturber le silence des bureaux désertés par les collègues.
—Yes!
Caritas releva la tête, les yeux fatigués à force d'éplucher les dossiers à la recherche d'il ne savait plus vraiment quoi et observa à travers la vitre. Cathy raccrocha le téléphone et venait à lui, fredonnant une chanson méconnue tout en effectuant de petits pas de danse. Elle ouvrit la porte de son box et entra en tournant sur elle-même.
— Devine qui va se faire payer le resto ce soir ?
— Un resto à cette heure ?
— Un meurtre ! La victime portait ton petit bijou préféré.
— Où ? Quand ? demanda-t-il comme s'il s'agissait d'une question de vie ou de mort.
— Popop ! D'abord, tu m'invites au resto. Je me suis cramé les neurones toute la journée au téléphone, j'ai l'oreille en chou-fleur et une crampe au bras. Alors, ce soir, je suis une princesse et son chevalier servant va la conduire dans un super gastro. Pas une pizza à l'arrache chez Zito, si tu vois ce que je veux dire.
— S'il te plaît… T'as vu l'heure ? Je suis crevé, j'ai dormi que dalle et il va falloir traverser la moitié de la ville pour trouver une bonne table… On fera ça demain. Alors, t'as trouvé quoi ?
— Niet ! Je parlerai seulement sous la torture d'un excellent trois étoiles.
— Putain Cathy… Il est bientôt minuit, mes yeux se ferment tous seuls… Fais pas chier !
Elle souffla bruyamment, telle une enfant voulant exprimer sa frustration devant un refus qu'elle savait inéluctable.
— Bon, OK. On boit un verre ou deux chez Zito et tu viens manger chez moi. Ça te va ?
Ça ne lui allait pas mais il n'avait pas vraiment le choix. Elle allait se barrer sans lui donner la moindre info.
— Un verre, c'est d'accord.
— Et on va chez moi.
— Et on va chez toi, promit Caritas désabusé. Alors, raconte !
— Dimitri de Naglowski, la soixantaine, retrouvé égorgé dans une pièce de son manoir lui servant de temple pour des trucs du genre sataniste. C'était il y a un peu moins de quinze ans, à Blancy.
— Comment ça, des trucs du genre sataniste ?

— J'en sais rien moi, tu m'as pris pour madame Irma ? Le mec m'a juste dit ça. Il vient d'appeler. Il nous envoie une copie du dossier demain.
— Ils bossent tard à Blancy...
— Le type est de garde ce soir. Son beau-frère s'était intéressé à cette affaire à l'époque. Du coup, il se souvient très bien du pendentif. Bon, on y va ? Pas que je sois pressé mais tu dis être crevé.
— Qui a mené l'enquête ?
— L'inspecteur Holder, décédé il y a sept ans. C'est l'occase de lui tirer les vers du nez, s'il lui reste un nez...
— Très drôle. Ils ont des suspects ?
— Tu me saoules ! Et quand je veux être saoulée, je préfère l'alcool. Tu auras le dossier après-demain. Alors, arrête de penser à cette affaire de merde ! Tu ne parles plus boulot et tu m'emmènes réhydrater ce corps desséché par le souffle des ventilos et le brouhaha des conversations téléphoniques !
— D'accord, je te suis princesse...

Plus grand monde chez Zito, il n'allait sans doute pas tarder à fermer. Delphine passait le balai dans la salle où deux agents de la brigade des stups finissaient leur verre. Accoudé au comptoir, perché sur l'un des tabourets de bar, Zwang sirotait un cocktail maison. Le juke-box murmurait une chanson d'Otis Redding, invitant les clients à rentrer se coucher avant d'éteindre les lumières tamisées. Zito, derrière son zinc, essuyait les verres et jeta un œil lorsque Caritas et Cathy poussèrent la porte de la pizzeria.
— Je vais fermer les amis, dit-il avec une voix cherchant à inspirer l'empathie.
— On ne reste pas longtemps, répondit Cathy. Un verre ou deux. On sera reparti avant que tu n'aies fini de ranger. Mets-nous deux tequilas s'il te plaît.
Ils rejoignirent Zwang au comptoir. Vu son allure et les reflets brillants de ses yeux, il devait être là depuis le début de soirée.
— Coucou, ma belle, comment vas-tu ?
— Bien et toi ? La journée a été longue ?
— M'en parle pas, je me suis pris un savon par le boss. Alors, pour fêter ça, je me mine un peu la tête avant de rentrer.
— Tu as encore ruiné une bagnole ? demanda Caritas.
— Non, cette fois, j'ai rien bousillé. C'est le gang de saint Matthieu, l'enquête est au point mort, je n'ai toujours aucune piste. Ça commence

à les gonfler sérieux en haut. Du coup, le patron me fait passer la gueulante qu'il a dû se prendre... En fait, le service public, c'est une course de relais. Le dernier coureur ramasse tout sur la poire.
— Partout pareil de toute façon, répondit-il. C'est quoi le gang de saint Matthieu ? Un trafic d'hostie ?
Zwang le dévisagea, incrédule.
— C'est une blague ?
— Non, pourquoi ?
— Tu es sûr de bosser dans cette ville ? Ça fait bientôt deux ans que l'on en parle. Ils vident une maison en pleine nuit. Les proprios dorment, personne n'entend rien. Le matin, lorsque les gonzes se réveillent, il n'y a plus un meuble ni un bibelot. La baraque est comme neuve. Sur l'un des murs, on retrouve un graffiti, une phrase tirée de l'évangile de saint Matthieu, d'où le nom du gang.
— Quelle phrase ?
— Ce n'est jamais la même. Si ça t'intéresse, passe me voir demain, on ne serait pas contre un peu d'aide. Pour l'instant, on rame sévère. Ils volent seulement les bourges. Tu imagines que ça passe très mal. Tant qu'on ne les touche pas, ils se foutent royalement de la criminalité mais prends-leur un pou et ils génocideraient la moitié d'un pays pour retrouver le coupable. Enfin, je ne t'apprends rien... On les aurait bien appelés les Robin des bois mais apparemment, ils ne redistribuent pas leur butin. Depuis le premier vol, aucun bijou, meuble ou œuvre d'art n'a refait surface. Ils les envoient peut-être à l'autre bout du monde, qui sait ? Bon, je crois que j'en tiens une bonne. Les amis, je vous aime bien mais je vais devoir vous laisser, une nuit d'oubli m'attend. Bonne soirée.

Ils suivirent son départ des yeux en commandant deux nouvelles tequilas.
— Ce n'est pas le meilleur endroit princesse, si tu veux éviter de parler boulot.
— T'as raison, yec'hed mat ! dit-elle en levant son verre.
— Na zdravie !
Ils burent cul sec et reposèrent le shot sur le comptoir.
— Zito, c'est pour moi. Bonne soirée, lança Caritas en le saluant de la main.
— Arrivederci, répondit le patron en sortant son cahier pour noter l'addition.
L'ardoise se payait en fin de mois, parfois plus tôt si elle commençait à ne plus tenir sur la feuille de son carnet. Tout le monde était réglo et

Zito n'avait jamais à courir après une dette.

Ils prirent la voiture de Cathy pour se rendre dans sa villa avec jardin. Un quartier résidentiel à dix minutes du poste, calme, ni trop riche, ni trop pauvre, ennuyeux à souhait, d'une superficialité à toute épreuve. Ils entrèrent. Cathy partit à la cuisine, laissant Caritas dans le salon.
— Sers-nous un verre pendant que je fais cuire des steaks. Ça te va steak et pommes dauphines ?
— Oui, impeccable.

Sur le mur, une immense tenture représentait le dieu Shiva, souvenir d'un séjour en Inde. Des bibelots de provenances diverses, soigneusement agencés sur les meubles, contaient les différents voyages de Cathy aux quatre coins du monde. Caritas ouvrit le buffet sur lequel était collé le mot « pharmacie » en lettres multicolores, sortit deux verres avant d'hésiter entre la tequila, la vodka et le rhum.
— Je nous sers quoi ?
— Ce que tu veux et mets de la musique, répondit-elle, accompagnée par le bruit de la viande sur le beurre brûlant.

Il opta pour la tequila. Afin de rester dans l'ambiance latino, il cherchait un disque de Calle Alegria lorsqu'il tomba sur « Where is the fucking Dôôd? » de ZentorZ. Un album d'une extrême rareté, rangé négligemment entre Pink Floyd et Deep Purple. Très peu d'exemplaires furent pressés, au point d'être un mythe aux yeux des collectionneurs. Il sortit délicatement le disque de sa pochette, laissa le lecteur l'avaler et régla le volume de la chaîne hi-fi. Les premiers accords de guitare envahirent l'atmosphère, imbibant l'air de psychédélisme, avant de se diriger lentement vers la cuisine. Caritas les suivit, désirant poser le verre sur le bar américain, frontière entre les deux pièces, lorsqu'il fut attiré par la bibliothèque. Des romans, polar et SF pour la plupart, pas mal d'autobiographies d'aventuriers ou de bandits, Lacenaire, Zykë, Mesrine, Spaggiari, Lawrence d'Arabie, Ravachol, etc. Un bout de rayon réservé à l'astrologie, au tarot de Marseille et autres arts divinatoires. Il sourit, se souvenant de toutes les adresses de diseuses de bonne aventure conseillées par Cathy pour lui permettre de faire fuir ses cauchemars. Il trouvait cela enfantin, mais ça partait d'un bon sentiment. Alors, pour lui faire plaisir, il promettait de s'y rendre lorsqu'il aurait le temps. Évidemment, le temps, il ne le trouverait jamais. Ça importait peu, elle faisait semblant de le croire et lui aussi. Sur la partie la plus haute de la bibliothèque, un tas d'essais concernant d'éventuelles civilisations disparues, qualifiés par Caritas de bien trop perchés pour être sérieux. Il suffisait d'ouvrir un ouvrage d'histoire contemporaine pour découvrir une véritable civilisation disparue. Cathy aimait les voyages, géographiques comme temporels. Une nécessaire évasion pour tenter d'oublier cette société de merde. Elle est jeune et a encore besoin de rêver. Lui, n'a pas ce genre d'exutoire, il est obsédé par son boulot, même s'il ne lui apporte pas plus de plaisir qu'une drogue trop souvent consommée. Rien de nouveau depuis sa dernière visite, excepté « Le grand cataclysme » d'Albert Slosman et la « Gnomologie » d'Enel. Cathy vint le rejoindre. Ils trinquèrent et burent une gorgée.

— Mes bouquins t'attirent toujours autant…
— Oui, c'est étrange. Je ne lis jamais, cela m'ennuie au plus haut point. Pourtant, lorsque je rentre chez une personne, je ne peux m'empêcher de regarder sa bibliothèque. Comme si elle me révélait une partie d'elle.
— Dis-moi ce que tu lis et je te dirais qui tu es !
— Plus ou moins. Tu peux rire, mais il se passe un truc dans le genre.
— Ça me paraît normal. Seulement, vu que tu ne lis jamais, tu ne connais pas le contenu des livres. Je ne vois pas comment ils peuvent te renseigner sur une personne. Surtout ma bibliothèque, tu la connais par cœur.
— J'ai l'impression de les connaître. J'étais certainement un grand lecteur.
— Toujours aucun souvenir ?
— Non. Des impressions, seulement des impressions… d'être déjà venu dans un endroit… d'avoir déjà rencontré une personne… comme ce crucifix. Je suis persuadé l'avoir vu quelque part et ça me travaille.
— Stop ! On parle pas boulot ce soir.
— Oui désolé, je ne voulais pas revenir là-dessus.

Elle lui mit dans les mains une bouteille de vin rouge et un tire-bouchon puis revint avec deux assiettes garnies de salade verte, pommes dauphines et steak saignant. Caritas prit deux nouveaux verres dans la pharmacie puis déboucha le bourgogne. Il servit et se mit à table. Cathy était jolie, bien plus, elle était ravissante. Il l'observait en commençant à manger. Les cheveux coupés courts, châtains avec des touches blondes sur les pointes, de beaux yeux bleu pastel, un petit nez retroussé, des lèvres fines au-dessus d'une mâchoire de souris, une silhouette de rêve, des seins taillés pour accueillir une paire de mains, des fesses bien rondes, fermes, douces comme la soie, bref, un formidable modèle de poupée gonflable. Malgré ce corps idéal, son charme donnait plus envie

de la prendre dans les bras que de la baiser. Il eut une soudaine envie de la taquiner comme ils aimaient le faire lorsqu'ils se retrouvaient seuls tous les deux.
— C'est très bon.
— Merci.
— Dis-moi, je ne t'ai jamais demandé pourquoi les femmes flics ont toujours les cheveux courts. Vous craignez de ne pas être prise au sérieux, du coup vous essayez de ressembler aux mecs ? J'en ai souvent vu faire du zèle dans l'espoir de nous prouver que leurs capacités ne sont pas inférieures aux nôtres. De là à sacrifier votre crinière sacrée, c'est étonnant.

Cathy le regarda en souriant, sans cesser de mâcher son morceau de viande.
— Je n'arrive pas à savoir si ta question est plus idiote que machiste. On peut la mettre dans les deux cases bien sûr mais te connaissant, je vais opter pour le machisme grossier. Tu es sûr de n'avoir jamais été routier ? Tu t'appelais Robert et tu passais les week-ends à la chasse ou devant un match de foot, non ?
— Possible, qui sait ?
— Tu m'as habitué à mieux.
— Je suis fatigué, je te l'ai dit. De toute façon, le machisme comme le féminisme reste assez désespérant. C'est dans leur nature.
— Pas réellement. Le féminisme porte l'espoir de millions de femmes alors que le machisme est la preuve d'une décadence millénaire.
— Oui, n'est-ce pas ? Ça m'amuse beaucoup ce genre d'absurdité. Le machisme est mal vu et le féminisme porté aux nues. Ne vous sentez-vous pas insultée lorsqu'un homme se prétend féministe ? C'est le comble du machisme ! Ceci dit, machisme et féminisme sont les deux faces d'une même pièce sans intérêt.
— Possible, mais vous êtes côté cour et nous, côté jardin.
— Justement, puisque tout s'inverse, vous allez devoir faire la cour.
— Parce que je ne te la fais pas assez peut-être ?
— Oui mais toi ça ne compte pas, tu as une coupe à la garçonne.
— Ça va, tu t'es bien rattrapé.

Cathy s'approcha de lui et l'embrassa. Elle le prit par la main et le tira dans la chambre.
— Je n'ai pas fini de manger…
— Tu finiras plus tard.

Allongés sur le lit, ils déboutonnèrent en hâte leur chemise sans permettre à leurs lèvres de se décoller. Caritas dégrafa le soutien-gorge pendant qu'elle lui enlevait son pantalon. Les baisers de Cathy descendirent jusqu'au sexe. Elle prit sa verge dans la bouche et la suça. Il caressait ses seins et son dos puis la releva pour à son tour descendre entre ses cuisses, ôter sa culotte en dentelle et laisser sa langue explorer la fêlure érogène. Les doigts de Cathy massaient le crâne de son amant, son corps, secoué de légers spasmes, délivra sa dose de cyprine. Lorsqu'il en eut assez de jouer avec son clitoris, il la pénétra lentement. Les gémissements augmentèrent proportionnellement à la vitesse des va-et-vient. Elle lui prit les mains et les posa sur son cou.

— Serre !

Tout en continuant ses mouvements de hanches, il commença à l'étrangler.

— Plus fort ! gémit-elle.

Il détestait ce moment mais savait pertinemment qu'elle n'arrivait pas à jouir sans cela. Le visage de Cathy devint écarlate. Elle poussa un cri d'extase pouvant très bien passer pour de la terreur, suivi de râles lorsqu'il retira les mains de son cou. Caritas éjacula au même moment. Il reprit son souffle en la couvrant de baisers, se désemboîta et partit à la recherche du paquet de clopes dans son pantalon. Il en alluma une, tira quelques taffes avant de la passer à son amante.

— Tu fais chier, Caritas !

— Qu'est-ce qu'il y a ? Ce n'était pas bien ?

— Si justement ! Les autres, je ne sais pas, ils ne savent pas baiser ou ne savent pas étrangler... Je jouis, et encore, si j'ai la chance de tomber sur un mec pas trop mauvais, mais c'est naze, comme si on me filait un placebo. Toi, tu m'exploses, j'ai vraiment l'impression de mourir et de ressusciter. Tu veux pas m'épouser ?

— Toujours pas.

— Pas grave, je te redemanderai la prochaine fois.

Cathy lui redonna la fin de cigarette.

— Ça t'arrive parfois de trouver que la vie est belle ? demanda-t-elle.

— Oui, bien sûr. La vie, c'est comme Venise, avec sa place St Marc, sa basilique, ses gondoles pleines d'amoureux en voyage de noces. Et quand tu sors du sentier touristique, dans les petites ruelles où personne ne va, tu découvres les tas de poubelles, la puanteur humide, l'eau noire rongeant les murs des maisons pourries. La vie est magnifique sur les cartes postales.

— T'es déprimant.
— Désolé. J'aurais préféré faire flic à Disneyland, je chasserai les frères Rapetou en poussant la chansonnette.

Caritas tombait de sommeil, il s'excusa de ne pouvoir lui offrir une nuit endiablée.

— T'inquiète, repose-toi. Bonne nuit, dit-elle en l'embrassant.

La pluie frappait les carreaux des fenêtres de l'immense bibliothèque. L'orage grondait, mimant le bourdonnement d'un bombardier frôlant le bâtiment. Le toit commençait à céder sous le poids de l'eau et des gouttières se formaient çà et là. Le cliquetis des gouttes ajoutait de petites notes aiguës à l'aqueuse mélodie. Les milliers de livres ruisselaient. Leurs mots coulaient, se mêlaient pour se fondre dans un filet noir, liquide. Souvenir de tant de vanités, cherchant son chemin vers le sol à travers les nervures des meubles. La fille en jean et pull à col roulé se trouvait à la même table, cette fois, accompagnée de Cathy. Elles chuchotaient et riaient en se masquant la bouche pour ne pas faire de bruit. Il s'approcha lentement tout en sachant qu'il ne devait pas, mais c'était plus fort que lui, il ne contrôlait pas son corps. Ses jambes avançaient contre sa volonté. Il aurait voulu les appeler, tenter de leur parler mais rien ne sortait de sa bouche. Lorsqu'il fut assez proche pour mieux les distinguer, il observa la jeune fille penchée sur le dessin de la dague crucifix. Elle essayait de l'effacer avec un globe oculaire. Le nerf optique encore attaché à cette gomme organique suivait les mouvements rapides de sa main, maculant le parchemin de traînées pourpres. Ce dernier semblait boire le sang et au lieu de disparaître sous les efforts convulsifs de la jeune fille, la lame du crucifix rougeoyait de plus belle et se densifiait au point de faire gonfler la feuille. Bientôt, elle parviendrait à sortir de sa prison de fibre et se matérialiser. Les deux femmes se rendirent compte de sa présence et levèrent la tête simultanément. Il manquait l'œil gauche dans l'orbite de Cathy, un mince filet rouge coulait sur sa joue. Il sursauta en reculant. Elles se mirent à rire en le montrant du doigt. Sur la gencive supérieure de la jeune fille, une dent avait poussé. Profitant du flash d'un éclair, le visage de la vieille hurlant son nom apparut juste devant lui.

Caritas se réveilla en sursaut. La lumière du jour venant de se lever arrosait la chambre. Il souffla, rassuré. Le pire était les premières minutes, lorsqu'il émergeait dans l'obscurité et ne savait pas s'il était toujours dans

le rêve ou non. C'était sans doute la raison pour laquelle il se couchait si tard, il ne voulait pas se l'avouer mais durant ses périodes de cauchemars, il en arrivait à avoir peur du noir. Les aiguilles de sa tocante indiquaient 7 h 21. Cathy dormait encore. Il se leva pour lui préparer un petit déjeuner à l'américaine, pancakes, jus d'orange et café. Il fouilla dans les placards et ne trouva ni sirop d'érable ni œufs. Ce sera biscottes et confiote apparemment. Il fuma une cigarette en regardant le café couler. Blancy se trouvait à trois heures de route. Aller là-bas risquait de lui faire perdre une journée. Tarval est en ville mais pour combien de temps ? Il serait plus sage de courir après un lapin encore vivant. Un gourou mort depuis quinze ans n'était plus à trois jours près, il pouvait patienter encore une semaine ou deux. Il n'avait aucune envie de retourner au bureau attendre le coup de fil d'un indic. Il but le café en grignotant un morceau de pain grillé sans beurre. Cela n'avait pas de sens. Il tentait de se persuader d'aller chercher Tarval mais toutes ses pensées le ramenaient à Blancy. Certainement à cause des derniers cauchemars... Depuis des années, ils venaient hanter ses nuits durant quatre ou cinq jours, parfois une semaine, rarement plus longtemps, puis ils disparaissaient et le laissaient dormir quelques mois. Cela se passait toujours dans la même bibliothèque avec cette jeune fille au pull à col roulé. Le crucifix était venu s'incruster dans ses terreurs nocturnes. D'habitude, les éléments de son quotidien interféraient très peu avec ses rêves et jamais de manière aussi concrète. L'impression de déjà-vu, sa présence dans le cauchemar...
Au diable Tarval... il va à Blancy ! Caritas écrasa sa deuxième cigarette et sortit de chez Cathy en quête d'un arrêt de bus. Une demi-heure plus tard, il descendait devant le commissariat et se rendit au parking où il avait laissé sa caisse. Il tourna la clé dans le neiman. Le démarreur fit quelques tours sans résultat. Il recommença, insista, jura en donnant un coup sur le volant, insista encore puis vaincu, sortit de la voiture. Il ne manquait plus que ça ! Putain de bagnole de merde ! Dans le hall d'entrée du poste, le brigadier à l'accueil lui donna les clés d'un véhicule de fonction. Malgré l'heure matinale, il faisait déjà chaud et se taper trois heures de route dans un four à quatre roues ne l'enchantait guère mais l'envie, ou plutôt le besoin, d'aller à Blancy, lui aurait fait traverser tous les déserts du monde. Il rejoignit rapidement le périph et quitta la ville. Heureusement, la circulation était fluide, ce n'était pas un temps à aller gambader dans la campagne, les gens se déplaçaient essentiellement pour le boulot. Sur la voie d'en face, les bouchons commençaient à se former, tranquillement, les klaxons entamaient leur sérénade, les

automobilistes transpiraient, les gaz échappés du bitume brûlant créaient des mirages. Les deux vitres ouvertes, il roula bien au-delà de la vitesse recommandée. La radio poulaga étant assez calme de bon matin, il trouva une station de musique jazz. Lorsqu'il sortit de l'autoroute, le soleil en pleine bourre crachait tout son potentiel.

Il passa le panneau de Blancy, un petit village assez discret, connu essentiellement pour être le point central d'une immense forêt, si dense que seule une vue du ciel permettait de se faire une idée globale du bourg. Cependant, il voyait très peu de touristes se perdre dans ses commerces. Les habitants, un chouïa sauvages, n'ont jamais cherché à les attirer. Aucune boutique de souvenirs, pas d'office du tourisme, un hôtel miteux, un bistrot où tout le monde se tait et vous regarde d'un sale œil si vous avez le malheur de ne pas être du coin, une épicerie fermée la plupart du temps, aucun goût de reviens-y. Caritas trouva facilement les locaux minuscules de la police municipale. Il se gara devant et entra. Sous un ventilateur de la taille d'une hélice d'avion fixé au plafond, un type en uniforme lisait un gros bouquin, confortablement assis dans un fauteuil à roulettes. Lorsqu'il l'aperçut, il posa le livre ouvert sur le bureau. Caritas put lire le titre, « Le guide des égarés ». Il détestait ça ! Poser un livre ouvert sur les pages était le meilleur moyen de l'abîmer. Comment une personne aimant lire pouvait-elle manquer autant de respect envers l'objet de son plaisir ? Et pourquoi, lui qui ne lisait jamais, s'irritait-il à ce point de la santé d'un livre ? Il n'avait pas la réponse à ces questions. D'emblée, avant même de le connaître, il sut qu'il n'aimerait pas ce type.

— Inspecteur Caritas, annonça-t-il en sortant sa carte. Je suis venu au sujet d'une affaire de meurtre qui s'est déroulé il y a une quinzaine d'années.

— Quatorze.

— Pardon ?

— Le meurtre a été commis il y a quatorze ans et bientôt quatre mois. C'est moi qui ai appelé votre collègue hier soir, lorsque j'ai vu passer l'annonce de sa recherche sur le pendentif. J'ai posté une copie du dossier ce matin même, je ne pensais pas que vous feriez le déplacement.

— Moi non plus. J'avais à faire non loin alors, j'en ai profité.

Caritas observa le jeune homme de moins d'une trentaine d'années. Il ne devait pas être en fonction lors des évènements.

— Dites-moi, vous avez appelé tard cette nuit et vous êtes déjà de service ?

— Je loge ici. Mon appartement est juste à l'étage et puis... je suis célibataire, répondit-il avec un sourire signifiant que cela voulait tout dire.

Vu comment tu traites les livres, ça ne m'étonne pas que tu sois seul, espèce de baltringue. Tu peux toujours rêver d'une tétraplégique aveugle, c'est l'unique solution pour que tu ne finisses pas vieux garçon. Caritas essaya de contenir ses pensées.

— Vous étiez déjà dans la police il y a quatorze ans ?

— Oh non, bien sûr que non. Mon beau-frère l'était. Et c'est en me racontant ses histoires que j'ai eu envie de rejoindre la maison. D'ailleurs, le meurtre de monsieur de Naglowski est certainement la plus grande affaire judiciaire de Blancy depuis l'époque où l'on brûlait les sorcières.

— On en a brûlé tant que ça, ici ?

— Plus qu'il n'en faut. Selon les légendes locales, la forêt abritait un grand nombre d'entre elles. Malheureusement, les documents relatant les faits n'ont pas survécu au passage du temps. Seul le bouche-à-oreille a traversé les siècles. C'est certainement pour cette raison que dans sa jeunesse, monsieur de Naglowski a acheté le manoir.

— Il s'intéressait aux sorcières ?

— Sans doute. On raconte que lui et ses disciples vouaient un culte à Satan, dit-il en baissant la voix de crainte d'être entendu. Je vais vous chercher le dossier. Comme je l'ai dit à votre collègue, l'inspecteur chargé de l'enquête est mort, quant à mon beau-frère, il a étudié cette affaire de près mais aujourd'hui il a des problèmes de mémoires suite à une attaque cérébrale.

Le jeune homme posa le dossier sur le bureau.

— Et le pendentif, vous l'avez toujours ?

— Ah, non, malheureusement, nous ne l'avons jamais eu. Tous les éléments de l'enquête sont partis au commissariat d'Arkinston. Lorsque mon beau-frère a désiré le voir, on ne put remettre la main dessus. On a peut-être incinéré la victime avec, c'est possible. En tout cas, inutile de vous rendre là-bas, ils ne l'ont pas.

— Ça vous dérange si je le lis ici ?

— Non, bien sûr que non. Tenez, prenez mon fauteuil, installez-vous. Vous voulez un café ?

— Oui, pourquoi pas ?

— Je vais le préparer. Prenez tout votre temps. C'est pas comme si j'avais des trucs à faire. Ici, la vie est plutôt monotone.

Il ouvrit une porte et monta les escaliers menant à son logement. Caritas parcourut le dossier.

De Naglowski a été retrouvée par sa femme à 0 h 45 environ, peu de temps après le meurtre. Il portait une plaie à la gorge produite par un couteau de chasse. L'assassin est certainement droitier. Le soir même, la victime et ses disciples, au nombre de douze en comptant son épouse, avaient pratiqué une cérémonie dont les participants refusèrent catégoriquement d'en révéler le contenu. Selon l'enquête de voisinage, il serait fort possible qu'il s'agisse de satanisme. Cependant, il ne fut trouvé aucun élément dans le manoir pouvant confirmer cette théorie. La victime portait une robe de cérémonie rouge sur laquelle étaient cousus des symboles ésotériques. L'ensemble des membres de la « secte » était parti peu avant minuit. Il n'y avait aucune trace d'effraction ni d'empreintes. Au moment des faits, seuls madame et Lazo, un enfant des rues recueilli par le couple quelques années plus tôt, se trouvaient dans le manoir. Tous les membres du groupe ont été interrogés, excepté Lazo qui demeurait introuvable depuis la nuit du meurtre. Son patronyme n'était pas mentionné, détail assez étrange dans un rapport d'enquête. Caritas sortit son calepin et griffonna rapidement « Nom de Lazo ? ». À l'époque, Holder lança un avis de recherche sans résultats. Dimitri de Naglowski portait en main droite, une chevalière en or sertie d'un saphir, en main gauche, une alliance et un étrange crucifix autour du cou. Le vol n'était manifestement pas le mobile du meurtre. Caritas observa la photo du pendentif. C'était exactement le même que celui d'Hector. Dommage qu'ils n'aient pas pensé à photographier le dos afin de vérifier si le nom de la victime était gravé sur le manche. Les autres photos n'apportaient rien d'intéressant. Il releva la tête et aperçut la tasse de café en train de refroidir. Le policier municipal dans un coin de la pièce s'était replongé dans son bouquin.

— Au fait, merci pour le café, j'étais pris par le dossier et n'ai pas fait attention.

— Il n'y a pas de souci, monsieur.

— Je vois que tous les membres du groupe habitent à moins de cinquante kilomètres d'ici. Pourriez-vous me faire une photocopie de leur adresse s'il vous plaît ? Je vais en profiter pour leur rendre visite.

— Je peux vous faire la photocopie mais cela ne vous servira pas à grand-chose. Ils sont quasiment tous morts.

— Les douze ?

— Il reste madame qui vit au manoir avec l'un des membres et peut-être Lazo. L'inspecteur Holder n'a jamais pu le retrouver. Pourtant il l'a

59

cherché, vu que sa disparition en faisait le principal suspect. Les autres sont décédés de maladies ou d'accidents. Si je peux me permettre, pourquoi cherchiez-vous le pendentif ?
  Caritas hésita à répondre.
  — Je ne sais pas encore. Vous avez envoyé une copie des photos aussi ?
  — Évidemment, je connais mon métier.
  Son métier ? Excepté arbitrer les querelles de voisinages et mettre un P.V. aux tracteurs mal garés, il ne devait pas avoir grand-chose à faire de ses journées. D'ailleurs, pas certain de trouver un tracteur dans ce bled vu qu'il n'y a pas de champ à plusieurs kilomètres à la ronde. Tu parles d'un métier ! Il n'avait même pas la gueule à traîner au bistrot.
  — Je vous remercie pour tout. Une dernière chose, comment puis-je trouver le manoir ?
  — C'est très simple. En sortant, vous suivez la route en direction d'Arkinston et prenez le deuxième sentier à droite juste après le panneau « Blancy ». Vous allez rouler cinq minutes au cœur de la forêt avant de trouver la grille.
  — Très bien, au revoir. Je vous contacte si j'ai besoin d'autres renseignements.
  — Bien sûr, n'hésitez pas.

  Caritas pressa le pas jusqu'à la voiture. Le soleil cuisait la peau, ses pores se noyaient dans la sueur s'évaporant trop vite. Il prit garde de ne pas toucher la carrosserie pour ouvrir la portière. À l'intérieur, il eut l'impression de manquer d'air et démarra en vitesse. Suivant les instructions, il tourna à droite pour s'engouffrer dans la forêt. La température baissa d'une dizaine de degrés apportant un soulagement extrême. Caritas sentit ses poils se hérisser, venant se frotter aux manches de sa chemise, et s'étonna qu'un choc thermique dû à la fraîcheur des arbres lui procure la chair de poule. Cela restait agréable de rouler à travers la végétation dense. Il ralentit, espérant prolonger ce moment de répit et finit par atteindre l'entrée du domaine. Une arche de marbre blanc, sans aucun mur sur les côtés, maintenait une grille ouverte. À partir de celle-ci, le sentier se trouvait recouvert de gravier tout aussi blanc, traçant un chemin lumineux au milieu des arbres. Caritas le suivit sur environ deux cents mètres avant de voir apparaître le manoir. D'une blancheur immaculée, réfléchissant les rayons du soleil, ses trois étages flirtaient avec la cime des arbres. Il se gara dans la cour de gravier sous un immense chêne dont les branchages projetteraient leur ombre protectrice sur la voiture, sortit et grimpa les marches du perron orné de sculptures. Il sonna, attendit, sonna, attendit encore, frappa à l'aide du heurtoir représentant une main tenant le monde dans sa paume, frappa à nouveau, un peu plus fort, et finit par voir la porte s'ouvrir. De l'autre côté, un homme d'une cinquantaine d'années, gilet noir de qualité sur une chemise blanche impeccablement repassée, cheveux grisonnants peignés en arrière, le nez fin et pointu, les yeux bleus, un visage de fouine, des lèvres quasiment invisibles.

— Monsieur ?

— Bonjour ! Inspecteur Caritas, dit-il en sortant sa carte. Je viens au sujet du meurtre de monsieur de Naglowski. Madame habite toujours ici ?

— Oui, bien sûr, répondit l'homme sans chercher à masquer sa surprise. Cela fait si longtemps… Vous reprenez l'enquête ?

Il n'avait pas pris le temps de se poser la question. Le meurtre en lui-même ne l'intéressait pas franchement. La seule chose l'ayant poussé à quitter la ville et faire toute cette route, c'était le pendentif.

— Je ne sais pas encore, c'est possible.

— Mais entrez, je vous en prie.

L'homme s'écarta pour le laisser passer.

— Votre collègue n'a jamais rien trouvé. Je pensais que vous aviez laissé tomber.

Le vaste hall était richement décoré. Recouvert d'un fin tapis pourpre, un grand escalier blanc de quatre mètres de large montait juste en face de l'entrée. Deux serpents enroulés sur eux-mêmes servaient de colonne aux rampes. Sur leur tête, une femme nue à droite et un homme tout aussi nu à gauche, chacun mordant une demi-sphère pouvant représenter une pomme. Ces deux sculptures semblaient avoir été extraites du même bloc de marbre blanc veiné de bleu. Accrochés aux murs, de nombreux tableaux exposaient des femmes en guenilles chassées par des satyres, un prêtre agenouillé caressant le ventre d'une nonne enceinte, une jeune fille venant cueillir la mandragore sous un pendu dont le membre restait en érection de manière ostentatoire, etc. Des buffets en bois noble portaient encensoirs, vases asiatiques, statuettes en tout genre dont l'une représentait une sorte de Minotaure à quatre bras dansant sur le corps d'un homme. Le rapport stipulait qu'aucun élément dans le manoir ne permettait de confirmer la rumeur de satanisme. Ils avaient envoyé une brigade d'aveugle ?

— Suivez-moi s'il vous plaît.

L'homme le conduisit dans un salon sur la gauche et l'invita à prendre place sur un canapé en cuir blanc. L'isolation devait être de haute qualité. Malgré l'éblouissante lumière frappant les carreaux, l'air restait frais.
— Vous désirez boire quelque chose ? Un thé, un café, un alcool ?
— Non, je vous remercie.
— Très bien, répondit-il en s'asseyant dans un fauteuil en face de Caritas. Y a-t-il de nouveaux éléments ?
— Je ne peux rien dire pour le moment, la piste est trop faible. Vous vous nommez ?
— Antoine. Antoine Helphoni.
— Vous avez connu la victime ?
— Oui, bien sûr, nous étions très proches, il était mon magister.
— Votre magister ? Que voulez-vous dire ?
— Dimitri était notre maître. Il nous apprenait à suivre l'étoile sur le sentier obscur de la vie.
— Veuillez me pardonner de devoir vous poser la question mais apparemment, l'inspecteur chargé de l'enquête vous considérait comme une secte satanique.
— Oui évidemment, répondit-il en souriant, la plupart des gens font l'amalgame. Nous sommes lucifériens, rien à voir avec le satanisme.

Antoine se tenait le dos droit, les mains posées bien à plat sur ses cuisses. On ne percevait aucun mouvement lorsqu'il parlait, juste un léger tremblement de ses lèvres d'où sortait une voie sirupeuse, lente et asexuée.
— Ah... Je vous prie d'excuser mon ignorance mais je crains de faire l'amalgame, moi aussi.
— Vous n'avez pas à vous excuser, cela ne me vexe aucunement. Contrairement à la croyance populaire, Lucifer n'est pas un démon, ni le diable ou un quelconque être maléfique sorti de l'imagination pusillanime d'un moine du moyen-âge. Son nom vient de Luciphoros, le porteur de lumière. C'est ainsi que les Romains nommaient Vénus au petit matin. Elle annonce la venue du soleil. Lucifer est un ange déchu criant dans le désert comme le fit en son temps saint Jean-Baptiste.
— Jean Baptiste était Lucifer ?
— Pas exactement, seulement l'une de ses manifestations, tout comme Vénus. Pour un astronome, c'est une planète de notre système solaire. Pour moi, lorsque je lève les yeux au ciel juste avant l'aube, je vois un message d'espoir, un avenir où les hommes seront libérés de

leurs chaînes et quitteront les ténèbres pour aller s'asseoir aux côtés du Christ.
— Aux côtés du Christ ? Vous me perdez. Je ne connais pas grand-chose aux religions mais j'ai du mal à mettre le Christ, Lucifer et Vénus dans le même bateau.
— Ce n'est pas grave, de toute façon, les religions sont là pour ceux qui n'ont pas de Dieu. Pour nous, il ne s'agit pas de religion avec ses dogmes et ses croyances. Nous cherchons la liberté, la lumière qui luit dans les ténèbres. Nous sommes des chrétiens émancipés et avons choisi de chérir le seul guide à notre image. Par amour, il a accepté de suivre l'Homme dans sa chute car il savait pertinemment qu'en lui résidait notre seul espoir de retour. À l'instar de Jésus, il s'est sacrifié pour nous. L'un a lavé nos péchés, l'autre nous aide à retrouver le Père. C'est dans l'émeraude tombée de son front que l'on sculpta le Graal et c'est par elle que nous serons sauvés. Nous croyons en la nature, en la bonté de Dieu et en Lucifer, son humble serviteur. Alors bien sûr, dans ce mouvement, il y a parfois des croyances différentes. Certains voient en Lucifer et le Christ, une seule et même personne incarnée par Jésus, il y a deux mille ans. Selon moi, c'est absurde. Si je peux me permettre une grossière analogie, cela équivaudrait à un astronome confondant une planète avec une étoile.
— Lorsque je regarde le ciel, je serais incapable de faire la différence.
— Hélas. Ceci dit, vous n'êtes pas astronome. Les mystères de la voûte céleste ne vous ont donc jamais attirés dans leur toile ?
— Non, pas vraiment, mais je ne suis pas venu pour ça. Vous prétendez ne pas faire partie d'une religion. Vous ne vous présentez pas en tant que secte, je suppose.
— En effet. Nous sommes une famille, une confrérie, une arche de Noé ou le Hollandais volant pour certains. Qualifiez-nous comme vous le désirez, cela importe peu. Nous sommes des chercheurs de lumière, prêts à nous enivrer de transcendance à la gloire de notre Sauveur.
— Et donc, monsieur de Naglowski était votre guide. Vous étiez nombreux dans ce groupe ?
— Douze, sans compter le maître. Tout le monde a été interrogé, cela n'a rien donné. Vous avez dû le voir dans le dossier.
— En effet, tout le monde sauf Lazo. Pouvez-vous me parler de lui ? Apparemment, il a disparu la nuit du meurtre et la police n'a jamais pu le retrouver.

— Oui, bien sûr… Je vais faire un thé. Êtes-vous certain de ne rien vouloir boire ?

— Non, je vous remercie.

— À votre guise. Veuillez m'excuser, j'en ai pour un instant.

Antoine se leva et disparut le temps de faire chauffer de l'eau. Caritas en profita pour observer la pièce assez majestueuse. Le papier peint blanc réfléchissait la lumière du jour sur les meubles de bois noble. Il remarqua une grande pendule arrêtée sur une heure moins le quart, l'heure où l'épouse de Dimitri a trouvé le corps. Au-dessus de la cheminée en pierre, un immense miroir au cadre doré reflétait presque entièrement le salon. Caritas croisa son propre regard et ressentit soudain, un torrent de solitude se déverser en lui. Un nœud se forma au creux de son ventre. L'autre, tranquillement assis au-dessus de la cheminée, aspirait lentement sa contenance. Il se leva pour faire le tour de la pièce, espérant se débarrasser de l'emprise de ce double angoissant. Un psyché se trouvait à chaque angle et une multitude de miroirs de formes différentes se renvoyaient leur propre image, donnant une impression de profondeur infinie selon l'endroit où l'on se trouvait. Il fit quelques pas, observant son reflet démultiplié, des dizaines de lui-même envahissant le salon. Était-ce vraiment lui ? Il avait du mal à reconnaître cet homme mal rasé, aux paupières lourdes, d'apparence tellement insignifiante, cherchant à emprisonner son âme dans ses prunelles vides. Antoine revint s'asseoir sans tasse dans les mains.

— Vous ne venez pas d'aller faire un thé ?

— Il n'est pas pour moi, répondit-il en penchant légèrement la tête.

Caritas eut l'impression que sa question l'avait gêné. Il retourna s'asseoir sur le canapé.

— Où en étions-nous ? demanda Antoine.

— Je vous demandais des renseignements sur Lazo.

— Ah oui… Lazo… un jeune homme charmant. Le Maître l'avait adopté trois ans plus tôt. Il mendiait sa nourriture dans les rues. Il devait avoir environ quinze ans lorsque le meurtre a eu lieu et aucun d'entre nous ne l'a jamais revu depuis. Cela me semble étrange que la police n'ait pas réussi à le retrouver. Avec son tatouage sur le front, il ne passe pas inaperçu.

— Quel tatouage ? Le rapport ne le mentionne pas.

— Une croix de saint Antoine aux branches évasées dont la principale descend sur l'arête du nez.

Caritas sortit son calepin pour prendre des notes.

— Vous dites de saint Antoine ?
— C'est cela.
— Elle a quelque chose de spécial la croix de saint Antoine par rapport aux autres ?

Antoine écarquilla les yeux craignant d'avoir mal entendu la question.

— Et bien, comment vous dire… Il existe de nombreuses croix différentes. La grecque, le swastika, la croix de lorraine, la celte, etc.

— Merci, je suis au courant. Je désirais savoir la particularité de celle de saint Antoine.

— Oh, pardonnez-moi, j'ai mal interprété votre requête. Elle ressemble à un T majuscule. Une croix christique sans la branche du haut si vous préférez.

— D'accord. Pensez-vous que Lazo pourrait être coupable ou complice du meurtrier ?

— Impossible ! Nul être sur terre n'aimait autant le maître que lui. Il se serait automutilé jusqu'au trépas s'il lui en avait fait la demande. Selon moi, il n'a pas supporté l'intensité de sa peine et a préféré disparaître loin de toute civilisation. Il a probablement mis fin à ses jours. Un jeune homme fougueux, immolé par son propre feu intérieur. Dimitri lui apprenait à contenir cette flamme. Il aurait brûlé le Monde sans la moindre hésitation si cela pouvait aider les Hommes à sortir de leur torpeur.

— Et les autres, eux non plus ne soupçonnaient pas Lazo ?

— Non, certainement pas. Je vais vous dire une chose, monsieur. Il vous serait plus facile de me persuader que je suis le meurtrier plutôt que de parvenir à me faire voir Lazo, coupable de ce crime affreux. Et tous nos anciens compagnons en auraient dit de même.

— Tous décédés, n'est-ce pas ?

— Certes, ils sont partis rejoindre le maître dans l'au-delà. Vous savez, nous ne cherchons pas à rester absolument dans ce Monde, il n'a que peu d'intérêt pour nous. Notre quête est épuisante, elle abîme le corps, parfois l'esprit et rare sont ceux qui parviennent à connaître leurs petits-enfants, lorsqu'ils ont eu le malheur d'avoir des enfants. Je suis le dernier, avec madame. Elle ne semble pas décidée à partir, alors je reste pour m'occuper d'elle, en hommage à Dimitri.

— Vous n'aimez pas les enfants ?

— Oh, je n'ai rien contre, rassurez-vous. Seulement, il me semble un peu contradictoire de vouloir faire entrer des âmes dans un Monde auquel on désire à tout prix échapper. Ne trouvez-vous pas ?

— Je ne me pose pas ce genre de question. Lazo, il a un nom ? Ce n'est pas mentionné dans le rapport.
— Je l'ignore. Il n'avait aucune identité avant d'être recueilli ici.
— Quand l'avez-vous vu pour la dernière fois ?
— La nuit du meurtre. Nous avions une réunion, tout le monde était présent. Notre maître a été assassiné peu de temps après notre départ d'après les dires de la police.
— Cette réunion avait quelque chose de spécial ?
— Non.
— Des réunions, vous en aviez souvent ?
— Une fois par lune et lors d'évènements cosmiques exceptionnels. J'ai déjà dit tout cela à votre prédécesseur. Ne l'avez-vous pas lu ?
— Si mais parfois, avec le temps, les réponses diffèrent légèrement et certains détails paraissant inutiles sur le moment peuvent prendre une grande importance par la suite.
— Je comprends.
— Serait-il possible de me montrer l'endroit où l'on a retrouvé le corps ?
— Non. Nous avons brûlé le mobilier et muré la porte afin de conjurer le sort. La pièce est inaccessible.

Caritas resta sans voix un moment et ne sut plus par quel bout reprendre la conversation.
— Pourriez-vous me décrire vos réunions ?
— Cela est malheureusement impossible. Il s'agit de notre intimité et j'en perdrais la langue si j'osais la trahir. Ceci dit, n'ayez pas d'inquiétude, nous ne faisions rien d'illégal.
— Donc pas de sacrifices humains ?
— Je vous le répète, nous ne sommes pas des satanistes ! répondit Antoine, une pointe d'agacement dans la voix.
— Je plaisantais. Puis-je parler à Madame ?
— Oui, elle vous attend. Je vous prierai de ne pas être long, elle est très fatiguée. Elle a perdu la vue juste après la mort du maître et son état de santé se dégrade lentement. Veuillez me suivre s'il vous plaît.

Il le conduisit dans le hall puis sur la droite des escaliers, emprunta un couloir étroit et s'arrêta devant une porte en bois massif, ornée de sculptures d'animaux. Une odeur de renfermé flottait dans l'air. De toute évidence, il n'aérait jamais le manoir. Assez compréhensible en cette période de canicule, ouvrir les fenêtres ferait entrer l'air chaud. Il doit être habitué et ne se rend plus compte de l'odeur. Caritas passa la porte qu'Antoine referma derrière lui. Les rayons du soleil à travers les persiennes permettaient tout juste de distinguer la silhouette des objets disséminés dans la pièce. Il aperçut une femme, semblant assez âgée, assise dans le fond. Il avança lentement, prenant garde de ne pas se prendre les pieds dans les multiples ombres jonchant le sol et prit place en face de la vieille.

— Bonjour madame, je suis l'inspecteur Caritas. J'aimerais vous poser quelques questions au sujet du meurtre de votre mari.

La vieille bougea la tête, ses pupilles blanches semblèrent scintiller un instant avant de venir se planter dans son regard. Il n'était pas du genre à baisser les yeux mais l'envie se fit sentir. Ça puait la charogne, certainement un animal crevé depuis des lustres. Pourquoi Antoine laissait-il cette femme dans des conditions pareilles ?

— Bonjour... bonsoir... Le jour peut-il être bon lorsque la lumière nous fuit ? Lorsque l'on ne sait plus reconnaître un visage amical ? Les ténèbres pour seules compagnes... Toute ma vie, j'ai prié le porteur et sa lumière me fut dérobée. Vous avez des yeux pour ne rien voir et une langue bien pendante. Vous vivez nonchalamment comme si la mort vous avait oublié. Lorsqu'elle vous prendra par la main pour vous mener aux portes de son royaume, vous ne saurez quoi lui dire et vous la suivrez, hébété, craintif qui sait ? Elle est ici, debout, juste derrière vous, à observer, les yeux emplis de tendresse, son enfant endormi par une berceuse. Ne sentez-vous pas cette puanteur ? La fin de toute chose, de tout ordre...

— Hum... Madame ?

— Oui, que voulez-vous ?

— Pensez-vous que votre mari avait des ennemis, des personnes qui auraient pu lui souhaiter du mal ?

— Évidemment !

— Connaissez-vous leur nom ?

La vieille partie dans un grand éclat de rire finissant par une toux rauque.

— La grande majorité de la population mondiale...

— Je ne comprends pas.

— Bien sûr, vous ne comprenez pas. Avez-vous un jour compris quoique ce soit ? C'est le Monde qui a tué mon mari, les gens comme vous. Vous êtes son meurtrier, vous et tous ceux de votre race maudite, vous êtes tous des assassins...

— Madame, pourquoi croyez-vous que le Monde en voulait à votre mari ?

— Parce qu'il était libre, au-delà de votre morale pudibonde. Libre de savoir ce qu'est le Bien et ce qu'est le Mal. Vous ne pouvez pas comprendre, envoûté par les paroles du démon, vous ne voyez rien, n'entendez rien. Si je n'existais pas, vous ne vous en rendriez même pas compte tellement vous êtes berné par votre propre orgueil. Pourtant vous ne croyez en rien, pas même en vous. Tout le paradoxe de votre misère… Laissez-moi, je n'ai rien à vous apprendre. Je vous remercie toutefois de m'avoir permis de rire, cela faisait si longtemps…

Caritas se leva et se dirigea vers la porte.

— Lorsque l'on a retrouvé le corps de votre mari, il avait un pendentif autour du cou. Un crucifix un peu particulier. Avait-il l'habitude de le porter ?

La femme reprit un fou rire et manqua de s'étouffer. Elle eut du mal à reprendre sa respiration et parvint tout de même à répondre au bout d'un long moment.

— Mon mari n'a jamais porté de corde autour du cou et certainement pas avec l'image de ce charlatan, maudit soit-il ! Décidément, vous avez manqué votre vocation. Vous êtes bien meilleur bouffon que policier.

Antoine l'attendait dans le couloir. Il décolla légèrement le bras de son corps pour indiquer la sortie.

— Vous m'avez dit être chrétien il me semble, pourtant, si j'ai bien compris ses paroles, madame vient de traiter le Christ de charlatan.

— Jésus, Jésus seulement, pas le Christ. Nos croyances sont particulières. Je ne suis pas sûr qu'entrer dans le détail soit fructueux pour votre enquête.

— Laissez-moi décider de ce qui est fructueux pour mon enquête. Jésus ne serait pas le Christ ?

— Il l'est et cependant, il ne l'est pas. Jésus est un homme mort sur une croix. Le Christ ne peut mourir. Nous pourrions parler des heures de ces choses mais en avez-vous le temps et l'utilité ? Cela peut-il vous rapprocher d'un suspect ?

— Non, pas pour l'instant, répondit Caritas agacé. Une dernière question. Avez-vous déjà vu un pendentif comme celui-ci ?

Il sortit la photo prise par Francis.

— Intéressant, très intéressant… Non, je ne crois pas avoir déjà vu cet objet.

Caritas surpris se demanda si cette grande asperge n'était pas en train de se foutre de sa gueule.

— On a retrouvé le même pendentif sur le corps de monsieur de Naglowski.

— En êtes-vous certain ? La police ne nous a jamais rien dit de tel !

À cet instant, Caritas se rendit compte qu'aucune question sur le pendentif n'était dans le rapport. Il n'avait pas remarqué cet oubli en le parcourant rapidement au poste de la municipale. Vraiment étrange. Même l'inspecteur le plus naze du monde se serait interrogé sur la bizarrerie de ce crucifix.

— Vous pensez que cela appartenait au meurtrier ? demanda Antoine, soudain vivement intéressé.

— Vous en pensez quoi, vous ?

— Dimitri n'aurait jamais mis ce sacrilège autour du cou. Cela ne peut venir que de l'assassin et cela prouve qu'il ne fait pas partie de notre famille.

— Pourquoi ?

— On peut trouver des dissidences sur différents points métaphysiques, certes, mais jamais l'un d'entre nous ne s'avilirait à faire porter ceci à une personne, fût-elle sa pire ennemie.

— Très bien, je vous remercie de m'avoir consacré du temps. Pourriez-vous me donner votre numéro de téléphone au cas où j'aurais d'autres questions, il n'est pas dans le rapport.

— Je suis désolé, nous n'avons pas le téléphone.

Il salua Antoine, monta dans la voiture et démarra. La puanteur de la pièce où la vieille folle attendait de crever avait dû incruster ses vêtements. Il la sentait encore, diffuse mais bien présente. Caritas alluma une cigarette et roula dans la fraîcheur d'une bienveillante canopée.

Il mit la radio sur la bonne fréquence pour relancer l'avis de recherche sur Lazo

— Un individu de type caucasien d'une trentaine d'années. Signe particulier, un tatouage sur le front représentant un T majuscule aux bords évasés. Vu pour la dernière fois, il y a quatorze ans à Blancy. Envoyez son signalement à Interpol.

Il reposa le micro et partit en direction de l'autoroute. Une paire de minutes plus tard, une voix gueula dans la radio.

— Caritas, putain t'étais où ? Ça fait deux heures que j'essaie de t'avoir !

— Salut Cathy, qu'est-ce qu'il se passe ?

— On a logé Tarval !

IV

Le marché nocturne était animé en ce début de soirée. Un stand de légumes côtoyait un vendeur de fringues indiennes, un boulanger artisanal, un vannier, une vendeuse de spiruline et autres trucs dégueulasses que les gens se forcent à bouffer pour espérer crever un peu moins vite. Lazo parcourait les allées à la recherche d'un vendeur de sandwichs ou de rouleaux de printemps. Il en trouva un dans un coin de la place et observa autour de lui en attendant sa commande. Le fromager, juste à côté, avait la même tête que l'une de ses vieilles connaissances. Un blondinet à la gueule bien ronde, jurant avec la finesse de son nez, les yeux bleus mal alignés. Le mélange n'a pas bien pris chez lui, ses parents ne devaient pas avoir les atomes assez crochus. La ressemblance était troublante, ça aurait pu être son frère. Une façon de bouger identique, de parler, de regarder les gens d'un œil furtif, comme s'ils craignaient que l'on puisse voir leur médiocrité en fixant une personne trop longtemps. La cliente, elle aussi, était le portrait craché d'une mégère que Lazo avait connu. Morte depuis longtemps, voilà qu'elle réapparaissait au milieu d'un marché sous un autre nom, une autre vie... Quoique bien souvent, ils gardent les mêmes traumatismes, un schéma de pensée identique, un caractère semblable, des angoisses similaires... Le monde est peuplé de clones karmiques. La nature n'a-t-elle donc aucune imagination ? Il ne doit pas y avoir plus de quatre ou cinq cents moules dans lesquels s'est formée toute l'espèce humaine. Parfois, ils ont une teinte de peau différente, les yeux un peu plus bridés, les lèvres un peu moins épaisses, vingt ans de plus ou de moins, pourtant, il s'agit bien des mêmes. Seule leur expérience futile peut différer, et encore, ce n'est pas si souvent le cas. Les paroles d'une vieille chanson lui revinrent en tête,

« Je me demande pourquoi la nature met tant d'entêtement, tant d'adresse et tant d'indifférence biologique à faire que vos fils ressemblent à ce point à leurs pères… ». S'il ne s'agissait que de famille, cela resterait supportable. À croire que la même pseudo-âme habite des millions de corps simultanément. Il lui arrivait bien souvent d'avoir des doutes sur une personne, se demandant s'il l'avait effectivement déjà rencontré ou si elle était l'un de ses nombreux sosies. Sa mémoire avait de plus en plus de mal à les ranger dans les tiroirs spatio-temporels et forcement, un individu se retrouvait dans ses souvenirs avec plusieurs prénoms dans de multiples endroits et situations différentes. Il est possible aussi que la nature n'y soit pour rien. Le responsable peut être l'envoûtement collectif. Au long des années, le Monde formate les corps, les visages, les pensées, afin de disposer d'une population de clones, fiers de leur unicité illusoire. En connaître certains revient à les connaître tous…

Un phénomène des plus déprimant est de les entendre traiter les autres de moutons. L'autre est un con, c'est bien connu. Comme s'ils ne faisaient pas partie du même troupeau… Peu importe les clans à l'intérieur du troupeau, peu importe les solitaires, les iconoclastes, les anarchistes… et tous ces marginaux luttant pour changer le monde, incapables de se rendre compte qu'ils sont eux-mêmes les gardiens tyranniques d'une société pourrie jusqu'à la moelle. La laine poussant sur leur dos n'a pas meilleure odeur que celle du voisin. Bien sûr, il y a quelques loups, mais les loups vivent en meute eux aussi, de simples moutons ayant un appétit plus vaste, rien de transcendant. Malgré les pseudo-initiés dont Lazo fit la connaissance, il pourrait compter sur les doigts d'une main lépreuse le nombre d'hommes errant parmi les bêtes. On trouvait toutes les espèces, le rat, la fouine, le paresseux, le porc, la volaille, la hyène, le bouc, le vautour… Parfois, la rencontre d'un colibri ou d'une biche, perdus dans les égouts de la création, lui réchauffait le cœur. Des raretés dont il savait profiter. Nous sommes en apnée, les eaux du déluge ne se sont jamais retirées. Les petits plaisirs pris à la va-vite, comme si on les volait, sont une bouffée d'oxygène. Ils arrivent seulement pour nous empêcher de nous noyer. On respire un peu avant que la prochaine vague nous entraîne à nouveau vers le fond. Il n'y a pas d'île en ce monde, pas plus qu'il n'y a d'ange en enfer…

Lazo termina son sandwich, quitta le marché et déambula plus d'une heure à travers les ruelles pour se rendre rue Alexander Roob où Maël l'attendait. Il évitait toujours les grands axes, encombrés de badauds en quête de fraîcheur, de restaurants bondés, de bistrots pour étudiants en manque d'avenir. Connaissant la ville par cœur, pour l'avoir arpenté toute sa vie, il savait parfaitement quel chemin lui permettait de croiser le moins de monde possible. Excepté celle de ses amis, la fréquentation des gens lui était insupportable. Parfois, afin de ne pas perdre totalement le contact et s'enfermer dans un isolement risquant de nuire à ses capacités professionnelles, il se mêlait à la foule, comme il venait de le faire au marché, tout en s'efforçant de rester invisible. Selon l'adage populaire, on n'est jamais plus anonyme qu'au milieu des gens. L'homme lui ayant vendu le sandwich ne serait certainement pas capable de le reconnaître si on lui montrait une photo. Les gens regardent mais ne voient pas... Lorsqu'il arriva dans la rue Roob, Maël au volant d'une BMW noire, fraîchement volée, lui fit des appels de phares. Lazo monta dans la voiture qui démarra aussitôt. Ils prirent le boulevard Mantegna pour rejoindre le périph en direction de Baltonost, une banlieue riche, avec ses magasins de luxe, ses épiceries fines, ses salles de fitness, ses courts de tennis et son terrain de golf entouré d'une forêt parfaitement entretenue.

À la radio, un journaliste interviewait un député de droite au sujet d'un projet de loi proposé par la gauche et refusé par son parti. Étrangement, son parti avait proposé exactement le même texte trois ans plus tôt, la gauche d'alors l'ayant rejeté. Devant l'incompréhension du journaliste, le député se défendit. Bien que le texte soit identique, l'intention, elle, ne l'était pas et il lui semblait impossible de soutenir un tel projet sans avoir l'impression de mentir aux électeurs. Il ne faut pas oublier que... Maël coupa la radio.

— Tu l'as entendu cet empaffé ? Ils n'en ont rien à foutre des lois et des projets de loi ! Ils ne lisent même pas le texte. Tout ce qui compte pour eux, c'est voter contre le parti adverse, peu importe ce qu'il propose, même si ça va dans leur sens. Bande de fumiers ! Ils passent leur temps à faire des promesses et lorsqu'ils sont au pouvoir, ils se plaignent de ne pas pouvoir les tenir à cause de la mauvaise volonté de leurs adversaires ou de ceux qui étaient à leur place juste avant. Comme on change de gouvernement à chaque élection, ils ont toujours une bonne raison pour se foutre de notre gueule tout en continuant de palper leur salaire, leurs indemnités, les repas trois étoiles, les voyages gratis. Des plumes et du goudron ! Et lorsqu'on aura plus de goudron, on utilisera de l'acide !

Maël restait obsédé par la politique, ce qui pouvait paraître paradoxal vu qu'il refusait de voter. Selon lui, voter, c'est donner sa voix et si tu as donné ta voix, alors il ne te reste plus qu'à fermer ta gueule. Comme le disait Pratt, ils nous chient sur la tête et lorsque l'on va voter, on leur donne le papier pour s'essuyer. D'ailleurs, si elles avaient réellement une utilité, les élections seraient interdites depuis longtemps. Les mecs ne se sont pas emmerdés durant des années à sucer des bites, trahir leurs proches, retourner leur veste au point de ne plus reconnaître l'endroit de l'envers, pour laisser le pouvoir aux bouseux.

— Tu vois, ce que l'on devrait faire, c'est arrêter ce simulacre de démocratie. De toute façon, le peuple ne choisit pas les candidats. Il faut mettre un roi à la tête de l'État, comme ça, on ne s'emmerde plus à aller voter. C'est complètement con ce système. Comment des millions d'abrutis pourraient-ils savoir qui est le plus compétent pour diriger un pays ? Ils ne connaissent rien à l'économie ni à la géopolitique et se font endormir par des idées ringardes. Lorsqu'un député emmène sa bagnole au garage, il ne va pas choisir quel mécano va la réparer et ne va pas non plus lui expliquer comment faire. Alors, pourquoi demande-t-on au mécano de choisir un président ?

— Oui pourquoi, le coupa Lazo ?

— Parce que ça ne sert à rien. Je te le dis, il faut mettre un roi et arrêter de faire chier le peuple avec la politique.

— Un dictateur en somme.

— Oui, si tu veux, avec une petite sécurité inscrite dans la constitution. S'il s'amuse à faire trop de connerie ou trop dénigrer les citoyens, on lui coupe la tête. Il y aura peut-être moins de prétendants au trône.

— Arrêter de faire chier le peuple avec la politique ? Je te signale que c'est toi qui en parles tout le temps. Tu n'en as pas marre de te battre contre des moulins ? demanda Lazo, souriant.

— Des moulins… ? Oh, je ne me bats pas, je râle c'est tout. Ça me tient éveillé, ça fait circuler le sang. Tu vois, pour moi, la société est

un train fonçant vers un précipice. La droite met le charbon dans la chaudière pour le faire avancer plus vite et la gauche, le répare pour ne pas le voir s'effondrer avant d'atteindre le précipice.
— Et alors ? Tu préfères quelle activité ?
— Moi, je voudrais pousser les gens hors du train avant qu'il ne soit trop tard.
— Hors du train ?
— Oui, pourquoi pas ? De toute façon, on est foutu si on reste dans les wagons, alors autant sauter.
— Mais toi, tu es toujours dans le train.
— Il est vrai.
— Alors comment peux-tu savoir ce qu'il y a en dehors ?
— Je n'en sais rien, mais je suis prêt à parcourir l'inconnu.
— Tu veux pousser les gens dans l'inconnu sans t'y être rendu. Charité bien ordonnée commence par soi-même.
— C'est pas faux. Mais si je saute du train, je ne pourrais peut-être plus remonter pour pousser les autres.
— En effet. Si c'était aussi simple, il n'y aurait jamais eu de train...

Ils parlèrent de locomotives, de partis capitalistes, socialistes, extrémistes, anarchistes, de paniers de crabes, du meilleur moyen de persuader les citoyens d'une autocratie qu'ils sont libres et égaux (de grands éclats de rire résonnèrent dans l'habitacle de la BMW, qui ne fut pas mécontente d'accueillir ces sursauts de bonne humeur) et de tant d'autres choses insignifiantes...

La BMW quitta le périph et prit la direction du quartier le plus huppé de Baltonost. Ici, seulement d'immenses jardins entourant de grandes villas construites sur un terrain vallonné. Maël gara la voiture sur le bord du trottoir, à la discrétion des lampadaires. En sortant, il récupéra son sac à dos sur la banquette arrière. Les deux acolytes marchèrent une dizaine de minutes, évitant la rue principale, puis s'arrêtèrent au pied d'un grand mur de trois mètres de haut, surmonté de pics en fer. Maël sortit de son sac le crochet lié à une corde et le lança entre deux pics. En tirant sur la corde, le crochet vint se lover autour de l'une des flèches pointant vers le ciel.
— Du premier coup ? Tu t'es entraîné dis-moi, lança Lazo.
— Ouais, c'est ça, fous-toi de ma gueule...

Ils grimpèrent le mur, firent passer la corde de l'autre côté et se laissèrent glisser jusqu'au sol. De leur place, ils ne pouvaient voir la maison. Des cyprès, des peupliers, une poignée de chênes et de nombreux arbustes formaient un labyrinthe végétal jusqu'au pied de la villa. Ils avancèrent à pas de loup tout en essayant de perdre le moins de temps possible. Une grande bâtisse finit par émerger à travers l'obscurité. Deux étages, des façades de quinze mètres sur dix, recouvertes de lierre. Ils en firent le tour et aperçurent une fenêtre ouverte au deuxième. La canicule était une aubaine, un petit coup de pouce du Seigneur à ses enfants de la nuit.

— C'est leur chambre, murmura Lazo.

Maël inspecta la descente de gouttière tandis que Lazo testait la solidité du lierre. La gouttière semblait assez robuste, le lierre aussi mais son ascension serait plus bruyante. Ils reculèrent un peu afin d'observer l'ensemble. Deux solutions s'offraient à eux, grimper jusqu'au toit ou se servir du lierre une fois arrivé à hauteur pour passer d'une fenêtre à l'autre. Il y en avait deux entre la gouttière et celle de la chambre.

— On va passer par le toit, ça sera plus rapide, chuchota Lazo.

— C'est toi le patron, répondit Maël.

Ils commencèrent l'ascension, sans un bruit, tels des vampires se jouant de l'apesanteur. Ils arrivèrent sur le toit, à peine essoufflés, et avancèrent à quatre pattes en direction de la fenêtre ouverte, sans poser les genoux sur les tuiles. Cette position féline permettait de garder un parfait équilibre en évitant de briser le silence d'une douce nuit d'été. Arrivé juste au-dessus du balcon de la chambre, Lazo appuya lentement sur le chéneau afin de tester sa solidité dans un premier temps et de pouvoir s'y suspendre sans le déformer ni faire le moindre bruit. Il se laissa tomber sur la pointe des pieds et mis une main sur la rambarde du balcon pour maintenir sa position un bref instant avant de poser les talons au sol. Maël le suivit et sortit de son sac la bouteille d'éther qu'il déboucha pour imbiber deux chiffons en coton. Un couple assez âgé dormait sereinement, les draps repoussés aux pieds du lit. Ils s'approchèrent du couple et maintinrent leur chiffon juste au-dessus du nez et de la bouche des rêveurs. Lentement, laissant au produit le temps de faire son effet, ils rapprochaient les tissus anesthésiants des visages, avant de les déposer sur leurs victimes,

parties maintenant dans un profond sommeil. Lazo secoua l'homme, aucune réaction.
— On peut y aller.
Il appuya sur l'interrupteur. Une vive lumière leur fit baisser les paupières, offrant aux pupilles habitués à l'obscurité le temps de s'adapter aux nouvelles conditions. Maël se dirigea vers l'entrée afin de débrancher l'alarme, déclencher l'ouverture à distance de la grille du domaine et couper l'arrivée d'eau. Lazo sortit de la chambre et ouvrit la porte en face de celle-ci. Il alluma et découvrit une autre chambre. Il fit toutes les pièces de l'étage, laissant portes ouvertes et lumières allumées, puis passa au rez-de-chaussée. Lorsqu'il trouva la salle de bain, il laissa couler l'eau chaude de la douche et des lavabos. Une fois la villa totalement éclairée, Lazo et Maël sortirent sur le perron pour accueillir les deux semi-remorques sur lesquels on pouvait lire « Dédé ménagement ». Ils ouvrirent les portes arrière des remorques d'où surgirent Nathan, Wilfrid, Félibre, Daphné et la douzaine de frères et sœurs de la famille Ramirez. Le père conduisait le premier semi et Léa le second. Ils se précipitèrent à l'intérieur, en prenant soin d'enfiler leurs gants. Chacun savait ce qu'il avait à faire. Par groupes de deux ou trois, ils vidaient les meubles, roulaient les tapis, décrochaient les tableaux, chargeaient canapé, billard, matériel hi-fi, etc. Daphné, dans le salon, une scotcheuse à la main, montait les cartons que Pablito, le cadet de la fratrie, âgé d'à peine neuf ans, distribuait dans les pièces où l'on en avait besoin. Les meubles et le gros électroménager étaient démontés, les objets métalliques pliés, afin de prendre le moins de place possible. Seuls les éviers, la baignoire, les cuvettes de toilettes, les matelas, les portes et le cumulus étaient chargés tels quels dans les camions...
Wilfrid et Léa débarrassaient un vaisselier de tout son fatras de bibelots, argenterie, porcelaines de Limoges et d'ailleurs.
— Tiens, c'est bizarre, j'ai l'impression de la connaître cette gonzesse, annonça Wilfrid, tenant en main la photo d'une jeune blonde en tenue d'équitation.
— Et tu trouves ça bizarre ? demanda Léa. Y a-t-il une nana dans cette ville avec laquelle tu n'as pas couché ?
— Oui, toi !

— Tu peux toujours courir, je me ferais nonne ou lesbienne avant même d'en avoir l'idée.
— Il ne faut jamais dire : Wilfrid, je ne boirai pas de ton eau. Ne connais-tu pas le dicton ? Je pourrais peut-être t'apprendre des choses, qui sait ? Tiens, par exemple, la semaine dernière, je me suis tapé une contorsionniste, très gentille et mignonne avec ça. Elle me léchait les couilles pendant que je la baisais.
— T'es un mytho, ce n'est pas possible d'être aussi souple.
— Non, je t'assure, moi non plus je ne l'aurai pas cru.
— Tu me fatigues avec tes conneries. Si ta bite et ton cerveau n'avaient pas permuté, tu pourrais découvrir qu'il existe tout un monde au-delà du sexe.
— Tu y viendras. En vérité, je te le dis, un jour ou plutôt une nuit, je te ferai connaître toute l'étendue de mes dons.
— Je ne savais pas qu'une bite pouvait rêver. Tu vois, tu m'en apprends suffisamment...

Wilfrid était né dans un cirque, à une époque où les artistes gagnaient suffisamment pour se permettre de faire des enfants. Ses parents lui firent tout essayer, le jonglage, la magie, le clown, le trapèze, l'acrobatie, le dressage d'animaux, etc. Sans succès. Il ne trouvait pas cela déplaisant à pratiquer, mais se mettre en scène pour gagner trois sous lui donnait l'impression d'être un singe en cage, mendiant des cacahuètes à des spectateurs désœuvrés. Lorsqu'il rencontra la bande à Lazo, il fit ses valises sans hésiter une seconde. Quitte à crever de faim, inutile d'amuser la galerie. Ceci dit, ils étaient loin de crever de faim. Peu importe ce que la manche rapportait, il y avait toujours de quoi manger, boire, fumer et surtout baiser. Le reste n'avait pas d'importance.

— J'aime bien ce quartier. Ma dernière visite, c'était pour choper une bourgeoise. Ses parents étaient absents. Du coup, elle m'a emmené chez elle. Ramener un type en douce dans la piaule de ses vieux, c'était l'aventure du siècle. Elle se prenait pour Mata Hari.
— Elle avait quel âge ?
— Elle était majeure, évidemment, tu me prends pour quoi ?
— Un obsédé...
— Un joli petit cul... Je lui ai fait découvrir mille merveilles, je te dis pas.
— Ouais, justement, me raconte pas...

La maison se vidait à une vitesse folle. Lazo supervisait le tout, se croyant sur une scène de théâtre où il fallait rapidement changer de décor avant le lever de rideau. De temps en temps, il retournait dans la chambre verser un peu d'éther sur les chiffons, puis aidait à transporter meubles et cartons. En détachant un tableau du bureau, Félibre tomba sur un coffre-fort. Il parcourut les pièces à la recherche de Nathan et le trouva portant les montants d'un lit avec Tiago.

— Nathan, diablerie métalleuse dérobe mes yeux d'un secret choyé. Presse ton doigté sur cou de nombres et sésame-la, je te prie.

— OK ! Prend ma place, je m'en occupe, répondit-il en lui tapant amicalement sur l'épaule.

Nathan était un génie dans son domaine, on l'appelait l'horloger. Il ouvrait n'importe quel coffre en un rien de temps, pour peu que ce ne soit pas un coffre de banque, cela demandait un peu plus de patience. Les coffres de particuliers, c'est de l'arnaque, on les utilise pour former les apprentis. Après, si vous n'avez rien d'autre à mettre qu'une liasse de biftons et la bague de votre grand-mère, ça convient très bien...

Daphné ayant terminé de monter les cartons, aida à les porter. Pablito prit un balai et commença à nettoyer les pièces vides. Il restait moins de trois heures avant le lever du soleil et le plus gros était fait. On déposa les dormeurs à terre pour emporter leur lit, dernier meuble de la chambre. Wilfrid jouait à Tarzan, suspendu à un lustre du salon.

— Arrête de faire le clown, s'il te plaît, on aura tout le temps de s'amuser après le boulot, le tança Lazo.

Le déménagement se faisait dans la bonne humeur mais il fallait toujours rappeler que le temps était compté. Heureusement, les Ramirez et la troupe à Lazo savaient être sérieux et attentifs lorsque c'était nécessaire, excepté Wilfrid et Zahia, qui avaient tendance à tout prendre pour un jeu, sans notion des risques. À leur décharge, l'ambiance joviale et décontractée ne les aidait pas à voir dans cette activité autre chose que la préparation d'une grande fête de famille. La joie de se retrouver effaçait l'aspect criminel de leur remue-ménage, il s'agissait d'un simple déménagement. Les camions étaient pleins à ras bord. Nanosh, le patriarche, vint rejoindre Lazo.

— On a pu tout rentrer mais c'était juste. Si un soir, on tombe sur un peu plus de matos, on ne pourra pas tout emporter. Faudrait peut-être penser à prendre un camion de plus, on perdrait moins de temps à démonter les meubles.

— Oui, mais un camion de plus, c'est une grande part de discrétion en moins. Le temps, nous en avons toujours eu suffisamment...

Lazo fit rapidement le tour de toutes les pièces afin de vérifier qu'ils n'avaient pas oublié de carton et éteignit les lumières derrière lui. La villa avait retrouvé sa virginité perdue. Seuls le papier peint et les ampoules électriques rappelaient qu'elle fut habitée un jour. Pendant que tout le monde s'entassait dans les cabines des semi, Pablito apporta à Lazo une bombe de peinture rouge avant de s'empresser de rejoindre les autres. Les camions démarrèrent et franchir la grille d'entrée. Maël appuya sur le bouton de commande à distance pour la refermer et arriva dans le salon au moment où Lazo graffait sur le mur au-dessus de la cheminée : *Veillez donc, car vous ne savez pas quel jour viendra votre Maître.* Ils éteignirent la lumière du salon, remontèrent dans la chambre du deuxième pour récupérer les chiffons d'éther, passèrent par la fenêtre et redescendirent en s'agrippant au lierre. Il s'avérait suffisamment accroché au mur pour les porter sans difficulté. Les deux savaient parfaitement centrer le poids de leur corps afin de répartir leur masse de manière homogène. Ils atteignirent le sol sans difficulté, traversèrent le labyrinthe végétal et retrouvèrent la corde leur ayant permis d'entrer. Une fois dans la rue, ils marchèrent sans se presser vers la voiture, reprenant la conversation là où ils l'avaient laissé plusieurs heures auparavant.

— Le problème, reprit Maël, est la forme pyramidale du pouvoir. Une tribu peut aisément s'accorder pour désigner un chef, mais lorsqu'il s'agit d'une nation, ce n'est plus possible. Nous aurons forcément des candidats plus attirés par le pouvoir et la renommée que par le bien-être du peuple. Le seul moyen d'éviter cela serait un gouvernement de sages.

— Une synarchie ? Et où vas-tu trouver tes sages ? Qui va les choisir ? Comment les reconnaître ?

— On en trouvera, il suffit d'un peu de bonne volonté.

— Un véritable sage refuserait de prendre le pouvoir, du coup, ton serpent se mord la queue. Non, le problème, c'est que l'Homme est con. Il ne voit pas plus loin que sa jouissance immédiate, quitte à se retrouver dans la merde peu de temps après. De plus, il est toujours persuadé que ses idées sont les meilleures, peu importe ce qu'elles sont. Lorsqu'il en change, il ne remet pas en doute leur véracité ou leur qualité. Un type peut passer sa vie à changer d'idées sans jamais réaliser qu'elles n'ont aucune valeur réelle. Les croyances sont des outils, des bâtons de marche tout au plus. Lorsqu'il est usé, on le remplace mais un bâton reste un bâton, ce n'est jamais la vérité. Tant que les hommes se comporteront ainsi, aucun système politique ne fonctionnera jamais. D'ailleurs, une société de gens moins cons n'aurait plus besoin de politique, mais une telle communauté existe seulement dans les fantasmes d'humanistes abrutis par ignorance de la nature humaine et de ce monde. Depuis les centaines de milliers d'années que l'Homme traîne sur cette putain de planète, s'il avait la possibilité de devenir moins con, nous serions tous des anges, aujourd'hui…

Maël démarra, laissa la voiture descendre la côte et prit l'avenue en direction du terrain de golf. Il ne leur fallut pas plus d'une demi-heure pour rejoindre les semi, sur une petite route de campagne. Le convoi roula jusqu'à l'orée de la forêt domaniale du magistrat Péres, puis bifurqua sur un chemin de terre au cœur de la végétation. Un kilomètre plus loin, il déboucha sur une immense clairière. Les camions se mirent cul à un trou de douze mètres de diamètre et trois de profondeur au centre de la tonsure sylvestre. Ils ouvrirent les portes des remorques et commencèrent à balancer leur contenu dans le trou. Nanosh arrosa d'essence les premières pièces venues s'écraser au fond de la cavité creusée une semaine auparavant et sortit son Zippo pour allumer un journal qu'il jeta dessus. Les flammes jaillirent, rapidement calmées par l'indigestion de matière tombant des camions. Les cartons contenant les objets en argent, en or et les bijoux furent mis de côté. Zahia, Giuseppe et Sarah jetaient des pelletées de terre lorsque les flammes montaient trop haut en prenant garde de ne pas étouffer le feu. Chez les bourgeois, on trouve très peu de plastique, tout est en bois ou en métal, même les brosses à dents. On peut donc presque tout brûler sans être dérangé par les odeurs nauséabondes. Une détonation vint secouer le brasier, certainement le carton de la salle de bain rempli d'aérosols. Le billard émit un craquement sinistre en tombant au milieu de la fournaise, on entendit les boules rouler à l'intérieur. Les visages sur les tableaux de famille se déformaient, poussaient un dernier hurlement avant de disparaître. Le faste de toute une vie s'en allait en fumée sous les acclamations d'un public médusé. Pablito vint trouver Léa, occupée à sortir une porte de meuble en acajou.

— Eh, t'es costaud toi, tu pourrais me porter sur tes épaules.

— Pourquoi veux-tu monter sur mes épaules ?

— Pour enlever les autocollants, répondit-il en désignant du doigt l'extérieur de la remorque.

Léa, intriguée, descendit voir ce qu'il montrait. Il s'agissait de l'inscription « Dédé ménagement ».

— Ah, OK, monte, dit-elle en posant un genou à terre.

Hissé à la bonne hauteur, Pablito tira sur un coin de l'autocollant et le détacha. Ils firent de même avec l'autre remorque.

— C'est moi qui ai eu l'idée, annonça fièrement Pablito en quittant les épaules de Léa.

— C'est rigolo.

— C'est pas pour être rigolo, répondit-il feignant d'être vexé. C'est pour si un gadjo nous voit, les cognes lui f'ront pas confiance, ils croiront qu'c'est un bègue.

— Hum… très malin, tu vas devenir un véritable génie du crime petit Paul.

Dès l'arrivée dans la clairière, Daphné était partie chercher son four en terre réfractaire dans l'une des voitures garées à l'orée des bois. Composé de deux parties assez légères, il était facilement transportable. Après avoir mis le feu en route, elle jeta des boulets d'anthracite et commença à préparer pince, creusets et lingotières. Lazo, Michaël et Nalia, munis d'une lampe frontale et d'une loupe, examinaient chaque objet en métal précieux, à la recherche du poinçon afin de regrouper ensemble les alliages du plus pur au plus modeste. Les camions vides, on recouvrit presque totalement de terre le brasier. En cuisant, elle formera une croûte maintenant une chaleur extrême en dessous et dispersera la fumée. De cette manière, ils s'assuraient que tout serait consumé et les métaux fondus se mêleront pour former un amas méconnaissable. D'ici vingt-quatre heures, toutes traces de leur forfait auront disparu. Léa et Nanosh ramenèrent les camions sur le parking de l'entreprise Ramirez. Maël les suivit et abandonna la BMW dans une rue fréquentée d'Arnavrill, une cité où ce genre de voiture ne resterait pas longtemps en un seul morceau…

Le ciel blanchit lentement, effaçant une à une les étoiles éreintées par cette nuit de labeur. Seule Vénus continuant de guetter la venue du soleil résista un moment au nappage amnésique du jour naissant.

Dans la clairière, on avait fini d'enlever les pierres précieuses des bijoux et de découper les objets trop grands pour entrer dans les creusets. On s'approcha des voitures pour en sortir instruments de musiques et bouteilles d'alcools. Peu de temps après, un minibus Wolkswagen orange et jaune arriva en klaxonnant. Nanosh, Léa et Maël en sortirent, une bouteille de rhum à la main. Le son d'un bouchon de champagne échappant à sa cage de verre fit monter des cris de joie. Tout était accompli, on pouvait maintenant laisser place aux réjouissances…

Lazo leva son verre, imposant le silence.

— Gloire à vous, mes frères ! Buvons ! Cette nuit encore, les ténèbres ont brûlé et ils gémiront durant des jours sur leurs illusions perdues. Nous avons une fois de plus œuvré selon les lois du Seigneur. Soyons satisfaits du travail loyalement accompli. À votre santé !

— À la nôtre, répondirent-ils tous en chœur avant de boire une gorgée.

Les musiciens improvisèrent un air joyeux et dansant. Félibre taquinait son cymbalum, surfant sur les violons de Nalia et Léa, les guitares sèches de Giuseppe et Maria, le tout accompagné par le djembé de Pablito. Maël et Tiago roulaient des pétards, Nathan et le reste de la famille Ramirez dansaient autour des musiciens.

Wilfrid, main dans la main avec Zahia, passa devant Nanosh et Lazo pour s'enfoncer dans les bois.

— C'est pas beau la jeunesse ? souffla le père Ramirez en recrachant la fumée de son havane.

Il était grand et costaud. Une balafre traversait son front légèrement basané, une autre dessinait un collier le long de sa gorge, souvenir d'une mauvaise affaire. Une bonne partie de sa vie fut un jeu de chat et souris avec les flics. Spécialisé dans les bijouteries et magasins de luxe, il avait arrêté les braquages depuis plusieurs années. Aujourd'hui, il était conseiller expert. Lorsqu'on voulait se faire une banque, un dépôt de métaux précieux, un kidnapping un peu chaud, une évasion de prison ou tant d'autres choses encore, on venait le voir avec les plans des bâtiments et tous les renseignements disponibles. Il établissait le mode opératoire, le matériel nécessaire et le nombre d'intervenants.

Nanosh pouvait proposer plusieurs scénarios selon les capacités de l'équipe et leur style, avec une probabilité de succès assez élevé s'il ne tombait pas sur une bande d'incompétents. Il touchait sa com sur chaque coup réussi. Vendre son savoir était moins fatigant. Avec l'âge, il avait perdu le goût pour l'adrénaline. Se faire une villa comme cette nuit, c'était juste pour rester en forme et avoir une activité en famille. Cela faisait tellement plaisir à sa tribu de rejoindre celle de Lazo pour aller piller du bourgeois et faire la fête.

— Tu n'as pas peur qu'il lui mette un polichinelle dans le tiroir ?
— Il est prévenu. Si ça arrive, il l'épouse.
— Tu tiens vraiment à ce que ta fille passe toute sa vie avec des cornes plus longues qu'une voie de chemin de fer ?
— Non… Pour l'instant, ils s'amusent, ils en profitent, il faut que jeunesse se fasse. Mais lorsqu'un homme prend une épouse et qu'il devient père, alors, il se doit de respecter la mère de ses enfants. Il ne sera plus question pour lui d'aller tremper sa bite dans tous les vases du monde.
— Je ne suis pas certain qu'il en soit capable.
— Dans ce cas, je serais dans l'obligation de protéger ma famille. Ça poserait un problème ?
— Aucun. À partir du moment où il est prévenu, c'est à lui de gérer.
— Heureux de te l'entendre dire. Je n'aurais pas voulu voir des gamineries pourrir notre amitié.

Daphné avait presque terminé ses fontes. Elle poinçonnait les lingots d'or, hippocampe, tête d'aigle et hibou. Les lingots d'argent refroidissaient, le dernier se trouvant encore en ébullition dans le creuset. Accueillis par des cris de joie, les premiers rayons du soleil parvinrent à dépasser la cime des arbres. Il n'allait pas tarder à faire très chaud. Daphné sortit le creuset et déversa son contenu dans la lingotière. Elle laisserait le four s'éteindre de lui-même et le rangerait bien plus tard. Excité par la venue de l'astre, les vapeurs d'alcool et de hasch, le rythme de la musique accéléra, emportant avec lui les danseurs dans un total lâcher-prise. Le son du djembé résonnait, éveillant les énergies du scrotum. S'aidant du chant des guitares, elles grimpaient le long de la colonne vertébrale, attrapaient les vibrations des violons au niveau du plexus solaire pour s'élever dans la région de la gorge où le cymbalum les portait en triomphe jusqu'au front, inondant danseurs et musiciens d'un plaisir intense. Daphné, toujours derrière son fourneau, souriait de cette manifestation spontanée et involontaire. Elle termina de frapper au poinçon les derniers lingots d'argent, les mit avec l'or dans un petit sac de jute qu'elle porta à Nanosh, encore en train de palabrer avec Lazo. Ces deux-là ne se voyaient pas souvent mais semblaient oublier le reste du monde lorsqu'ils discutaient ensemble.

— Une bonne récolte, dit-elle en tendant le sac de jute et une bourse contenant les pierres précieuses.

— Merci, ma belle.

— De rien, tonton.

Elle fit demi-tour, attrapa une bouteille de vodka dans la main d'Esteban, but une grande rasade et se mit à danser. C'est par son intermédiaire que Lazo fit la rencontre de la famille, à l'époque où elle aimait détrousser les gens hypnotisés par sa grâce. Voilà déjà six ans, à l'angle d'une rue de la vieille ville, elle dansait sur des notes sucrées, émises par les doigts agiles de Félibre. Lazo, un peu à l'écart, l'observait avec une admiration dont il fut le premier surpris. Son enthousiasme augmenta en la voyant récupérer portefeuilles, montres et bracelets sans éveiller le moindre soupçon chez ses victimes. N'ayant jamais perçu une capacité d'envoûtement aussi naturelle, il décida d'aller lui parler. Le courant passa de suite et bien qu'il restât sur ses gardes, il ne put s'empêcher d'aimer cette femme et son étrange compagnon. Bien sûr, elle lui fit un peu de rentre-dedans pour le tester mais il ne céda pas et les considéra tous deux assez rapidement comme un frère et une sœur que l'ivrognerie des cigognes avait empêché de naître dans le même foyer. Ceci dit, de foyer, il n'en avait jamais eu avant de rencontrer Dimitri. Un véritable enfant de la rue, élevé par les clochards, les camés, les réprouvés. Personne n'a su lui dire qui étaient ses parents. Apparemment, depuis bébé, il passait de bras en bras et de squat en squat. C'était l'enfant de tout le monde et nul n'osait y toucher. Même les plus dégueux ressentaient une crainte à l'idée de lui apprendre les choses réservées aux adultes. Peut-être était-ce dû à son tatouage sur le front, seul héritage de ses géniteurs, qu'il avait dû faire retracer tout au long de sa croissance. Félibre et Daphné se considéraient eux aussi comme frère et sœur. Ça ne les empêchait pas de coucher ensemble parfois, mais ils refusèrent toujours d'avoir une relation de couple. Le sexe restait un jeu ou un pansement les soirs de cafard. Ils vivaient sur un terrain en construction dont le projet fut abandonné, l'un dans une caravane, l'autre dans une roulotte. Après plusieurs mois, Lazo les invita à vivre chez lui, à la campagne. Un corps de ferme entouré de terrains en friche avec une petite chapelle privée, à moins d'une demi-heure de la ville. Ils trouvèrent l'endroit merveilleux et acceptèrent avec grand plaisir l'invitation. Puis, de manche en manche, ils adoptèrent Maël, Nathan, Léa et enfin Wilfrid, le petit dernier de la famille.

Le soleil devenait piquant et la chaleur tomba comme une chape de plomb sur la prairie. Tout le monde se réfugia à l'abri des arbres où l'on mit en route un nouveau feu afin de cuire les morceaux d'agneaux marinés et les poivrons. Totalement ivres, Nathan et Giuseppe s'endormirent avant le repas. Félibre, titubant à côté d'eux, leva son verre vide.

— Ô paladins chouant l'éreintement du noble labeur ! Sylvestres rêveries enrhument ma chopine que fétide allégorie assèche vilement. Soif, je suis ! Par les étoiles et la myrrhe, du corbeau aux chanterelles pourpres hallucinant mon verbe aux pieds de courtisanes éphémérides…

Il trébucha et s'affala sur le sol sans pouvoir terminer sa phrase puis se releva en riant.

— Soif, je suis ! dit-il à la recherche d'une bonne âme pour remplir son verre.

Maël discutait avec Tiago, Sam et Sarah, de la condition des nomades dans la société. Il considérait les aires d'accueils pour gens du voyage comme des tentatives sournoises de sédentarisation et de privation de liberté.

— Possible, répondait Sarah. La liberté, elle est dans ma tête, peu importe où je pose mon cul.

— Je suis d'accord mais tu ne te rends pas compte de l'influence inconsciente que cela produit. La liberté dans ta tête, comme tu dis, va finir par disparaître.

— Je demande à voir…

— T'en as pas marre de te prendre le chou ? lui demanda Sam. On n'est pas bien là ? Tiens, bois un coup, fume, mange, profite ! Regarde où on est… On s'en fout de tout ça, la liberté, la société… T'as l'air d'être le moins libre d'entre nous…

Maël but une gorgée dans la bouteille que lui tendait Sam puis baissa la tête, pensif.

— C'est bien possible. Tu as raison ! dit-il en relevant la tête avec le sourire. Aux chiottes la société, on l'emmerde.

— On l'emmerde pas, répondit Sarah. En ce moment, la société c'est nous. Nous seuls et les milliers d'arbres qui nous accueillent…

La fête se prolongea toute la journée et allait certainement continuer jusqu'au petit matin. Juste après le crépuscule, profitant du départ d'Esteban, Sarah et Michaël, Lazo salua la compagnie pour se rendre en ville. Ils le déposèrent devant « Chez Mylène », dans le troisième.

Le bâtiment de style colonial à l'angle de la rue Théophraste s'élevait sur trois étages. Lazo poussa la porte et se dirigea vers le comptoir. La plus grande partie de la pièce servait de salon avec tables basses et canapés, vases fleuris posés sur des colonnes corinthiennes miniatures, rideaux de velours, lustres anciens, tableaux baroques représentants muses, amazones dénudées, une reproduction de « L'enlèvement des filles de Leucippe » et nombreuses œuvres plus ou moins célèbres. Les escaliers placés en face de l'entrée permettaient de monter sans avoir à traverser le hall. Pas grand monde ce soir. Au comptoir, le fils Dattler sirotait une coupe de champagne, un habitué désœuvré par l'immense richesse de sa famille. Dans le fond, trois types en costars affalés sur les canapés autour d'une bouteille de Gin, accompagnés par trois donzelles en petites tenues. Mylène, servant derrière le bar accueillit Lazo avec un large sourire. Une femme assez proche des soixante-dix ans, ayant su garder son charme malgré les sévices de Chronos, avec une âme de pin up refusant de laisser un corps vieillissant maculer sa beauté. Elle avait les cheveux gris, les yeux coquins et un sourire à vous faire oublier les rides de son visage radieux.

— Comment vas-tu beau gosse ?

— Ça va et toi ?

— Rien de spécial, le train-train.

— Marion est là ? demanda-t-il.

— Avec un client. Elle ne devrait pas en avoir pour longtemps. Je te sers un verre en attendant ?

— Un Rhum s'il te plaît.

« Chez Mylène » était le seul bordel indépendant de la ville, même Malgoff n'avait pu mettre la main dessus. Cela étonnait tout le monde mais personne ne cherchait à en connaître la raison. Aucun voyou ni flic n'était parvenu à découvrir qui protégeait Mylène ni pourquoi le moindre esclandre ou manquement de respect à ses filles sonnait le glas de l'idiot s'y amusant. Avec le temps, on ne se posait plus de question. D'un certain côté, la neutralité du lieu arrangeait tout le monde. On pouvait rencontrer son ennemi en toute sécurité, et les filles, de vraies pros… Son verre à la main, Lazo se rendit dans une chambre et patienta assis dans un fauteuil Louis XV. Toute la déco datait de la même époque. Les tableaux de nobles grassouillets, la tapisserie, les tapis, le mobilier… Les thèmes variaient selon les pièces, allant du cabinet de médecin à la cave sado-maso, en passant par la chambre d'enfant pour les plus tordus. Marion arriva vingt minutes plus tard, une serviette de bain autour du corps et les cheveux encore ruisselants. Ils s'embrassèrent, se jetèrent dans les draps en soie du lit à baldaquin et firent l'amour. Reprenant son souffle, elle posa sa tête sur le torse en sueur de son amant et alluma une cigarette.

— Ça faisait longtemps que tu n'étais pas venu me voir. Tu vois quelqu'un d'autre ?

— Serais-tu jalouse ? répondit-il en riant.

— Follement ! Bien plus que tu ne le crois. Donne-moi le nom de cette pouffiasse qui a osé t'éloigner aussi longtemps. Je vais lui faire bouffer ses ovaires à coups de talons aiguilles dans l'fion !

Sa beauté augmentait lorsqu'elle faisait semblant d'être en colère. Ses lèvres formaient un M rose parfaitement dessiné, une oasis saharienne. Ses yeux bleus donneraient le vertige aux meilleurs funambules et son corps n'avait pas son pareil dans tous les âges de la Création. Marion était son île déserte, son ermitage où il pouvait se mettre nu et apaiser son âme. Sa présence avait le privilège d'étouffer la rage et la haine qui le bouffait du matin au soir. Parfois, il avait envie de tout arrêter, de l'emmener loin de cette ville pourrie, de lui offrir le bonheur auquel elle avait droit. Serait-il capable de la rendre heureuse ? Possible, mais jamais il ne pourrait l'élever à la place qu'elle mérite, à la droite du Seigneur. Il n'en avait pas le pouvoir. Il serait descendu au fond des enfers pour un seul de ses sourires mais parfois, il vaut mieux laisser Eurydice dans le monde des morts et profiter de sa grâce plutôt que risquer de blesser un ange.

— Ne sois pas vulgaire mon amour, tu sais bien qu'il ne peut y en avoir d'autre. Tu es mon hétaïre, mon oiseau du paradis, ma Béatrice.

— Alors pourquoi as-tu été absent si longtemps ? dit-elle en forçant une moue soupçonneuse avant d'éclater de rire.

— J'avais à faire. Et d'ailleurs, ta jalousie, c'est tout de même un comble.

— Je ne vois pas pourquoi, dit-elle, redevenant soudain sérieuse.

— Tu passes tes soirées à offrir ton cul à tous les salopards de la ville. Heureusement que je ne te fais pas de crises de jalousies.

— Je ne l'offre pas, je le vends et d'ailleurs, ils achètent du plaisir, et non mon simple cul, comme tu dis. Peu importe ce que je fais de mon corps puisque mon cœur reste avec toi.

— N'as-tu pas envie d'arrêter parfois ? Je pourrais te donner plus d'argent que tu n'en gagneras jamais dans toute une vie ici.

— Tu me prends pour une pute ? Tu crois que je fais ça pour l'argent ?

Ses yeux brillèrent, annonçant l'arrivée prochaine d'une larme.

— Non, pardon, ce n'est pas ce que je voulais dire.

Il l'embrassa, caressant son corps avec toute la délicatesse dont il était capable.

— Et Marie-Madeleine, la michetonne de ton Christ, elle n'en faisait pas autant ?

— Marie-Madeleine... ? Non... c'est une invention des cathos. Il y avait trop de Marie dans l'entourage de Jésus, ça les a gavés. Ils en ont rassemblé trois en une seule et ils l'ont faite pécheresse.

— Pas étonnant, ça représente bien la vision de l'homme sur les femmes. La mère, Vierge Marie pleine de grâce et les autres, toutes des putes... J'arrête si tu m'épouses.

— Quoi ?

— Tu m'épouses et je quitte le bordel. À prendre ou à lécher.

— Tu ne me laisses pas le choix, répondit Lazo en glissant sa tête entre les cuisses de Marion.

Il quitta sa bien-aimée au milieu de la nuit, lui promettant de revenir très bientôt, et rentra chez lui. Aucune voiture sur le terrain, les autres ne seront sans doute pas là avant demain matin. Il ouvrit la porte de la petite chapelle en face de la ferme, prit le bougeoir sur le côté, alluma la chandelle et avança lentement. Il n'y avait pas de statues, pas de tableau non plus, seulement la pierre taillée par des artistes oubliés et dans le chœur, un Jésus grandeur nature planté sur une croix. La lumière d'une pleine lune traversait les vitraux. Il posa le bougeoir sur l'autel, mit un genou à terre et récita le Pater. Puis, il se signa avant d'éteindre la bougie du bout des doigts et de ressortir. Une dame blanche s'envola en chuintant lorsqu'il ferma la porte de la chapelle. Il aperçut son ombre s'effacer dans les ténèbres et lui souhaita bon voyage. Épuisé, il se jeta sur le matelas posé directement sur le sol de sa chambre, ôta ses chaussures sans les délacer et s'endormit tout habillé.

V

Caritas roulait à vive allure, gyro sur le toit, sirène en route, l'aiguille du compteur s'affolait et le brouhaha de l'air s'engouffrant par les vitres couvrait la musique de l'autoradio. Ils avaient reçu un appel anonyme affirmant que l'on pourrait trouver Tarval à l'hôtel Zecaire, un établissement luxueux et discret du neuvième arrondissement. Sans grandes convictions, Cathy partit se renseigner et aperçut Tarval montant dans un taxi devant l'hôtel. Elle lança aussitôt un appel à toutes les voitures disponibles aux environs et le prit en filature. Le taxi remonta l'avenue Lubicz puis bifurqua en direction de la porte des colombins. Cathy continua tout droit, passant le relais à deux collègues ayant répondu à son appel. Elle reprit la piste un peu plus loin, suivit le taxi sur le périph intérieur et le vit sortir à Sulidro, quartier résidentiel très prisé par la classe moyenne. Bien moins dégoulinant d'opulence que Baltonost mais tout de même assez riche. Elle passa la main à Basile et Laurent puis quitta la voie rapide à la sortie suivante. Tarval se fit déposer à l'entrée d'un rond-point, marcha une dizaine de minutes en changeant de rue autant que possible pour finalement, une fois assuré de ne pas être suivi, passer la porte d'une villa entourée d'un carré de gazon sans clôture. Caritas avait demandé qu'on l'attende pour appréhender Tarval. Cathy était folle de rage.

— Mais qu'est-ce tu fous à Blancy, putain !
— J'avais des choses à vérifier. J'arrive, je serai là dans pas longtemps.
— Tu te fous de moi ? Faut trois heures pour venir de Blancy.
— T'inquiète. Surveillez la baraque et dès que je suis là, on le chope.
— OK, on t'attend, mais je te préviens, s'il sort de sa planque, on se le fait.

À l'entrée de la ville, Caritas fut contraint de ralentir, la circulation devenait dense et malgré la chaleur torride de ce début d'après-midi, des bouchons commençaient à se former. Il avança tant bien que mal, obligeant les automobilistes à se mettre sur le côté. Des perles de sueurs inondèrent son corps, de larges tâches humides envahirent sa chemise. Il serait peut-être temps de mettre la clim dans les bagnoles de fonction. Lorsqu'ils nous donneront un peu de budget et du matos fonctionnel, on pourra bosser correctement et on aura les foutus résultats qu'ils demandent ! Le manque de moyens le faisait toujours enrager. Pas de quoi payer un indic, un dealer, un costar pour éviter d'avoir l'air d'un flic lorsqu'on veut pêcher des renseignements. Ta bite et ton couteau, ça suffit. Et tu me coffres Al Capone d'ici demain midi parce qu'après, j'ai une partie de Squach avec le maire. Connard !

Il finit par atteindre Sulidro, se gara à deux pâtés de maisons de la planque et aperçut la voiture de Cathy à l'ombre d'un peuplier, un peu plus loin sur le bord de la route. Il marcha calmement et s'installa place passager.
— Alors ?
— Il y a un mec avec lui, arrivé depuis plus d'une heure.
— Personne d'autre ?
— Non. Je suis allé faire du repérage. J'ai identifié Tarval. L'autre, je ne le connais pas. Laurent et Basile sont garés dans la rue en face, ils surveillent l'arrière de la maison. Je me demande ce qu'il fout dans ce quartier. Ici, les voisins doivent passer leur temps à épier par la fenêtre toutes les allées et venues. Ce n'est pas l'endroit rêvé lorsqu'on est en cavale.
— À qui appartient la baraque ?
— Martial Gomez, un paysagiste de vingt-neuf ans. On n'a rien trouvé sur lui, pas de casier ni de boulot, sécu ou compte en banque. Peu de chance qu'il existe ou alors, c'est une anguille. Comment tu veux procéder ?
Caritas prit le micro de la radio pour s'adresser à la voiture de Basile.
— Cathy et moi on va passer par l'entrée. Vous prenez l'arrière de la maison. S'il s'échappe par une fenêtre, vous tirez.
— Pas de problème, répondit Laurent. On y va.
La voix légèrement traînante de son collègue alerta Caritas.
— Ça va Laurent ?
— Oui, impec, pourquoi ?
— T'es à combien de grammes ?
— Trois fois rien, je t'assure, il n'y a pas de problème.

— Bon, OK. Basile, tu prends les fenêtres. Laurent, tu restes en retrait pour nous couvrir si ça part en vrille ou pour le choper s'il parvient à s'échapper.
Caritas hésita un instant avant de questionner Cathy.
— T'as vu Laurent avant de venir ? Il a une voix bizarre. Il tient debout au moins ?
— Oui, il n'est pas raide. Il a juste le moral à zéro.
— Ce n'est pas nouveau.
— Bien, disons qu'aujourd'hui, il est plus proche de l'hiver sibérien que du zéro habituel.
— Pfff, fait chier.
Peut-être qu'un peu d'action allait lui faire du bien après tout. Il reprit le micro.
— C'est parti. Vous vous mettez en place et intervenez seulement s'il y a du grabuge.

Caritas sortit de la voiture, suivi par sa princesse, alla jeter un œil sur la boîte aux lettres devant laquelle ils étaient garés puis, lentement, afin de laisser le temps à Laurent de se cacher derrière un buisson et à Basile de se poster proche d'une fenêtre restée ouverte, il se dirigea vers la porte d'entrée. De plain-pied, les rideaux tirés derrière des volets en cabane, ce qui ne choquait personne vu la température, une demeure assez commune pour le quartier. Devant le garage, une Mercedes marron, flambant neuve, somnolait sous les feux du soleil. Cathy se tenait contre le mur, flingue à la main, invisible depuis l'intérieur. Tarval ne connaissait pas Caritas, il avait toujours su s'évaporer avant l'arrivée de la police et n'avait jamais eu la curiosité de savoir quel flic lui courrait après dans cette ville. Vu le nombre d'endroits où il était recherché, il ne se sentait pas l'âme à collectionner le nom de ses fans dans le poulailler européen. Caritas croisa le regard de Cathy. Elle hocha la tête pour lui signaler qu'elle était prête. Il observa la rue, vide, sans la moindre trace de brise pour animer les branches des arbres. Le temps semblait s'être arrêté. Ses battements cardiaques accélérèrent leur cadence, son corps s'apprêtait à décharger sa dose d'adrénaline. Il frappa à la porte. De l'autre côté, une voix soupçonneuse se fit entendre.
— C'est qui ?
— Bonjour, je suis monsieur Nerguila, votre voisin d'en face. Je viens de voir des jeunes d'un air louche tourner autour de votre voiture. Je voulais vous prévenir avant d'appeler la police.

Caritas sentit la tension monter à l'intérieur de la maison. Lui-même voyait poindre du fond de ses tripes, une légère démangeaison. Son pouls parasitait ses tympans, les sens en alerte, il se rendit compte une fois de plus que l'adrénaline restait belle est bien la meilleure des drogues.
— Inutile d'appeler la police, répondit la voix, ce n'était sûrement rien. Vous savez, les jeunes aiment admirer les belles voitures.
— On ne sait jamais, monsieur. La semaine dernière, les Barbarin, nos voisins, se sont fait cambrioler et deux jours plus tard, la voiture de monsieur Josselin a été volée en pleine journée. Le quartier n'est plus ce qu'il était. Je vais tout de même prévenir la police, par sécurité.
— Laissez tomber je vous dis, répondit la voix agacée.
Caritas sortit son arme et la garda cachée contre sa cuisse.
— Ne vous inquiétez pas, ils vont juste venir faire un tour pour voir si tout se passe bien. Bonne journée, monsieur.
— Et attendez !
La porte s'ouvrit. L'homme se retrouva avec un Beretta collé sur le nez avant qu'il ne puisse faire le moindre geste. Il se mit à hurler.
— Enculé !
Cathy le plaqua à terre et sortit ses menottes tout en lui faisant une clef de bras. Un son de verre brisé se fit entendre dans une pièce. Caritas tourna la tête dans le couloir et vit Tarval surgir, colt à la main, tirant dans sa direction. D'un bond, il se mit à l'abri derrière l'angle du mur. Ses cheveux sentaient le brûlé, ce n'était pas passé loin cette fois. Il se préparait à répliquer lorsqu'il entendit un bruit de lutte dans la pièce du fond. Il jeta un œil rapide pour apercevoir sa proie se débattant avec Laurent. Le colt restait dans les mains de Tarval mais Laurent les tenait fermement, cherchant à le désarmer. Caritas avança en visant sans pouvoir tirer de crainte de toucher son collègue. Soudain, Tarval mit un coup de genou à son adversaire qui s'écroula au sol. Caritas tira. Le coup ne partit pas. Il appuya une seconde fois sur la gâchette sans plus de résultat. Impuissant, il vit Tarval loger deux balles dans le corps de Laurent, puis se tournant vers le couloir, commencer à lever son arme dans sa direction avant de plonger par la fenêtre pour échapper à la rafale de Cathy. Arrivant à la rescousse une demi-seconde trop tard pour atteindre sa cible, ses balles s'écrasèrent sur le mur du salon ou se perdirent dans l'espace vide de la fenêtre ouverte. La poussière de plâtre embrumait l'atmosphère.
— Appelle les secours, beugla Caritas en sautant à son tour par la fenêtre.

Il tenta de rattraper sa proie mais celle-ci courait bien trop vite. Il ne put l'empêcher d'atteindre une voiture garée à cent mètres de là. Tarval laissait toujours un véhicule de secours en cas de problème. Caritas, impuissant, regarda la Mercedes noire, partir à toute allure. La mort dans l'âme, il tenta de reprendre son souffle en revenant vers la planque où Basile faisait pression des deux mains sur les plaies de Laurent. Une balle se trouvait dans la région du foie, en espérant qu'elle ne l'ait pas touché et l'autre avait perforé le poumon, tout proche du cœur. Cathy ramena du linge propre et se mit à parler au blessé en lui tenant la main. Elle racontait n'importe quoi, tout ce qu'il lui passait par la tête, tout ce qui pourrait l'empêcher de s'évanouir. L'ambulance arriva très rapidement, les urgentistes mirent leur client sous perfusion avant de le charger sur la civière pour l'évacuer aussitôt, accompagnés par Cathy qui eut du mal à lâcher la main de son collègue au moment où ils fermèrent les portes. Elle revint dans la maison, les larmes aux yeux.

— Qu'est-ce que t'as foutu, bordel ? Pourquoi t'as pas tiré ? Tu l'avais en face de toi !

— Mon flingue s'est enrayé. J'ai tiré mais… Je suis désolé.

— Et toi ? demanda-t-elle à Basile qui pour une fois ne souriait pas. Pourquoi tu ne t'es pas occupé de la fenêtre ? Il devait rester en retrait ! Tu sais très bien qu'il est incapable d'intervenir correctement !

— Je sais… J'allais la prendre mais il a insisté, je te jure ! Il voulait absolument se poster là. Du coup, je me suis placé pour couvrir l'autre façade et je suis arrivé trop tard.

— Faites chier ! Vous me faites tous chier ! Donne-moi ton flingue ! gueula-t-elle en se tournant vers Caritas.

Il le sortit de son holster et lui tendit. Ce n'était pas le moment de lui rappeler le règlement ou la notion de hiérarchie. Elle prit le 9 mm et tira dans le mur. Trois balles vinrent perforer le placo. Elle lui rendit son arme.

— Enrayé, mon cul !

Caritas resta sans voix. Il avait appuyé, putain, il avait appuyé…

La salle d'attente était bondée en cette fin d'après-midi. À croire que les gens n'avaient pas mieux à faire de leurs journées. Comme s'ils espéraient trouver un peu de fraîcheur dans la couleur froide des murs de l'immense bâtiment. Il devait y avoir un tas de grabataires en mauvais état, la vieillesse s'accommode mal des fortes chaleurs. Voilà trois heures que le toubib s'occupait de Laurent. Caritas avait conduit le complice de

Tarval au poste, l'avait interrogé à coups de poings, histoire de se défouler un peu, sans rien pouvoir en tirer. Le type avait des papiers en règle, n'était pas recherché et prétendait avoir loué cette maison pour les vacances. Il assurait ne pas connaître Tarval. Ils se seraient rencontrés la veille dans un bistrot et ayant passé une excellente soirée ensemble, ont décidé de venir picoler chez lui. À chaque mensonge, il recevait une beigne, mais même avec la gueule en sang, il ne changea pas sa version. On attendait le résultat des empreintes pour vérifier son identité. Vu l'état dans lequel il se trouvait après leur petite conversation, Caritas décida de le laisser en cellule et partit rejoindre les autres à l'hôpital. Cathy faisait les cent pas devant l'entrée des urgences, fumant clope sur clope. Basile, assis sur une chaise dans un coin de la salle d'attente, patientait l'air absent. Il ne parvenait pas à retrouver son légendaire sourire. Pourtant, depuis le temps qu'il était dans la boîte, il en avait vu des collègues passer l'arme à gauche. Là, ça semblait différent, peut-être un début de lassitude ou un truc dans le genre. Caritas vint s'asseoir à côté de lui.

— Des nouvelles ?
— Non, toujours rien. Il est encore sur le billard.

Il souffla avant de se relever, sortit une cigarette de son paquet et alla rejoindre Cathy.

— Je suis désolé, princesse. Je ne comprends pas ce qui est arrivé. J'ai tiré, je te jure, mais rien ne sortait.

Elle le fixa un moment en tirant une taffe, finit de remplir ses poumons avec une grande bouffée d'air puis recracha la fumée.

— On a foiré, c'est comme ça. On aurait dû demander des renforts, être plus sécure. J'espère qu'il va s'en tirer, c'est tout ce que je veux.
— Moi aussi...
— Basile a retrouvé son Glock dans la voiture.
— Comment ça ?
— Il a laissé son arme dans la caisse avant d'aller sauter sur Tarval.
— Je ne comprends pas.
— Évidemment tu ne comprends pas ! Il n'y a que Tarval qui t'intéresse et maintenant, ce putain de pendentif à la con ! Ça fait des mois que Laurent est au fond du trou, il en peut plus et toi, tu vois rien ! Il a pas bu, c'est bon, il peut encore servir...

Caritas tenta de se justifier tout en sachant que ça ne servirait à rien. Il était coupable. Coupable de ne pas avoir su aider son collègue, coupable

de ne pas lui avoir ordonné de rester dans la voiture, coupable d'attacher de l'intérêt seulement aux personnes qu'il veut coffrer.
— Je suis désolé, Cathy.
— Laisse tomber, je suis en colère. Tu n'as rien vu et moi je n'ai rien dit. C'est aussi ma faute… Au fait, t'es au courant pour Francis ?
— Quoi Francis, il a essayé de me joindre ? demanda-t-il.
— Il est mort.
— …
— Rupture d'anévrisme, cette nuit. Il est décédé ce matin, ici, dans une de ces chambres. J'ai vraiment pas envie de me taper deux enterrements d'affilé…
— Putain de merde ! Il avait des soucis de santé ?
— Pas que je sache. Une rupture d'anévrisme, ça prévient pas.

Caritas, les yeux dans le vague, regardait le parking de l'hosto. La nouvelle venait de lui mettre un coup de marteau sur la conscience. Les visiteurs, les malades, les infirmiers, les voitures se garant ou partant, plus rien ne semblait réel. Sa clope avait un goût bizarre, les portes automatiques qui ne cessaient de s'ouvrir et se refermer sur le passage des gens prenaient un caractère oppressant. Le ciel, lui aussi, se teintait d'une couleur étrange, trop bleue pour être honnête. Il sentit ses jambes vaciller et s'adossa contre l'un des gros piliers en béton soutenant le porche. La fatigue, cumulée au manque de sommeil, à la chaleur et au stress de ces deux derniers jours, vint sucer le peu d'énergie restant en réserve dans un coin de ses cellules. Cathy lui mit la main sur l'épaule, craignant qu'il fasse un malaise.
— Ça va ?
— Oui, je suis crevé, c'est tout. J'ai besoin de dormir, il y a trop de merdes qui me squattent la tête. Je commence à avoir du mal à rester lucide.

Ils rentrèrent s'asseoir aux côtés de Basile. Une infirmière, souriante, les prévint que l'opération était terminée. Le chirurgien allait venir leur parler dans un instant. Elle avait les cheveux mi-longs avec des reflets roux, la face lisse et blanchâtre, des lèvres exsangues, les paupières lourdes. Caritas se sentit mal à l'aise en la regardant. Ce n'était pas réellement un problème esthétique, cela venait de son regard ou peut-être de son aura. Le visage dégageait quelque chose de sale, plus proche du sac à foutre que de l'être humain. Peu importe sa gentillesse, son altruisme ou toutes les qualités du monde, jamais un homme ne verra en elle autre chose qu'un garage à bites, et encore, un dépose-minute tout au plus. Pour la

Saint-Valentin, on devait lui offrir un bouquet de phalange et des boules de geishas. Inutile de prendre de l'âge pour que tout le monde l'oublie, il lui suffisait de remonter sa culotte. Ce n'était pas la première fois qu'il rencontrait ce genre de femme et ne comprenait pas pourquoi elles le perturbaient toujours autant. Comme si leur aura poisseuse tentait de réveiller des souvenirs interdits, enfouis dans les ténèbres de son inconscient. Le médecin arriva dix minutes plus tard. De grosses lunettes rondes posées en équilibre sur un bec trop fin et trop long, le visage sec, les yeux fuyants, un menton pointu, des cheveux noirs, courts et raides, une tronche de corbeau galeux en somme. Lui aussi puait le sperme à plein nez. À croire que le service des urgences était un baisodrome géant, histoire de compenser le taux de mortalité exponentiel du quotidien.

— J'ai pu retirer les balles sans trop de soucis. L'une d'entre elles a touché la partie inférieure du foie. Nous avons de bonnes raisons de croire qu'il va s'en sortir. Malheureusement, son foie étant proche de la cirrhose, il était préférable de le plonger dans un coma artificiel durant les prochains jours afin de laisser le temps à son organisme de se reposer.

— Combien de temps avant son réveil ? demanda Caritas, le visage encore pâle de sa récente chute de tension.

— Tout dépendra de la capacité de son organe à cicatriser, il est trop tôt pour le dire.

— Mais il va s'en sortir, intervint Cathy, c'est ce que vous avez dit ?

— Je ne peux pas vous l'assurer, madame. Si aucune complication ne survient, il a toutes ses chances. Ceci dit, en médecine, on ne peut jamais être sûr à 100 %. Je suis désolé mais d'autres patients m'attendent, je dois vous laisser.

— C'est possible de le voir ?

— Il a été transporté en soins intensifs. De plus, il est dans le coma. Revenez lorsqu'il sera réveillé. Pour le moment, ça ne ferait que nous compliquer la tâche. Je comprends votre peine mais nous sommes surchargés de patients et vous ne lui serez d'aucune aide pour l'instant.

— On pourrait lui parler, insista Cathy. Les personnes dans le coma entendent les gens. Ça peut lui faire du bien. Si on le rassure en lui montrant qu'on est là, avec lui, ça va l'aider à guérir plus vite.

— Ce serait contre-productif, je vous l'assure. Le mieux à faire pour lui, c'est de nous laisser travailler et de patienter. Nous vous préviendrons dès qu'il sera possible de le voir.

— Mais bordel, en quoi on vous empêche de bosser en allant dans sa chambre pour lui dire un mot ? s'énerva-t-elle.

— Je suis désolé, vous devez attendre.

Caritas prit Cathy par le bras et l'entraîna dehors en remerciant le médecin. Elle n'allait pas tarder à péter un plomb, ce qui risquait de compliquer une situation déjà bien assez pourrie, si ça ne finissait pas par une plainte de l'hôpital...

Cathy réussit à le convaincre d'aller boire un coup dans leur QG. Elle n'avait pas envie de rester seule à tourner en rond dans son salon, répétant mentalement des prières en boucle afin que Laurent se réveille. Zito paya sa tournée, il était déjà au courant, comme tout le monde au poste. La lumière tamisée accompagnait la trompette d'Armstrong coulant des baffles du bistrot où une douzaine de clients, tous de la maison d'en face, sirotaient un verre en silence. Cathy refusa de se voir sombrer dans la mélancolie et commanda deux tequilas. L'Esprit d'agave et les amuse-gueules redonnèrent un coup de fouet aux nerfs épuisés de Caritas et lui permirent d'accompagner la princesse dans sa cuite. Cumulant les culs secs, il ne fallut pas longtemps pour la voir totalement saoule. Il prit le volant, la ramena chez elle, l'aida à se mettre au lit puis rentra en bus. Il laissa son regard errer sur les passagers assis autour de lui, les piétons errants çà et là sur les trottoirs, les bâtiments de plus en plus gris, les enseignes lumineuses aux couleurs criardes... Une belle journée de merde, une de plus. Elle était même dysentérique celle-ci. D'abord ce taré d'Antoine, adepte d'on ne sait trop quoi, s'occupant d'une vieille décrépie plus proche de la tombe que de la maison de retraite, qui finalement ne lui ont rien apporté de concret sur le pendentif. Puis Laurent, perdu entre la folie suicidaire et la gloire d'une arrestation à mains nues, se prenant deux balles et allant directement dans le coma sans passer par la case départ. Et son flingue qui refuse de tirer ? C'était incompréhensible. Il irait voir, Lucas, l'armurier du poste, pour lui demander s'il avait une explication...

Tel un automate, hypnotisé par ses pensées, Caritas descendit du bus à deux pâtés de maisons de son immeuble et retrouva un semblant de lucidité lorsqu'il fut devant sa porte. En voulant tourner la clé dans la serrure, il s'aperçut qu'elle était déjà ouverte. Jamais il ne partait sans fermer à double tour. Quelqu'un était entré chez lui. Pas de trace sur les bords de la serrure ni d'accroc dans le mécanisme, elle avait été crochetée avec tout le savoir-faire du bon artisan. Il sortit son 9 mm et pénétra dans l'appart. Lentement, sans allumer, il avança dans la pièce principale puis se dirigea vers la chambre. Il n'y avait personne, dans le bureau non plus. Caritas alluma les lumières et chercha minutieusement un objet manquant ou déplacé. Vu le dénuement matériel de son logement, il fit vite le tour et ne remarqua rien. Pourtant, il sentait une sorte de présence, une impression diffuse, désagréable. Une personne était entrée et repartie en n'ayant apparemment rien touché. Pour quelle raison ? Il n'avait rien à voler, pas d'arme, ni bijou, ni argent, seulement une vieille télé et une cafetière datant de Mathusalem. Une pose de micro ? Ça n'avait pas de sens. Il ne recevait jamais personne, passait ses journées et une partie de ses nuits au bureau ou dans la rue, il n'y avait rien à écouter. Il aurait pu se convaincre d'avoir oublié de verrouiller la porte si cette sensation d'un inconnu violant son intimité n'était pas aussi intense. Ne pouvant rien faire pour se débarrasser de cette démangeaison émotionnelle, il alla se coucher.

Il ouvrit les yeux aux premières lueurs de l'aube. Malgré ses insomnies, il ne supportait pas de dormir avec les rideaux tirés. Aucun cauchemar n'était venu pourrir sa nuit. Étrange… En général, lorsqu'il commençait à en faire, il lui fallait patienter plusieurs nuits avant de les voir s'estomper et revenir six ou huit mois plus tard. Ils avaient commencé à hanter son sommeil deux ans après l'accident. S'ils s'étaient dissipés au bout de seulement deux jours, peut-être était-ce le signe précurseur d'une rémission ? Avec un peu de chance, leur fréquence d'apparition va s'allonger et leur durée diminuer… Au moins, il avait passé une nuit paisible et régénératrice. Il voulut se lever mais son corps refusa de bouger. Aucun de ses muscles ne lui obéissait. Il força mentalement pour remuer son bras puis sa jambe, sans le moindre résultat. Seuls ses yeux parvenaient à aller de droite à gauche, cherchant désespérément de l'aide. La porte de la chambre s'ouvrit, laissant entrer une jeune fille. Caritas la reconnut immédiatement, avec son pull mauve à col roulé et son jean délavé. Il se demanda s'il rêvait et s'aperçut que malheureusement, ce n'était pas le cas. La texture du monde n'est pas la même dans un rêve et le seul fait de se poser la question nous permet immédiatement de nous rendre compte de quel côté nous sommes.

— Bonjour, comment vous portez-vous aujourd'hui ?

Souriante, elle s'approcha de lui d'un pas gracieux. Il fit un terrible effort pour se mouvoir, crier ou simplement échapper à sa prison de chair. Rien n'y fit. Un filet de veines rouges apparut dans le blanc de ses yeux. Exorbités, ils suivirent la main glacée de la jeune fille se poser sur son front.

— Je vois que l'on a une petite poussée de fièvre. Je vais devoir m'en occuper avant qu'elle ne se répande à tout le corps. Alors, que préférez-vous, demanda-t-elle en se penchant affectueusement vers lui, je vous étrangle ou je vous tranche le cou ?

Caritas gémit sans pouvoir prononcer un seul mot.

— Pas de préférence ? Très bien, je vais scier juste au-dessous du menton pour ne pas gâcher.

Elle regarda autour d'elle, tournant sa jolie frimousse de part et d'autre.

— Oups, quelle tête en l'air, j'ai oublié la scie, déclara-t-elle en mettant sa main devant la bouche pour masquer son petit rire candide. Ne bougez pas, je vais la chercher. Je reviens dans une minute.

La jeune fille sortit en refermant la porte. Caritas forçait comme un malade pour reprendre le contrôle de son corps. D'un coup, il put se tourner sur le côté. Les membres encore engourdis, il se laissa tomber du lit afin d'attraper son arme, rangée négligemment sous un tas de vêtements de la veille puis, se relevant avec peine, passa la porte de la chambre. Personne dans le salon. Sans faire un bruit, il regarda dans la salle de bain puis dans le bureau. Elle n'était plus là. Ayant retrouvé l'usage correct de ses membres, il se précipita en grandes enjambées vers la porte pour vérifier dans le couloir de l'immeuble. Fermée à clé. Il se souvenait l'avoir verrouillée la veille au soir. Comment avait-elle pu s'enfuir... ou même rentrer chez lui ? Avait-elle un double des clés ? Cela paraissait impossible. Il avait toujours les deux seuls exemplaires sur lui, l'un dans le pantalon, l'autre, cousu dans la poche intérieure de sa veste. De plus, il avait fait poser lui-même une serrure spéciale ne pouvant être ouverte avec un passe-partout... Cette fille qu'il voit depuis des années assise à la table d'une bibliothèque ne serait donc pas le fruit de son imagination ? Machinalement, il inspecta à nouveau son appartement, sous le lit, la penderie, sous les coussins du canapé. Il fouilla méthodiquement chaque placard de la cuisine. Impossible qu'elle puisse entrer dans l'un d'eux mais Caritas n'avait pas la tête à se soucier de ce genre de détail. Il finit par s'affaler sur un fauteuil, déconcerté, en caleçon, la crosse du flingue serrée par une main moite. Ses pensées errèrent un long moment, perdues dans un flot d'images entrechoquées nourries de concepts obscurs. Il prit une cigarette dans le paquet traînant sur la table basse, l'alluma puis décrocha le téléphone après avoir tiré une bouffée sur sa première clope de la journée. Hésitant, le temps de se souvenir du numéro, il tira une nouvelle taffe. Cela faisait si longtemps qu'il n'avait plus pris contact avec lui. Les chiffres s'alignèrent dans un coin de sa mémoire, il les composa et attendit.

— Cabinet du Docteur Douez, bonjour.
— Bonjour, inspecteur Caritas à l'appareil, je voudrais parler au docteur immédiatement, c'est urgent.
— Le docteur est en rendez-vous. Je peux prendre un message ?
— Je viens de vous dire que c'est urgent !
— Je comprends monsieur, mais je suis dans l'impossibilité de vous mettre en relation avec lui actuellement. Monsieur Caritas... votre numéro n'a pas changé ? Je l'avertis de votre appel dès qu'il sera disponible ou peut-être préférez-vous prendre rendez-vous ?
— Non, dites-lui de me rappeler, c'est urgent.
— Très bien monsieur, en vous souhaitant une bonne journée.
— Ouais, au revoir.

Il raccrocha le combiné. Le docteur s'était occupé de lui après son « accident ». Il y a une douzaine d'années, une matinée d'automne, un vendeur en prêt-à-porter faisait son footing quotidien autour du lac Baga-Higa, à une cinquantaine de kilomètres de la ville, lorsqu'il découvrit le corps d'un homme nu, la tête ensanglantée, mort ou inconscient. Il courut vers l'habitation la plus proche pour prévenir les secours. Caritas sortit du coma trois jours plus tard, avec un mal de crâne à se le taper contre les murs. La morphine peinait à soulager ses douleurs. Lorsqu'il fut suffisamment rétabli pour parler, le médecin lui expliqua dans quelles circonstances il fut trouvé.

— Vous étiez inconscient, totalement nu, avec le cuir chevelu et le front ouvert. Je vous ai recousu. Avec le temps, les cicatrices finiront par ne plus se voir, en repoussant, vos cheveux en masqueront une grande partie. Plus de peur que de mal, cependant, vous avez un trou parfaitement rond d'environ cinq millimètres à égale distance entre vos sourcils et la racine des cheveux.

Le médecin lui montra la radio où l'on pouvait voir un petit cercle noir au milieu du front.

— Vous avez pris plusieurs coups avec un objet contondant, barre à mine, manche de pioche ou quoique ce soit assez dur pour vous faire perdre connaissance et vous laisser de jolies plaies. Mais il n'est pas possible que ces coups aient fait un tel trou. Votre cerveau n'a pas été atteint, aucune séquelle et je dois vous avouer ma confusion. Je ne peux expliquer comment on vous a fait ce trou sans toucher le lobe frontal. À moins d'avoir été victime d'un chirurgien dément, je ne trouve aucune possibilité. Apparemment, on vous a percé le crâne avec un objet fin et très dur qui s'est arrêté juste avant d'atteindre le cerveau. Vous devriez

jouer au loto ou si vous êtes croyant, remercier Dieu de ne pas être dans un état végétatif.
— Aucune séquelle, vous dites ? Je ne me souviens de rien. Mon nom, mon passé, je ne sais même pas qui je suis ! répondit-il plein d'aigreur.
— Certes, mais vous êtes vivant. Il est n'est pas rare de voir une amnésie passagère après avoir subi un traumatisme assez important. Votre cerveau s'est mis en stand bye pour se protéger. Ne vous inquiétez pas, ça va revenir.

Les jours passèrent mais ça ne revenait pas. Les flics l'interrogèrent dans le vent, il ne pouvait rien leur dire, incapable d'accéder à sa mémoire. Ils prirent ses empreintes sans trouver de concordances, il n'était pas fiché. Pas de signe distinctif, l'appel à témoin n'a rien donné. Parlant plusieurs langues couramment, on ne put même pas déterminer son pays d'origine. Aucun accent permettant de le rapprocher d'une région d'Europe. Il devait avoir une quarantaine d'années et un corps en pleine forme. Pas de problèmes de santé particuliers. Il souffrait d'une forme rarissime d'amnésie et devint vite encombrant. L'hôpital avait besoin de place et surtout, personne ne savait qui allait payer les frais journaliers pour ce patient. On lui demanda gentiment d'aller s'oublier ailleurs. Le médecin avait prévenu un de ses collègues, le docteur Douez, directeur de l'hôpital psychiatrique. Celui-ci, vivement intéressé par la perspective de pouvoir étudier ce cas assez extraordinaire, lui proposa une chambre dans son institut. En effet, il n'avait aucun souvenir de sa propre vie mais n'avait rien perdu de son savoir sur le monde. Il pouvait réciter des poèmes entiers de différentes époques, connaissait l'histoire européenne, dissertait avec aisance sur la philosophie de Spinoza, Proudhon, Heidegger ou Aristote, avait une connaissance étendue des arts, de la politique internationale, des sciences humaines, de la physique, chimie, biologie, etc.

Le docteur lui donna une chambre dans une annexe du bâtiment principal. Il y avait une salle de bain et un coin cuisine. Avec le temps, il devint plus un invité de luxe qu'un véritable patient. Douez passait de longs moments en sa compagnie, marchant dans les jardins de l'hospice, échangeant leurs points de vue sur bon nombre de sujets. Il lui fit pratiquer toute une batterie de tests qui malheureusement ne donnèrent aucun résultat. Sa culture générale étant cosmopolite, connaissant les us et coutumes de nombreux pays, le docteur ne trouvait aucun point d'appui pour avancer. Malgré tous ses efforts, sa mémoire restait cloisonnée et lui refusait le moindre indice sur son identité ou ne serait-ce qu'un vague souvenir de son vécu. Il était d'une nature très calme, souriante, malgré la tristesse incrustée au fond de ses yeux. N'avoir aucune idée de qui il pouvait être ne semblait plus tellement l'angoisser, prenant cela avec philosophie. Si Dieu avait décidé de lui ôter son ancienne vie, il devait avoir ses raisons. Voilà la seule chose que le docteur put noter dans son dossier, il était croyant. Cependant, aucune religion ne semblait éveiller le moindre attrait chez lui. Douez restait impressionné par l'étendue des connaissances de son invité. Il avait de bonnes notions en médecine, loin d'être suffisantes pour être praticien mais tout de même assez étayées pour tenir une conversation intéressante avec un professionnel, bien que ses préférences penchassent plutôt vers la médecine traditionnelle chinoise et la manipulation des énergies vitales. Que ce soit en astrophysique, en sociologie, en botanique ou n'importe quelle science, son opinion s'appuyait toujours sur de solides arguments. Bien souvent, faute de pouvoir le suivre, le docteur se laissait guider par son échafaudage de théories, alternant sans cesse entre de lumineux concepts et la fatalité sombre d'un cercle vicieux.

Après plusieurs mois sans avancée concrète sur l'ancienne vie de son patient, le docteur considéra qu'il pouvait rester amnésique tout le reste de son existence ou retrouver la mémoire par accident. Personne ne saurait dire si son passé ressurgirait un jour. Ils firent une demande spéciale auprès des autorités afin de lui fournir une identité. Il reçut des papiers au nom de Caritas et on lui alloua une petite pension lui permettant de trouver un logement et commencer une nouvelle vie. Au vu de ses connaissances encyclopédiques en matière de littérature, Douez lui conseilla de postuler à la bibliothèque de la ville. Il connaissait très bien le directeur et n'aurait aucune difficulté à le faire embaucher. Caritas loua un logement social aux portes du quinzième arrondissement, un studio sordide, sombre, mal isolé. L'unique fenêtre donnait sur l'immeuble d'en face, séparé par une ruelle de trois mètres de large. L'hiver, des champignons poussaient sur les murs humides, la nourriture moisissait en deux jours, on entendait la télé du voisin, les gosses courir dans l'appartement au-dessus. La bibliothèque devint un havre de paix, si bien qu'il y restait le plus clair de son temps, rechignant à rentrer chez lui. Habitude qu'il garda lorsqu'il entra dans la police deux ans plus tard. Il aimait beaucoup son travail de documentaliste, accueillir les lecteurs, les conseiller, leur faire découvrir des trésors tombés dans l'oubli, mais ça ne lui permettait pas de donner un sens à sa vie. Il manquait quelque chose, sans parvenir à déterminer l'objet de ce manque. Il avait l'impression de vivre à côté de ses pompes. Surtout qu'il détestait lire et avait tendance à voir ces montagnes de livres comme autant de fétus de paille ne demandant qu'une allumette pour s'évader de leur prison. Alors qu'une habituée lui racontait l'agression dont elle fut victime en rentrant du travail, une idée germa. Il voulait devenir policier. Cela n'avait rien à voir avec de l'empathie, la détresse de cette femme ne le touchait pas, ni une révolte contre l'injustice omniprésente du monde dans lequel on vit. Sans pouvoir en trouver une raison précise, il devait s'engager dans les forces de l'ordre. C'était une nécessité, comme s'il avait toujours été flic et que son âme réclamait un retour à la normale. Caritas passa un concours, puis un autre et gravit les échelons à une vitesse incroyable. En moins de cinq ans, il était passé de documentaliste à inspecteur principal chargé du grand banditisme. Le résultat de ses enquêtes jouait en sa faveur. Il fut très vite considéré comme l'un des meilleurs flics de la ville. Un salaire bien plus confortable lui permit de faire un prêt pour acheter l'appartement de la rue Laboa. Malgré le confort d'un logement aux normes, il passait son temps au bureau ou dans les différents quartiers de la métropole et rentrait seulement pour se mettre au lit. Lors de sa première année dans la police, les cauchemars ont commencé à venir perturber ses nuits. Au début, il n'y attacha aucune importance. Le fait de changer de boulot entraîne parfois des angoisses inconscientes et bien que la bibliothèque de son rêve fût différente de celle où il avait passé deux ans de sa nouvelle vie, ses songes lui semblèrent naturels. La fille, quant à elle, il ne se souvenait pas l'avoir déjà vue, ni au boulot ni ailleurs. Les cauchemars persistèrent durant quatre jours puis s'effacèrent avant de revenir sept mois plus tard. Cette fois, cela dura bien plus longtemps et Caritas se décida à en parler avec Douez. Ce dernier tenta de le rassurer. Les rêves sont un vaste domaine encore trop peu connu. La psychanalyse a bien fait des tentatives pour mieux les comprendre mais cela ne reste que de vagues théories sans fondements assez solides pour s'y appuyer. De toute façon, il ne faut pas s'inquiéter, un cauchemar n'a jamais tué personne !

— En êtes-vous certain, docteur ? avait demandé Caritas.

Surpris, Douez ne put répondre de suite.

— Et bien, évidemment, nous ne pouvons que le supposer puisqu'il est impossible de savoir de quoi rêvait une personne morte dans son sommeil. Ceci dit, vu les cauchemars affreux vécus par beaucoup d'entre nous, s'ils avaient le pouvoir d'ôter la vie, la mortalité dépasserait largement le taux de natalité et nous aurions tous disparu depuis longtemps.

— Ça paraît logique et pourtant, nous ne pouvons pas savoir si le stress intense d'un rêve peut ou non provoquer un arrêt cardiaque.
— Je vous l'accorde. Sentez-vous une douleur dans votre poitrine lorsque vous approchez de cette fille ?
— Non, il ne me semble pas.
— Donc vous n'avez pas d'inquiétude à avoir…
Bien plus tard, Cathy voulut l'envoyer raconter ses cauchemars à différents psychologues, diseuses de bonne aventure, oniromanciens et tout un tas de personnes, dont plus de la moitié de ces charlatans gagnaient leur vie en tartinant de la merde sur l'ego de leurs clients.

Le téléphone sonna.
Caritas, toujours en caleçon, terminant le sixième café/clope depuis son réveil, sortit de sa léthargie pour éteindre la télé. Partit dans ses souvenirs, il ne s'était même pas aperçu qu'il regardait la rediff d'une émission où les chroniqueurs se frottaient les uns contre les autres, essayant, tout en parlant de sujets pseudo-culturels, de déshabiller leurs collègues sans l'aide des mains. Il décrocha en caressant machinalement la petite cicatrice circulaire qu'il avait au milieu du front, ultime souvenir de « l'accident ».
— Allô ?
— Comment allez-vous Caritas ?
— Pas très bien, docteur. Ce matin, lorsque je me suis réveillé, j'étais paralysé. Je ne pouvais faire le moindre mouvement.
— Cela a duré longtemps ?
— Quelques minutes, je suppose… Ça m'a paru beaucoup plus long.
— Êtes-vous fatigué en ce moment ? Du stress inhabituel ?
— Oui, pas mal… Un de mes gars est dans le coma à l'hosto, il s'est pris deux balles. Mes cauchemars sont revenus, je ne dors pas assez et avec cette chaleur, c'est encore pire. J'ai l'impression d'être emporté par un torrent de lave sans pouvoir m'approcher de la berge.
— Vous ne faites pas un métier facile, il faut le reconnaître. Vous avez fait une paralysie du sommeil. C'est un phénomène bien connu, provoqué par un stress intense ou une trop grande fatigue. De nombreux adolescents en font l'expérience. La croissance, le réveil des hormones et la construction de leur nouvelle personnalité provoquent ce genre de désagrément. Chez les adultes, c'est moins courant, sans pouvoir dire que cela soit une rareté. Vous avez besoin de repos. Avez-vous la possibilité de prendre des jours de congés ? C'est la meilleure ordonnance que je

puisse vous donner.

— Il y a autre chose docteur. Pendant que j'étais dans mon lit, incapable de bouger, j'ai vu une fille entrer dans ma chambre. Celle que je vois depuis des années dans ma bibliothèque nocturne. Elle a dit vouloir me couper la tête avant de sortir chercher une scie. Dès que j'ai pu me lever, j'ai fouillé tout l'appartement mais elle n'était plus là. Croyez-vous possible qu'elle m'ait drogué durant mon sommeil pour m'immobiliser ?

— Non, pas du tout. Vous prétendez que c'est la même fille que vous voyez dans vos rêves depuis des années ?

— Oui, j'en suis certain.

— Et bien l'explication est très simple. Il s'agit d'une hallucination. La paralysie du sommeil est parfois accompagnée de ce genre de vision. Une partie de votre esprit se trouve encore dans le rêve et du coup, il superpose l'image de celui-ci à celle de la réalité perçue par vos yeux. Avez-vous ressenti une oppression au niveau du thorax ? Du mal à respirer, comme si quelqu'un se trouvait assis sur votre poitrine ?

— Une oppression ? Je viens de vous dire que j'étais totalement paralysé à la merci d'une fille qui hante mes nuits depuis dix ans ! Évidemment que j'ai ressenti une oppression !

— Calmez-vous Caritas ! Je vous l'ai dit, il s'agit d'un rêve, cette fille n'est pas réelle. Voulez-vous venir à mon bureau ? Cela fait une éternité que nous n'avons pas eu le plaisir de nous voir. Je me ferai une immense joie de bavarder avec vous et pourquoi pas prendre le temps d'aller nous promener dans l'un des jardins de la ville. Il m'est possible d'annuler certains rendez-vous cet après-midi même, si vous le désirez.

— Non, je vous remercie docteur, j'ai trop de boulot en ce moment.

— Le problème est bien là, vous devez prendre du repos. Vous ne pouvez mettre en suspens vos affaires seulement deux ou trois jours, le temps de décompresser ?

— Impossible.

— Dans ce cas, prenez des vitamines, essayez de vous coucher le plus tôt possible, mangez léger. Je peux vous faire une ordonnance mais les calmants ne font pas bon ménage avec votre métier.

— Me coucher tôt ? Le simple fait de penser à mes cauchemars me tient éveillé. D'ailleurs, cette nuit, je n'ai pas rêvé. Justement, je m'en étonnais lorsque je me suis aperçu que j'étais paralysé. Comment mon rêve a-t-il pu se mêler à la réalité puisque je ne rêvais pas juste avant ?

— Vous vous êtes réveillé en plein sommeil paradoxal. Votre mémoire ne l'a pas enregistré comme un rêve car vous étiez encore en partie dedans, d'où vos hallucinations. Voulez-vous que je vous prescrive des somnifères ?

— Je n'aime pas ça, vous le savez. Je suis trop sensible à ces saloperies, ça me fout dans le coltar toute la journée du lendemain.

— Je m'en souviens mais une fois de temps en temps, juste histoire de permettre à votre corps et à votre cerveau de se reposer.

— Non. Je vous remercie docteur. Je vous rappellerai lorsque j'aurai un moment pour venir vous voir. À bientôt.

— Quand vous voulez Caritas. Au revoir et ménagez-vous.

VI

Deux bougies noires brûlaient sur l'autel de la chapelle. Posées sur un chandelier à trois branches en or massif richement sculpté, le vacillement de leur flamme chassait les ombres venues se réfugier à l'abri des étoiles. Lazo, apercevant les lueurs jumelles dansant au milieu de l'obscurité, sentit une sorte d'ivresse envahir sa conscience. Il ferma à clé la lourde porte et traversa la nef à pas lents, profitant de ce plaisir trop rare à son goût. Genou à terre, devant l'autel, il se signa avant de se relever chercher un marchepied dans un recoin de la bâtisse. Il le déposa devant le Christ grandeur nature, monta les trois marches et tendit le bras pour atteindre l'acronyme INRI. Il fit pivoter la lettre N lentement sur elle-même. Lorsqu'elle fut totalement inversée, un clic discret se fit entendre. L'écho, outré par cet excès de pudeur, refusa de le répercuter sur les murs. Lazo se retourna et tira la paroi de marbre de l'autel qui venait de s'ouvrir, dévoilant une rangée d'escaliers s'enfonçant dans les ténèbres. Il prit le chandelier et descendit vers la crypte, une pièce voûtée de sept mètres sur cinq, creusée dans la roche. Chacun des angles portait à mi-hauteur une vasque remplie d'huile qu'il embrasa à l'aide des chandelles. Servant de centre névralgique à tout l'édifice, une table en pierre brute, noire et coupante, un bloc d'obsidienne horizontal surélevé par deux monolithes massifs, lui donnant ainsi l'aspect d'un dolmen miniature, semblait surgir du sol tel un arbre millénaire. Il posa le chandelier et aperçu les deux dagues crucifix sur la couverture d'une pochette contenant une dizaine de feuillets accompagnés de photos. Il mit les pendentifs dans la poche de son pantalon et commença à lire les instructions. La première cible se nommait Dominik Blasty, maquereau international offrant ses services à l'élite mondiale. Soixante-trois ans, marié, père de trois enfants, domicilié en France, son business rapportait des centaines de millions. Il avait réussi à imposer ses filles en Chine, ce qui restait son plus grand exploit aux yeux des proxénètes. Tout le génie de Blasty fut de savoir mêler la qualité, l'exotisme, la classe et la promesse d'expériences inoubliables. Au point de vue sexuel, on pourrait le considérer comme le mentor de nombreux « grands » de ce monde. Il permettait aux dirigeants blasés de découvrir toute une partie cachée d'eux-mêmes, allant bien au-delà du masochisme habituel. Blasty possède un bateau de plaisance, un luxueux Trawler d'environ vingt mètres de long, nommé « le Vestale », amarré sur le canal du midi. Dans une semaine, il a rendez-vous avec la seconde cible, Fred Mitland, quarante-deux ans, célibataire, des résidences dans plusieurs pays, proche de la famille royale britannique. La rencontre était prévue sur le bateau pour vingt-deux heures au niveau d'Homps. Dans l'optique de finaliser un gros contrat, ils devraient en avoir pour une bonne partie de la nuit. Selon toutes probabilités, le Vestale naviguera en direction de la méditerranée. Mitland était spécialisé dans le trafic prépubère. D'envergure internationale, lui aussi, il a su tisser un réseau sûr et rentable à travers les cinq continents. Blasty désire apporter une touche plus juvénile à son catalogue déjà bien garni. Jusque-là, il n'avait jamais voulu travailler avec des enfants, mais la demande toujours croissante de sa riche clientèle finit par le convaincre d'ouvrir une nouvelle branche à son activité. Après tout, si ce n'est pas lui, un autre le fera…

Lazo observa un moment les photos des deux personnages afin de les mémoriser puis brûla tout le contenu du dossier à la flamme des deux chandelles, scellant ainsi le sort de ses proies. Il attendit la combustion totale des feuillets puis ramassa sous la table un sac de voyage contenant une tenue de treillis noire, un semi-automatique muni d'un silencieux, plusieurs chargeurs pleins, un couteau de chasse, son arme de prédilection, une paire de jumelles à vision nocturne, une liasse de billets et une carte de crédit. Il couvrit les vasques d'huile avant de remonter à la surface, poussa la paroi de marbre et remit la lettre N dans le sens conventionnel. Un cloc beaucoup moins discret vint confirmer la fermeture du passage. L'écho, rassuré, se fit un plaisir de l'envoyer se cogner et rebondir sur les pierres de la chapelle. Même en plein jour, en scrutant centimètre par centimètre le pan de marbre, personne ne pourrait deviner qu'il puisse s'ouvrir. Un ouvrage d'une qualité si exceptionnelle que nombreux la jugeraient surnaturelle. Lazo sortit, leva la tête un instant pour admirer une lune en fin de vie, porta son regard sur Altaïr, l'aigle planant vers la vallée fertile de la Lyre, puis traversa le chemin de gravier pour ouvrir la porte de la ferme juste en face. La demeure offrait une chambre à chacun de ses acolytes, une salle de détente avec sofas, bibliothèque, vidéoprojecteur et une grande pièce de vie servant de cuisine et salle à manger. Daphné avait installé sa roulotte sur le pré derrière le grand chêne. Elle était née dedans et n'aurait jamais imaginé prendre une chambre ailleurs, fut-elle dans le plus beau palais du monde. Sa roulotte, c'était la chapelle Sixtine, le Mont saint Michel et l'Alhambra réunis…

    Félibre jouait une partie d'Abalone avec Léa. Sur la table, deux verres, un cendrier et une bouteille de rhum bien entamée entouraient le plateau de jeu. Félibre avait pris l'avantage, il lui restait deux billes à faire sortir tandis que Léa en avait trois de plus à expulser de l'hexagone pour gagner la partie. Vu sa position, elle allait devoir jouer serrer en espérant une erreur de son adversaire. Lorsque Félibre vit Lazo entrer, sac de voyage en main, il devina aisément le départ prochain de son ami. Il tira une taffe sur le bédo et le tendit à Léa en pleine concentration.

    — Adiou compagnon ! Tu absentes nos yeux pour moult nuitées ?

    — Une huitaine peut être plus, si je fais du tourisme…

    — Mon cœur larmoie si tu ne verres pas un salut !

    Lazo ramassa un godet dans l'évier, le rinça rapidement et laissa Félibre lui servir une rasade de Rhum avant de lever son verre.

    — À la vôtre, mes amis. Que le Seigneur vous protège des infamies de ce monde.

    — À la tienne, répondit Léa, santé et briété !

    — J'hisse mon auge pour chancer ton périple, compagnon ! Qu'anges, démons et scorbuts rampants fuient l'espace aveniré de ton âme !

    Ils burent cul sec et tendirent leur verre à Léa pour une deuxième tournée.

    — Chronos t'est-il clément pour beuverir une sorgue ?

    Lazo humant son Rhum, réfléchit un instant.

    — Ça aurait été avec plaisir mais j'ai de la route.

    — Justement, intervint Léa, tous les chemins mènent au Rhum.

— Oui et toujours remettre au lendemain ce que l'on peut faire le jour même… Je ne peux pas me permettre d'avoir la gueule de travers demain matin.
— Arrière, diablesse au venimeux parlé ! Nulle insistance ne dévoie le héraut apostolique !
— Merci, tu as raison ! À ta sage perspicacité !
Ils burent à nouveau cul sec. Félibre n'avait aucune idée de ses activités, pourtant, cette fois, il avait touché juste. Il était bien porteur d'un message spirituel, d'une lumière luisant dans les ténèbres et que les ténèbres ne voient pas. Lazo posa son verre sur la table, leur fit une bise et sortit prendre la voiture…

Le crépuscule baignait le canal d'une clarté agonisante. Sur le Vestale, cinq gardes du corps faisaient des allées et venues. Blasty se trouvait dans la cabine. 22 h 10, Mitland n'était toujours pas là. Caché à bonne distance, Lazo épiait tout ce petit monde. Arrivé dans la région quelques jours plus tôt, il s'était rendu directement dans un camping à une poignée de kilomètres de Limoux. Le réceptionniste, ventripotent et couperosé, avait le nez rouge des amateurs de mauvais vin. Il lui donna les clés d'un mobil home situé sur le versant de la colline où s'étalait le camping, le plus en hauteur, le seul encore disponible. La piscine débordait de marmaille, sous le regard endormi de parents allongés sur des transats, à l'ombre des arbres disséminés tout autour. Lazo déposa son sac, se posa sur le lit et s'endormit d'un seul coup. Dès le lendemain, il vint repérer le Trawler, puis longea le canal afin de choisir l'endroit le plus propice à son intervention. Il y avait une jonction à Port la Robine, le Vestale pourrait descendre vers Narbonne ou remonter sur Béziers. Le dossier indiquait seulement la direction sans plus de détail sur la destination. En estimant une vitesse de navigation de plaisancier, Lazo aurait plus de trois heures pour remplir son contrat avant d'arriver à l'embranchement. Satisfait, il profita des jours d'attente pour jouer au touriste.
Drapée de sa majestueuse robe de grès, la cité de Carcassonne fut sa première destination. Il a toujours beaucoup aimé cet endroit, marcher le long des remparts, parcourir son pavé en solitaire, accompagné par la fraîcheur d'une nuit bienveillante. En journée, il n'aurait pas osé y mettre un pied. La foule de badauds emplissant les rues, l'omniprésence

polluante des boutiques de souvenirs en plastique et des restaurants ou fast foods ne se donnant même pas la peine d'avoir un style médiéval. Ça piquait les yeux, hérissait les nerfs et donnait envie d'y mettre le feu. Tuez-les tous, Dieu ne reconnaîtra personne ! Ses pas résonnaient sur le pavé nocturne. Le miaulement empli de curiosité d'un chat noir taché de blanc vint l'accompagner. Il s'approcha lentement et tendit la main pour le caresser.

— Bonsoir, mon ami. Es-tu le gardien des lieux ?

Le chat fit le dos rond et se mit à ronronner en tournant sur lui-même. Lazo se releva et avança en direction de la grille du château. Il l'escalada pour passer de l'autre côté, traversa la cour et crocheta la porte principale. Ses yeux, pourtant habitués à l'obscurité, parvenaient tout juste à délimiter les contours des murs. Guidé par son instinct et sa main glissant le long des parois de pierres moyenâgeuses, il poursuivit sa visite, cherchant à sentir le parfum des combats et des festins du passé. Parfois, il lui semblait entendre des rires avinés, des cris de pucelles apeurées par le pillage imminent de leur vertu, le cliquetis des armures ou le chuchotement des prières bénissant la bataille prochaine. Il ressortit du château, crocheta à nouveau la porte pour la refermer, effaçant ainsi les traces de son passage puis rentra se coucher au camping.

Les jours suivants, il parcourut le massif des Corbières, de la montagne d'Alaric au Fauteuil du diable en passant par Tautavel, La Roche aux Fées, l'abbaye de Lagrasse. Ses randonnées le menèrent de forêts en rivières, profitant d'une luxuriante flore, peut-être l'une des plus diversifiées d'Europe, de chants aviaires, de fugaces apparitions porcines, de serpents et de cerfs. Il commençait à marcher au coucher du soleil et ne rentrait pas avant l'aube. En remontant les gorges de Galamus, il fit une halte pour déjeuner à l'ermitage puis resta sur place une bonne partie de la nuit, méditant sur les anciens solitaires ayant vécu ici. La veille du rendez-vous, il se rendit à Nébias, traversa le village pour prendre un petit chemin de terre le conduisant entre les deux parties de la forêt. À sa droite, le labyrinthe végétal, fade, éviscéré de toute essence, souillé par les promeneurs estivaux. Sur sa gauche, le domaine des lutins, des fées et des engeances démoniaques, les rochers aux mille visages, les djinns déguisés en arbres. La fréquentation humaine n'avait pas réussi à chasser cette foule d'esprits, indulgents la journée et redoutables dans l'obscurité pour l'inconscient osant venir à leur rencontre sans y avoir été invité. Lazo pénétra dans la forêt et se trouva rapidement devant un énorme bloc de pierre l'observant avec toute la majesté d'un guerrier de l'Ancien Monde. Il s'arrêta, écarta légèrement les bras en tournant ses mains, exposant ainsi ses paumes, et attendit l'autorisation de poursuivre son chemin. Cela ne semblait pas lui plaire mais le géant de roche lui permit de continuer. Il n'y eut aucun échange verbal, seulement des sensations, une espèce de télépathie émotionnelle. Un peu plus loin, il croisa un arbre ayant le corps d'un homme surgissant de terre avec une tête de cheval hurlant en direction des cieux. Les rochers avaient des formes humaines, animales, végétales, les arbres semblaient se mouvoir et jouer à colin-maillard avec lui. Lazo aimait cet endroit, il n'y était jamais le bienvenu mais on ne le forçait jamais à faire demi-tour. Allez savoir pourquoi...

Une Jaguar, entourée par deux berlines noires, se gara devant le Trawler. Un homme en sortit, vêtu d'une chemise claire, d'un jean et d'un gros cigare entre les lèvres. Sa silhouette correspondait aux photos de Mitland fournies dans le dossier. Blasty apparut sur le pont et suivi par deux gardes du corps, descendit à la rencontre de son invité. Une poignée de main, un bref échange, de politesse sans doute, puis les deux hommes montèrent à bord. Un va-et-vient se fit entre les gardes, certains embarquèrent avant de revenir sur la terre ferme, allant dans une voiture puis retournant sur le yacht. Finalement, deux hommes de chaque parti restèrent sur le bateau. En comptant le préposé à la barre, cela faisait donc cinq types à éliminer avant de pouvoir atteindre les cibles. Les autres, installés dans les voitures, allaient suivre par la route. Lorsque le Trawler démarra, Lazo rangea ses jumelles dans la sacoche de la moto louée l'après-midi même, enfourcha cette dernière et roula une dizaine de minutes avant de se garer à l'endroit prévu, un chemin de terre entre la route et le canal. Il enfila sa tenue de treillis, mit les gants et la cagoule dans ses poches, vérifia son couteau à la ceinture, le 9 mm et les chargeurs dans un sac plastique fermé hermétiquement puis commença à marcher sans se presser. Selon ses calculs, il devrait croiser le Vestale dans un peu moins d'une heure. Les deux hommes auront eu le temps de se mettre à l'aise et seront certainement plus relax. En cette nuit grouillante d'étoiles, la lune, complice, s'en était allée éclaircir d'autres cieux. Les arbres somnolaient, épuisés par la chaleur des derniers jours, la nature reprenait son souffle. Même les cigales n'en pouvaient plus de chanter sans interruption, la canicule avait eu raison d'elles…

Chaque mission lui donnait du baume au cœur. C'était même la seule chose qui lui apportait autant de joie, une bouffée d'oxygène dans une vie en apnée. Bien sûr, il lui arrivait de prendre du plaisir en compagnie de sa petite troupe de manchards, appréciant leur bonne humeur et leur touche de folie. Marion parvenait à lui faire tomber l'armure et sa haine viscérale pour l'humanité. Dans ses bras, il se sentait paisible, détendu. Sa chambre de bordel devenait pour une poignée d'heures, une paillote sur la plage d'une île déserte où ils mimaient l'insouciance pour jouer les Robinson. Il l'aimait, certainement… du moins il le pensait. Comment savoir si l'on aime lorsque l'Amour se trouve au-delà de tous concepts ? Vivre une chose sans pouvoir la conscientiser… Est-ce réel ou un mirage supplémentaire de l'hypnose collective baignant le monde ? Mais toutes ces sensations, ces demi-émotions, ces élans de gaieté retombant aussitôt après de petits bonds stériles, n'avaient malheureusement pas la capacité de rassasier son âme. Seuls les contrats lui procuraient une ivresse transcendant les eaux boueuses du Déluge. De mémoire, il en fut toujours ainsi. Son enfance miséreuse le blinda contre les velléités dérisoires de recherche du bonheur. Une invention du Prince de ce Monde, un excellent bluff prenant dans ses filets les nantis de cette planète. Les autres n'ont pas le temps pour ce genre de conneries. Il faut d'abord penser à bouffer et survivre jusqu'au lendemain. Finalement, la recherche du bonheur est réservée à ceux dont la vie n'a aucun sens, perdu sur une planète au milieu d'un univers infini…

Dimitri l'avait sorti de la fange pour lui offrir une nouvelle vie, un toit au milieu des arbres, une éducation, une famille et un avenir. Il désirait en faire un homme capable de se maintenir au sommet de la société. Selon lui, les politiciens sont des marionnettes en Kleenex usagés. Au mieux, ils sont les représentants de ceux qui gouvernent le monde, des acteurs dont le casting final est choisi par le peuple. Les seuls à véritablement posséder un pouvoir sont les banquiers et les médias. Il projetait donc, pour ce fils adoptif envoyé par la providence, de le placer à la tête d'une multinationale étendant ses tentacules principalement sur ces deux domaines dans les États les plus puissants de la planète. Pour montrer patte blanche, ce consortium serait coté en bourse et les disciples de Dimitri, au moyen de multiples sociétés-écrans, en serait les actionnaires majoritaires. En contrôlant l'information, le cinéma et la monnaie, on pouvait faire tout accepter au peuple, peu importe le pays, la culture ou la religion. Inutile de chercher à créer une dictature, ça rend parano. Il est bien plus efficace de donner une pseudo-liberté aux citoyens. Lors d'une manif, filmer les violences policières si l'on veut affaiblir le gouvernement ou au contraire, montrer les casseurs pour décrédibiliser le mouvement. Diviser pour mieux régner ! Cinq cents ans après, les principes de Machiavel sont toujours d'une déprimante actualité et ce n'est pas près de s'arranger. L'Homme n'est pas moins con aujourd'hui qu'il y a dix mille ans. Aucune raison d'espérer une amélioration dans les prochains siècles. Vous pousserez les jeunes artistes à se rebeller contre le système. Il est bon d'être anarchiste à vingt ans, mais nécessaire d'être conformiste à quarante. Il faudra donc s'appliquer à toujours récupérer l'image du jeune insurgé après une ou deux décennies. Malgré ses rêves puérils, son image nous a toujours appartenu. Nous avons décidé de lui offrir la célébrité et la gloire, d'apprendre aux gens à aimer ses stupides revendications, ses niaiseries populistes et ridiculement terre à terre. Il nous revient donc de montrer leur avenir aux jeunes rebelles. Un chanteur crache sur la société ? Passez-le sur toutes les radios, les télés, que l'on chante ses textes au bal du village. Mettez-lui deux ou trois gonzesses un rien vénales dans le plumard, un conseiller un brin foireux et vingt ans plus tard, ruiné, oublié, il viendra vous manger dans la main, implorant de reparler un peu de lui. Un rappeur veut niquer la police ? Demandez à un vieux réac de s'offusquer, puis laissez couler un moment. Lorsque le gosse des cités aura grandi, proposez-lui de devenir acteur. Vous le ferez jouer un flic, puis dans un autre film, un homo. Les gamins des banlieues vont adorer... Un manifestant prêt à utiliser la violence pour faire tomber cette société injuste ? Offrez-lui une place de chroniqueur sur l'une de vos chaînes et laissez-le s'user la langue sur les couilles de ses supérieurs pour grimper les échelons et devenir le journaliste attitré lors des interviews du chef d'État. Faites monter et descendre à votre gré les politiciens afin qu'ils n'oublient jamais qui est le maître. Prenez garde à ne pas fabriquer un nouveau Napoléon, ils sont parfois difficiles à déloger. Comble de la démocratie, l'avenir est de donner le pouvoir aux minorités. Elles pourront déverser leur haine sur la majorité, la faire douter, culpabiliser. Un interrogatoire de la Stasi à l'échelle d'un continent entier ! Personne n'est innocent ! Voilà le message du monde de demain. Un coupable, s'il sait ne pouvoir s'échapper, ça pleurniche, ça supplie qu'on lui pardonne, ça courbe l'échine et ça accepte tout. Avec le temps, il devient le premier à dénoncer les autres, tant le sentiment de culpabilité ne supporte pas la solitude. N'hésitez pas à produire des films dont le scénario a été écrit par des mecs bourrés, que l'histoire soit simple et remplie d'incohérences. Des antihéros, beaucoup d'antihéros, afin que l'individu lambda puisse s'identifier aux personnages, rêver lui aussi de vivre des trucs débiles. Des films où l'homme juste perd toujours à la fin, c'est indispensable. Ne jamais laisser d'espoir à l'intégrité. Il faut pousser le citoyen à se prendre pour une star afin d'alimenter la schizophrénie avec sa culpabilité. Lors des émissions de variétés, invitez des acteurs et faites-les parler de politique, les chanteurs donneront leur avis sur la déforestation, les politiciens parleront musique. Montrer l'aspect commun, petit, souvent inculte, des célébrités afin d'éliminer la distance qui les sépare de leur public. Tout le monde est une star ! Le deuxième commandement du prochain monde. Il y a tant à faire, et tout cela avec une déconcertante facilité. Si par inadvertance, une information véridique venait à surgir, noyez-là sous une tonne de communications contradictoires. N'hésitez pas à prendre les gens pour des cons, ils adorent ça. Parfois, ils vont râler, c'est certain, mais ça les rassure, ils se sentiront même flattés, grisés par l'impression de vous être supérieur puisqu'ils se rendent compte de la supercherie. Ça ne les empêchera pas de continuer à se gaver de vos émissions et vos journaux, ne serait-ce que pour avoir le plaisir de les critiquer. Peu importe ce qu'ils en pensent, pourvu qu'ils continuent à ingurgiter le flux de mensonges et de langue de bois. « Un député retrouvé mort sur une corniche avec trois balles dans le corps, dont une dans la bouche. La police tant à l'hypothèse du suicide. ». Ça glisse tout seul. « Après plusieurs mois d'enquête mobilisant des dizaines d'agents des stups, des douanes et de la police locale, un vaste réseau de trafic de drogue vient d'être démantelé. On a retrouvé chez le chef présumé de l'organisation, cinquante grammes de haschisch »... « Malgré le témoignage des deux survivantes, insinuant la présence d'autres hommes venant les violer dans la cave, les éléments de l'enquête tendent à prouver qu'il s'agissait d'un individu isolé »... En passant sous silence de nombreux scandales, vous vous constituerez un dossier sur chaque personne influente d'un pays et les tiendrez ainsi sous votre botte. Les hommes probes se tiennent éloignés du pouvoir, il est donc assez facile de faire chanter n'importe qui. Pas un ne peut s'empêcher de piocher dans la caisse ou de contraindre une employée à une fellation. Quant aux nanas, mieux vaut ne pas en parler, la probité ne fait pas partie de leur vocabulaire, à moins de tomber sur des grenouilles de bénitier extrémistes, mais elles sont tellement perverses et arriérées, qu'il est aisé de les faire haïr du public. Les avis, les pensées, les croyances, tout sera sous contrôle. On vous apprendra à bouffer de la merde et vous aimerez ça. D'ailleurs, vous n'aimerez plus rien d'autre. Votre langue y prendra goût, votre estomac ne digère déjà plus rien depuis longtemps et votre cerveau ne fera plus la différence entre une fiction et votre pseudo-réalité. L'info, le fric et l'audiovisuel débilitant sont les trois paramètres de la météo sociétale. Il peut pleuvoir des cordes, si l'on vous répète à longueur de journée qu'il fait très beau, vous finirez par bronzer ! Et vous ne pourrez l'empêcher...

Dimitri, homme d'une très grande intelligence, restait néanmoins un Égyptien, il n'avait jamais traversé le miroir. Sa puérile quête de pouvoir terrestre avait un arrière-goût de manque, d'aigreur et d'impuissance. Il faisait vœu d'allégeance aux esprits chthoniens dans l'espoir qu'ils l'aident à réaliser ses rêves de singe. Lazo, en tout début d'adolescence, savait lire, compter et plus ou moins écrire. Après trois mois, son père adoptif embaucha une préceptrice pour donner des leçons, cinq jours par semaine, à ce gosse tombé du ciel. Tess, dans la fleur de l'âge, était d'une beauté aveuglante. Sa douceur et sa grâce provoquèrent chez Lazo de curieuses démangeaisons dans le bas ventre. Démangeaisons qu'à la demande de Dimitri, elle vint soulager, tout en profitant de l'occasion pour lui faire un cours sur la reproduction. Ce fut une période assez faste. Il apprit des notions d'histoire, de géographie, d'économie, de philosophie, de savoir-vivre, etc. On aurait pu le croire heureux si l'on parvenait à détourner le regard pour ne pas être foudroyé par la haine sortant de ses yeux. Son premier amour ne sût pas éteindre l'incendie dévorant son être... Puis, un matin, elle ne vint pas. Le lendemain, non plus, ni les jours suivants. Elle serait repartie dans sa région natale pour s'occuper d'un parent en souf-

france. Comme ça ? Sans rien dire ? Sans un adieu ? Lazo enragea.
— Tu me racontes n'importe quoi !
— Lazo, je t'en prie. Tu es un homme maintenant, ne te comportes plus en enfant, répondit Dimitri.
— Je suis un homme ? Très bien ! Alors, pourquoi me mens-tu ?
— Comment ça ? Elle est partie, que puis-je y faire ?
— Tu mens. Je l'ai vu l'autre soir, entrer dans le Temple, et comme toutes les autres, elle n'en est jamais ressortie.
— Que dis-tu ?
— Cela fait des mois que je vous observe en secret, toi et toute ta bande. Chaque pleine lune, une jeune fille entre avec vous et n'en ressort jamais. Le lendemain, Antoine revient et tu l'aides à transporter une boite assez grande pour contenir un corps.
Dimitri resta sans voix un moment.
— Pourquoi elle ? Pourquoi il a fallu que tu la prennes ? Il y en a des milliards !
— Nous n'avions pas le choix. Je suis désolé, mon fils, crois-moi, si j'avais pu faire autrement, jamais je ne l'aurais touché. Il m'est impossible pour le moment de te donner une explication. Je ne sais pas si tu pourras me pardonner un jour mais je veux que tu saches...
Lazo le coupa avant qu'il ne puisse finir sa phrase.
— Laisse-moi participer à vos cérémonies et nous sommes quittes...

À la mort de Dimitri, ce fut le retour à la rue, sa véritable demeure. Elle avait changé durant ses années chez son père adoptif. Plus accueillante, plus chaleureuse et surtout, elle s'était muée en excellent terrain de chasse. Un soir d'orage où les dieux déchaînés réclamaient leur tribut de sang, Sven vint à sa rencontre pour lui offrir une nouvelle vie, une véritable résurrection, et bien plus que cela, un but. Que vaut la vie ? Manger, baiser, boire, dormir... et après, on crève ? Quelle ironie de se trouver sur son lit de mort et constater que notre vie n'a eu aucun sens, aucun dessein valant la peine de s'en souvenir. On retarde le moment du trépas le plus longtemps possible, on laisse bien souvent notre âme se corrompre dans l'espoir de gagner quelques années, un peu de plaisir ou une niaise flatterie de notre ego, pour finalement la voir s'échapper sans nous emmener avec elle, lassées de l'avoir autant prostituée, vendue pour un plat de cailloux... Sven lui avait parlé, l'avait convaincu de le suivre sur le chemin de la rédemption. Un chemin spécial, bien peu fréquenté par les pèlerins en quête de salut. Il l'avait pris sous son aile, hébergé dans sa maison de campagne, présenté Clara, une femme joyeuse aux yeux pleins de lumière…

Le ronronnement d'un moteur vint interrompre le cours de ses pensées. La silhouette blanche du Vestale découpant les ténèbres se frayait un passage à travers la nuit. Lazo mit sa cagoule, ses gants et pénétra lentement dans l'eau tiède pour se placer, sans un bruit, au milieu du canal, laissant seulement la moitié de sa tête émerger. Lorsque le Trawler fut à son niveau, il se déplaça légèrement sur la gauche et s'agrippa à l'échelle de corde effleurant la surface. Il grimpa et resta un moment accroché, tentant de repérer à l'oreille la position des gardes. Parasités par le bruissement du bateau sur l'eau, les murmures d'une conversation lui parvinrent. Cela venait de l'avant. Il passa la tête et lança un rapide coup d'œil de gauche à droite. Personne de ce côté. Impeccable. Il monta à bord, sortit son semi-automatique du sac et restant accroupi, avança vers la poupe. En passant devant les larges vitres, il glissa un regard furtif au travers pour apercevoir Blasty et Mitland en grande conversation autour d'un verre de champagne, confortablement installés au creux de fauteuils en cuir. Entre eux, une table basse accueillait la bouteille, les amuse-gueules et des lignes de coke tracées sur un miroir. Dans la luxueuse cabine, un peu à l'écart, assis sur une chaise, se trouvait un troisième homme. Surpris, Lazo s'arrêta un instant. Il ne l'avait pas vu monter sur le Vestale. Était-il déjà sur place, bien avant son arrivée ? Ce genre de détail peut vous conduire directement à la morgue. Comment a-t-il fait pour ne pas le remarquer ? Son cœur s'emballa légèrement devant une telle étourderie. Avec le temps, il avait peut-être un peu trop pris confiance, la routine vous met en danger. Il le savait pourtant, la routine était la première cause de décès chez les tueurs. Plus on a d'expérience et plus on doit vérifier et revérifier chaque lieu, chaque possibilité. Oublier un type ? C'était une erreur de débutant ! Il se reprit aussitôt, n'ayant pas le temps de ruminer sa faute d'inattention. À l'arrière, un garde dissertait sur la beauté des Catalanes et leur peau suavement cuivrée par les rayons flamboyants de l'astre estival. L'autre, à l'accent germanique, répondait préférer la blancheur des femmes du nord aux iris couleurs de givre et à la force des ancêtres coulant dans leurs veines glacées, plutôt que ces fades idiotes trop cuites, anesthésiées par le soleil et d'une vulgarité à faire rougir une mère maquerelle. Sans un bruit, Lazo, le dos collé à la paroi de la cabine se rapprocha d'eux. Il pencha légèrement la tête pour apercevoir les deux types, l'un en face de l'autre, chacun armé d'un pistolet mitrailleur en bandoulière. Il se trouvait à trois mètres de distance et devait absolument les atteindre avant qu'ils ne l'aperçoivent. Il ne pouvait tirer de son emplacement, les corps risqueraient de faire trop de bruit en tombant sur le sol. Lazo jeta un regard vers l'avant. Tout allait bien, les autres gardes semblaient rester à leur place. Il attendit, patiemment, sans jamais quitter ses cibles des yeux. Le type à l'accent germanique proposa une cigarette à son comparse. Ce dernier l'accepta puis se pencha légèrement vers l'avant, les mains autour de la clope, pour s'approcher de la flamme du Zippo tendu par l'amateur de walkyries. Lazo, d'un bond, se retrouva juste devant eux et leur tira une balle dans la tête avant même qu'ils ne puissent émettre un son. Il s'agrippa aux corps, les accompagnant lentement jusqu'au sol, puis les tira sur le côté, devant l'entrée de la cabine. Il grimpa l'échelle menant au pont supérieur et s'approcha lentement du type tenant la barre. Les deux gorilles à la proue, lui tournaient le dos, regardant les ténèbres se dissiper sous les phares du bateau. Lazo, posté juste derrière le nautonier, pointa le flingue sur sa nuque et tira. Il rattrapa le corps et le laissa glisser. Sa position en hauteur lui donnait une excellente vue sur les deux gardes. Il visa la tête de celui de droite, puis celle de celui de gauche avant de revenir au premier. Après plusieurs va-et-vient, il appuya sur la gâchette et envoya deux balles en une fraction de seconde. Le deuxième garde n'eut le temps de s'apercevoir de rien, son corps tombant dans le canal en même temps que celui de son collègue. Lazo coupa les moteurs, redescendit devant la cabine et s'accroupit dans un coin d'ombre, le flingue braqué sur la porte. Lorsqu'elle s'ouvrit, exposant la silhouette d'un homme, il tira en pleine tête. Le corps dévala les escaliers, maculant ses marches d'hémoglobine. Lazo descendit dans la cabine en prenant garde de ne pas glisser sur les flaques de liquide sombre. Braquant son arme sur les deux hommes d'affaires, il observa un instant le cadavre à ses pieds. Il n'avait rien à faire là celui-là ! Sa présence recommençait à le perturber. Il eut envie de défoncer son crâne à coup de latte, aurait aimé pouvoir le ressusciter afin de lui demander à quel moment précis il avait embarqué, avant de le tuer à nouveau.

L'intérieur de la cabine était de bois noble, avec poutres apparentes, mobilier d'acajou, tapis fait main, un tas de babioles dégoulinantes de mauvais goût, dont un œuf de Fabergé et une Vierge doré à l'or fin portant une émeraude sur le front.

Les deux hommes, toujours assis l'un en face de l'autre, observaient l'intrus sans mot dire. Lazo tourna son regard vers eux et s'approcha.

— Messieurs, bien le bonsoir !
— Mais t'es qui toi, putain ? demanda Blasty
— Le père Noël ! Je suis venu vous offrir un présent.

Il sortit de sa poche les deux pendentifs et les déposa délicatement sur la table devant chacun de leurs futurs propriétaires. À la vue de la dague crucifix, Mitland devint livide.

— Je t'ai demandé qui tu es ! gueula Blasty
— Ayez l'obligeance de porter votre cadeau autour du cou, s'il vous plaît.
— Va te faire mettre !

Mitland ne bougeait pas, il gardait le regard fixé sur le pendentif sans pouvoir dire un seul mot.

Lazo tira dans le pied de Blasty qui se plia en hurlant de douleur.

— Ça fait mal ? Je peux aussi jouer le père Fouettard si vous préférez. Alors, j'insiste, mettez ce pendentif, j'ai horreur de me répéter.

En gémissant, Blasty s'exécuta tandis que l'autre restait toujours immobile, des perles de sueurs baignaient son front.

— Vous connaissez ce bijou ? lui demanda Lazo.
— Vous... vous... allez nous tuer de toute façon. Quoi que l'on fasse, répondit Mitland d'un air absent.
— Pfff, ça recommence... Il y en a toujours un pour plomber l'ambiance, voir le verre à moitié vide et rechigner que rien ne sert à rien. Vous voyez votre ami avec le pied en chou-fleur ? Je peux vous faire le même si ça vous tente.

Mitland prit le collier en tremblant et le passa autour de son cou.

— À la bonne heure ! Maintenant, cher Dominik, vous allez enlever votre ceinturon et attacher votre aimable collègue à cette poutre, juste au-dessus.

Entendant ces mots, Mitland bondit de son fauteuil et se prit une balle dans le genou avant d'avoir pu atteindre Lazo. Il se roula par terre, les deux mains autour de la blessure.

— Voilà, comme ça, pas de jaloux. Tu lui mets ce putain de ceinturon ou je t'explose les chevilles !

Quasiment à cloche-pied, Blasty tenta de relever Mitland pour l'attacher à la poutre mais n'y parvenait pas.

— Monsieur Mitland, faites un effort. Si vous refusez de vous servir de votre jambe valide, je prendrai plaisir à lui faire sauter la rotule. Ne voyez-vous pas que votre ami peine à vous soulever ?

Avec l'aide de Blasty, Mitland se releva et se laissa attacher les mains sur la poutre du plafond.

— Bon, très bien. Maintenant, attache-lui les pieds au poteau.

— Avec quoi ? demanda-t-il en écartant les mains. Je n'ai pas de corde ici.

— Je m'en fous, démerde-toi ! Prends ta chemise ou son futal. C'est pas possible d'avoir des bras cassés pareils...

Blasty ôta le pantalon de Mitland et s'en servit pour bloquer ses pieds contre le poteau juste derrière lui.

— Enfin, on avance..., souffla Lazo en allant ramasser une serviette sur le coin de la table basse.

Il enfonça le carré de coton dans la bouche de Mitland puis sortit son couteau de chasse et le lança aux pieds de Blasty.

— Maintenant, très cher, tu vas lui couper les parties.

— Quoi ?

— T'as des problèmes d'audition ? s'enquit Lazo en lui posant son 9 mm sur le front.

— T'es complètement malade !

— Je n'ai aucune envie de devoir aller émasculer tes gosses, alors, fais-moi plaisir, donne-moi un trophée.

Blasty ramassa le couteau et vint se mettre à genou devant Mitland qui, les yeux exorbités, gémissait de plus belle.

— Espèce d'enculé, on va te faire la peau, murmura Dominik.

— Oui, bien sûr. N'oublie pas le cornet, avec les deux boules.

Blasty ne savait pas par où commencer. Il posa le couteau juste au-dessus de la verge, puis en dessous des testicules, approcha son autre main pour tenir le tout avant de la retirer comme s'il allait se brûler. À croire qu'il n'avait jamais tenu une bite dans la main, excepté la sienne. Mitland remuait pour tenter de défaire ses liens.

— Grouille-toi, connard ! J'ai pas toute la nuit.

Il se décida pour le dessus. Maintenant le pénis et les couilles coincés entre le pouce et l'index, il fit glisser la lame du couteau. Son geste, assez maladroit et trop hésitant, entailla le sexe sur plus de la moitié. Une giclée de sang éclaboussa son visage. Mitland hurla, Blasty lâcha le couteau et se mit à pleurer, cherchant à s'essuyer la figure avec sa manche de chemise. L'artère sectionnée émettait de petits jets venant arroser le sol. Lazo ramassa un peu de coke sur la table et la fourra dans le nez du futur eunuque.

— Reprends le couteau et termine.

Il se remit en position, tournant la tête sur le côté pour ne pas prendre le flux pourpre dans les yeux et cria de rage en tranchant le tout d'un seul coup. Mitland poussa un hurlement que l'on aurait entendu jusqu'au plus profond des Enfers s'il n'avait la serviette fourrée dans la bouche, puis sembla perdre conscience. Lazo lui tapota la joue pour le réveiller et lui remit un peu de poudre dans les narines. Il ouvrit les yeux en gémissant mais il aurait été difficile de mesurer son degré de lucidité. Blasty, à genou, lâchant la lame et le trophée, se mit à vomir.

— Allez, relève-toi, c'est très bien. Pose mon cadeau sur la table et va laver mon couteau.

Dans un état second, il suivit la demande sans pouvoir trouver en lui la moindre once de révolte. Il déposa le bout de chair flasque et les deux testicules puis, à l'allure d'un zombi, se dirigea vers l'évier pour passer l'arme sous l'eau. Blasty revint vers Lazo, lui tendant d'une main tremblante le manche du couteau.

— Je te remercie. Va t'asseoir.

Ils s'installèrent l'un en face de l'autre sur les deux fauteuils. Mitland se vidait lentement de son sang. Blasty, les yeux hagards, ne semblait plus avoir toute sa raison. Lazo laissa passer un long silence avant de prendre la parole.

— Finalement, je t'aime bien Dominik. Je ne savais pas si tu serais capable de le faire. Du coup, franchement, je suis de bonne humeur. Tu n'imagines même pas comme c'est rare. D'ailleurs, pour te le prouver, je vais t'offrir mon trophée.

Blasty resta muet, le regard baissé vers le sol. Pas certain qu'il écoute encore.
— Eh oh ? Tu m'entends ? Je viens de te faire un deuxième cadeau.
Il releva la tête, cherchant à comprendre ce que Lazo attendait de lui.
— Tu pourrais me dire merci !
— ... Merci...
— De rien, je t'assure. Et bien, vas-y, il est à toi.
Que voulait-il ? Qu'il le prenne et le mette dans sa poche ?
— ... Laisse-moi partir...
— Partir ? Bien sûr... Ceci dit, après toutes ces émotions, je m'en voudrais de te laisser aller avec le ventre vide. Mange-le.
— Quoi ? sursauta Blasty, venant de se réveiller.
Lazo désigna les organes de Mitland du bout de son arme.
— Mange, je te l'offre.
— J'en veux pas.
— Dans ce cas, si tu refuses mon présent, je vais t'assommer, t'attacher et...
Il se tourna vers Mitland, invitant Blasty à faire de même.
— Bouffe-le !
La main tremblante, il prit la verge et la porta à sa bouche, puis croqua un morceau avant de le recracher en s'étouffant.
Lazo se leva en lui hurlant dessus, l'obligeant à ramasser le bout de pénis sur le sol. Le flingue sur la tempe, Blasty avala en déglutissant avant de croquer à nouveau. Lorsqu'il eut terminé, il fit semblant de s'évanouir. Lazo tira une balle dans son pied déjà blessé. Il hurla.
— Ça réveille, non ? T'as pas fini, dit-il en désignant les deux grosses olives rouges posées sur la table.
Après avoir repris son souffle, Blasty, les joues dégoulinantes de larmes venant se mêler aux traînées de sang, mordit dans un testicule. Il fut pris de spasmes et recracha le morceau avant de vomir un peu de bile. Lazo l'obligea à le récupérer au milieu de la flaque jaunâtre et le remettre dans sa bouche.
— Allez, Doumé, mâche bien. Une bouchée pour papa, une bouchée pour maman. Ne m'oblige pas à faire l'avion...
Du revers de manche, il essuya la morve coulant sur ses lèvres et sans cesser de pleurer, marmonnant des « pitié » entrecoupés par les

contractions instinctives de son diaphragme, Blasty enfourna le reste du testicule et le mâcha lentement. Il parvint à l'avaler sans vomir à nouveau puis commença à manger le dernier fruit. Sous l'action de ses dents, l'organe chéri de Mitland mimait le son d'une pomme broyée ou d'un brugnon trop vert.

Lorsqu'il eut terminé sa frugale collation, Lazo lui tira une balle entre les deux yeux et fit de même avec Mitland. Il rangea son flingue dans le petit sac hermétique, sortit de la cabine puis sauta dans l'eau pour rejoindre tranquillement le chemin de terre longeant le canal. Sa moto de location se trouvait à cinq minutes de marche. Timing parfait. D'ici moins d'une demi-heure, les gardes s'inquiétant de ne pas voir le Vestale arriver, remonteront le canal pour trouver leurs patrons respectifs. Comme bien souvent, ils ne préviendront pas la police et la légende de la dague crucifix continuera de se répandre chez tous les Damoclès de ce siècle…

VII

Une clope à la bouche, Caritas ruminait en buvant son café. Le sucre n'arrivait plus à masquer son amertume. Trois semaines ont passé depuis le fiasco avec Tarval. Laurent ne s'est jamais réveillé. Son palpitant a continué de battre une dizaine de jours, puis lassé par cette vie de larmes distillées, a fini par jeter l'éponge. Faut avouer qu'il n'était pas en grande forme, lui non plus. D'après le toubib, Laurent avait le cœur d'un mec de soixante-dix berges et le foie assez gros pour nourrir un village dans le tiers monde. C'était pas la joie au bureau... Basile a pris un congé longue durée pour s'occuper de sa femme. Il est tout de même venu à l'enterrement et en a sans doute profité pour repérer les lieux, vu que bientôt, il viendra dans le parc à macchabées tous les jours, porter des fleurs sur la tombe de sa gonzesse. Pas grand monde aux funérailles, personne en dehors des collègues de boulot. Laurent n'avait aucune relation extérieure au poste, même pas un patron de bistrot. Il préférait se torcher tout seul chez lui et l'on devait insister pour le traîner boire un coup chez Zito. Pas de traces de Tarval, il a certainement quitté la ville. Quant à l'enquête sur le meurtre d'Hector, Billy, fidèle à lui-même, continuait de brasser du vent. Le pendentif avait disparu, il n'était plus au labo. La semaine dernière, Caritas s'est rendu au domicile de Francis afin de vérifier s'il ne l'avait pas emmené chez lui avant de mourir. Sa femme lui assura que c'était impossible, il ne ramenait jamais aucun objet du boulot. En effet, après avoir fouillé de fond en comble toute la baraque, il ne put mettre la main dessus. Non, c'était il y a deux semaines... ou peut être plus. Il ne se souvenait même plus s'il avait eu la présence d'esprit d'attendre la mise en bière de Francis avant d'aller fouiller sa piaule sous les yeux éplorés de sa veuve. De son côté, Cathy fit bonne pioche et dégota trois morts de plus. Elle était entrée dans son bureau avec la gueule des mauvais jours. Laurent était encore dans le coma à ce moment-là et chaque heure de plus sans signe d'amélioration augmentait son stress. Elle avait beau faire ses séances de méditations et de relaxations, elle n'arrivait pas à étouffer son angoisse. La voyant dans cet état, Caritas venait passer les soirées chez elle mais au lieu de se changer les idées, leur spleen s'alimentait mutuellement.

— Je viens d'avoir des réponses d'Interpol. Ils ont trois affaires différentes où chacune des victimes portait le pendentif. Ils m'envoient les rapports, je les aurai après-demain.

— Trois affaires ? Où ça ?

Cathy s'installa sur la chaise en face de lui et jeta un œil sur ses notes.

— Il y a douze ans, un Italien, Angelo Galvani, chanteur à l'eau de rose. Retrouvé dans sa baignoire, les veines des deux bras ouvertes du poignet au coude. Pas de traces d'effractions ni de lutte, l'affaire fut classée en suicide, ce qui paraissait le plus probable. Totalement nu, il portait seulement ton bijou préféré. Le second, ça fera bientôt neuf ans, Ushi Sun, diplomate chinois rattaché à l'ambassade au Royaume-Uni, retrouvé pendu à un fil barbelé lors d'une partie de chasse. Le gouvernement chinois a directement rapatrié corps et collègues de chasse à Pékin en refusant de donner la moindre information. Du coup, on n'aura que dalle à se mettre sous la dent. L'enquêteur british n'a apparemment pas trouvé d'indices menant à un éventuel suspect. Le dernier, Jozua Van Gorp, sénateur néerlandais, assassiné il y a sept ans. Celui-là, il va te plaire… On l'a retrouvé ligoté dans son appartement, à Eindhoven. Le tueur a commencé par l'énucléer, puis lui couper les couilles avant de les insérer dans ses orbites en faisant bien attention à ne pas les abîmer. Après, il lui a scotché les yeux sur le pubis. Van Gorp s'est vidé de son sang. Censé être en voyage, on l'a retrouvé seulement quinze jours plus tard. Je n'ai pas pu avoir l'enquêteur au téléphone. Peu de temps après le meurtre, il a quitté la police et s'est barré dans les Antilles sur son voilier.

— Donc, on a un mec…

— Ou une nana, le coupa Cathy

Caritas lui jeta un regard fatigué.

— Donc, on a une personne agissant depuis au moins quinze ans. Elle change de modus operandi à chaque fois…

— Et fait dans le plus en plus dégueu.

— Tu pourrais me laisser finir une phrase, princesse ?

Cathy lui envoya un large sourire pour toute réponse.

— Elle parcourt toute l'Europe, ne laisse jamais de traces et a une quantité indéfinie d'artefacts préhistoriques censés ne pas exister...
Il leva les yeux vers sa collègue.
— C'est quoi ce délire ? souffla-t-il.
— Comment ça ?
— Tu ne trouves pas ça louche ? Ce type... ou cette gonzesse, si tu veux, c'est l'affaire du siècle ! Depuis quinze ans, il laisse sa signature et jamais personne ne l'a remarqué ? Je ne suis pas Colombo mais quand même.
— Je ne vois pas où tu veux en venir...
— Où je veux en venir... répéta Caritas, l'air absent. Pourquoi ça tombe sur nous ?
— Sur toi ! Si tu n'avais pas fait une fixette sur ce pendentif, il serait passé inaperçu.
— C'est vrai... Bon, réfléchissons... Pourquoi ces façons différentes de tuer ? Quel est le lien entre les victimes ? Que signifie cette dague crucifix ?
— Les victimes sont toujours des personnes assez importantes.
— Que veux-tu dire par importante ? lui demanda-t-il.
— Des politiciens ou des célébrités ?
— De Naglowski ne l'était pas, Malgoff non plus.
— Hector l'était dans son milieu. Il est possible que Naglowski l'ai été dans certains cercles.
— Bon, OK. Ce ne sont jamais des individus lambda. Qu'est-ce qui les relie ? Un chanteur, deux politiques, un mafieux et un gourou.
— À part le chanteur, ça me paraît assez proche. Ça va être compliqué d'enquêter sur chacun d'eux.
— Ils faisaient peut-être partie d'une sorte de secte ou de société secrète.
— Tu penses aux fils de la veuve ? proposa Cathy.
— Pourquoi pas, ou un truc du genre.
— Ouah, on aurait un tueur de francs-maçons ? Un ancien nazi ou l'un de ses descendants voulant se venger de toutes les misères que l'on a faites à son Adolf chéri ?
— C'est si tordu que ça ? lui demanda Caritas.
— Disons que j'ai du mal à imaginer Malgoff, un petit tablier autour de la taille, prêter serment pour le bien de l'humanité. Quoique ça pourrait être drôle. Du peu que je sache, il faut avoir un casier vierge pour

entrer là-dedans, ce n'était pas le cas d'Hector. Je peux me renseigner si tu veux.

— Essaie, oui, on n'a rien à perdre. De toute façon, pour l'instant, la seule piste, c'est des ossements vieux de vingt mille ans… alors si tu me trouves des adorateurs de Toutankhamon qui en ont marre de voir leurs tombeaux se faire piller, des néonazis vénères, des indépendantistes écolos ou même des complotistes chassant le reptilien, je prends. Pourvu qu'il y ait un lien avec nos victimes. Nous en avons cinq, étalés sur une décennie et demie.

— Peut-être beaucoup plus. La mort de Galvano a été maquillée en suicide, combien d'autres cas ont pu échapper à toutes investigations ? Sans compter tous les meurtres où le crucifix n'aurait attiré l'attention de personne.

— Il y a forcément un lien…

Deux jours après, Caritas se cramait les yeux jusque tard dans la nuit sur les rapports d'enquête. Chez lui, il avait installé un grand tableau blanc sur lequel s'accumulaient les photos, les notes, les points d'interrogations ainsi qu'une carte de l'Europe avec entourés au feutre rouge, les lieux où l'on a retrouvé les corps. Van Gorp faisait partit de la Rose-Croix d'Or, les autres ne semblaient pas appartenir à un groupe quelconque. Le chanteur italien passait ses soirées au casino à se gaver de coke en charmante compagnie. Caritas eut son ancien producteur au téléphone. Rien n'aurait pu laisser deviner qu'il mettrait fin à ses jours. Il n'était pas heureux, loin de là, les joueurs ne le sont jamais, mais ne déprimait pas au point de se foutre en l'air. Il n'apprit rien d'intéressant, pas le soupçon d'un indice même tiré par les cheveux. Pour le chinois, il n'y avait aucune information sur sa vie privée. On l'a retrouvé pendu à un arbre d'une forêt des Cornouailles, les mains attachées dans le dos. Van Gorp, marié et père de deux enfants, avait une vie tout à fait banale, excepté son poste de sénateur. Il fit des études de droit, commença la politique juste après l'université, travailla dix ans dans un cabinet d'avocat avant de se mettre en congé sans solde lorsqu'il fut élu. Il ne jouait pas, ne fréquentait pas les prostituées, consommait de l'alcool avec modération, jamais de drogues et avait un casier plus vierge que la papesse Jeanne. Difficile de l'imaginer en compagnie de Malgoff ou de Dimitri. Caritas éplucha les dossiers toute une semaine sans trouver le moindre rapport entre les victimes. Apparemment, ils ne se connaissaient pas…

Il se resservit un café et écrasa sa troisième cigarette de la journée. Il avait encore trop peu dormi. Les cauchemars lui laissaient rarement une nuit de répit. Lorsque ça arrivait, la paralysie du sommeil venait les remplacer et la jeune fille avait toujours une sérieuse envie de lui couper la tête. Cette garce ne voulait pas lui foutre la paix, il sentait sa présence à chaque instant. Dans le salon, la chambre ou le bureau, une odeur fugace de parfum venait parfois titiller ses narines, une voix accrochait son oreille, lointaine, comme lorsque partie dans nos pensées, l'on n'écoute plus notre entourage, mais entendons tout de même les sons. L'impression étrange qu'elle était là en permanence le rendait dingue. Il avait déjà du mal à dormir, maintenant, il lui devenait difficile de rester chez lui sans avoir le sentiment d'être épié, d'être tout proche d'une personne trop discrète pour ses sens. Le manque de sommeil avait fini par ronger la frontière entre le rêve et la réalité. Il percevait le monde avec un temps de retard, comme sous l'emprise de la Gandja. Ses pensées défilaient vers des chemins de moins en moins logiques et il devait faire des efforts pour leur maintenir un minimum de cohérence.

Il prit le téléphone dans l'intention d'appeler le docteur Douez. Ça pourrait lui faire du bien d'aller lui rendre visite, de discuter le bout de gras et pourquoi pas, se faire prescrire des somnifères, juste pour deux, trois nuits, histoire de récupérer un peu. Après un moment d'hésitation, il préféra reposer le combiné. Les cachetons n'étaient pas une option judicieuse de toute façon, il serait obligé de prendre des congés. Les médocs le foutent trop dans le coltar. La seule fois où il a essayé, il eut l'impression de dormir debout pendant deux jours et d'après le toubib, c'était les plus légers que l'on puisse trouver sur le marché. D'un autre côté, cela faisait plus d'une semaine qu'il avait l'impression de dormir debout...

Il termina sa tasse et sortit de chez lui. Au rez-de-chaussée, la mère Clotogre faisait semblant de passer le balai dans le hall. Elle y restait la plus grande partie de ses journées, afin d'être certaine de ne pas manquer une entrée ou une sortie. La porte de sa loge entrebâillée, l'on pouvait entendre son téléviseur, le volume poussé à fond, beugler les dialogues ineptes de feuilletons faisant rêver la ménagère.

— Ah, Monsieur Caritas, bonjour.
— Bonjour, madame, comment allez-vous ?
— Ma foi, s'il ne faisait pas si chaud...

— Je comprends. Demandez donc à faire installer un ventilateur au plafond.
— Certainement pas ! Imaginez qu'une personne malade entre dans le hall, le ventilateur éparpillerait ses microbes dans tout l'immeuble.
— Comme vous voulez... répondit Caritas, lassé.
— Vous êtes au courant pour Loïc Croud ?
— Loïc Croud ?
— Oui, le chanteur.
Il fit une moue assez expressive.
— Vous ne connaissez pas Loïc Croud ?
— Je n'ai pas ce plaisir.
— Et bien, si je m'y attendais...
— Au revoir, bonne journée.

Caritas sortit avant qu'elle ne reprenne ses esprits et puisse lui donner une information d'une extrême inutilité sur Loïc Croud. Il faisait chaud en ce début d'après-midi, un peu moins que le mois dernier, mais toujours pas une goutte de pluie pour venir rafraîchir l'été le plus brûlant jamais vécu dans cette ville. Il monta dans la voiture que le garagiste lui a prêtée le temps de trouver la panne sur la sienne. Depuis un bout de temps, le mécano testait toutes les pièces, une par une, sans parvenir à cerner l'origine du problème. Eux aussi ont une très bonne place dans son classement des métiers d'escrocs...

Cathy l'intercepta dès son arrivée au commissariat.
— Salut, j'ai essayé de t'appeler toute la matinée. Tu n'étais pas chez toi ?
— Si. Le téléphone n'a pas sonné... À quelle heure tu as essayé de me joindre ?
— Pfff, laisse tomber. Tu as vu Zwang ?
— Non, pourquoi ?
— Il a une surprise pour toi.
— C'est quoi ?
— Qu'est-ce que tu ne comprends pas dans le mot « surprise » ? Il est dans son bureau.

Caritas descendit d'un étage et frappa à la porte de Zwang avant d'ouvrir.

En face de son collègue était assis un homme aux cheveux tombant sur les épaules, vêtu d'une chemise bleu ciel et d'un jean déchiré au niveau du genou.

— Espèce d'abruti ! Tu crois vraiment que si j'allais cambrioler des bourges la nuit, je passerais mes journées à faire la manche ? Comment un mec aussi con a pu entrer dans la police ? Entre nous, ta mère, c'est ta sœur ou ta tante ? J'espère que t'es stérile ! À un moment, faut savoir stopper la lignée...

Le type tourna la tête vers lui. Une croix de saint Antoine tatouée à l'encre noire ornait son front. Caritas se demanda si la tache sombre était bien réelle ou simplement le fruit de son imagination épuisée.

— Ah, Caritas, s'exclama Zwang en se levant.

Il sortit du bureau avant de refermer la porte derrière lui.

— C'est Lazo ? demanda-t-il, ayant peine à le croire.

— Oui. Lorsque je l'ai reconnu, j'ai de suite appelé chez toi, mais ça ne répondait pas. J'ai prévenu Cathy et depuis j'essaie de le garder en t'attendant. C'est bien toi qui as lancé l'avis de recherche, non ?

— Oui... mais... comment tu l'as trouvé ?

— C'est le gang de saint Matthieu. Enfin, je l'espérai. Une voisine a vu deux types louches sortir d'une villa de Baltonost en passant le mur. Elle nous a alertés immédiatement mais nous sommes arrivés trop tard. Vu l'obscurité, le témoin était incapable de faire une description assez convaincante des deux gars mais ce matin, en se promenant en ville, elle tombe sur une troupe de manchards et reconnaît les mecs. Elle est persuadée que c'est eux. Moi, je n'ai aucune preuve et ça me paraît peu crédible. Comme il ne cesse de me le répéter, des types volants des fortunes pour se retrouver à faire la manche, ça tient pas la route. Sa troupe et lui vivent dans une ferme à l'extérieur de la ville. J'ai envoyé des collègues sur place. Ils ont tout retourné sans aucun résultat. Je ne vais pas pouvoir le garder très longtemps, du coup, je te laisse mon bureau si tu veux.

— OK, merci. T'as relevé ses empreintes ?

— Non, il me faudrait un motif pour ça. On n'en a jamais trouvé dans les villas cambriolées.

Caritas entra s'asseoir en face de Lazo. Un sentiment bizarre le parcourut, son cœur s'emballa légèrement. Lazo l'observait sans dire un mot, un discret sourire au coin des lèvres.

— Alors, vous allez me faire le coup du méchant flic ? Pas que l'autre soit gentil mais il est plus proche de l'inspecteur gadget que de Vidocq.

Caritas ne répondit pas. Il le scruta en silence, les mains bien à plat sur le bureau, respirant calmement. Ses pensées s'emballaient, cherchant le meilleur moyen de lui soutirer un maximum d'informations sans tout faire foirer. Après avoir laissé passer une flopée d'anges, il se décida.

— Dimitri de Naglowski.
Lazo n'eut aucune réaction, continuant de l'observer avec amusement.
— Ça vous dit quelque chose ?
— Vous me prenez pour un con ?
— Je vous ai posé une question.
— Et je vous ai rendu la politesse.
— Connaissiez-vous Dimitri de Naglowski ? répéta Caritas, un soupçon d'impatience dans la voix.
— Évidemment, tête de nœud, puisque c'était mon père adoptif !
— Vous étiez présent le soir de son meurtre et plus personne ne vous a jamais revu depuis.
— Étrange… Nous devons être dans un monde d'aveugle car personnellement, j'ai vu beaucoup de gens depuis.
— Tu te fous de ma gueule ?
— À moitié, à moitié seulement. Tes allégations ne sont pas des plus claires.
— Tous les membres de votre confrérie ont prétendu ne plus avoir eu de tes nouvelles depuis le soir du meurtre.
— Peut-être ont-ils menti…
Ce ne serait pas étonnant avec ce genre de tordus. Caritas ne prit pas le temps de réfléchir. Qu'ils aient menti ou non, ça ne changeait rien. Holder n'avait jamais pu retrouver Lazo, il devait absolument découvrir pourquoi.
— Possible, à l'époque… Mais quelle raison aurait Antoine de mentir plus de quatorze ans après les faits ?
Lazo parut amusé.
— Tu as rencontré ce cher Antoine ?
— Oui, le mois dernier. Il vit au manoir de Blancy pour s'occuper de ta mère adoptive.
Lazo ne put masquer sa surprise. Caritas sentit qu'il venait d'ouvrir une brèche et il devait trouver le moyen de s'y engouffrer avant qu'elle ne se referme.
— À Blancy ?
— Oui. D'après lui, votre mère et vous êtes les derniers à avoir vu Dimitri vivant.
— Certainement… Je suis le dernier, répondit Lazo, remarquant au passage que son interlocuteur avait repris le vouvoiement.
— Pouvez-vous m'expliquer ce qu'il s'est passé ?

— En quoi cela vous intéresse ? L'assassin n'a jamais été retrouvé. Vous désirez reprendre l'affaire ?
— Avez-vous tué votre père adoptif ?
— Il y a prescription pour un crime aussi vieux ?
— Oui, mentit Caritas.
En réalité, il y avait bien prescription mais s'il arrivait à prouver la culpabilité de Lazo, il pourrait le coffrer pour le meurtre de Malgoff et peut-être de tous les autres.
— Alors pourquoi une telle question ?
— J'ai besoin de le savoir.
— Je comprends. Ceci dit, est-il bon de toujours vouloir satisfaire les besoins des autres ?
— Que vous a-t-il fait pour vous pousser à l'égorger comme un chien ? Il vous a sorti de la rue, vous a adopté. C'est votre manière de le remercier ?
Lazo souriait, détendu. Caritas comprit qu'il n'avait pas su profiter de la brèche.
— Pourquoi pas ? Vous savez, à la rue, nous avons des mœurs assez différentes des vôtres… Mais vous allez être déçus. Je n'ai pas tué Dimitri.
— Dans ce cas, pourquoi avoir disparu ? Tous les soupçons pèsent sur vous.
— Que m'importe vos soupçons, vos besoins ou vos envies… Apportez-moi un café.
— Plus tard.
— OK. Dans ce cas je vous raconterai plus tard. Vous m'arrêtez ? J'appelle mon avocat, sinon, je me barre.
— Vous avez un avocat ? Pour un type vivant de la manche, c'est pas banal.
— Je ne suis pas banal. Alors, maintenant, c'est à toi de jouer. Tu m'arrêtes, tu m'apportes un café ou tu me laisses partir.
— Je vais opter pour le café, sourit Caritas en se levant.
Il ouvrit la porte et demanda à un collègue d'emporter deux cafés et un cendrier. Zwang détestait le tabac, il allait certainement gueuler s'ils fumaient dans son bureau, mais tant pis. Il ne pouvait pas se permettre de faire déplacer Lazo. Il pourrait le mettre en garde à vue pour le meurtre de Naglowski, cependant, n'étant pas officiellement chargé de l'affaire, bien trop vieille qui plus est, un avocat le ferait sortir aussitôt. Ils ne pouvaient pas le garder pour les cambriolages non plus, faute de preuves. Le mieux était de réussir à le faire parler de sa propre volonté. Après tout, s'il n'était pas coupable, comme il le prétendait, il n'avait

aucune raison de cacher des choses à la police. Deux minutes plus tard, les cafés arrivèrent avec cuillères et sachets de sucre. Caritas s'alluma une cigarette et en proposa une à Lazo, qui refusa.

— Votre nom n'est pas mentionné dans le rapport d'enquête. Vous vous nommez Lazo… ?

— Lazo, en effet. Et vous ?

Il commençait sérieusement à le gonfler. Une envie assez irrésistible de lui coller une mandale vint traverser l'esprit de Caritas. Il n'avait pas coutume de se retenir dans ce genre de situation, mais là, il savait que ça terminerait aussitôt l'entrevue et préféra s'abstenir.

— Votre nom ?

— Vous parlez d'un nom officiel ?

— Vous prétendez ne pas être coupable du meurtre de Dimitri. Pourquoi jouer au chat et à la souris en feignant de ne pas comprendre mes questions ?

— Vous marquez un point, je n'ai pas de réponse à cette question. Peut-être par ennui, ou alors parce que je n'aime pas les flics, surtout lorsqu'ils sont incompétents. Mais, je vais tenter d'être agréable, vous avez l'air fatigué et je n'ai pas l'intention de passer ma journée ici. Veuillez pardonner mon honnêteté, je connais de bien meilleures compagnies… Lorsque Dimitri m'a adopté, il m'a procuré des papiers d'identité sur lesquels je portais le même patronyme que lui. Je ne pourrais vous dire s'ils étaient vrais. Avant cela, j'avais seulement un prénom. J'espère avoir satisfait votre curiosité même si je ne vois pas le rapport avec l'enquête. Et vous, c'est quoi votre nom ?

— Caritas.

Lazo sourit, plongeant ses yeux noirs dans le regard de l'inspecteur.

— C'est un nom d'assistance publique. Vous êtes orphelin ? Ou peut-être l'un de vos aïeux ?

— Possible… mais nous ne sommes pas ici pour parler de mon arbre généalogique. Vous avez votre café, je vous écoute, annonça-t-il avec l'intonation la plus gracieuse dont il fut capable. Racontez-moi ce qu'il s'est passé le soir du meurtre.

Lazo observa la fumée se répandre dans la pièce, déchira délicatement le sachet de sucre et prit tout son temps pour le verser dans sa tasse. Il remua, tout en gardant le silence, bu une petite gorgée, touilla à nouveau. Caritas commençait à perdre patience et eut du mal à retenir ses mains dont la seule envie était de venir s'écraser à la base de la croix de saint Antoine.

— Je vous écoute ! insista-t-il en haussant le ton malgré lui.

— Que d'impatience ! Ne puis-je profiter de cet excellent breuvage offert par la maison ? Vous savez, à la rue, on n'a pas les moyens d'acheter de la qualité. On boit du café lyophilisé, parfois sans sucre et l'on se fait passer la seule cuillère à disposition...
— Vous allez me faire pleurer. Je vous offrirai le paquet s'il n'y a que ça pour vous faire plaisir mais arrêter de me prendre pour un con ! gueula Caritas, dont les nerfs menaçaient d'exploser à tout moment.
— Très bien, vous êtes un peu soupe au lait... Avec cette chaleur, je comprends, ça irrite et vu les valises que vous trimballez sous les yeux, vos nuits doivent être tout aussi torrides...
Il s'apprêtait à se lever pour lâcher la bride et servir à ce connard une soupe de marron avec œil poché en supplément, lorsque Lazo commença à parler.
— Nos confrères venaient de partir. Nous avions partagé un petit digestif, comme nous en avions l'habitude après chaque cérémonie...
— En quoi consistaient vos cérémonies ?
Lazo lui lança le regard accusateur de l'adulte sur l'enfant venant de lui couper la parole.
— Demandez donc à Antoine !
— ...
— Donc, tout le monde était parti. Je me rendis dans le Temple pour commencer à ranger le matériel. Dimitri s'occupait de certains objets sacrés qu'il était seul à pouvoir toucher.
— Quel genre d'objets ?
— D'un genre tout à fait particulier. Je vais prendre une cigarette finalement.
Caritas lui tendit le paquet. Lazo se servit, observa la clope, prit le temps de lire la marque imprimée sur le papier blanc juste au-dessus du filtre puis la trempa entièrement dans son café avant de l'éparpiller sur le bureau.
— Qu'est-ce que vous foutez, bon Dieu ?
— Apparemment, vous semblez incapable d'écouter sans m'interrompre par vos questions inutiles. Donc, je vous divertis... comme un gosse...
Le visage de l'inspecteur devint rouge de colère. Les dents serrées à se bloquer la mâchoire, il fit un effort surhumain pour ne pas péter les plombs. Puis, après plusieurs profondes respirations accompagnées des pensées les plus zen possibles, il parvint à simuler un sourire.
— Je vous écoute...

— Je rangeais le matériel dans un cagibi assez grand situé sur un côté du Temple. On y accédait par un épais rideau rouge. D'habitude, cela me prenait un quart d'heure tout au plus mais ce soir-là, la cérémonie avait été très particulière et il me fallut beaucoup plus de temps...
 Caritas se retint au dernier moment de demander ce qu'elle avait de spéciale. Il le fait exprès ce fils de pute !
— ... je venais de plier les tissus et allais les ranger à leur place, proche du rideau, lorsque j'entendis une conversation. Je ne pouvais discerner les mots ni me faire une idée du sujet abordé. Peut-être avait-elle commencé depuis un moment, je ne saurais le dire. Du fond du cagibi, je n'aurais pu entendre les murmures venant du Temple. Intrigué, car jamais personne d'extérieur à notre groupe n'avait l'autorisation de pénétrer dans notre sanctuaire et, comme je vous l'ai dit, tout le monde était déjà parti, j'écartais discrètement le rideau pour observer la scène. Un homme discutait avec Dimitri. De ma place, je ne discernais pas bien son visage, sa voix ne me disait rien. De toute évidence, il m'était totalement inconnu. Dimitri sachant parfaitement où j'étais, ne me demanda pas de les rejoindre ou de quitter le Temple. Je décidai donc de rester les observer en cachette. L'homme sortit un pendentif de sa poche et l'offrit à mon père. Je ne pus distinguer ce qui pendait au bout de la chaîne. Lorsque mon père l'eut mis autour de son cou, l'étranger brandit un couteau et d'un geste vif, lui trancha la carotide. Il s'écroula, se tenant la gorge en se tordant de douleur. Je me souviens des flots de sang cherchant une issue entre ses doigts serrés. Il finit par cesser de bouger. L'assassin se dirigea vers la porte du Temple. Je le suivis discrètement, sans un bruit, montai les marches juste derrière lui, traversai le hall, la porte d'entrée et pénétrai dans les bois. Mère devait être au lit, elle n'a certainement rien entendu. À l'époque, j'avais déjà une très bonne acuité visuelle et pister un animal de nuit ne me posait aucun problème. Dans les pas du tueur, je restais à une distance d'une dizaine de mètres. Il faisait plus de bruit que moi et ne s'aperçut pas de ma présence. Après environ une heure, il déboucha sur un chemin forestier où l'attendait sa voiture. Il monta, démarra et s'en alla. J'eus le temps de me rapprocher pour voir la plaque. La voiture était immatriculée ici. J'ai donc décidé de venir m'installer dans cette ville et depuis, j'attends de le retrouver. Ne vous inquiétez pas, si je l'aperçois un jour, vous serez le premier informé.
 — Vous vous foutez de ma gueule ?
 — Pas du tout.

— Pourquoi ne pas être allé voir la police pour lui raconter tout cela ? Faire une description de l'individu, de la voiture, des circonstances du meurtre ?

— Bah, vous savez, je n'ai pas très bien aperçu son visage... Par contre, je me souviens très bien de sa voix.

— Et vous comptez le retrouver en espérant un jour entendre sa voix parmi les millions d'habitants ?

— Pourquoi pas... ?

— Rien ne vous dit qu'il habite en ville. Et si c'était une voiture de location ou une voiture volée ?

— Vous voyez le mal partout... répondit Lazo accompagné d'un geste de lassitude.

— Vous espérez me faire croire qu'un gamin d'environ quinze ans a tranquillement regardé son père adoptif se faire égorger avant de suivre l'assassin à travers les bois, de relever la plaque de sa voiture et de partir en pleine nuit pour le retrouver dans une métropole géante ?

— J'attache peu d'importance aux croyances. Contrairement à ce que disait saint Thomas, on voit seulement ce que l'on croit. Ceci dit, je viens de vous donner ma version.

— Saint Thomas... et que pensez-vous de saint Matthieu ?

— Rien de spécial. Je suis fatigué et ça m'empêche de penser. Maintenant, si vous ne m'arrêtez pas, je vais prendre congé. Pas que vous ne soyez très amusant mais j'ai d'autres chats à fouetter.

— Je vous demande encore un instant, j'aimerais vous montrer une chose.

Caritas se leva et sortit pour aller à grandes enjambées chercher une photo dans son dossier. Au passage, il demanda à Zwang s'il n'avait toujours rien de concret pour mettre ce type en garde à vue. Déçu par la réponse négative, il revint s'asseoir dans le bureau et déposa la photo du pendentif devant Lazo.

— Cet objet vous dit quelque chose ?

Lazo observa un moment le cliché avant de relever la tête.

— C'est très joli. Vous allez faire fureur au marché nocturne avec ce genre de bijou.

— On a retrouvé ce crucifix au cou de votre père.

— C'est donc le pendentif offert par le tueur. D'où je me tenais, je ne pouvais discerner son motif et je n'ai pas pris le temps d'aller vérifier puisque je m'attachais surtout à ne pas perdre l'assassin de vue. Vous pouvez le comprendre, non ?

Caritas n'arrivait pas à discerner la vérité du mensonge. Lazo semblait sincère, pourtant son instinct lui hurlait le contraire. Comme disait un type dont il ne se souvenait plus du nom, le Diable dit vrai à 99 %, ce sont les 1 % restant qui foutent le bordel. Mais putain, ils étaient où les 1 % dans tout ce que venait de lui raconter cet enfoiré ? Ça puait l'arnaque et il se trouvait incapable de trouver la faille.

— J'aurai encore une ou deux questions. Pourriez-vous me faire une description de l'homme ?

— Je vous ai dit que je n'avais pas très bien vu son visage. J'ai horreur de me répéter !

— Sa taille, sa corpulence, blanc, noir, asiat, chauve, barbu ? Il avait un accent ? Comment était-il habillé ?

— C'est comme ça que vous menez vos enquêtes ? Vous imaginez que le mec a gardé les mêmes vêtements depuis quinze ans ? Sérieux, je suis tombé sur la crème de la crème…

— Et la plaque. Vous vous souvenez des numéros ?

— Non, je peux juste vous dire qu'elle venait d'ici. Maintenant, j'en ai assez. Je me barre.

Il se leva et ouvrit la porte. Caritas tenta de remettre de l'ordre dans ses pensées. Il se foutait royalement de sa gueule, c'était évident. D'un autre côté, il était bien trop fatigué pour avoir la présence d'esprit nécessaire à ce genre d'interrogatoire. Il a commencé la partie avec un trop lourd handicap et allait devoir laisser filer le seul témoin vivant lié au pendentif.

— Une dernière question. Si j'ai bien compris, votre Temple se situait au sous-sol du manoir. Antoine a prétendu l'avoir muré. Savez-vous pourquoi ? demanda-t-il désabusé, juste histoire de le retenir un peu au cas où une idée pertinente surgirait avant le départ inévitable du suspect.

Lazo s'arrêta dans l'entrebâillement de la porte.

— Ah oui… le manoir… Ma mère n'a pas survécu au décès de son mari. Elle mourut le soir où l'on a incinéré Dimitri. Quant à Antoine, il n'a jamais pu digérer la perte de son guide. Il s'est suicidé moins d'un an plus tard. Au revoir, inspecteur…

VIII

Assis contre le mur d'un bâtiment, une gamelle contenant des pièces de monnaie sur le trottoir, Félibre lisait un livre d'Antonin Gadal. Posé contre ses genoux relevés, un grand carton exposait les premiers vers de la ballade des pendus :

> « Frères humains qui après nous vivez,
> N'ayez les cœurs contre nous endurcis,
> Car, si pitié de nous pauvres avez,
> Dieu en aura plus tôt de vous, mercis ! ».

Plus tôt dans la matinée, ils jouaient de la musique sur leur place habituelle, lorsqu'un troupeau de flics vint sommer Lazo et Maël de les suivre. Ils acceptèrent sans histoires et laissèrent leurs amis ranger le matos. Moins d'une heure après leur retour à la ferme, une camionnette de volaille débarqua, mandat du procureur en main, avec l'intention follement originale de fouiller les lieux. Ils épluchèrent chaque pièce, inspectèrent la chapelle, firent le tour de la propriété. La roulotte n'étant pas mentionnée sur l'ordre de perquisition, Daphné en profita pour leur en refuser l'entrée avec toute la verve d'une gitane en colère... Amusé par le spectacle, Félibre l'observa un moment avant de profiter de l'inattention des flics pour prendre la voiture et retourner en ville attendre ses compagnons.

Lorsqu'il aperçut Lazo et Maël sortir du commissariat, il rangea son bouquin dans la poche, ramassa la gamelle et, pancarte sous le bras, partit à leur rencontre.

— Les schtroumpfs creusent la salsepareille à la ferme.

— Une rombière nous a vu, répondit Lazo, Maël et moi, à Baltonost. Ils peuvent fouiller, ils ne trouveront rien.
— Daphné s'hystérise qu'ils guignent ses pénates. Noirs sortilèges délivrés de ses lèvres et cravache de bleus à grands roulements pédestres. Ça rebrousse fissa, képi dans l'entrejambe.
— Tu m'étonnes…, répondit Maël en souriant. Elle va leur faire passer l'envie de visiter l'antre d'une sorcière.
— L'avenir maraudé s'assombrit de patience ?
— Non, répondit Lazo, t'inquiète. Ils n'ont rien contre nous et n'ont aucun moyen de savoir où nous irons la prochaine fois. Une nana pense nous avoir reconnus ? En pleine nuit ? C'est trop maigre… Ils ne vont pas risquer de perdre du temps avec ça…

Sans le moindre grain à se foutre sous le bec, les poulets étaient déjà repartis lorsque les deux suspects et leur poète arrivèrent à la ferme. Nathan, le premier, posa la question brûlant sur toutes les lèvres.
— Qu'est-ce qu'ils cherchaient ?
— C'est au sujet des cambriolages, une voisine a cru nous reconnaître, répondit Maël.
Lazo, en silence, alla se servir un verre de vin et l'avala d'un trait.
— Et alors ? demanda Wilfrid.
— Alors, ils ont que dalle. On s'est bien foutu de leur gueule…
— Va falloir être prudent, dit Léa en s'allumant un joint.
— Tu parles, ils n'ont même pas trouvé la beuh, répondit Nathan.
— Ils ne sont pas venus pour ça, intervint Daphné, un large sourire illuminant son visage. Cela faisait bien longtemps que je ne m'étais pas défoulé à ce point sur les cognes… On va devoir faire gaffe aux voisins.
Lazo se resservit un verre avant de prendre la parole.
— Impossible. Lorsque je fais le repérage, j'observe toutes les villas, les horaires habituels où ils éteignent leurs lumières, les éventuelles sorties. Je ne peux pas prévoir une insomniaque passant ses nuits à espionner les rues aux jumelles. Ça n'arrive qu'une fois sur mille, alors on devrait être tranquille pour un bon moment et…
Surprise, Daphné lui coupa la parole.
— J'hallucine ! Tu cherches à nous rassurer avec une statistique à la con ?

Lazo sourit de voir son excuse bidon démontée par la clairvoyance de son amie. En effet, une fois sur mille ou neuf fois sur dix, ça ne voulait rien dire. C'est arrivé, voilà la seule réalité tangible et personne ne pouvait prévoir si cela se reproduirait ou non.

— De toute façon, on était d'accord. Peu importe combien de temps ça durera, on les fera pleurer jusqu'au bout. Non ?

— Hardis compagnons, boutons de nos fiefs l'amorale bergerie et rhumons vertueuse soif de justice divinée ! s'exclama Félibre en levant une bouteille de Rhum ancien venu directement d'Amérique latine.

Tous prirent un verre et en un rien de temps, firent de la douce cubaine, le premier cadavre de la journée. Sa petite sœur suivit de près avant d'entamer une martiniquaise de quinze ans d'âge élevée en fût de chêne. L'alcool était le seul domaine où l'on aurait pu leur reprocher des goûts de luxe. Il y avait toujours de très bonnes bouteilles de rhum, principalement, et de vin rouge. Lorsque la manche ne suffisait pas pour financer leurs élixirs, ils vendaient un ou deux kilos de beuh. Chaque année, dans différents endroits à l'abri du regard des promeneurs et des hélicos, ils plantaient suffisamment de pieds pour subvenir à leur consommation personnelle et vendaient le rab. De plus, chacun d'entre eux avait sous le coude une activité lucrative à laquelle il s'adonnait ponctuellement. Daphné tirait les cartes ou lisait les lignes de la main dans une caravane à la foire, Léa, ayant le permis poids lourds, partait en mission à l'international durant deux ou trois semaines, Wilfrid donnait des cours de cirque aux gamins, Nathan et Maël jouaient les intermédiaires pour toutes sortes de demandes, objets, services, etc. Lazo, quant à lui, fournissait le logis. Ses missions lui rapportaient des sommes énormes, réparties sur différents comptes anonymes situés dans des paradis fiscaux. Cependant, il utilisait seulement le strict minimum, craignant de voir sa passion s'émietter et son âme se perdre dans une vie d'opulence purement terrestre. Il ne crachait pas sur l'argent, c'est un simple moyen de faciliter le troc mais il se méfiait de son attrait, de son pouvoir sur les Hommes, de ses mirages. L'argent ne fait pas le bonheur ? La pauvreté non plus. Inutile de courir après l'un ou l'autre...

Le regard sombre, Lazo réfléchissait tout en buvant avec ses amis. Les flics n'ont rien trouvé, certes, mais ils sont venus. Comment ont-ils su où ils habitent ? En dix ans, jamais personne n'était entré sur son terrain s'il ne l'avait lui-même invité. Est-ce le signe de la fin prochaine de son office ? Les éclats de voix couvraient le son cristallin des verres s'entrechoquant. Les conversations dérivèrent au point de voir Félibre et Maël se donner en spectacle.

— Halte, pernicieux rejeton de vérité ! Mains ouvertes et pensées simples ! Je vois malice bonté en cœur trop entier !

— N'ayez crainte, répondit Maël, ô gardien de la grande Babel. J'admire vos couleurs de matière sans la moindre plainte. Mon cœur est bien neuf et mes idées s'envolent, que le maître des morts pardonne ma vérole.

— Audace lustrée au poil fessier, à me plaire ta langue chatouilleuse m'orgueil ainsi. Passe chemin, nulle sortie ! Cette tour est tombe, pour moi aussi.

— Au grand jamais, je ne cherche à m'enfuir. Mon âme, déjà, virevolte loin de là. Quant à mes semailles, puissent-elles vous aider, à faire de la vôtre, un nouveau passe-muraille.

— Parbleu ! Blasphème sournois oreille mes sens. À moi, complices d'essence ! Un criminel froisse nos murs de folle raison. Ouvrez cachots, suaves oubliettes ! Mandez bourreau et sorcelle question !

— Inutile de sonner trompette, pour un manant comptant si peu. J'ai la Vierge en amourette et le Christ en roi des cieux. Vos terres sombres aux bas plafonds…

Lazo n'écouta pas la suite. Son verre à la main, il sortit respirer un air moins saturé de fumée. Même s'il n'en laissa rien paraître devant ses amis, la venue des flics le perturbait. Il fit quelques pas en direction du grand chêne poussant fièrement tout proche de la chapelle et se mit à l'ombre de son feuillage. Daphné vint le rejoindre, une bouteille à la main. Elle resplendissait sous les rayons du soleil, sa chevelure de jais amplifiait la profondeur de ses yeux émeraude, toujours accompagnés d'une grâce surnaturelle dans le moindre de ses gestes.

— Quelque chose ne va pas ? demanda-t-elle.

Lazo l'observa sans répondre. Intérieurement, il remerciait le ciel d'avoir créé une telle beauté et de lui avoir donné la force d'y résister.

— C'est la visite des cognes ? Ça t'inquiète à ce point ?

— Oui, mais pas pour ce que tu penses. Nous ne risquons rien, ce n'est pas le problème…

Daphné le scruta comme si elle essayait de lire en lui.

— Qu'est-ce que tu vois ? demanda-t-il
Une expression étrange vint marquer son visage, puis elle ferma les yeux un instant.
— C'est étrange. Je ne vois rien de précis mais...
Elle ne finit pas sa phrase. Lazo lui prit la bouteille des mains afin de remplir son verre.
— Comme d'habitude en somme. Tu n'as jamais réussi à me voir, dit-il pour la taquiner.
— Ce n'est pas ça. Il y a... un changement. Je ne peux pas voir ce que c'est, mais j'ai l'impression...
— De quoi ? Tu veux que j'allonge un billet comme à la foire ?
— Je ne plaisante pas Lazo. Je n'arrive pas à voir pourquoi mais je sens que nos chemins vont bientôt prendre des directions différentes. Nous allons quitter la ferme et tu ne seras plus là pour maintenir la cohésion entre nous. Je me vois sur un terrain avec Félibre et Maël. Nathan et Léa vont partir former un couple très loin d'ici. Quant à Wilfrid, aucune idée. Il n'a pas plus d'avenir que de présent de toute façon.
— Et moi ?
— Je ne te vois pas, je ne te vois plus, dit-elle la voix tremblante.
Ses yeux s'humidifièrent et une larme vint couler le long de sa joue.
— Je vais mourir dans ce cas. Il est peut-être temps pour moi de quitter cet enfer. Le Seigneur attend son messager...
— Je ne sais pas. La mort d'une personne, je la perçois. Là, c'est différent...
Une pluie de gouttelettes salées inondait maintenant son visage, Lazo la prit dans ses bras.
— Ne te fais pas de soucis pour moi. Il ne peut rien m'arriver. Même la mort est une bénédiction pour un ange déchu.
— Ce n'est pas pour toi que je pleure, c'est pour moi. Tu vas tellement me manquer...
Il la laissa s'épancher sur son épaule. Calmée, elle essuya ses joues, esquissa un sourire cherchant à compenser la tristesse au fond de ses yeux et s'assit contre le tronc du chêne. Lazo prit place à ses côtés.
— On aura tout de même passé de bons moments, dit-elle, essayant de se réconforter.

— De merveilleux moments. Certainement la plus belle période de ma vie, répondit-il.
— Tu te souviens lorsqu'on a rencontré Maël ? Quelle rigolade ! Il était en train de retourner un bistrot parce que ce crétin de serveur lui avait apporté un déca.
— Oui. Il a le cœur sur la main mais des principes auxquels il ne faut pas toucher. Un café sans caféine ou une bière sans alcool, ça le fait dégoupiller.
— Alors, imagine de la beuh sans THC, ou mieux, du beurre sans matière grasse…
— Je n'aimerais pas être le type qui lui fera cette blague mais je donnerai beaucoup pour voir ça.

Les yeux de Daphné pétillaient de nostalgie bienheureuse, la tristesse n'avait pu résister à ce souvenir chargé d'une si grande joie.

— Et lorsque Nathan essayait d'apprendre à Félibre à parler normalement. Fèl l'a tellement fait tourner en bourrique qu'à la fin, c'est lui qui n'arrivait plus à faire une phrase correcte.

Ils passèrent une bonne partie de l'après-midi à se remémorer les anecdotes les plus drôles de leur vie commune. Lorsque Lazo se leva enfin pour prendre congé de sa danseuse préférée, il l'embrassa sur le front avant de se diriger vers la voiture.

— Je t'aime Lazo ! lui cria-t-elle.
— Je t'aime aussi, petite sœur, répondit-il en lui envoyant un baiser de la main.

Samaless, un petit village d'à peine trois cents habitants, perdu au milieu de la cambrousse, se trouvait à moins d'une heure de route de la ferme. Lazo ne vit pas le temps passer, obnubilé par cette intrusion de la police sur son domaine. Daphné venait de confirmer ses inquiétudes et malheureusement, elle ne se trompait jamais sur ce genre de choses. Aux clients, elle leur racontait ce qu'ils voulaient entendre, jamais rien d'extraordinaire, juste de quoi les faire rêver un peu. Il lui arrivait d'avoir l'impression de gâcher son don avec ces imbéciles.

— Un peu de mentalisme et d'une bonne dose de cynisme en saupoudrant le tout d'espoir et de récompenses futures, c'est suffisant pour les satisfaire. Dans ce métier, avoir un véritable don ne sert à rien. Au contraire, il risquerait de perturber le bonimenteur et de lui faire perdre des clients.

Lazo traversa le bourg et arriva enfin devant une barrière en bois. Il sortit de la voiture pour l'ouvrir et la refermer avant de suivre un chemin en terre au milieu d'une vaste prairie. Il aperçut un couple de chevaux sur sa gauche, broutant à l'ombre d'un bosquet d'érables. Sur la droite, un verger aux essences multiples accompagnait le visiteur. Il se gara devant la grande maison de couleur ocre, au parterre fleuri, entourée d'arbres plus ou moins haut et grimpa les quelques marches menant sur la face sud de la demeure. Il passa devant la piscine et traversa le jardin où s'épanouissaient azalées, rosiers, capucines, ricins, rhododendrons, etc. Au fond, bordée par une haie de cyprès, une large pergola en bois supportait d'immenses glycines blanches, roses et pourpres. Sven, occupé à allumer le barbecue lui tournait le dos. Sur la table, du vin rouge décantait au creux d'une carafe en cristal aux côtés d'un échiquier en bois avec des pièces en ivoire. Un pion blanc était posé en c4.

— Ne me fais pas croire que tu ne m'as pas vu arriver.

Sven se retourna, souriant.

— Ce matin, j'ai pensé à toi et j'ai débouché l'une de mes meilleures bouteilles, répondit-il en s'approchant pour lui faire l'accolade.

Clara, trois verres à la main, sortie de la maison par la grande baie vitrée donnant sur le salon et vint les rejoindre sous la pergola. C'était une belle femme, d'une cinquantaine d'années, dont le charme effaçait les rides naissantes de son visage et la grâce gommait l'aspect athlétique de son corps. Sa longue chevelure blonde, rayons d'or illuminés par les traits du soleil, descendait jusqu'au bas des reins. Elle posa les verres sur la table avant de prendre à son tour Lazo dans les bras.

— Je suis tellement contente de te voir. Sven m'a dit que tu viendrais mais je commençais à ne plus y croire.

— J'étais assez occupé ces derniers temps. Comment vas-tu ?

— Comme une vieille, répondit-elle en souriant.

— Il y a pas mal de jeunes qui rêveraient d'être aussi resplendissante.

— Toujours aussi flatteur... c'est gentil. Je ne me plains pas, c'est la loi, vieillir ou mourir. Ce n'est pas déplaisant, au contraire, mais pour le travail, ça complique les choses. Je n'ai plus les réflexes ni l'agilité de mes vingt ans.

— Il faut s'adapter, c'est le privilège de la vieillesse, devoir ruser face à la malice de Chronos. Apparemment, tu fais du bénévolat maintenant ?

— Plus ou moins. En réalité, j'ai totalement arrêté de bosser. Il m'arrive parfois d'aider une personne dans une situation inextricable, qu'elle puisse me payer ou non. Mais je n'ai plus envie de tuer, je n'y prends plus de plaisir, cela commence même à me dégoûter.

Sven tendit un verre de vin à chacun puis éleva le sien.

— À nous autres, exilés dans les ténèbres en témoins de Dieu.

Ils trinquèrent et burent une gorgée. Le vin était excellent, un goût de cerise emplissait la bouche, glissait lentement dans la gorge faisant éclore les petites bulles de dopamine qui se précipitaient pour annoncer leur naissance à tous les organes.

— Ça, c'est du sang de ressuscité ! affirma Lazo avant de reprendre une gorgée.

Il n'avait jamais eu l'occasion de goûter un breuvage de cette qualité.

— Tu ne crois pas si bien dire, répondit Sven. Je l'ai reçu en paiement pour mon dernier contrat. Dix caisses de six bouteilles à n'ouvrir que dans les grandes occasions.

— La Dame te les a offerts ?

— Payé. Tu sais bien qu'elle n'offre rien.

— Je vais terminer de préparer la salade et les légumes. Je vous laisse tranquille.

— Non, Clara, reste, lui dit Lazo

— Nous aurons le temps de parler tout à l'heure. Vous avez certainement des choses à vous dire. Tu ne comptes pas repartir de suite ?

— Non, j'ai le temps. Je reste avec vous, ce soir.

— Très bien. À tout de suite.

Clara posa son verre vide sur la table et traversa le jardin pour retourner dans la maison. Elle avait toujours la délicatesse de les laisser un moment seuls afin qu'ils puissent discuter de ce qui ne la concerne pas. Sven l'invita à s'asseoir sur l'une des chaises en bois munies de coussins de soie, tout en remplissant à nouveau les calices. Dans l'imposant barbecue de briques rouges, le bois crépitait sous l'action vorace des flammes. Lazo tourna son regard sur l'échiquier.

— Apparemment, tu prends les blancs ?
— C'est moi le prêtre, non ? répondit Sven.
— En effet ! Ouverture rosbif, murmura Lazo en avançant le pion du roi de deux cases.

Sven servit un verre à son ami avant de pousser un pion en b3.

Lazo huma le vin, le fit tourner sur les parois de cristal et but une gorgée. Il prit son fou et le déposa en c5.

— Alors comme ça, lorsque tu penses à moi, tu débouches ta meilleure bouteille ?
— Pourquoi pas ? répondit Sven en déplaçant sa dame sur la case c2. Je t'ai senti venir. Ce matin, j'ai eu l'impression d'entendre ta voix.

Les yeux fixés sur le quadrillage noir et blanc, fines feuilles de macassar et d'érable entrecroisées, Lazo réfléchit un instant. Les pièces sculptées représentaient des personnages du moyen-âge. Il posa le verre et mit le roi de Sven en échec avec son fou.

— Les flics sont venus perquisitionner la ferme.
— Ah..., répondit simplement Sven, parfaitement stoïque.

Ils restèrent silencieux une paire de minutes, dégustant le sang sacré tout en digérant l'importance de cette nouvelle. Le roi mangea le fou...

— À ton avis, je suis tombé en disgrâce ? demanda Lazo.
— Si c'était le cas, tu serais déjà mort. As-tu commis un crime contre l'Esprit ?
— Non, bien sûr que non...
— As-tu laissé une trace lors d'un contrat ? Quelqu'un t'a vu ?
— Aucun rapport. J'organise des cambriolages avec mes amis, histoire de s'amuser un peu et de passer le temps. On a été soupçonné et donc les poulets ont débarqué.
— Comment ont-ils su où tu crèches ?
— Ça, justement, j'aimerais bien le savoir. Tu crois qu'elle les aurait envoyés ?
— Peu probable. Ceci dit, c'est un message, tu n'es plus protégé.
— Et cela signifie quoi selon toi ?
— Tu approches de la fin de ton ministère. Elle te prépare à changer de vie.

Lazo resta pensif un moment. Sven en profita pour servir de nouveau avant d'aller ajouter du bois sur le feu. Il revint à l'échiquier, constatant que la dame noire mettait son roi en échec. Il poussa le pion en g3.

— Ça n'a pas l'air de te ravir ?

— J'aime ma mission. Ne plus avoir de contrat va laisser un vide impossible à combler.

— Tu pourras toujours travailler pour d'autres personnes. Clara a encore beaucoup de contacts dans le milieu.

La dame courut en d4, attaquant une nouvelle fois le monarque blanc, aussitôt défendu par le pion en e3.

— Ça ne changerait rien, je ne serais plus qu'un tueur… déclara avec amertume Lazo en prenant la tour blanche.

— L'agressivité, souvent nécessaire sur cette voie, est un allié bien versatile, répondit Sven, poussant le pion en a3. Il y a d'autres manières de combattre les démons. Durant ma carrière, j'en ai tué plus que je ne peux me souvenir et je me suis rendu compte d'une chose, ils sont pires que l'Hydre de Lerne. Pour une tête coupée, il en repousse dix. Je n'ai jamais chassé les monstres, je les ai multipliés. Voilà pourquoi le Seigneur nous demande d'aimer nos ennemis, c'est le seul moyen de les vaincre. Ils détestent l'Amour, c'est en contradiction avec leur nature. Aime-les en te gardant de les suivre dans leurs ténèbres et cet amour rongera leur essence pour laisser ressortir la part divine.

— La part divine ?

— Ils sont aussi des créatures de Dieu, forcement, comme tout ce qui existe.

Lazo ressenti un début d'ivresse l'envahir. Cela ressemblait beaucoup à celle procurée par l'alcool, cependant, il s'agissait là d'une sensation bien plus fine, riche et voluptueuse.

— Oui, bien sûr et comme disait ton pote, le Diable se justifie par ce que Dieu veut en faire.

— Exactement. Il ne connaît pas Dieu. Affamé et assoiffé, il subit à chaque instant le supplice de Tantale, pour l'éternité. Que celui qui n'a pas de cœur lui jette la première pierre.

— Et sur cette pierre, je bâtirai mon église, ajouta Lazo en souriant.

— Hélas, la perfection ne peut se manifester dans ce monde. L'Église, si elle veut exister, est forcément faillible. L'apôtre à lui-même renié trois fois le Christ…

— Aujourd'hui, on ne compte plus le nombre de fois où ton Église l'a renié… D'un autre côté, c'était foutu d'avance. Créer une religion universelle promettant la rédemption à ceux qui n'ont pas d'âme, j'en connais un qui se retournerait dans sa tombe s'il n'avait pas ressuscité.
— Je suis l'Église à l'intérieur de l'Église, le Saint des Saints. Je suis l'Arche et sur mon âme, Dieu a gravé sa Loi ! Celle brisée par Moïse et à jamais dérobée aux yeux des Hommes… Mais tu te trompes Lazo, ils ont une âme. Fils de Caïn ou filles de Seth, peu importe, ils ont tous une âme. Ta colère t'empêche de le voir à moins que tu ne t'aveugles volontairement. En l'acceptant, tu te sentirais forcé de devoir les aimer et tu n'en supportes pas l'idée. Ils ont tous une âme, même les démons en ont une.

Les paroles de Sven le dérangeaient, surtout par le fait qu'il pouvait bien avoir raison. Si Lazo refusait aux gens la qualité d'enfants de Dieu, c'était pour continuer à pouvoir les détester sans mettre sa morale en défaut. S'ils ont réellement tous une âme, alors il devra accepter que la sienne soit malade, incapable de surmonter sa haine afin de voir la bonté cachée derrière les amas d'immondices. Il avança son pion en e4.

— Tu me parles d'aimer les démons mais, ne m'as-tu pas raconté, la dernière fois, avoir éliminé deux collègues à toi ?
— Je viens de le dire, personne n'est parfait, c'est bien tout le malheur de notre chute. Un Esprit à l'image de Dieu dans une psyché animale et corrompue. Ne cherche pas à lutter contre ton destin, tu as le droit de profiter un peu des bienfaits du travail accompli.

Sven mit son fou en b2. La dame noire était coincée. Lazo l'avait lancé sur le champ de bataille, seule contre toute une armée, en comptant sur son hystérie pour détruire la citadelle blanche. Elle avait ouvert les défenses du pontife, démolis une tour, mais elle se trouvait encerclée, sans échappatoire.

— Tu crois au destin, maintenant ?
— Entre deux verres, ça m'arrive, répondit Sven en riant. Tu ne te poses jamais la question ? Destinée ou libre arbitre ? Es-tu maître de ta vie ou seulement un pantin soumis aux caprices des divinités ? Ta reine va-t-elle coucher avec l'évêque ou avec le chevalier avant de rendre l'âme ? Son destin est de périr mais tu as le choix de son dernier amant.

— Ma souveraine n'est pas une mante religieuse, aucun d'eux n'aura ses faveurs, répondit Lazo en posant sa dame en a2. Libre arbitre, destinée, ce sont des notions d'Égyptiens, ça ne m'intéresse pas. Le destin concerne la vie terrestre liée à un espace-temps particulier alors que le libre arbitre s'applique à la vie intérieure. Donc, je ne vois pas de sens à s'interroger là-dessus.

Sven continuait de sourire tout en sirotant son verre.

— Ça ne résout pas le problème. La vie intérieure a-t-elle la capacité d'influencer la vie terrestre ?

— Non... Bien sûr, s'il ne s'agissait pas de toi, je penserais que mon interlocuteur confond vie intérieure et psyché. Dans ce cas, il n'y a pas de réponse, c'est un bluff des pensées pour s'alimenter à nos dépens. Je vois que tu as envie de me taquiner. C'est le vin ou la descente des flics qui te met d'aussi bonne humeur ?

— Un peu des deux, certainement.

Sven envoya son chevalier en c3, prêt à bondir sur la reine ayant refusé ses avances.

— Alors pour te faire plaisir, je dirais que le destin existe mais comme il est ontologiquement impossible de le connaître, nous vivons avec le libre arbitre. Ça te convient ?

— C'est une pirouette...

— Une pirouette... ? Lorsque nous rêvons, est-ce le destin ou le libre arbitre qui dirige notre rêve ? Ne sommes-nous pas dans le rêve du Créateur ? Tu vois, ta question n'a pas plus de sens que cette partie d'échecs.

Lazo fit tomber son roi, acceptant avec philosophie cette défaite éclair.

— Plus sérieusement, je serai vraiment heureux de te voir libéré de ce fardeau.

— Ce n'est pas un fardeau ! C'est la seule chose donnant un sens à ma vie ! M'en libérer, c'est me tuer !

— Alors, tu vas devoir mourir à nouveau. Il est peut-être temps de terminer ce chapitre de ta vie.

— De toute façon, ai-je le choix ? C'est elle qui décide de me garder à son service ou non...

— En effet.

La porte de la baie vitrée s'ouvrit, laissant passer Clara, un plateau à la main et un saladier sous le bras. Sven se leva pour la débarrasser du plateau contenant des tranches de lards, des rondelles de courgettes, des poivrons jaunes et rouges coupés en lamelles, le tout imbibé d'une marinade d'herbes et d'épices à base d'huile d'olive. Il déposa une à une les tranches de viande et de légume sur la grille du barbecue. Clara repartit chercher trois assiettes avec les couverts et une nouvelle carafe de vin. Un parfum de viande grillée éveilla les papilles.

— J'ai ouvert plusieurs bouteilles, annonça Sven en s'occupant de la cuisson. Avec cette chaleur, je me suis douté que tu aurais soif.

— Oh, tu sais, même en plein hiver, ma soif reste intarissable...

— Alors, Lazo, raconte-moi. Que deviens-tu depuis tout ce temps ? demanda Clara en s'installant sur l'une des chaises.

— Pas grand-chose de plus. Ma petite troupe d'amis a vu deux compagnons supplémentaires venir habiter la ferme.

— Ah, très bien, ta famille s'agrandit. As-tu trouvé une nymphe pour dérober ton cœur ?

— Je ne t'en avais pas déjà parlé ?

— Non, je m'en souviendrais. La dernière fois que nous nous sommes vus, tu n'avais toujours pas jeté l'ancre et naviguais encore d'un port à l'autre.

— Cela fait si longtemps ? murmura Lazo, le regard perdu dans le passé. Eh bien oui, j'ai trouvé une île sur laquelle je me suis installé. Elle s'appelle Marion.

— Je suis vraiment heureuse pour toi. C'est une tueuse ?

— Non, pas du tout, elle bosse dans un bordel.

— Du coup, il doit y avoir pas mal de monde sur ton île, lança Sven en rigolant.

—Sven! C'est vraiment un coup bas ! répondit Clara partagée entre l'indignation et le fou rire. Il n'y a pas de sot métier, tu le sais très bien.

— Ne t'inquiète pas, je connais son humour, dit Lazo, qui ne put s'empêcher de sourire à la remarque de son ami. Elle aime son boulot. Je lui ai bien proposé d'arrêter mais je la vois mal s'isoler à la ferme, attendant patiemment que son homme rentre du travail.

— Tu l'aimes ?

— Je crois.

— Et elle ?
— J'en suis certain.
— Alors dans ce cas, tu peux l'isoler n'importe où, elle te suivra.
Sur ces mots, Clara servit trois verres de vin et leva le sien.
— À Marion, qui a su emprisonner l'âme d'un chevalier.
— À Marion, répéta Sven, qui à force d'embrasser des crapauds a fini par trouver son prince.
— Voilà une parole pleine de sagesse, ajouta sa compagne. La plupart des femmes se plaignent de ne pas voir leur crapaud se transformer en prince charmant. Elles ont tendance à oublier qu'il faut être princesse pour que le charme agisse.

Douze ans plus tôt, Sven l'avait ramené ici et Clara l'avait accueillie comme la mère qu'il n'a jamais eue. La femme de Dimitri était toujours restée distante avec ce qu'elle considérait comme le nouveau jouet de son mari. Clara lui avait tout de suite ouvert son cœur et donné une place dans leur foyer. Ils n'avaient jamais eu d'enfant, cela s'accordait mal avec le métier de tueur à gages. Leur demeure était un havre de paix. Un immense salon circulaire avec coin cuisine occupait tout le rez-de-chaussée. À l'étage, quatre chambres, deux bureaux et une grande salle de bain. Une dépendance servait de salle d'entraînement au combat et les hectares de terrains tout autour permirent à Lazo de se familiariser avec les armes à feu. Fusil à lunette, mitraillette, carabine, armes de poing de tous calibres, etc. Durant deux ans, Sven et Clara passèrent leur temps libre à lui enseigner l'art de tuer sans laisser de trace, traquer une proie tout en restant invisible, devenir un fantôme au milieu d'une foule. Où qu'il se trouve, il devait paraître un autochtone parmi les étrangers. Lazo possédait déjà de bonnes bases et un don exceptionnel pour ces activités. Il apprit à une vitesse incroyable, comme si son corps, enfin en accord avec son esprit, venait de trouver sa voie… Ses deux hôtes avaient chacun des manières de procéder bien différentes. Sauf demande expresse du commanditaire, Clara faisait toujours passer ses contrats pour des morts naturelles. Elle possédait des recettes et une collection de poisons permettant de stopper d'un coup les battements de cœur ou de faire sauter une artère cérébrale, en restant indétectables lors de l'autopsie. Des connaissances en mécanique auto s'avéraient nécessaires mais elle rechignait à utiliser des méthodes violentes. Sven, quant à lui, exécutait toujours ses cibles de la même façon, une balle à la base du front ou un coup de lame lorsque le lieu ne permettait pas d'emporter une arme à feu. Il s'était fabriqué tout un arsenal d'armes blanches en divers matériaux non métalliques afin de pouvoir passer les portiques sans soucis. Après deux années de travail intensif, Lazo lui paraissant prêt à faire ses preuves, il décida de l'emmener voir la Dame, son unique employeur, contrairement à Clara qui préférait rester en free-lance et choisir ses contrats. Elle avait toujours refusé de travailler pour la Dame malgré la promesse d'une rémunération plus importante et surtout la notion de sacré dont elle reconnaissait la valeur. Lorsque Lazo lui en demanda la raison, elle lui répondit avec le sourire et la douceur dont elle était coutumière.

— Si, un jour, Sven reçoit un pendentif avec mon nom gravé dessus, il devra faire un choix. Je ne veux pas risquer d'avoir à faire ce choix.

— Je ne comprends pas. Les contrats concernent toujours les démons, non ? C'est ce que Sven m'a dit.

— Parfois, pour s'assurer de la fidélité d'un disciple, on lui demande de sacrifier ce qu'il a de plus cher.

— Et Sven, il en pense quoi ?

— Il prie pour que cela n'arrive jamais…

C'était un après-midi ensoleillé où de rares nuages traversaient un ciel paisible. La Dame les attendait au milieu du jardin attenant à sa vaste demeure. Immobile, telle une statue de marbre, elle tenait une canne en bois emplie de bourgeons prêts à éclore et portait une longue robe noire aux manches aussi larges que longues. Un diadème incrusté de pierres précieuses aux sept couleurs de l'arc-en-ciel tenait ses longs cheveux en arrière.

— Madame, je vous présente Lazo.

— Lazo… Bienvenue dans ma demeure.

Sans craindre de soutenir son regard, la Dame le jaugea en silence durant un long moment. Pour la première fois de sa vie, il fut intimidé et n'en comprit pas de suite la raison. Était-ce son aura trop puissante, ses yeux de braise d'où semblaient jaillir toutes les flammes de l'Enfer, sa voix grave et sobre plus profonde que la tombe d'un géant, ou la sagesse émanant de son visage radieux et terrible en même temps ? Il eut l'impression de faire face à l'ange de la Maison Dieu, descendu directement du Ciel pour détruire de sa langue de feu les illusions des quinze arcanes précédents. Il ne parvint pas à se faire une idée de son âge. Elle paraissait avoir largement dépassé la vieillesse et pourtant, son visage ne portait aucune marque annonçant le crépuscule du printemps. Soudain, elle fixa son regard juste derrière les deux hommes.

— Vous n'êtes pas venus seuls.

Ils se retournèrent mais n'aperçurent personne.

— Veuillez me pardonner, madame. Je n'ai pas eu l'impression d'être suivi, s'excusa Sven, rendu mal à l'aise par la surprise.

— Ce n'est rien.

Du bout de sa canne, elle désigna une table de jardin blanche sur laquelle se trouvait une chemise contenant quelques feuillets. Sven invita Lazo à se rapprocher afin de lire le contrat. Il s'agissait d'assassiner un plombier, solitaire, habitant dans un appartement du treizième arrondissement, une cible facile. Lorsqu'il eut terminé sa lecture, il releva la tête et se retourna pour annoncer qu'il n'aurait aucune difficulté à remplir cette mission. La Dame n'était plus là pour l'entendre. Sven le prit par le bras et ils retournèrent à la voiture.

— C'est un test. Je ne me fais pas de soucis pour toi, tu vas le réussir. Clara t'a déjà envoyé sur des cas bien plus compliqués. Lorsque tu auras fait tes preuves, elle te donnera les contrats aux pendentifs. Ce jour-là, tu sauras que tu es devenu l'un de ses paladins.

Après avoir assassiné le plombier, Lazo retourna dans le jardin. Satisfaite, la Dame lui donna l'autorisation de vivre dans la ferme qu'il habitait encore aujourd'hui. Depuis ce jour, il ne la revit jamais. Les contrats étaient déposés dans la crypte, signalés sur l'autel par une ou plusieurs chandelles, selon le nombre de cibles. Lorsque celles-ci mouraient, une somme d'argent arrivait sur l'un de ses comptes. Il ne chercha jamais à comprendre comment la Dame pouvait savoir qu'il avait effectué sa mission à l'instant même où le cœur de sa victime cessait de battre, ni comment les dossiers pouvaient contenir des informations connues seulement de la cible elle-même. Depuis des années, il exécutait les contrats et chacun d'eux le rapprochait un peu plus de son but.

Sous l'approbation de la Dame, Sven avait raccroché pour entrer au séminaire. Il désirait changer de vie depuis un bon moment et profita d'avoir proposé un remplaçant, plus jeune et bien plus talentueux. Il semblait que pour Lazo aussi, il allait falloir envisager une retraite. La ferme n'était plus protégée, son dernier contrat approchait, à moins que ce ne soit sa propre mort, à moitié ivre, venant annoncer d'une manière des plus grossières qu'il serait bientôt temps pour lui de rejoindre la longue liste de ses clients.

IX

Tu m'as bien pris pour un con... Mais maintenant, nous savons où te trouver. Je serai toujours derrière toi, dans ton ombre, à ramasser les miettes que tu ne manqueras pas de semer. Et lorsqu'il sera temps, je laisserai ma carte et mon flingue au bureau et viendrai te faire sauter les dents à grands coups de manche de pioche. Tu me diras tout ce que je veux savoir et même plus...

De la fenêtre ouverte, afin de laisser la fumée s'échapper, Caritas observait Lazo sortir du commissariat en compagnie de son complice. Il prit un paquet de serviettes en papier pour éponger le tabac imbibé de café répandu sur le bureau de Zwang. Ce dernier passa la porte.

— Alors, t'as obtenu quelque chose ?
— Pas vraiment, répondit-il, amer.

Soudain, Zwang, surpris par l'odeur, haussa le ton.

— Je rêve ? T'as fumé dans mon bureau ?
— Oui, désolé. Je ne pouvais pas l'emmener dans le mien. Il aurait pu décider de partir à tout moment.
— Et t'étais obligé de fumer ?
— Putain, Zwang, tu vas pas me faire chier pour ça ! cria Caritas, à bout de nerfs.
— Ouais, c'est bon, va te faire foutre...
— Elle se trouve où sa ferme ?
— Pas très loin, un quart d'heure de route après la fête foraine. Tu prends la direction de Sotokalst et juste après le village d'Ielnis, c'est la première à gauche. Tu vas monter sur un kilomètre avant d'arriver. Je vais te montrer.

Zwang sortit d'un placard une carte de la ville et de ses environs avant de pointer du doigt l'endroit précis. Cathy frappa à la porte avant d'entrer.

— Caritas, un appel pour toi.
— Je ne suis pas là.
— C'est urgent, d'après le mec.
— Et il veut quoi, ce mec ?
— Pas moyen de le savoir. Je lui ai dit que t'étais occupé mais rien à faire, il veut parler à l'inspecteur Caritas et à personne d'autre.
— Pffff… encore un casse-couilles. T'as son nom ?
— Rapha.
— Rapha ?

Il resta un moment le regard dans le vide, essayant de comprendre pourquoi Rapha l'appellerait, puis, d'un coup, sortit en courant, bousculant Cathy au passage et avala en trois bonds la rangée d'escaliers. Cathy le poursuivit, curieuse de savoir par quel mystère un prénom venait de le réveiller d'un somnambulisme persistant. Caritas ouvrit la porte de son bureau et aperçut avec stupeur le combiné de son téléphone raccroché.

— Dans ma piaule, lui lança-t-elle du bout du couloir, amusée par cette soudaine irruption d'énergie.

Bouillante d'impatience, elle dut se résoudre à attendre la fin de la conversation téléphonique, Caritas s'exprimant seulement par mots-phrases : « Où ? », « Quand ? », « Combien ? », « Merde ! », « Merci. ». Il raccrocha avant de se retourner vers sa collègue.

— Tarval est dans le quinzième. Un appart de l'avenue Théophile Briant.

Un éclair traversa le regard de Cathy.

— J'vais m'le faire, c't'enculé ! dit-elle en récupérant le flingue dans le tiroir de son bureau.

— Calme-toi, on y va avec une équipe, répondit-il en la prenant par le bras.

Elle se dégagea brusquement.

— Quoi ? Tu veux arrêter ce fils de pute ? Non, on y va tous les deux et je lui mets une balle dans la tête.

— Je comprends que tu sois en colère, mais on doit essayer de le choper vivant. Tu pourras toujours le faire assassiner lorsqu'il sera en cage.

— C'est quoi ces conneries ? Tu cherches une promotion ?

— Ça n'a rien à voir. Après ce qu'il s'est passé à Sulidro, je me suis fait pourrir par le boss. Si je ne le ramène pas vivant, je vais me faire lyncher. J'ai autant envie que toi de le buter mais il va falloir attendre un peu.

— Pas question !

— Dans ce cas, tu ne viens pas.

Elle serra le poing, bien décidé à l'envoyer dans le menton de son collègue pour finalement le laisser s'écraser contre le mur. Une larme de rage vint glisser sur sa joue.

— Tu me fais chier !
— Reprends-toi ! On n'a pas de temps à perdre. Si je te laisse venir, tu sauras te tenir ?
— Oui… j'irai le buter moi-même dans sa cellule.
— Ça me va.

Il appela le groupe d'intervention et moins de cinq minutes plus tard, trois voitures banalisées sortirent en trombe du poste de Police. Tout en essayant de se frayer un chemin à travers la circulation, Caritas prit le micro pour donner ses instructions au reste du groupe.

— Il est au numéro trente-six. Troisième étage. Au moment où l'on rentre dans le quartier, on coupe tout, sirène, gyros, pas question d'éveiller le moindre soupçon.

Il relâcha le bouton du micro pour pester sur les automobilistes.

— Allez, putain ! Bouge ta caisse de merde !
— T'as confiance en ton type ? lui demanda Cathy.
— Regarde-moi ces connards ! Y a la sirène, le gyrophare et ils sont incapables de se foutre sur le côté. Faut leur tirer dessus pour qu'ils comprennent ? Et dire qu'on bosse pour eux, ça me rend malade…
— On… ? Tu bosses pour toi ! Tu n'as jamais bossé pour un autre que toi.
— C'est pareil. Ça les arrange bien que des mecs oublient leur vie pour faire en sorte qu'ils ne vivent pas dans l'anarchie totale. Mais quand faut se pousser et nous laisser passer, alors là, ils ne savent plus faire !

Il reprit la communication au micro.

— On descend des bagnoles à trente mètres de l'immeuble, un agent garde le volant, moteur en marche. On reste le plus discret possible, même une fois entrée dans l'appart. Il est dangereux et n'hésitera pas à tirer. Il faut le choper par surprise si on veut éviter un bain de sang.
— Bien reçu, répondirent à l'unisson les deux autres voitures.
— D'après mes sources, Tarval est seul et doit se rendre d'ici une heure à l'aéroport où l'attend un jet privé. Je compte sur vous les gars, c'est notre dernière chance.
— Ne vous inquiétez pas inspecteur, on va le serrer tout en douceur, comme une jouvencelle au bal de promo, répondit la voix du chef de

brigade dans les haut-parleurs.

— Ouah, ça donne envie… balança Cathy à peine surprise. Leur devise, c'est « Kronenbourg pour toujours » ?

— Quoi ? répondit Caritas en reposant le micro.

— Rien, laisse tomber. T'as confiance en ton Rapha ? s'enquit-elle pour revenir sur ses préoccupations.

— Pourquoi tu me demandes ça ?

— Je sais pas. La dernière fois, Tarval était dans une maison de plain-pied, avec des tas de fenêtres et une voiture garée un peu plus loin en cas d'urgence. Là, un appart au troisième, à moins qu'il ait prévu un matelas géant sur le trottoir ou un hélico sur le toit, ça me paraît louche.

— Où veux-tu en venir ?

— Ça pourrait être un piège.

— Un piège ?

— Le coup de fil d'un indic nous menant dans un appart bourré d'explosifs, ça ferait un joli feu d'artifice de flic. D'où ma question.

— Oui, j'ai confiance en Rapha. Après, s'il avait un canon sur la tempe ou une paire de cisailles entre les jambes, ça se discute…

Ils arrivèrent dans le quinzième et heureusement pour les nerfs à fleur de peau de l'inspecteur, la circulation était plus fluide. Contrairement à ses instructions, Caritas se gara à deux pas de l'immeuble et sortit de la voiture. Il plissa les yeux, portant sa main à la poche de chemise et se maudit d'avoir oublié ses lunettes de soleil. La tête penchée pour éviter d'être gêné par la lumière ardente, il avança en direction du bâtiment, suivi de Cathy et d'un flic possédant la clé passe-partout. L'obscurité partielle et la fraîcheur du hall offraient un sentiment de bien-être réconfortant. En attendant le reste de l'escouade, Caritas ferma les yeux un instant pour se recentrer et éclaircir la foule de pensées traversant son esprit. La porte s'ouvrit, laissant entrer une dizaine d'agents en tenue d'intervention. L'escalier en pierre, datant du siècle dernier, voyait ses marches creusées par la multitude de semelles l'ayant poli au fil du temps. Au troisième, le préposé au crochetage observa la serrure et hocha la tête de haut en bas, indiquant pouvoir l'ouvrir sans avoir à sortir le bélier. Caritas leva la main et lança le décompte, fermant ses doigts un à un. La porte s'ouvrit sans un bruit, toute l'équipe se déploya dans l'appartement. Sachant mêler vitesse et furtivité à la perfection, ils inspectèrent les pièces du vaste appartement occupant plus de la moitié de l'étage. Cathy dut reconnaître une chose, c'était de gros bœufs piqués à la testostérone dans le civil, mais de vrais pros sur le terrain. On aurait pu entendre une mouche voler si les gémissements significatifs d'un coït ne venaient briser le silence. Ils planaient dans le couloir, s'échappant d'une pièce du fond, cherchant une oreille attentionnée. Caritas les suivit et aperçut, à travers l'espace laissé par l'absence de porte, Tarval, de dos, à genoux sur un lit aux draps blancs, cherchant à guider une nana à quatre pattes vers le chemin le plus agréable pour le septième ciel. L'inspecteur prit une grande inspiration, tendit son 9 mm à bout de bras et gueula.

— Bouge plus, connard ! Mains derrière la tête !

Le son des claquements de hanches sur la paire de fesses cessa. Tarval leva les mains en tournant la tête lentement. Il s'agissait forcément des flics. Personne, dans le milieu, n'aurait osé venir le surprendre au lit excepté un tueur à gages, mais ce genre de types n'arrivaient pas en fanfare, gueulant à tue-tête pour signaler leur présence. Vu l'amour que les assermentés lui portaient, il valait mieux rester calme et coopératif, ces crevures se feraient une joie de lui offrir une balle perdue.

— Mains sur la tête, répéta Caritas.

Tarval s'exécuta et un des agents vint lui mettre les mains dans le dos pour lui passer les menottes. La fille, recroquevillée contre la tête de lit, tentait de cacher sa nudité avec un coin de drap. Cathy ramassa ses vêtements avant de l'accompagner hors de la chambre. Tarval, assis, souriant, observait les intrus d'un air moqueur. Une partie de l'équipe continuait de fouiller les pièces afin de s'assurer de ne pas avoir de mauvaise surprise avec un invité caché.

— Vous allez m'embarquer à poil ? demanda Tarval, sourire aux lèvres.

— Qu'est-ce que tu veux que ça me foute ? répondit l'inspecteur en s'installant dans un magnifique fauteuil en cuir blanc, juste en face de sa prise.

Toute la pièce était blanche, la peinture, le mobilier, le service en porcelaine, le lino, le tapis en imitation ours polaire. Peut-être était-ce un vrai, pensa Caritas en se penchant vers la gueule de la bête pour tenter de discerner s'il s'agissait d'une copie en résine ou d'un véritable animal. Il l'avait enfin chopé ! Après trois ans à bouffer des casiers de crapules pouvant avoir un lien de près ou de loin avec lui. Trois ans à harceler des petites frappes pour extorquer un semblant de piste, une rumeur, le plus souvent un bluff. C'était enfin terminé... Évidemment, il n'était pas dupe. Tarval avait suffisamment de relations pour lui trouver un moyen de s'évader de taule mais ça n'avait pas d'importance. Dans le laps de temps nécessaire pour préparer sa fuite, un de ses colocataires lui surinera un deuxième sourire juste en dessous du menton. Il allait enfin pouvoir prendre des congés et s'avaler toute une boîte de somnifères. Dormir pendant des jours, des semaines, pourquoi pas ? Avec la capture de Tarval, son patron accepterait même trois mois de congés payés s'il les demandait. Un soulagement intense envahit la totalité de son être et l'adrénaline s'amenuisant, il se sentit soudain en état de faiblesse, comme si son énergie venait de s'échapper d'un coup par tous les pores de sa peau. Cathy revint dans la chambre.

— J'ai mis les pinces à la nana. Elle attend dans le salon. On l'embarque aussi ?

N'ayant pas réellement écouté sa collègue, Caritas resta muet.

— On va pas le sortir à poil, son avocat pourrait nous attaquer pour sévices sexuels, dit-elle en ramassant le caleçon aux pieds du lit avant de le tendre à l'un des agents.

— Je vous laisse faire entre mecs.

Tarval, le regard plongé dans celui de Caritas, ne cessait de sourire.

— Pas idiote, la gamine... Je t'ai déjà vu quelque part. C'était toi à Sulidro, non ?

L'inspecteur ne répondit pas, trop endormi par la fatigue se diffusant dans son corps et le plaisir sirupeux brouillant ses pensées.

— Au fait, il va comment ton collègue ? J'espère que je n'ai pas trop mal visé.

Cathy, d'une droite bien placée, changea son nez en fontaine de sang.

— Ouah, et nerveuse avec ça, dit-il en reprenant ses esprits sans cesser de sourire. Tu aurais dû venir il y a une heure ma chérie, sans tes toutous. On aurait fait une partie à trois.

— Ferme ta putain de gueule, répondit-elle, à deux doigts de perdre tout contrôle.

Un rayon de soleil vint frapper l'œil de Caritas. Il ne sut si c'était ce dernier ou la violence contenue de sa princesse qui l'expulsa de ses pensées. La lumière se reflétant sur les surfaces immaculées de la chambre lui piquait les yeux. Il se leva pour tirer le rideau, puis, se retournant, fut pris de stupeur. Tarval, détaché, un colt à la main, levait lentement son arme en direction de Cathy. Caritas sembla voir la scène au ralenti. À une vitesse dont il ne se soupçonnait pas capable, il dégaina et tira dans la tête de ce taré avant qu'il n'appuie sur la gâchette. La balle vint faire sauter une partie du front, envoyant une gerbe de sang sur le lit, le sol et le mur. Tarval s'effondra. Cathy, le visage maculé de traînées pourpres,

les yeux emplis de surprise, regarda Caritas un long moment avant de s'approcher de lui.
— Tu te fous de ma gueule ? cria-t-elle.
— Quoi ?
— Tu me fais ton cinéma pour qu'on le prenne vivant, que tu veux le voir en taule. Tout ce baratin à la con pour finir par lui en mettre une en pleine tête !
— Je n'avais pas le choix.
— Pas le choix ? C'était à moi de le flinguer ! Tu le sais très bien ! T'avais pas le droit de me faire ça !
— Arrête tes gamineries Cathy, il allait te tirer dessus ! répondit-il en haussant le ton à son tour.
— Mais qu'est-ce que tu racontes, putain ? T'en as pas marre de me prendre pour une conne ?
— Jamais je ne t'ai pris pour…
— Comment tu veux qu'il me tire dessus sans arme avec les mains attachées dans le dos ?
— Il s'est détaché, il avait un colt. Il était en face de toi, tu ne vas pas me dire que t'as rien vu ?

Cathy se calma d'un coup. Son regard se voila de tristesse mêlée d'incompréhension. Elle s'approcha du cadavre tombé derrière le lit puis tourna la tête vers son collègue, l'invitant à la rejoindre. Tarval avait toujours les menottes aux poignets, les mains dans le dos, sans la moindre trace d'un colt à ses côtés. Caritas resta muet de stupeur, immobile, effrayé comme s'il venait de voir son premier macchabée.
— Tu m'expliques ?
— Je… je comprends pas. Je l'ai vu, il avait un flingue… il allait te t… Je te jure Cathy, je l'ai vu en train de te viser ! Il était debout, juste devant toi et il allait te…

Il ne parvint pas à finir sa phrase, bredouillant une suite de mots inaudibles. Une foule de pensées moqueuses vinrent survoler sa conscience et piquer son âme sans qu'il parvienne à en capturer une seule. Il resta un long moment sans bouger, le regard perdu dans un lointain angoissant et chaotique. Était-ce un coup monté ? L'un des agents aurait caché le colt et remit les bracelets pendant son engueulade avec Cathy ? Ça paraissait insensé. Pourquoi aurait-il fait ça ? Un ordre des supérieurs ? Tarval avait des relations haut placées. Un politicard aurait eu l'idée de faire d'une pierre, deux coups ? Se débarrasser d'une connaissance gênante est la solution idéale. Non seulement on est certains qu'il ne parlera pas mais de plus, si les journaleux finissent par découvrir le lien entre l'élu et le mafieux, cela ne soulèvera aucune indignation dans la masse populaire…

Encore un phénomène bien étrange. On hurle et manifeste pour la démission seulement si le gangster est encore vivant, s'il est mort, ça passe nickel. Voire, ça donne du cachet au politicien, un côté voyou, le genre de gars qui est prêt à se salir les mains, bien qu'en réalité, la seule chose qui lui salisse les mains soit le fric de la came, du tapin et de la bourse.

Un des agents s'approcha de lui.

— Je suis désolé inspecteur, nous allons devoir le mentionner dans le rapport. On ne peut pas cacher ça.

Caritas ne répondit rien, ne montrant aucun signe qu'il avait entendu. Admettons que le but était de tuer Tarval. Dans ce cas, pourquoi ne pas donner l'ordre directement ? Après la mort de Laurent, tout le monde se serait fait une joie de venir le buter. Et pourquoi toute une mise en scène pour le foutre dans la merde ? Parce que maintenant, il allait ramasser sévère. Là aussi, c'est pareil. On comprend qu'un bandit tue des flics, voire des innocents, mais il est très mal vu qu'un flic tue un bandit ! De toute façon, cela faisait bien longtemps qu'il ne cherchait plus à savoir s'il y avait une logique dans l'absurdité de l'opinion publique.

— Inspecteur, vous m'entendez ? Je disais que nous allons devoir…

— Ouais c'est bon, on a compris ! le coupa Cathy.

Elle prit Caritas par le bras et l'attira doucement vers le couloir.

— Viens, on se barre, ça pue la mort ici.

Il se laissa guider, traînant le pas, tel un fantôme perdu dans les limbes. Pourquoi lui ? Il bossait comme un fou, ne demandait jamais rien, fermait les yeux sur toutes les magouilles des politicards, des patrons de grosses entreprises, de tous ceux en somme qui pourrait avoir de l'influence sur son boss. Il ne prenait jamais de congés, n'était jamais malade, ne réclamait jamais d'augmentation, avait un taux de résolution des affaires nettement supérieur à celui de ses collègues. Alors pourquoi chercherait-on à l'enterrer ? Cathy lui fit descendre les escaliers, sans un mot, le visage triste, s'inquiétant pour l'état de santé de son amant. Ils sortirent dans la rue et montèrent dans une de leurs voitures. Elle demanda à l'agent au volant d'aller rejoindre les autres, attendit que Caritas s'installe à la place du mort, dont l'expression était assez proche de la réalité pour une fois, et partit en direction de son domicile.

— Je te ramène chez moi.

Aucune réponse.

— Je comprends si t'as pas envie de parler, mais je m'inquiète. Tu ne veux pas m'expliquer ?

Il tourna la tête vers elle en essayant d'esquisser un sourire plus effroyable que celui d'un zombi.

— C'est pas grave, dit-elle en essuyant la goutte s'échappant de ses yeux.

— Pleure… pas… princesse, réussit-il à dire la voix tremblante.

Sa phrase parut si difficile à sortir qu'elle fit jaillir un flot de larmes sur les joues de sa partenaire. Elle se gara en urgence sur le bord de l'avenue et plongea la tête dans ses mains pour masquer l'ondée amère imbibant son visage.

— Cathy ?

Elle se pencha pour prendre un kleenex dans la boîte à gants et s'essuyer.

— Quoi ?

— Je suis désolé. Je ne sais pas ce qu'il m'arrive. Je suis tellement fatigué…

— C'est rien, répondit-elle en lui caressant la joue. On va rentrer, je vais te faire à manger et tu vas aller te coucher. Tu dois te reposer, dit-elle avec tendresse.

— Oui, d'accord. Maintenant que Tarval est mort, je peux prendre des vacances.

— Bien sûr, tu auras tout le temps dont tu as besoin. Si tu veux, je vais me mettre en repos moi aussi et on part en voyage à l'autre bout du monde, loin de toute cette merde.

Il parvint finalement à afficher un sourire blessé, mutilé, d'une violente tristesse, mais vivant. C'est tout ce qui comptait pour Cathy, il était encore vivant. Elle profita du ralentissement provoqué par un feu rouge pour se remettre sur la route en forçant le passage.

— J'espère que tu as une bonne réserve de tequ.

— Tu as envie de te mettre la tête à l'envers ? répondit-elle, ravie qu'il reprenne du poil de la bête.

— Non, c'est déjà le cas. Je me disais juste… Si je pouvais prendre une cuite assez grosse pour l'emporter dans mes rêves, peut-être qu'ils ne me réveilleront pas et alors, je pourrai enfin rattraper mon temps de sommeil.

— Pas idiot. Ça vaut le coup d'essayer…

— Et si ça ne marche pas, tant pis, je m'en reprends une dès le réveil et repars aussi sec dans les bras de Morphée.

Soudain, une idée vint transpercer son flot de pensée pour éclater et se répandre sur toute la scène de son théâtre intérieur.

— Cathy, à ton avis, la superstition, ça porte malheur ?
— Hein ?
— Est-ce que tu penses que la superstition porte malheur ?
— C'est une blague ?

Caritas mit un moment à répondre. Son regard pensif semblait indiquer un voyage vers une lointaine et fétide contrée où les réflexions gluantes se collent à l'être telles des sangsues affamées.

— Non, je suis très sérieux. Lorsqu'une personne est persuadée de s'attirer la poisse si elle croise un chat noir, est-ce qu'il va effectivement lui arriver une merde quand elle en voit un ?

— Et bien... j'en sais rien, répondit Cathy, un peu déboussolée. Ça me paraît possible oui. Si sa croyance est suffisamment ancrée, elle risque inconsciemment de s'attirer des problèmes. Comme un acte manqué ou ceux qui se tirent des balles dans le pied parce qu'ils n'ont jamais appris à vivre sans. Un paquet de gens ont besoin d'avoir continuellement des problèmes, sinon, ils sont perdus. Toute leur vie n'a été qu'une longue suite de galères et lorsqu'ils ont un peu de répit, ça les stresse, ils craignent qu'un malheur inconnu leur tombe sur le coin de la tronche. C'est surtout ça le problème, la peur de l'inconnu ou la peur d'être heureux.

— Je ne te parle pas de ça. Je me fous de la psychologie de comptoir ! Je te demande si la croyance d'un superstitieux peut influencer son entourage de manière concrète.

— Et je viens de te répondre ! dit-elle un peu trop sèchement.

— Tu me parles d'inconscient et de psychisme... Est-ce que je peux influencer mon destin par mes croyances ? Si je suis persuadé que je vais gagner au loto, car le Seigneur ou je ne sais quel gourou me l'a affirmé, est-il possible que mes chances de gagner augmentent ?

— Oui, ça me paraît possible. Mais là, tu entres dans le domaine de la magie, ça n'a rien de scientifique.

— Parce que ta psychologie est scientifique peut-être ?

S'il n'était pas dans cet état, elle l'aurait envoyé chier correctement. Sur le moment, elle préféra voir le bon côté des choses, il parlait et reprenait ses esprits.

— Donc ça te paraît possible, dit-il pensif.
— Où veux-tu en venir ?

— Si nos croyances peuvent modifier le monde qui nous entoure, alors, rien n'empêche la croyance des autres de l'influencer aussi.
— Oui, certainement. Mais encore faudrait-il pouvoir mesurer le niveau de cette influence, à supposer qu'elle existe. Tu vas me faire tourner en rond longtemps ou tu vas enfin cracher le morceau ? Je suis curieuse de savoir ce qui a pu te réveiller à ce point.
— J'ai l'impression... Non, j'en suis certain, c'est l'évidence même... J'ai été envoûté.
— Quoi ? Comment ça envoûté ?
— Oui... D'abord, il y a eu mon flingue qui refusait de tirer alors qu'il n'était pas enrayé, tu l'as vu, non ? Et maintenant, je vois Tarval en train de te braquer et le dégomme alors qu'en réalité, il a les mains attachées dans le dos. Il n'y a pas d'autres explications.
Le visage de Cathy se décomposa. Elle pensait l'avoir retrouvé, tirant doucement sur la ligne afin de le sortir de l'eau sans casser le fil, mais il avait sombré dans les abysses, peut-être déjà trop loin pour aller le chercher.
— Écoute Caritas, je crois en beaucoup de choses, mais là, t'es en plein délire. Tu manques de sommeil, c'est tout. Il n'y a pas à chercher des explications surnaturelles. Tu dois dormir et ça ira mieux après.
— Justement ! s'exclama Caritas, pris d'une excitation psychotique. Pourquoi je ne dors pas ? Je n'arrive plus à dormir à cause des cauchemars !
— Et alors, rien de nouveau... répondit-elle en essayant de retenir ses larmes.
— Si... Il y a du nouveau. D'habitude, mes rêves m'emmerdent quatre ou cinq jours, dix, maximum. Là, ça fait des semaines entières qu'ils ne me lâchent plus. Et de plus, un nouvel élément est venu s'incruster chaque nuit alors que durant des années, je faisais toujours le même cauchemar, à deux, trois détails près.
— Un nouvel élément ?
— Oui, le pendentif ! Depuis que je l'ai découvert, il est dans tous mes rêves, il en est même devenu le principal objet.
— Il faut que tu arrêtes avec tout ça, tu es fatigué, tu ne peux pas réfléchir correctement. Lorsque tu auras réussi à dormir plusieurs nuits d'affilée, tu verras, tout ça te paraîtra totalement absurde.
— Absurde ? Certainement pas ! Lorsque je l'ai vu autour du cou d'Hector, il m'a attiré. J'avais une impression étrange, comme s'il voulait me dire quelque chose. Je ne comprenais pas pourquoi, mais maintenant, c'est limpide. La dague crucifix m'a envoûté !

— T'es complètement à l'ouest, mon pauvre.

Cathy craignait de perdre patience. Voir son amant dans cet état la rendait folle de rage mais elle ne devait surtout pas laisser sa colère s'exprimer. Une dispute n'apporterait rien de positif, bien au contraire.

— À l'ouest, ouais, c'est ça... Elle a disparu. Elle n'est plus dans le labo, ni chez Francis, ni dans la salle des pièces à conviction. Les inspecteurs qui ont enquêté sur les autres meurtres sont morts ou introuvables. J'ai des hallucinations, je ne dors plus, et vu ce qu'il vient de se passer, je pourrais me faire virer de la police.

— Tu racontes n'importe quoi ! Ils ne vont pas te virer pour une bavure, répondit-elle en se voulant rassurante. Tarval était une merde ! Tu vas ramasser une mise à pied de quelques mois, c'est tout. T'en profiteras pour te reposer. D'ailleurs, avant de me parler de ton délire d'envoûtement, on était sur une soirée tequila en discutant de la destination de notre voyage.

— Ça m'étonne de toi. Tu ne crois pas aux envoûtements ? Tu veux toujours m'envoyer chez les cartomanciennes, astrologues, kinésiologues et j'en passe...

— Ce n'est pas du tout la même chose. La voyance est basée sur un mélange de techniques et d'intuitions. Là, tu me parles de sorcellerie...

Ils restèrent silencieux un demi-kilomètre, puis, cherchant aveuglement à lui faire entendre raison, Cathy reprit la parole.

— Quel rapport avec les autres inspecteurs, ils auraient été envoûtés eux aussi ?

— Aucune idée, mais ça ne m'étonnerait pas. Vichkaart, le néerlandais, qui s'est occupé du meurtre du sénateur. Il a enquêté presque un an puis, sans aucune raison, a démissionné avant de partir en voilier pour les Antilles. Apparemment, il n'y est jamais arrivé. J'ai téléphoné sur toutes les îles, Saint-Martin, Curaçao, Aruba, Martinique Guadeloupe, Dominique, Cuba, Haïti, toutes je te dis ! Personne ne l'a vu débarquer. Le Britannique est mort dans un accident de voiture deux mois après le diplomate chinois. Pour le chanteur italien, le gars est encore vivant, à la retraite, mais il n'avait pas fait attention au pendentif et d'ailleurs, il n'y a pas eu d'enquête.

— Comment tu sais tout ça ?

— Je viens de passer trois semaines à éplucher les rapports et appeler toutes les personnes ayant été mêlées de près ou de loin à ces affaires.

Cathy angoissait de plus en plus et commençait à se demander si une cure de sommeil allait suffire à le remettre sur pied. Elle l'avait bien vu s'enfouir la tête dans les tas de dossiers, passer des heures au téléphone mais elle était persuadée qu'il cherchait un moyen de digérer la mort de Laurent en appelant la Terre entière pour retrouver la piste de Tarval. Si elle avait su que durant tout ce temps, il poursuivait son pendentif de merde, elle aurait tenté bien plus tôt de l'empêcher de glisser sur cette pente foireuse. La dague crucifix l'obnubilait depuis sa découverte, c'était évident. Elle n'imaginait pas que ça allait se transformer en obsession. Finalement, il n'avait pas totalement tort, il s'était auto-envoûté avec un bijou qui, elle devait le reconnaître, sortait du commun. De toute façon, s'il avait besoin d'un traitement, ce n'était certainement pas le moment de lui en parler.

— Je ne vois pas le problème. Que ton Vichkaart soit allé sur les îles néerlandaises ou françaises, il n'avait pas l'obligation de prévenir les autorités ou de s'enregistrer. Tant qu'il reste en Europe, il n'a pas besoin de visa ni d'aucune déclaration d'entrée sur le territoire. Il avait de la famille ? Des amis qui t'ont dit qu'il avait disparu ?

— Non.

— Problème réglé. Le type, après des années de bons et loyaux services, a eu envie d'aller profiter du soleil. Si c'est un envoûtement, je commande le même...

— Il aurait bien fallu qu'il s'enregistre au port ! Il n'y est pas allé à la nage.

— Pas forcement. Il y a pas mal de petites criques et de ports privés là-bas...

Caritas sentit une pointe d'agacement devant l'aveuglement de sa princesse mais étouffa aussitôt sa rancœur. C'était normal qu'elle ne le croie pas, ça paraît tellement insensé si on ne le vit pas. Elle n'y était pour rien et il devait faire attention à ne pas se mettre à dos la seule personne pour qui il comptait.

— Et celui de Dimitri, dit-elle après un moment de silence, je ne me souviens plus son nom. Il est mort bien plus tard, il me semble.

— Holder, il s'appelait Holder. En effet, il est décédé sept ans après les faits, mais le type de la municipale a oublié de préciser qu'il a passé les six dernières années de sa vie en hôpital psychiatrique. Je te le dis, ce pendentif est maudit et maintenant, c'est à mon tour de subir sa malédiction.

— Écoute, on va faire un marché. Je suis prête à te croire seulement si on parvient à éliminer toutes les autres possibilités. Ça te convient ?

Caritas sembla réfléchir un instant.

— Tu m'as entendu ? demanda-t-elle en se garant dans la petite allée devant sa baraque.
— Il faut vraiment que je réponde ? Je n'ai pas l'impression d'avoir le choix.
— Bien sûr que si, tu as le choix ! Tu peux continuer à t'enfoncer seul dans ta psychose ou me laisser t'accompagner pour t'aider à en sortir. Que tu sois envoûté ou non, tu as besoin d'aide.

Elle n'avait pas assez de connaissance en psychiatrie pour savoir si suivre une personne dans sa folie aggravait ou non son cas. Elle voulait simplement tout faire pour lui permettre de revenir à la réalité et ce n'est pas en l'abandonnant et en le traitant de fou qu'elle y parviendrait. Caritas tendit sa main vers elle.
— Marché conclu princesse ! Je te fais confiance et si tu peux me prouver que je me trompe, alors je serai sauvé.
— Une bonne nuit de sommeil, c'est le premier des remèdes.

La soirée s'était étonnamment bien passée. Caritas avait fait tous ses efforts pour masquer l'angoisse qui lui rongeait les tripes et la cervelle. Il chercha même à plaisanter ou parler de virée en Amérique latine pour goûter toutes les sortes de tequilas. Cathy avait beaucoup apprécié sa bonne volonté. Elle le trouvait touchant sans son armure quotidienne, d'une fragilité à la rendre encore plus amoureuse qu'elle ne l'était déjà. Pourtant, elle n'a jamais eu l'âme d'une infirmière et détestait les mecs qui ont tendance à confondre leur femme avec leur mère. Mais ce n'était pas le cas de son amant. Un moment de faiblesse, cela peut arriver à tout le monde. Nul n'est à l'abri d'une chute dans les abîmes, surtout dans ce boulot. On flirte avec le bord du précipice, un pied dans le vide, les bras écartés pour garder l'équilibre, espérant ne pas suivre tous ceux que l'on a vu tomber. Lorsque c'est une personne aimée, on attrape une corde, on se l'enroule autour de la taille et on plonge, sans hésitation, sans savoir si la corde sera assez longue ou assez solide pour remonter deux personnes. Ils avaient mangé, bu une bouteille, dansé autour de la table du salon. Caritas souriait, improvisait des paroles sur la musique, narrant les amours perdus d'une Andalouse ou les déboires d'un chercheur d'or dans les rivières amazoniennes. Elle ne l'avait jamais vu comme ça, aussi léger et agréable, à se demander si elle ne le préférait pas complètement largué. La soirée parfaite, si le boss n'avait pas téléphoné peu avant minuit. Il était furieux, cherchant Caritas de partout pour lui ordonner de se rendre le lendemain à la première heure dans les bureaux de l'inspection générale.

La mort de Tarval avait secoué une partie des huiles bien planquées dans les ministères et il fallait au plus tôt enquêter pour déterminer s'il s'agissait d'un meurtre ou d'une bavure. Ils ne perdaient pas de temps les charognes ! Caritas, tout sourire, avait répondu qu'il se rendrait au rendez-vous avec grand plaisir. Il se ferait une joie d'aller papoter avec les collègues. Cathy lui arracha le combiné des mains afin d'expliquer au patron l'état de l'inspecteur et son besoin urgent de repos. Ils s'étaient couchés sans baiser, profitant de la tendresse d'une âme en peine pour s'endormir dans les bras l'un de l'autre. Caritas se releva pour avaler une demi-bouteille et put enfin passer une nuit de sommeil sans être réveillé par ses cauchemars. Le lendemain, seul son inconscient garda une trace de son passage dans la bibliothèque.

*« Quiconque désire chasser les monstres doit
prendre garde de ne pas en devenir un soi-même. »*
Nietzsche

Une chandelle noire brûlait sur l'autel de la chapelle. Il descendit dans la crypte, récupéra le pendentif et ouvrit le dossier. Georges Matberger, vivait dans une maison au milieu des marais de Cloudshrei. Célibataire, quarante-trois ans, violeur et tueur en série, il en était à sa onzième victime sans jamais être soupçonné par les autorités. Il chassait ses proies dans les cités autour de la ville. La première, Lisbeth Coulontis, avait disparu un vendredi soir. La dernière personne à l'avoir vue était sa prof de clarinette. Elle lui avait donné son cours hebdomadaire à domicile puis, aux environs de 21 h, Lysbeth était rentrée chez elle. Le samedi matin, des gamins allant jouer au foot dans un terrain vague d'Arnavrill trouvèrent le corps, la tête réduite en bouillie par une grosse pierre. La police ne parvint pas à déterminer l'identité de la victime. Le sperme récupéré dans son vagin et son anus appartenait à un individu de groupe sanguin AB. Les traces de coups laissèrent penser au légiste que son calvaire avait duré plusieurs heures. Georges avait passé la nuit à s'amuser avec elle avant de venir la déposer peu avant l'aube. Pour les suivantes, on ne retrouva jamais les corps. Toutes les victimes avaient entre quinze et vingt-cinq ans. La couleur de peau ou le style vestimentaire ne semblait pas avoir d'importance dans ses choix. Les dates de disparition restaient aléatoires mais de plus en plus rapprochées. Deux mois après Lysbeth pour la seconde, puis trois semaines pour en arriver à quelques jours sur les deux dernières. Il était temps de mettre un terme aux activités de cette ordure.

Cloudshrei ne se trouvait pas à plus d'une heure de route de la ferme. Sur une carte indiquant l'endroit exact de la demeure de Matberger, il suivit du doigt les différents sentiers permettant d'y accéder et mémorisa celui qui semblait le plus sûr. La nuit venait à peine d'éclore, en partant de suite, il serait de retour au petit matin. Avec ce genre de client, isolé en pleine campagne, inutile de faire de grands préparatifs ou repérages. Dans le pire des cas, il resterait assez discret pour revenir un autre soir si le moment se révèle inopportun. Les feuilles du dossier noircirent sur la chandelle avant de s'enflammer, devenant cendres et fumée en l'honneur de Thémis. Il commençait à ressentir la joie d'un nouveau contrat, d'une nouvelle partie de chasse nocturne. Remontant dans le chœur de la chapelle, sac de voyage en main, il referma la trappe, sortit et prit sa voiture.

Lorsque le soleil s'en allait loin au-delà de l'horizon, les petites routes menant vers Cloudshrei étaient surtout fréquentées par les animaux sauvages, chevreuils, lièvres, sangliers et strigidés de toutes sortes. Il se pencha sur le volant pour observer la lune à travers le pare-brise. Croissant complice des fils de la nuit, elle accompagne le pèlerin et le guide dans les ténèbres. Il longeait des champs de maïs en fleurs, gavés de pollen sélénite, et les hectares de tournesols, la tête basse, courbés devant la majestueuse voûte céleste. Les cultures se firent plus rares et bientôt, il ne voyait plus que buissons et arbres distordus entourant la route. Certains ressemblaient à des tire-bouchons géants cherchant à percer les cieux de leur cime affûtée. On aurait pu sculpter un escalier en colimaçon dans les spécimens les plus larges...

Il traversa Cloudshrei, un petit bourg qui eut son heure de gloire au moyen-âge et tentait de survivre sur un passé révolu. À une époque, il se trouvait sur un îlot au centre d'un immense lac. Son marché aux poissons était réputé dans tout le pays et l'on se plaît à dire que le cuisinier du roi venait jusqu'ici pour acheter truites, brochets, carpes, etc. Des racontars de loqueteux vivant dans un bled pourri où rien ne pousse. Le lac s'est asséché pour laisser derrière lui une terre meuble où l'on s'enfonce trop facilement, où l'air porte une odeur de moisissure et vous file la tuberculose en guise de bienvenue. Un village à rayer de la carte si l'on avait un minimum de bons sens. Il fallait vraiment avoir le cerveau faisandé pour vivre ici ! Non seulement les habitants ne partaient pas, mais pire, ils se reproduisaient, souvent entre eux, forcément... Seul un enculeur de mouches aurait assez de bagou pour convaincre une personne de résider dans cet endroit putride. Malgré son état de décrépitude avancée, on pouvait lui trouver une certaine beauté gothique. Ses bâtiments d'un autre temps, vermoulus, rapiécés, les murs gonflés par le poids des charpentes. Son église au clocher effondré, exposant une vierge noire suppliant de fuir ce lieu oublié des dieux. Son école aux façades vert-de-gris, un ancien couvent où les gosses arriérés venaient apprendre à compter les poux, entourés des spectres de nonnes lapidées deux siècles plus tôt par les villageois affamés. Sa grande place envahit par les mauvaises herbes, les batraciens, les habitants fantomatiques au regard fuyant, aux mœurs et à l'hygiène porcines…

Il roula encore une dizaine de minutes avant de laisser la voiture sur le bord du sentier, puis mit la cagoule dans sa poche, les gants, le 9 millimètres, le couteau et s'aventura dans la pénombre. La maison devait se trouver à environ deux cents mètres. Des phares ou un bruit de moteur en pleine nuit auraient aussitôt alerté Matberger. Au loin, le chant des crapauds emplissait l'espace, les étoiles se reflétaient dans les multiples flaques d'eau émergeant du sol alentour. Il devait faire attention de bien suivre le sentier. Un écart de deux ou trois mètres à peine et l'on se retrouve avec de la boue jusqu'à la taille, prisonnier de la glaise. Il avança tranquillement, profitant du délice grandissant à chaque mètre le rapprochant de sa cible. Exécuter un contrat est semblable à faire l'amour. Il faut savoir laisser monter le plaisir, lentement, sans pour autant le retarder à outrance pour ne pas alimenter diverses perversions tapies au fond de nous. Le nourrir de sentiments, de vigueur, de petites touches attentionnées puis, arrivé à maturation, le laisser exploser en une jouissance métaphysique. Les silhouettes d'arbres enroulés sur eux même, perdus au milieu de vastes étendues, observaient l'étranger marchant au cœur de leur solitude. Loin de toute pollution lumineuse, le ciel offrait aux marais sa plus grande clarté. Est-ce donc toujours dans les recoins les plus sordides qu'il désire apporter toute sa splendeur ? Serait-ce la preuve de l'omniprésence divine ? Après tout, n'avait-il pas, lui-même, traversé les neuf cercles des enfers à la recherche de son propre Dieu… ?

Deux petites lueurs apparurent au loin, certainement les fenêtres de chez Matberger. D'après le dossier, il n'y avait aucune autre habitation dans ce secteur. Il continua d'avancer tranquillement, l'oreille attentive à tous les bruissements provoqués par les animaux surpris en plein sommeil. Lentement, les lueurs grossirent et passèrent du rond au rectangle. La baraque ressemblait à un chalet de montagne construit avec de gros rondins de bois, une souche de cheminée en pierre, une paire de fenêtres sur le versant nord, les mêmes au sud et la porte d'entrée face à l'est. Il fit un tour complet de la demeure en restant assez éloigné afin de déterminer l'emplacement de sa cible. Le chalet semblait ne comporter qu'une seule pièce. En se rapprochant, il finit par apercevoir le haut d'un crâne immobile et en conclut que Matberger devait être assis dans un fauteuil ou un canapé. Les changements de luminosité autour de lui étaient caractéristiques des images projetées par un téléviseur. Il se rendit de l'autre côté et observa sa cible un moment. Elle semblait seule et ne bougeait pas, endormie ou feignant de l'être si elle avait perçu son arrivée. Ne jamais sous-estimer une proie, la paranoïa leur donne souvent un instinct de survie plus développé. Lorsque la personne avait reçu un entraînement militaire ou équivalent, le contrat le mentionnait, mais pour les travers de la psychose, cela restait aléatoire. Un soir, il était tombé sur un jardin rempli de détecteurs de mouvements reliés à de gros spots fixés sur la maison, éclairant l'endroit où le signal se déclenchait. Le type changeait la place des détecteurs tous les jours. Il avait dû attendre que la proie quitte sa demeure pour venir trafiquer le système et revenir en pleine nuit...

Il tourna la poignée de la porte très lentement, poussa légèrement, fit le tour de l'encadrement avec sa main à la recherche d'une sécurité, fil de nylon relié à une boîte de conserve ou une grenade, chose pas aussi rare que l'on pourrait le penser chez ce genre d'individu, puis entra dans le chalet sans faire un bruit. Georges Matberger dormait en ronflant devant un vieux western. À ses pieds, des canettes de bière vides jonchaient le sol. Des sous-vêtements sales étalés un peu partout donnaient à la pièce un cachet de vieux célibataire dégueulasse. Sous un nuage de mouches, de la vaisselle s'accumulait sur la table en bois, des casseroles dans lesquelles des restes de sauces noircis incrustés aux parois traînaient sur la cuisinière. Devant celle-ci, un tapis foncé recueillait miettes de pain et moutons de poussière. Une grande armoire éventrée exposait du linge fourré en boule sur ses étagères, le lit, à l'angle nord-ouest, supportait un matelas gris orné de taches plus sombres. Ça sentait le renfermé, la moisissure et la sueur, un vrai taudis ! Les squats de junks les plus crades étaient mieux tenus. Un estomac peu habitué aurait des envies de restituer le dernier repas afin de parachever le tableau. Un fusil de chasse posé sur le linteau de la cheminée prenait la poussière en compagnie de photos jaunies et d'une urne mortuaire. Le cuir du canapé marron brillait de graisse sous l'éclairage d'un lustre recouvert de toiles d'araignées. Les quatre grandes sphères lumineuses accrochées à une barre de laiton torsadée, peinaient à dévoiler les recoins les plus obscurs de la pièce. S'il n'y avait pas la télé allumée et ce gros tas de merde ronflant juste devant, on penserait l'endroit abandonné depuis des années.

Il se rapprocha lentement, le semi-automatique dans la main. Les lattes du parquet craquaient par endroit. Georges, vêtue d'un caleçon noir et d'un Marcel blanc cherchant désespérément à masquer la proéminence abdominale, dormait la bouche ouverte. Le bas de son ventre poilu dépassait du maillot de corps, le haut des jambes couvertes de varices semblait beaucoup trop large pour ses mollets. Sa grosse tête, aux joues bien en chair et au front bas, arborait autour d'une calvitie, une foison de cheveux frisés, si courts et fins que l'on aurait facilement confondu avec des poils de cul. Georges aurait toutes ses chances à la foire agricole, même ses ronflements gagneraient un prix...

Il avait bien envie de s'amuser un peu avec cette saloperie mais la puanteur des lieux devenait insoutenable. S'il restait trop longtemps ici, il craignait de rapidement ne plus pouvoir différencier victime et bourreau. Sans le savoir, Georges par son hygiène exemplaire, s'était préservé d'une éventuelle séance de torture. Il retira de sa poche le pendentif et le passa délicatement au cou de son hôte du soir. Ce dernier ne se réveilla pas. Il devait en tenir une bonne... Hésitant un moment sur la manière de procéder, le couteau de chasse en main, il opta pour une éventration. D'un coup sec, la lame s'enfonça jusqu'à la garde juste en dessous du nombril. Georges se réveilla en hurlant et se pencha vers l'avant, les yeux exorbités. Une main vint retenir sa tête tandis que l'autre, manche du couteau bien serré au creux de la paume, remonta d'un geste vif jusqu'au sternum. Les cris se muèrent en gémissements, les bras de Georges remuaient sans but, puis le ventre finit par s'ouvrir. Le parfum familier des intestins chauds tombant sur le sol améliora un instant l'infecte odeur du chalet. Georges, cessant de gémir et de bouger, respira encore avec difficulté durant un moment, sans doute trop long et douloureux pour sa conscience surprise en plein sommeil. La main tenant toujours sa tête penchée en avant la repoussa sur le dossier du canapé. Matberger toussa son dernier soupir, les yeux grands ouverts, sans avoir vraiment eu le temps de comprendre ce qui venait de se passer.

Le silence régnait. Les hurlements de Georges avaient fait taire les crapauds, lorsque la rumeur d'une voix vint planer dans le chalet. Lointaine, diluée, on aurait dit un chant enfermé dans une boîte. Essuyant grossièrement son arme avec un bout de torchon trouvé sur le dossier d'une chaise, il fit le tour de la pièce afin d'en déterminer l'origine. Elle semblait venir du sol, remontant avec peine à travers les interstices du parquet. Il découvrit rapidement la trappe cachée sous le tapis poussiéreux. Lorsqu'il l'ouvrit, une odeur de sperme et d'urine lui sauta au visage. Après un mouvement instinctif de recul, il descendit les marches en bois. En bas de l'escalier, il trouva l'interrupteur et alluma l'ampoule maintenue au plafond par une série d'agrafes. Au centre de la cave, les mains attachées à un poteau, une jeune fille se trouvait allongée sur un matelas crasseux. Elle était nue, le visage tuméfié et le reste du corps recouvert de bleus. Semblant ne pas avoir remarqué l'intrus, elle fredonnait d'une voix fluette, une vieille comptine de Cloudshrei.

Trois maraudeurs cachés dans les sous-bois, épiaient une fleur qui jouait du hautbois...

Elle devait avoir seize ou dix-sept ans, tout au plus. Sur une chaise reposaient des vêtements soigneusement pliés. Une grande caisse débordant d'outils divers était posée dans un coin. Le contrat ne mentionnait pas la présence d'une victime. La Dame savait tout, elle était forcément au courant. Il se sentit désorienté. Pourquoi n'avait-elle pas souhaité le prévenir ? S'il avait attendu un jour ou deux avant de venir, la fille serait peut-être morte. N'avait-elle donc aucune valeur aux yeux de la Dame ?

Lorsqu'elle alla baigner dans la rivière, les trois marauds la prirent par-derrière...

Après tout, cela ne changeait rien puisqu'il était venu immédiatement...

Il s'approcha de la fille et s'accroupit vers elle.

— Je vais vous sortir de là.

Il prit son couteau encore rougi par le sang de Matberger et coupa la corde liant les mains de la gamine au-dessus de sa tête.

— Vous pouvez vous lever ?

Elle ne réagit pas, continuant de chanter

Trois jolis trous pour trois gaillards en rut, voilà comment on fait d'une fleur une pute…

— Mademoiselle ? Vous m'entendez ?

Il fit claquer ses doigts juste devant ses yeux, espérant provoquer un sursaut. Aucun résultat. Il ne voulait pas la toucher de crainte d'alimenter un peu plus son traumatisme. Il se pencha afin de placer son visage au-dessus du sien.

— Mademoiselle ? Il faut partir. Vous pouvez vous lever ou vous préférez que je vous porte ?

Trois jolis trous pour trois gaillards en rut, voilà comment on fait d'une fleur une pute…

Elle ne le voyait pas. Ses grands yeux verts continuaient de fixer l'espace devant elle, immobiles, égarés, ayant douloureusement asséché leurs glandes lacrymales. Seuls les battements de cils et le mouvement de ses lèvres la différenciaient d'une statue. La poitrine se soulevait à peine au rythme de sa respiration. Il avait enlevé la corde autour de ses mains mais elles restaient liées au poteau par une entrave invisible.

Trois maraudeurs cachés dans une ruelle, épiaient une fleur qui semblait trop pucelle…

— Mademoiselle, vous m'entendez ? Nous devons partir, dit-il en lui prenant les poignets pour les ramener le long de son corps, attendant une réaction, même violente, un signe de présence.

Lorsqu'elle voulut appeler au secours, ils lui offrirent les joies du faux amour…

Elle ne réagit pas et laissa retomber ses mains lorsqu'il les lâcha. Il sentit de la rage monter en lui. Et dire qu'il n'avait pas torturé cette saloperie de Matberger. S'il avait su, il l'aurait descendu dans la cave avant de passer la nuit à le découper en morceaux.

Trois jolis trous pour trois gaillards en rut, voilà comment on fait d'une fleur une pute.

En essayant d'être le plus délicat possible, il lui prit les bras et la secoua légèrement.

— Mademoiselle ! cria-t-il.
Aucune réaction. La fille continuait de fixer le vide, chantant sa comptine comme si elle était seule.
Trois jolis trous pour trois gaillards en rut, voilà comment on fait d'une fleur une pute...
Elle était partie bien trop loin dans les ténèbres, bien trop loin de son enfance, de ses rêves d'avenir, perdue dans un éternel présent de violence et de larmes. Il pouvait déplacer son corps, son esprit resterait dans cette cave, à se faire battre et violer chaque seconde de son existence jusqu'au moment où le cœur se déciderait enfin à lâcher. Vu son âge, il continuerait à palpiter des dizaines d'années peut-être, sans tenir compte de l'enfer où se trouvait sa maîtresse. Il ne pouvait rien faire pour elle, personne ne pouvait rien faire pour elle. Il était trop tard.
Trois maraudeurs cachés dans une école, épiaient une fleur bien seule en heure de colle...
Sa rage s'effaça devant son impuissance manifeste. Au cours de sa vie, il avait vu des horreurs, en avait même parfois été l'auteur, mais cette fois, sans en comprendre la raison, il sentit son cœur se briser. Une petite fêlure laissant entrer un vide sidéral grandissait au fond de lui. Voir l'innocence suppliciée sans pouvoir lui apporter aide ni réconfort embruma sa vue de larmes douloureuses.
— Mademoiselle, arrêtez de chanter. Réveillez-vous ! Il est mort, il ne peut plus vous faire de mal.
Lorsqu'elle se mit à ranger ses affaires, ils lui remplirent la bouche de misères...
Il ne savait pas quoi faire. Impossible de la laisser là et pourtant, à quoi bon l'emmener ? Elle ne reviendrait jamais... La comptine s'incrustait dans sa tête comme un pieu chauffé à blanc. Une vision fugitive le propulsa dans une cour où des enfants faisaient la ronde autour de lui. Main dans la main, garçon et filles en uniforme de l'école élémentaire de Cloudshrei chantaient ces ignobles paroles. « Trois jolis trous pour trois gaillards en rut... ». Il tournait sur lui-même, voyant défiler le visage des gosses marqué par la consanguinité, sourire aux lèvres, l'invitant à se joindre à eux. « ... voilà comment on fait d'une fleur une pute ». La ronde accéléra et bientôt, la multitude de visages enfantins se superposa pour n'en faire plus qu'un, hermaphrodite aux traits inhumains, rejeton d'une gargouille

et d'un incube lépreux. Il sentit le vertige l'aspirer vers l'intérieur de son corps. Chutant dans le vide, il observait le visage s'éloigner en brillant de plus en plus au fur et à mesure que la distance augmentait et finit par devenir une étoile parmi les autres dans son univers interne. La vision s'éteignit, il se retrouva dans la cave, agenouillé devant la jeune fille.

— Mademoiselle, s'il vous plaît, arrêtez de chanter, gémit-il en redoublant de larmes.

Trois jolis trous pour trois gaillards en rut, voilà comment on fait d'une fleur une pute...

Il devait faire quelque chose, sortir de cette impasse, trouver une solution. Sa raison vacillait sous le rythme de la comptine. Elle résonnait au fond de son crâne, enrobait ses pensées d'une pâte visqueuse, répandait une langueur le long de ses membres, ouvrant à tout son être les portes du néant.

— S'il vous plaît, réveillez-vous...

Trois jolis trous, pour trois gaillards en rut, voilà comment on fait d'une fleur une pute...

Sentant son propre esprit en danger, il voulut s'enfuir, remonter les escaliers et sortir de ce chalet maudit, mais son corps refusait déjà de répondre aux injonctions de l'instinct de survie. Un bref instant, il se vit coincé dans la cave pour l'éternité, en compagnie de la jeune fille qu'il percevait maintenant comme un démon, une sirène hypnotisant les hommes trop proches de sa prison, le cerveau dissous par une comptine. Pris de panique, il posa ses mains autour de son cou. Ses larmes coulaient sur le visage de l'ensorceleuse.

— Arrête de chanter ! hurla-t-il.

Elle ne l'entendait toujours pas.

Trois maraudeurs sont devenus fleuristes...

Il commença à serrer.

... ils vendent les fleurs à leurs amis minist...

Il sentit le flux de sang dans la carotide venir frapper l'intérieur de son pouce, cherchant à forcer le passage. La fille ne faisait aucun mouvement, la bouche ouverte sur le dernier mot qu'elle ait pu prononcer, le regard absent. Il était peu probable qu'elle se rende compte de ce qui lui arrivait. Son visage rougit, des veines éclatèrent dans le blanc de ses yeux. Il serra de plus en plus fort, gémissant des « Arrête... !

Arrête… de chanter ! ». Un filet de bave coula de sa bouche et vint tomber sur le nez de la jeune fille. Les yeux embués, il percevait seulement les changements de teintes sur le visage flou. Les paroles de la comptine se mélangeaient dans sa tête, tournaient en boucle, en canon… « Trois jolis trous pour trois jolis trous pour trois jolis trous pour trois gaillards en rut… ». Il frotta ses yeux sur la manche de son treillis afin d'essuyer le flot de larmes l'aveuglant, tout en continuant de serrer le cou de toutes ses forces…

Au moment où le pouls cessa de cogner contre l'intérieur de son pouce, une lumière étrange apparut au fond des yeux de la jeune fille. Ses iris brillèrent comme des émeraudes au soleil. La lumière s'amplifia et recouvrit bientôt tout l'espace autour de lui. Si bien qu'il ne put déterminer si elle sortait pour l'entourer ou s'il plongeait dans les profondeurs de l'âme s'échappant du corps. Illuminée par ce nouvel éclairage, la cave perdit en substance et sembla devenir un décor illusoire, un mirage entretenu par les ténèbres des sens, se délitant sous l'effet d'une réalité suprasensible. Il regarda ses mains avec curiosité, lâcha le cou et les fit tourner devant ses yeux. C'étaient bien ses mains, pourtant elles ne lui étaient plus familières, comme s'il les découvrait pour la première fois. Tout son corps lui susurrait cette sensation d'être seulement un locataire transitoire, un hôte éphémère prenant possession d'un véhicule n'appartenant à personne. Lui-même était simplement un point, sans dimension, relié à tous les points du Cosmos, partout et nulle part. Il se savait dans un corps mais n'en était plus prisonnier, se sentait vivre autant dans les murs, les escaliers, le matelas, que dans l'enveloppe l'ayant accompagné toute sa vie. Pour le remercier de l'avoir sortie des enfers, elle l'avait libéré. Plus rien ne serait jamais comme avant. Toutes ces émotions dépourvues de lumière, la rage, la colère, la haine, se révélèrent à ses yeux telles qu'elles étaient, telles qu'elles ont toujours été sans qu'il puisse le comprendre, des mirages provoqués par les voiles d'Isis. La notion de mortalité fut balayée comme un non-sens grotesque. Je suis Tout et Un, Éternel et Omniprésent. Le temps n'existe pas, il découle seulement d'un bluff de la Maya. Une félicité inimaginable s'empara de lui, rabaissant tous les plaisirs vécus dans son sommeil à de pauvres sensations fades et ennuyeuses. Il pensait connaître son Dieu, il venait de le rencontrer. Tel Moïse après le mont Horeb, il pouvait désormais le regarder face à face, se voir en Lui et en toutes choses. Il pensait encore, s'émerveillant de voir sa personnalité aussi illusoire que tout le reste. Tout en profitant de cette béatitude, il rit de son personnage se postant au-dessus des autres, de ses pensées et ses croyances aussi fallacieuses que celles de n'importe qui. Rien n'existe car Tout est Un. L'omniscience du Point efface toute philosophie ou métaphysique. Je Suis ! Aucun autre verbe ni pronom personnel ne peut avoir de réalité. Je Suis le Tout. En tournant la tête sur le côté, il vit une vapeur prendre forme petit à petit. La silhouette d'un corps humain se dessina et bientôt, il put distinguer un moine portant un enfant sur le bras gauche. L'enfant le regardait en souriant. Il se releva pour s'approcher de l'apparition. Son corps était d'une légèreté surnaturelle, il sentait à peine le sol sous ses pieds et aucun de ses muscles en action. Lorsqu'il tendit les bras pour prendre l'enfant, le moine disparu, emportant avec lui le chérubin…

Il resta un long moment debout, sans bouger, laissant ses pensées libres puisqu'elles n'avaient plus personne pour les nourrir. Le temps était difficilement mesurable. Était-ce dix minutes ? Une heure ? Une nuit ? Aucune importance ! Petit à petit, il eut l'impression de réintégrer son corps, bien qu'une partie de lui ne l'eût jamais quitté. La cave redevint sombre et crasseuse, la lumière s'évapora, le laissant à nouveau dans le monde d'après la Chute. Heureusement, la sensation d'extase se maintenait, moins intense, certes, mais toujours présente. Le suintement des murs en béton, l'ampoule bien trop faible pour prétendre apporter la lumière, l'odeur de pisse, la cave redevenait lentement un lieu d'expiation où nulle âme autre que celles de démons ne méritait d'entrer.

Il sentit soudain une vive douleur au niveau de son bas ventre. Baissant la tête, il aperçut la bosse déformant son pantalon. Il bandait. Il bandait si fort que cela en était douloureux. Son sexe voulait sortir et tentait de se frayer un chemin à travers les épaisses couches de tissus du treillis. Sa stupeur effaça les dernières traces de béatitude. Pourquoi bandait-il ? La rencontre avec la divinité avait-elle réveillé son serpent ? Était-ce une réaction physiologique normale après ce genre d'expérience ? Il n'avait jamais entendu parler d'une telle chose. Ses pensées se bousculaient au fond de son crâne fraîchement enténébré et la douleur en profitait pour s'élever. Il déboutonna son pantalon, sortit son membre et l'observa. Il ne l'avait jamais vu aussi gros et rouge, comme si une abondance excessive de sang était venue se perdre dans son appendice. La douleur ne faiblissant pas, il eut l'impression que son sexe allait exploser. Cherchant toujours à comprendre la cause de cette érection aussi aberrante que démesurée, il restait immobile, balayant la pièce du regard en quête d'un lavabo ou d'une bassine d'eau pour éteindre cet incendie libidineux. En apercevant le cadavre de la jeune fille, une idée pénétra dans son esprit et s'installa comme une évidence. Il était élu, l'apparition du moine à l'Enfant en était la preuve. Son Dieu lui demandait donc de faire un miracle. La jeune fille, en mourant, l'avait réveillé. Maintenant, il devait lui rendre la pareille et la ramener à la vie. C'était la seule explication logique à cette érection si vive et douloureuse. La puissance de sa Kundalini allait ressusciter la martyre et le prodige serait accompli, le libérant de ce Monde afin de laisser son âme voguer vers d'autres sphères d'existence. Il ôta son pantalon, se rapprocha du corps et écarta doucement les jambes encore tièdes. Prenant soin d'être très délicat, il s'allongea sur elle, sa main guidant son pénis à l'entrée du vagin avant de l'introduire lentement. La douleur se calma, malgré la rugosité du passage. Il la regardait dans les yeux et commença les mouvements de va et viens avec son bassin. Ne voyant pas de résultat probant, il susurrait des « réveille-toi ». Ses murmures s'intensifièrent au rythme de ses coups de reins pour devenir un cri lorsqu'il éjacula. L'extase fut si intense qu'il crut s'évanouir. Jamais il n'avait ressenti ce genre de plaisir. Totalement différent de ce qu'il venait de vivre quelques instants plus tôt, ce n'était ni plus intense ni plus agréable, seulement incomparable. Sur le moment, perdu dans les vapeurs sucrés de sa jouissance, il se rendit compte qu'il ne pourrait plus jamais faire l'amour. Aucune personne ni aucun fantasme ne parviendrait à le mener aussi haut sur l'échelle de Jacob. Il avait vécu de nombreuses petites morts, il venait de découvrir la Vie. Revenant à lui, il se releva et remonta son pantalon. Ça n'avait pas marché, elle ne s'était pas réveillée. Mais pourquoi ? Il s'accroupit et lui parla doucement à l'oreille.

— Vous m'entendez... ? Vous êtes là... ? Essayez de bouger les paupières ou juste un doigt si vous m'entendez... ?

Il colla son oreille sur sa bouche espérant entendre ou sentir un mince filet d'air, puis sur sa poitrine. Le cœur ne battait toujours pas. C'était incompréhensible. Pourquoi une telle érection ? Pourquoi lui demander de jouir en elle si ce n'était pour lui permettre de revivre ? Il tenta un massage cardiaque et finit par s'écrouler en larmes, gémissant des « reviens, je t'en prie », « réveille-toi, s'il te plaît »… Il pleura un long moment sur le corps de la jeune fille, ayant l'affreuse impression qu'après lui avoir montré le Ciel, son Dieu venait de lui tourner le dos.

— Qu'ai-je fait ? Pourquoi m'abandonnes-Tu ? Laisse-la revenir, il faut qu'elle revienne…

Ses lamentations restèrent lettre morte, son Dieu semblait trop loin pour les entendre. Il lui fallut plusieurs heures pour extirper toutes les larmes de son corps et la douleur de son âme. Lorsque ses glandes lacrymales ne furent plus capables de produire la moindre goutte, il se releva, monta les escaliers pour retourner dans la pièce où Georges commençait lentement sa décomposition. Le jour allait bientôt se lever. La main sur la poignée de la porte, il s'arrêta et lança un regard vers la trappe de la cave. Il ne pouvait pas partir comme ça, la laisser là avec ce gros porc. L'emmener ? Mais où ? Sa tête bouillait, les idées contradictoires s'entrechoquaient avec violence. Démuni, ne sachant plus quoi faire, il les observait, attendant que l'une d'elles prenne le dessus et lui indique enfin la marche à suivre. Il venait de vivre une expérience extraordinaire, un évènement unique qui changerait sa vie à jamais. Et pourtant, le miracle ne s'était pas accompli. Avait-il mal fait les choses ? Tournant dans la pièce, la tête penchée par le poids des questions, il s'arrêta devant la fenêtre, observant le ciel blanchir à l'horizon. Ses yeux se posèrent sur le pick-up de Georges, garé devant le chalet, un vieux Ford bleu, mangé par la rouille. Un jerrican d'essence se trouvait dans la benne. Il sortit le chercher, vérifia le contenu et revint à l'intérieur pour le déverser dans la pièce. Il arrosa le cadavre de Matberger avec les dernières gouttes puis mis le feu avant de sortir.

Pourquoi ne s'était-elle pas réveillée ? Tout semblait parfait pour que le miracle s'accomplisse… La lumière du jour donnait un peu de couleurs aux arbres tordus. Au loin, le chant d'un coucou en quête de femelle résonnait sur la plaine boueuse. Sur le sentier, un homme venant de perdre toutes ses illusions marchait en direction de sa voiture. Le chalet s'était mué en immense brasier, envoyant sa fumée noire à la conquête des cieux. Pourquoi ne s'était-elle pas réveillée ? Lorsqu'il fut proche de sa voiture, une détonation retentit. Les flammes avaient eu raison de la bouteille de gaz. Pourquoi son Dieu ne l'avait-Il pas ressuscitée... ?

XI

Poussés par la brise, les nuages envahissaient le ciel. À l'étage du bâtiment de l'inspection générale, deux commissaires cuisinaient Caritas depuis plus d'une heure. Il était arrivé de bonne humeur, très serein sur l'enquête au sujet de la mort de Tarval. Il ne risquait pas grand-chose, au pire, il serait renvoyé. Ses états de services lui éviteraient la taule et même celle-ci ne l'effrayait pas. Sa seule hantise, sur le moment, était l'envoûtement dont il pensait être la victime. L'apparition du pendentif avait foutu sa vie en l'air, plus rien ne fonctionnait. Ses cauchemars, sa bagnole, son flingue et maintenant des hallus allant jusqu'à le faire tuer un type sans défense. Il devait absolument remédier à ce problème...

— Quelles étaient vos relations avec l'inspecteur Cadéo ?
— Professionnelles.
— Uniquement professionnelles ? Vous n'aviez pas de contacts en dehors du travail ?
— Non, Laurent était un solitaire. Il ne venait jamais boire un coup avec les collègues après le boulot. Je crois qu'il ne sortait pas beaucoup de chez lui. Pas de famille, pas d'ami non plus. Il vivait seulement pour son job. Coincer des salopards, c'est la seule chose qui le faisait se lever le matin.
— À l'hôpital, sa prise de sang a révélé un taux d'alcool de 1,6 gramme. Vous saviez qu'il était en état d'ébriété lors de l'intervention à Sulidro ?
— Il n'était pas saoul. Certainement des restes de la veille. Laurent buvait pas mal, le soir, pour s'endormir. Il avait peut-être la gueule de bois mais n'était pas saoul.
— 1,6 gramme en début d'après-midi, ça fait de sacrés restes, insista la commissaire Klostil.

C'était une nana assez jeune semblant sortir des grandes écoles, avec les cheveux bruns attachés en queue de cheval et le visage angulaire, dont la pâleur faisait ressortir le rouge à lèvres carmin. Son corps, bien que musclé, était suffisamment maigre pour indiquer une nervosité contenue. Elle n'avait certainement pas besoin de faire attention à ce qu'elle mange, son stress devait bouffer la moindre part de graisse essayant de se faire une place. Caritas la regarda d'un air fatigué, comme s'il éprouvait de la peine pour elle. Il souffla lentement, afin de bien appuyer le message qu'il cherchait à lui transmettre au-delà des mots.

— Si vous en êtes à mesurer les restes, je ne sais plus quoi vous dire...

— L'inspecteur Cadéo était-il tous les jours dans cet état ?

— Oui et non. Il n'avait pas une vie facile. À Sulidro, je lui avais demandé de se poster à l'arrière afin de nous couvrir. Il ne m'a pas écouté.

— Vous saviez donc qu'il n'était pas sobre le jour de l'intervention ? continua Klostil.

— Sobre ? répéta Caritas en éclatant de rire. Vous connaissez des flics sobres ? Même lorsqu'on ne boit pas, on n'est jamais sobre. Vous avez déjà été sur le terrain ? Vous avez déjà dû interpeller des mecs qui vous enverraient faire votre formation dans un bordel de Birmanie avant de vous vendre pour une bouchée de pain au premier clochard venu ? Vous avez déjà ramassé un bébé mort de faim dans le squat d'un couple de junks ? De faim, lorsque ce n'est pas d'overdose... Vous est-il arrivé de devoir ouvrir des sacs poubelles remplis de membres découpés et tenter de reconstruire les corps comme un puzzle macabre ? Arrêtez de me faire chier avec vos conneries ! Laurent était un bon flic. Le boulot a fini par le bouffer et il se sentait obliger de boire pour ne pas se tirer une balle dans la tempe. Mais en dehors de sa déprime, c'était l'un des meilleurs de la ville. Il faisait cracher le morceau à n'importe qui et n'avait pas son pareil pour débrouiller la vérité du mensonge. Alors, oui, il était peut-être encore un peu ivre ce jour-là mais même avec trois grammes dans le sang, il était toujours plus efficace que nous trois réunis.

Il venait de passer du rire à la colère. Son ton se chargeait à chaque phrase d'une violence à peine retenue.

— Calme-toi, s'il te plaît, intervint le commissaire Bergoltier. Nous sommes là seulement pour tenter de comprendre ce qu'il s'est passé hier, dans cet appartement de l'avenue Théophile Briant. Les circonstances de la mort de l'inspecteur Cadéo pourraient avoir eu des conséquences sur ton comportement.

Caritas connaissait Bergoltier de réputation. Il fut un flic très apprécié à une époque. En poste à la section du grand banditisme, les pots-de-vin ont eu raison de son intégrité. Après un scandale ayant éclaboussé son service, il fut transféré à Interpol durant quelques années, le temps de se faire oublier, avant de venir finir sa carrière à l'inspection générale. Il avait les cheveux courts, les yeux clairs et le sourire facile. C'était un brave type à n'en pas douter, un de plus à avoir mordu la poussière, englué dans la mélasse des bas-fonds. Caritas se calma et répondit d'un air encore plus las.

— Ça n'a aucun rapport, je vous ai déjà expliqué cent fois ce qu'il s'est passé. J'avais le soleil dans les yeux, j'ai tiré le rideau et en me retournant, j'ai cru voir Tarval avec un flingue dans la main. Je ne sais pas moi, c'était peut-être un reflet du soleil sur un bibelot ou un truc dans le genre. Je l'ai vu avec une arme, j'ai agi instinctivement, point.

— Vous avez cru voir ou vous avez vu une arme ? demanda Klostil.

Il la regarda comme s'il s'agissait d'un extra-terrestre attardé cherchant sa fusée dans un dé à coudre, puis tourna les yeux vers Bergoltier.

— Dis-moi Bergo, t'as dû faire une connerie énorme pour devoir te coltiner une collègue pareille.

— On doit rassembler un max d'éléments pour comprendre ton acte. Plus vite tu répondras aux questions et plus vite on pourra vaquer à nos occupations. Alors s'il te plaît, essaie d'être conciliant.

— Je veux bien, mais il faudrait éviter de me poser des questions débiles...

Les deux commissaires continuaient de fouiller sa vie, cherchant à enfermer sa psyché dans un rapport avec l'aide d'outils préhistoriques. Il eut l'impression d'être sur une table d'opération où deux chimpanzés en blouses blanches soufflaient sur son crâne en espérant l'ouvrir, tout en restant surpris que cela ne fonctionne pas. Il avait d'autres choses à foutre, putain ! Il devait s'occuper du pendentif. Tout en répondant aux deux singes, une partie de ses pensées tentèrent de remettre de l'ordre dans ces dernières semaines. Son enquête sur les meurtres à la dague commis au Pays-Bas, en Angleterre et en Italie ne lui avait rien apporté. Il ne lui restait qu'une seule voie à suivre, celle de Lazo. Il devait le pister et si ça ne menait à rien, le choper loin de tous les regards et lui faire cracher tout ce qu'il sait, même s'il ne sait pas grand-chose. Il pouvait aussi retourner interroger Antoine, essayer de creuser un peu plus. Soudain, les paroles de Lazo lui revinrent en mémoire. Ce fils de pute a prétendu que la vieille et Antoine étaient morts depuis longtemps. Il le prenait pour un con ? Peut-être n'était-il pas au courant qu'ils vivaient encore. Rien ne tenait la route dans cette histoire. Si Lazo a tué Dimitri avant de disparaître dans la nature, pourquoi n'a-t-il pas tué sa mère ? Tous les autres disciples sont morts. A-t-il effacé ses traces en les éliminant un par un ? Dans ce cas, pourquoi laisser Antoine en vie ? Peut-être avait-il essayé de le supprimer et l'avait laissé pour mort. Antoine aurait survécu et l'ayant reconnu, a préféré ne pas porter plainte ni signaler l'incident. Parce qu'il croyait en lui ? Parce qu'il l'aimait ? Il a l'air tellement tordu cet abruti de sataniste Christo-vénusien, ça ne serait pas étonnant !

— Caritas ? T'es avec nous ?

Un peu trop entraîné par son courant de pensée, il n'avait pas entendu la dernière question et restait le regard vide, plongé à travers la fenêtre du bureau. Il allait enfin pleuvoir... D'après les infos, la pluie s'était déjà invitée sur une grande partie du pays et la ville allait être abreuvée à son tour. Après deux mois d'une sécheresse saharienne, la vue de ces nuages blancs, se teintant de gris peu à peu, suffisait à rafraîchir l'esprit, comme la promesse d'un jour nouveau lorsque Vénus disparaît lentement... Merde, les conneries d'Antoine venaient s'incruster dans ses réflexions !

— Caritas ?

— Oui, pardon, répondit-il en fixant Bergoltier.

— C'est qui Antoine ?

Caritas se raidit soudainement. Avait-il pensé à voix haute sans s'en rendre compte ?

— Personne, bafouilla-t-il, faisant un geste de la main pour évacuer la question.

— La commissaire te demandait la nature de tes rapports avec mademoiselle Nastier.

— Professionnelles.

— Seulement professionnelles ? insista Klostil.

Il la regarda sans chercher à marquer son mépris pour cette nana si fière de son grade alors qu'elle ne connaissait rien à la vie. Elle ne l'aimait pas, ça se voyait. Si ça se trouve, elle détestait tous les mecs, cette conne. Encore une qui ne s'est pas fait violer par le bon. Il fit un effort pour rester calme.

— On baisait ensemble. C'est bon ? Satisfaite ?

— Régulièrement ?

— Dans notre boulot, il n'y a pas trop de place pour la vie de famille, alors, on s'arrange entre nous. Au moins, on sait que l'autre ne nous cassera pas les couilles si l'on n'est jamais à la maison. On ne vous a pas appris ça à l'école ?

— Tout ce que nous pourrons savoir sur toi et tes relations peuvent nous aider à t'innocenter, reprit Bergoltier. Tarval était une crapule et franchement, ça ne serait que de moi, je te donnerai une médaille. Seulement, notre travail, c'est de déterminer si l'homicide était volontaire ou accidentel, si tu avais toute ta raison ou non. Je sais que c'est chiant et moi aussi je préférerais être en train d'interroger un vrai pourri, mais ce n'est pas nous qui décidons.

— Oui, je comprends, répondit Caritas épuisé par toutes ces conneries.

— Lorsque vous couchez avec l'inspectrice Nastier, diriez-vous que vos rapports sont normaux ?

— Que voulez-vous dire ?

— Sadomasochisme, fétichisme, scatophilie...

Il sentit un flot de colère venir inonder sa tête, une poussée magmatique remontant à toute allure la cheminée du volcan. Au même instant, la commissaire tourna un regard interrogateur vers Bergoltier. C'est à ce moment que tout devint clair. Il s'était fait baiser. Depuis le début, elle n'était qu'un leurre pour le pousser à la faute. Bergo menait la danse et avait certainement préparé toutes les questions. Klostil, n'étant peut-être même pas commissaire, lui posait les questions les plus idiotes, les plus indiscrètes et les plus rageantes. Dans ce genre de manip, on prend la première venue assez bonne actrice pour faire sortir le suspect de ses gonds. Personne n'aime se faire emmerder par une gamine venant tout juste de perdre son acné. Bergo avait de la bouteille et assez de vice pour lui jouer une partition vieille comme l'invention de l'interrogatoire. Caritas avait plongé la tête la première. Il stoppa la montée de lave juste avant l'irruption et laissa un sourire se dessiner sur son visage.

— Je peux vous faire une démonstration si vous n'êtes pas trop coincée. C'est quoi votre truc ? Je vous vois bien fantasmer sur les matraques en cuir de nos services. Vous avez décidé d'entrer dans la police pour cette raison ? À quel âge cette soudaine vocation est-elle venue remuer vos hormones ?

Interloqué, Klostil le regardait ne sachant quoi répondre. Il parlait si calmement, sans relâcher son sourire, décontracté, les doigts croisés reposant sur son bas-ventre. La sérénité des deux commissaires pris du

plomb dans l'aile. Caritas sentit avec satisfaction la naissance du malaise survolant la pièce.
— Tu refuses donc de répondre à cette question ? intervint Bergoltier, après un moment
— Vous n'êtes pas psy, alors arrêtez de me saouler avec vos questions à la con. Je vous ai répondu au sujet de Tarval, vous avez en détail tout le déroulement depuis ma sortie du poste jusqu'au moment où je lui ai tiré dessus. Vous connaissez mes antécédents avec lui. Comment je baise et avec qui, ça me regarde !
— OK, revenons sur Tarval, embraya Bergo. Tu persistes à dire que ton acte n'était pas prémédité ?
— Demande à Cathy, je voulais le prendre vivant. Le boss a été très clair après la mort de Laurent. Il savait que tout le poste avait envie de flinguer cette ordure et forcément, ça allait lui retomber dessus. Si j'avais voulu le buter, j'y serai allé seul, je n'aurai pas demandé l'aide du groupe d'intervention puisqu'avec eux, il est impossible de magouiller. Tu es bien placé pour le savoir...

Il venait d'envoyer un direct en dessous de la ceinture. Il y a plusieurs années, lors d'une descente chez des dealers, le rapport du groupe d'intervention avait entraîné la dissolution du service dont Bergoltier avait la direction, l'obligeant à s'exiler. Ce dernier prit le coup avec philosophie, sans chercher à l'esquiver et sourit à son tour.

— Ça vous arrive souvent de prendre les reflets du soleil pour des armes ? demanda Klostil.
— Je vous prends bien pour une commissaire, alors...

Il n'en avait plus rien à foutre. Maintenant que leur petit jeu était clair, il n'avait plus envie de faire semblant de les prendre au sérieux. Il laissa ses yeux se balader entre le ciel en partie recouvert du matelas blanc-gris et les deux enquêteurs. Ceux-ci ne semblèrent pas du tout comprendre sa réponse et l'expression de leur visage feignait la perplexité. Un doute vint s'immiscer par une petite porte oubliée de sa conscience. L'entrevue est officielle. Si cette affaire allait jusqu'au procès, le rapport serait forcément mentionné et il serait impossible de justifier qu'un commissaire de l'inspection générale ait mené un interrogatoire pour un cas d'homicide avec une figurante. Bergoltier prenait des risques énormes, le procès pourrait être annulé pour vice de forme.

— Dis-moi Bergo, tu joues souvent au poker ?
— Jamais, répondit-il si naturellement que ce ne pouvait être un mensonge. Pourquoi ? Tu penses que je suis en train de bluffer ?

— Non, pas spécialement, c'était juste une question.
Klostil se pencha pour murmurer à l'oreille de son collègue. Caritas perdit le sourire, écartelé entre deux options inconciliables. Si Klostil est réellement commissaire, alors il faut brûler le service et toutes les écoles de police. Bergo en abruti suprême ne se rend même plus compte que tout est fini. Inutile de continuer à faire le flic dans un monde de débiles profonds, autant les laisser s'entre-tuer ou se jeter dans l'abîme. Mais, si c'est une actrice, cela signifie qu'il n'ira jamais jusqu'au procès. Dans ce cas, il n'a pas à les laisser continuer de tripoter ses neurones avec leurs griffes molles et souillées. Caritas se leva de son siège.
— Vous êtes bien gentils mais j'ai autre chose à foutre. Je pense que l'on a terminé. J'ai répondu à toutes vos questions et décrit en détail les évènements d'hier. Sur ce, je vous laisse finir votre rapport sans moi.
— Attends une seconde, s'il te plaît. Durant tout le déroulement de l'enquête, tu ne peux plus exercer tes fonctions. Tu t'en doutes…
— Le contraire m'aurait étonné, répondit-il en sortant sa carte et son flingue pour les déposer sur le bureau devant lui.
— Tu dois rester à notre disposition alors je te demanderai de ne pas quitter la ville.
— Ça va, je connais la procédure, souffla Caritas en passant la porte.

Le bâtiment de l'inspection, un hôtel du XVIIIe siècle réaménagé en fourmilière, grouillait de flics aigris, de ratés cherchant à faire payer aux autres leur incompétence et leur vie de merde, d'idéalistes débiles totalement déconnectés de la réalité, de ripoux dont on ne savait plus quoi faire en attendant leur retraite… Les fonctionnaires allaient et venaient entre les bureaux, les bras chargés de dossiers ou de tasses de café. Caritas, humant l'odeur de l'arabica, se rendit compte que les deux charognards ne lui en avaient même pas proposé. Tout se perd…
Il sortit et se dirigea vers l'arrêt de bus. Cathy l'avait déposé le matin même avant de se rendre au commissariat. Elle allait se sentir bien seule, la pauvre. Basile ne reviendrait pas avant un bout de temps et lui… lui ne pouvait savoir s'il reviendrait un jour… En marchant sur le trottoir, il tentait de se décider sur la meilleure des deux options. Aller chercher Lazo dans sa ferme ou retourner à Blancy interroger Antoine. Ce dernier savait certainement bien plus de choses qu'il n'en voulut dire lors de leur rencontre. Quant à Lazo, vu le morceau, il risquait de devoir jouer des phalanges pour le mettre à table. Le bus s'arrêta, Caritas s'installa sur le premier siège de libre à l'avant. Son humeur belliqueuse le poussait

à choisir Lazo comme première étape de son désenvoûtement. Il devrait se rendre à son domicile ou traîner sur la place Saint-Denis, là où, selon Zwang, il a l'habitude de faire la manche. D'un autre côté, les deux blaireaux de l'inspection n'allaient pas le laisser tranquille et s'il devait quitter la ville, il valait mieux le faire le plus tôt possible. Surtout avec ces saloperies de journaleux. Il ne serait pas étonnant que dès le lendemain, la nouvelle de sa mise à pied fasse le tour des gazettes. Ces fouille-merdes allaient en profiter pour décortiquer toutes ses enquêtes et le traîner dans la boue. Il n'y a rien de plus jouissif pour les marchands de vent que de salir le passé d'un flic honnête. Caritas n'avait jamais touché de pot-de-vin ni falsifié de rapport mais en cherchant bien, on pouvait toujours trouver quelque chose pour montrer à la face du monde qu'il n'a jamais été qu'un ripou. Les langues allaient se délier et même ses indics prendraient un malin plaisir à divulguer certaines méthodes peu orthodoxes dont il était coutumier. À sa décharge, il ne voyait pas comment faire parler une personne ou la motiver à trouver des infos sans récompense ni punition. La technique « Bonjour, monsieur, excusez-moi, auriez-vous vu Tarval ces derniers jours ? Non ? Bon tant pis, je vous remercie. Je vous laisse ma carte si par hasard vous le croiserez », « Sûr mon pote, on s'téléphone on s'fait une bouffe ». On imagine aisément les résultats. La carotte ou le bâton, c'est le seul moyen d'obtenir des renseignements. Si comme il le pensait, les journaux sortaient un article sur lui, Antoine n'aurait plus aucune raison de répondre à ses questions, bien au contraire. Il devait retourner le voir dès aujourd'hui et s'il a la possibilité d'interroger la vieille, penser à la questionner sur Lazo. En connaissant mieux son passé, il pourrait peut-être plus facilement trouver une faille. Le bus s'arrêta rue Daïnon, à deux minutes du poste. Les nuages noircissaient sans se presser. Ils recouvraient maintenant la totalité de la voûte céleste, assombrissant un peu plus la grisaille des bâtiments. On avait l'impression d'être en fin d'après-midi. L'air se chargeait de l'odeur d'humidité et d'une tension électrique jouant avec les nerfs des personnes fragiles. Caritas se rendit sur le parking, grimpa dans sa voiture et roula en direction du périph.

Après le traditionnel embouteillage pour sortir de la ville, il prit la direction de Blancy. La radio crachait un morceau de Led Zeppelin lorsque les premières gouttes atteignirent l'autoroute. La température baissa soudainement et Caritas releva la vitre, observant le ciel noir à l'horizon. Les notes discordantes du frottement des essuie-glaces sur le pare-brise vinrent gâcher la musique. Celui du côté passager était foutu et commençait à graver une jolie courbe dans la vitre. Cet empaffé de mécano n'a même pas été capable de lui filer une bagnole potable. Il n'avait certainement pas prévu la pluie et encore moins devoir passer autant de temps sur la panne. Ça ne l'excusait pas... Il serait bon pour changer le pare-brise lorsqu'il lui rendrait sa poubelle roulante. La pluie s'intensifiait, les essuie-glaces ne parvenaient plus à évacuer l'eau correctement. Pour pallier le manque de visibilité, Caritas dut lever le pied. Il finit par se guider grâce aux feux arrière de la voiture juste devant lui. Les grosses gouttes mitraillaient la carrosserie, noyant la radio sous une rafale de balles acoustiques. Des flaques commençaient à se former à certains endroits de la route. Au loin, il entendit le grondement du tonnerre. Il roula plus de deux heures, profitant des accalmies pour accélérer avant de se remettre à suivre lentement le cul d'une voiture. Il passa tout le trajet à pester sur l'incompétence du mécano. Entre deux jurons, il se calmait un peu, avouant que ce crétin n'y était pour rien si tout cela venait de son envoûtement, avant de repartir sur une série d'insultes. Il sentait une pression, comme si une onde vicieuse cherchait à entrer de force dans son cerveau et que le seul moyen pour lui barrer le passage était de se maintenir dans une colère continue. Caritas sortit au niveau d'Yraâd, la petite ville réputée pour son musée de l'inquisition et sa production de piment, puis continua durant plus d'une heure sur les petites routes de campagne. Les trombes d'eau martelaient le bitume, pliant les cultures sous leur rage dévastatrice. Le ciel anthracite descendait, semblant toucher la cime des arbres et vouloir engloutir la totalité du monde. Le paysage apocalyptique, tout en nuances de gris, prenait l'apparence de vieilles photos.

Après plusieurs heures de conduite exténuante, il finit par atteindre la forêt. La foudre vint s'écraser dans un champ tout proche des premiers arbres. Les larges branchages recouvrant la route retinrent une grande partie des larmes célestes et lui donnèrent l'impression d'être arrivé dans un lieu protégé du déluge, une arche végétale formant un tunnel sombre éclairé par le halo de ses phares. En entrant dans le village, un éclair déchira le ciel, creusant une blessure assourdissante au milieu des nuées. Suivant la direction d'Arkinston, il passa le panneau communal et pénétra à nouveau dans le cœur de la forêt. Le sentier boueux était tout juste praticable. Caritas dut faire appel à toute sa concentration pour ne pas s'enliser, passant d'un bord recouvert d'herbe à un îlot de gravier. La voiture patinait à la moindre accélération, chassant de l'arrière s'il ne gérait pas parfaitement sa vitesse. Il fut soulagé lorsqu'enfin, il atteignit la grille. Le chemin de gravier blanc allait lui permettre d'arriver au manoir sans embûche. Il s'alluma une clope, profitant du plaisir d'avoir passé le plus dur pour se décontracter. Sa tension laissa place à la fatigue. Il avait bien dormi cette nuit mais c'était loin d'être suffisant pour compenser des semaines d'insomnie. Une pesante lassitude s'empara de ses membres et de sa volonté, accompagnée par les prémices d'une migraine. Une moitié de cigarette plus tard, les arbres s'écartèrent pour laisser apparaître le manoir. Bien moins resplendissant sous ce temps, son marbre blanc semblait vieilli et prenait une teinte grisâtre face à la colère des cieux. La pluie fracassait la carrosserie à grosses gouttes, accordant leurs sons aigus aux basses du tonnerre. Garé devant les escaliers menant au porche, il termina tranquillement sa cigarette, écrasa le mégot dans le cendrier avant de se précipiter vers la porte d'entrée. Ses vêtements totalement trempés ruisselaient. Un frisson humide le parcourut lorsqu'il souleva la main tenant le globe terrestre avant de la laisser retomber contre la porte. Pas de réponse. Il reprit le heurtoir et le relança avec plus de vigueur. En faisant le geste, il eut l'impression de vouloir écraser le monde comme s'il s'agissait d'un œuf. Il recula un peu pour observer les fenêtres. Aucune lumière allumée, du moins, dans les pièces qu'il percevait. Caritas frappa à nouveau plusieurs coups de suite. Il grelottait en faisant des efforts pour ne pas claquer des dents. La température n'était pas si basse mais l'humidité s'infiltrait dans son corps, cherchant un chemin pour geler ses os. Après un bruit de serrure, la porte finit par s'ouvrir. Un homme à la carrure athlétique lui fit face. Une balafre traversait son visage, du front à la joue gauche en passant par son œil blanc. Vêtu d'une chemise beige et d'un jean, les cheveux châtain clair formant des boucles, le borgne attendit sans un mot que le visiteur s'annonce. Caritas, surpris de ne pas tomber sur Antoine, mit un peu de temps avant de prendre la parole. Il se força à regarder l'homme dans le bleu de son œil droit mais son regard était instinctivement attiré vers le blanc crémeux de la cécité.

— Bonjour… Je suis l'inspecteur Caritas.

L'homme ne répondit pas, restant immobile à le fixer durement. Caritas eut l'impression qu'un œil jaugeait l'extérieur tandis que l'autre scrutait son âme sans aucune compassion.

— Je suis venu voir Antoine, j'ai quelques questions à lui poser.

Le borgne resta muet. Le visage impassible, il semblait continuer de sonder son intérieur. De plus en plus mal à l'aise, sans doute à cause de la fatigue, de l'orage ou de ce putain d'œil blanc posé sur lui, Caritas sentit la colère gonfler dans son thorax et lui brûler l'œsophage. Il ne devait pas la laisser exploser sans pour autant l'étouffer. Elle était sa seule arme d'autodéfense contre l'aspiration du néant. Un cri venant des profondeurs pour briser l'envoûtement et lui permettre de survivre à la malédiction de la dague-crucifix.

— Est-ce qu'Antoine est là... ? S'il est absent, pourrais-je parler à madame ?

Un ersatz de sourire se dessina au-dessus du menton du borgne et sans un mot, il recula sur le côté tout en ouvrant plus grand la porte, invitant l'inspecteur à entrer dans le manoir.

Le hall était sombre malgré la blancheur du marbre. Caritas s'aperçut qu'il n'y avait plus la collection de tableaux sur les murs. Laissant l'homme refermer la porte derrière lui, il jeta un regard dans le salon. Les miroirs avaient eux aussi été enlevés. Il put voir la grande horloge et deviner dans la pénombre la forme du canapé. Son hôte le conduisit dans le couloir à droite de l'escalier puis s'arrêta devant la chambre de la vieille folle. Il tendit légèrement la main pour l'inviter à ouvrir lui-même la porte avant de se retirer. Caritas le regarda partir et tourna la poignée. La porte s'ouvrit dans un grincement. La pièce, dans l'obscurité, sentait le moisi. À travers les grandes fenêtres, il voyait les traînées de pluie frapper les carreaux. Il avança lentement, afin de laisser à ses yeux le temps de s'accoutumer.

— Madame, c'est l'inspecteur Caritas. J'aimerais vous parler de Lazo si vous le voulez bien.

Juste après ses paroles, un éclair illumina la chambre. Le flash suffisamment long lui permit de voir les milliers de livres rangées dans les grandes bibliothèques encerclant la pièce. Il perçut un murmure, le début d'un gloussement étouffé. Le murmure s'amplifia pour se muer en rire malsain. Tétanisé, Caritas entendait les battements de son cœur cogner ses tempes avec furie. Les poumons ne parvenaient plus à trouver une once d'oxygène dans l'air putride de la chambre. Des tremblements attaquèrent ses jambes et une sensation de vertige lui donna la nausée. Impossible de bouger ou de dire quoique ce soit, à la merci d'un cauchemar le harcelant depuis de trop nombreuses années. L'idée d'une hallucination ne lui vint même pas à l'esprit. Il se trouvait en enfer et le cerbère riant dans le noir allait l'enchaîner à tout jamais. Le vacarme de l'averse s'écrasant sur les vitres lui frappait l'intérieur de la tête. Le rire semblant se rapprocher, se muait en cris de douleur. Les milliers de volumes sur les étagères en renvoyaient l'écho, empêchant d'en déterminer l'origine. Des perles de sueurs glacées coulèrent de son front, les tremblements en expansion atteignirent ses mains. Un éclair vint à nouveau illuminer la pièce. Une vieille, un bâton en main se tenait à moins d'un mètre de lui, riant à gorge déployée. Caritas tomba à la renverse. La chute restaura ses capacités motrices. Dans la précipitation, il tenta de se relever, glissa sur le parquet humide, se retrouva à quatre pattes, jouant des mains et des genoux dans un mouvement désordonné afin de se rapprocher de la porte. Malgré ses efforts, il n'avait pas l'impression de gagner du terrain. L'agitation chaotique de ses membres lui permettait d'avancer, mais la sortie demeurait toujours aussi éloignée. Son pied finit par prendre appui et le propulsa à travers la porte restée ouverte. Caritas s'écrasa contre le mur du couloir et reprit sa course, renversant mobilier et bibelots sur son passage. Le rire continuait d'emplir l'espace dans son dos, il le sentait fondre sur lui. À tout moment, une main ridée l'attrapera par le col et le traînera de force au milieu de l'immense bibliothèque. Il atteignit la porte d'entrée lorsque l'une de ses jambes se déroba, le renvoyant s'écraser au sol. Il se releva en s'agrippant à la poignée et sortit. Dehors, l'averse continuait de s'abattre sur un monde maudit, les éclairs zébraient les cieux, allant frapper les arbres alentour. Caritas dévala les marches en quelques enjambées et s'engouffra dans la voiture. En cherchant les clés dans ses poches, il jeta un regard sur l'entrée du manoir. La vieille se tenait sur le perron. Sa longue robe de jais traînant sur le sol, elle posa lentement le pied sur la première marche, puis la seconde. Ses yeux le fixaient avec avidité, deux amandes noires, dont les pupilles blanches brillaient comme des étoiles perdues au milieu du vide. Sa bouche, dévoilant une paire de canines démesurées, hurlait son rire à travers l'espace infini. Paniquées, les mains de Caritas tâtaient ses poches, les fouillaient une par une. La vieille continuait de descendre, pointant l'index crochu de sa main libre dans sa direction. Il aperçut le trousseau de clés, négligemment laissé sur le neiman. Il démarra, passa la marche arrière et appuya comme un malade sur la pédale. La voiture dérapa sur le gravier, partit en trombe au moment où la vieille allait toucher la portière et fit un tête-à-queue pour se remettre dans le bon sens. L'embrayage émit un grincement sinistre lorsqu'il passa la première. Il roula à vive allure, serrant le volant de toutes ses forces. Dans le rétro, la vieille avançait tranquillement sur le chemin de gravier blanc, son rire résonnait dans l'habitacle de la voiture, couvrant le bruit du moteur.

 — Tu m'auras pas espèce de salope ! Tu peux te mettre ton bâton dans le cul, tu m'auras pas !

Il manœuvra comme un véritable pilote pour éviter de partir dans le décor. La peur, parfois, révèle en nous des talents cachés, talents que nous serions bien incapables d'utiliser en son absence. Il pénétra dans la forêt. La vieille n'apparaissait plus dans le rectangle du rétro mais son rire semblait maintenant émaner des arbres. Le vent poussait les branches vers le sol, cherchant à ralentir la voiture. L'une d'elles céda et vint frapper le pare-brise, créant une toile d'araignée vitrifiée sur tout le côté passager. Caritas ne dévia pas du chemin et passa la grille. Les essuie-glaces ne fonctionnaient plus mais la canopée retenait une grande partie de la pluie, laissant une visibilité suffisante pour suivre le sentier boueux. Là encore, la peur lui donna l'instinct nécessaire pour ne pas s'enliser. Il braquait au bon moment, accélérait ou ralentissait de façon optimale. Un champion du Camel Trophy n'aurait pu mieux faire. Le rire semblait tout proche, gagnant du terrain à chaque virage. Caritas jeta un bref coup d'œil dans le rétro intérieur et hurla en voyant les deux amandes noires. Un cri issu de la banquette arrière explosa ses oreilles. Il perdit le contrôle du véhicule, allant s'encastrer dans un gros châtaignier. Heureusement pour lui, ayant tapé avec le cul de la voiture, il ne fut pas blessé. Malgré la douleur de ses contusions, il bondit hors de l'habitacle. Se relevant avec peine, terrorisé par l'idée de trouver la vieille à l'arrière de la bagnole, il voulut se sauver, courir le plus vite possible mais une force l'obligeait à se tourner lentement vers la voiture. Il résista du mieux qu'il put puis finit par céder. Ses yeux rougis par les vaisseaux éclatés posèrent leur regard sur la banquette. Personne... Il prit le temps d'observer le chemin. La vieille, à une trentaine de mètres de l'accident, avançait dans sa direction. Il courut, évitant au maximum les profondes flaques d'eau inondant le sentier. Il devait sortir de cette putain de forêt, elle ne pourrait plus le suivre lorsqu'il aurait atteint le village. La question de savoir comment elle pouvait être aussi près alors qu'il avait roulé à toute allure resta coincée dans les méandres de son inconscient. Il courait, sentant le rire se rapprocher lentement. Il n'osait plus se retourner, ne pensait plus, totalement obsédé par le sentier, espérant que la route d'Arkinston apparaisse juste après le prochain virage. Il glissa de nombreuses fois, se vautrant dans la boue, se relevait en criant et continuait de courir. La route semblait toute proche, il ne devait pas flancher maintenant. Ses jambes brûlaient, ses veines transportaient de l'acide sulfurique de ses poumons aux extrémités de ses orteils. Elle était sûrement là, juste derrière ces buissons ou peut-être après ce virage... Caritas finit par atteindre le bitume. Ses genoux lâchèrent et il s'écroula sur le goudron trempé. Reprenant son

souffle, il s'imposa un dernier effort pour arriver dans le centre de Blancy. Il était sauvé, la vieille n'entrerait pas dans le village…
— T'as cru que tu m'avais niqué ? Sale pute ! Je vais revenir foutre le feu à toi et à ta forêt. Tu vas cramer dans ton manoir pourri, espèce de garce…

Essayant de reprendre ses esprits, il décida d'aller au poste de police communal. Il pourrait appeler un taxi et demander à l'agent municipal un peu plus de renseignements sur la veuve de Dimitri, Antoine et ce borgne. Le rapport d'enquête ne faisait aucune mention d'un borgne dans la liste des disciples. Épuisé, il poussa la porte du poste. Celle-ci ne bougea pas. Il frappa, attendit, frappa encore. Pas de réponse. Après un moment, il aperçut les horaires d'ouverture sur une plaque à côté de l'entrée. Fermé le vendredi. Merde, quel jour on est ? Il gueula en direction de l'étage, espérant que l'abruti servant de flic pour bouseux soit chez lui, puis partit vers le bar. Fermé aussi. On devait être vendredi car rien n'était ouvert le vendredi dans ce bled de merde ! Il frappa aux portes des habitations beuglant qu'il était inspecteur et avait besoin de passer un coup de fil en urgence. Il dut faire toutes les maisons du village, une par une, sans trouver d'âme charitable pour lui offrir un abri. Personne ne répondait. Ils sont où ces blaireaux ? Le vendredi, tout le monde quitte le village ? C'est pas possible… ! Après plusieurs heures à s'échiner sur les portes muettes, il décida de briser un carreau et pénétrer dans l'une des maisons. Il fouilla toutes les pièces sans réussir à mettre la main sur un téléphone. Il entra dans l'habitation voisine et ne fut pas plus heureux. Merde, ces péquenauds n'ont même pas de téléphone… Il retourna au poste de police mais ne trouva aucun moyen de forcer l'entrée. Il passa dans la salle du bar après avoir lancé un gros caillou à travers la vitre. Pas de téléphone non plus. Dépité, il se posa sur l'un des tabourets et se prit la tête dans les mains. Il devait partir d'ici au plus vite, la nuit allait bientôt tomber. Si le village restait désert, la sorcière pourrait bien se permettre de venir le chercher. Il devait absolument s'enfuir. Mais comment ? Blancy était encerclé par la forêt et pas question d'y remettre les pieds. Il n'avait vu aucune bagnole dans les rues. L'idée de rester seul ici le terrorisait. Passer la nuit dans ce village fantôme était inconcevable, il devait trouver une solution. Elle allait venir le chercher et le ramener dans la bibliothèque. Des tremblements de plus en plus intenses s'emparèrent de son corps, son cœur frappait violemment l'intérieur de sa poitrine. La pluie cessa de tomber, un trait de lumière vint parcourir la rue en face du bistrot. Il sortit, prenant ce faible halo pour un signe d'espoir et observa le soleil se coucher derrière les arbres. Il lui restait moins d'une heure…

XII

La voiture roulait lentement sur le chemin jonché de feuilles. Les arbres filtraient la lumière du jour, offrant au bois l'atmosphère mélancolique d'un été indien. Une chaleur bienfaisante, dernier reste de la belle saison, parvenait encore à repousser l'humidité. La voiture s'arrêta devant une jeune blonde en mini-jupe et corsage vert fluo. La fille se pencha et passa la tête dans l'habitacle en s'accoudant sur la portière.

— Tu as envie de t'amuser un peu ? demanda-t-elle avec un fort accent bulgare.

Il l'observa sans répondre. Elle était mignonne, assez jeune, mais ne convenait pas. Trop usée par son métier. De plus, elle traînait une sorte de poids sur la conscience, un truc pas net avec sa famille. Elle avait fait du tort à ses parents ? Voilà, c'est ça. Pour s'offrir un voyage en quête du rêve occidental, elle les avait dépossédés de tous leurs biens. Sa mère n'avait pas survécu à la trahison…

J'espère que cette nouvelle vie te plaît, pensa-t-il, tu l'as payée si cher…

— Non, merci.

Elle s'écarta de la voiture qui se remit en marche. Depuis Cloudshrei, une capacité étrange s'était développée en lui. Il percevait l'intérieur des gens. Pas réellement leurs pensées, seulement ce que leur âme portait de plus sombre et de plus sale. Leurs crimes, leur mesquinerie et leurs noirs secrets s'ouvraient à lui, projetés à l'instar d'un film sur son écran mental. La première fois, ce fut un choc et bien qu'il voulût prendre sa vision pour une fantasmagorie nauséabonde, une certitude impitoyable balaya le moindre doute. Ce jour-là, il se promenait sur les trottoirs de la ville, profitant de l'ambiance timorée d'une fin d'été. Passant devant un bistrot, il posa son regard sur un homme d'une quarantaine d'années, installé en terrasse avec sa fille de treize ans. Soudain, il se retrouva dans une chambre faiblement éclairée par une lampe de chevet et vit le bon père de famille rejoindre la môme dans son lit. La vision lui tordit l'estomac et une irrésistible envie d'arracher la tête du type faillit prendre le contrôle de son corps. Il se retint et continuant de marcher, parvint à se calmer sans pour autant effacer ce qu'il venait de voir. Une charogne, une de plus parmi tant d'autres... Ils sont si nombreux... Ce ne sont pas de réels psychopathes, on ne pourrait même pas les traiter de véritables pervers. Ce sont simplement des cons, de sinistres cons ! Ils considèrent que la femme existe seulement pour faire le ménage, la bouffe et écarter les jambes. Lorsque leur fille atteint la puberté, ils estiment être dans leur bon droit d'en profiter. Après tout, s'ils les nourrissent et les élèvent durant toutes ces années, ce n'est pas pour voir un jeune boutonneux venir leur voler la fleur cultivée avec tant de patiente abnégation. Ils s'offusqueraient si on les accusait de pédophilie, jamais ils ne toucheraient un enfant. Leur fille ? C'est une femme, la preuve, elle saigne tous les mois. C'est la catégorie de tordus la plus commune au monde et vu le nombre écœurant de réseaux vivant du commerce infantile, on peut rire en gerbant sur les progrès de notre civilisation. Quant aux mères des pauvres gosses, elles voient souvent leur propre enfant comme de la concurrence déloyale et finissent par leur en vouloir d'arriver à satisfaire leurs maris alors qu'elles-mêmes n'y parviennent plus. Les hommes sont des cons et les femmes, des garces. Finalement, ils ont l'Enfer qu'ils méritent ! À quoi bon s'évertuer à chasser les démons...

    D'ailleurs, Cloudshrei fut son dernier contrat. Aucun cierge noir ne revint brûler sur l'autel de la chapelle. La Dame lui en voulait-elle de ne pas avoir ressuscité la fille ? Il était libre et possédait ce qu'elle ne lui aurait jamais offert, son don de clairvoyance. Il était désormais son égal et pouvait décider de lui-même ses futures cibles. Peut-être attendait-elle qu'il fasse ses preuves comme un jeune adulte partant du foyer pour la première fois. Il retournera la voir, bientôt, lorsque le miracle sera accompli.

    La voiture croisa deux femmes postées à l'entrée d'un petit chemin menant au cœur des bois. Trop vieilles...

    Il lui fallut plusieurs jours pour s'habituer à ses visions. Au début, elles apparaissaient à tous moments, sans possibilité de les maintenir dans un coin de la tête. À peine le regard posé sur une personne, elles lui sautaient au visage, dévoilant avec impudence la misère quotidienne de ses contemporains. Peu à peu, il parvint à les contenir et fini par en avoir un contrôle suffisant pour leur donner l'autorisation de se manifester selon ses besoins. L'aptitude rêvée des politiciens et maîtres chanteurs...

Une autre fille lui proposa une petite promenade dans les bois. Elle avait l'âge mais aucune source de Lumière dans les yeux. Il avait déjà essayé avec ce genre de gamine, ça ne fonctionnait pas. Elles crèvent sans rien offrir en échange, inressuscitables...

Il continua de rouler, cherchant à percevoir un semblant de vie dans ces jeunes femmes vendant leur corps pour un repas ou une dose d'héro. Découvrir une perle au milieu des ténèbres demandait un travail de longue haleine. La matrice de la Lumière se trouve au fond du trou, elle ne se cache pas dans un loft de bourgeoise ou chez une étudiante bien proprette. Non, il fallait un certain vécu, une douleur transcendantale suffisante pour porter la signature divine...

La semaine précédente, étranglant une beauté traumatisée par un viol lointain, il comprit son erreur. Il les tuait avant de les baiser. Évidemment, elles n'allaient pas revenir à la vie ! L'esprit de la jeune fille à Cloudshrei était déjà dans l'au-delà, seule son enveloppe de chair persistait à vivre. Les conditions étaient alors idéales et sans pouvoir les reproduire, ses essais étaient voués à l'échec. Comment précipiter une jeune innocente dans cet état sans lui faire de mal ? L'idée d'en kidnapper une et la torturer durant des jours le fit vomir. Il était prêt à perdre une partie de son âme pour renouer contact avec son Dieu mais ne pouvait se résoudre à de telles extrémités. Une solution acceptable, ayant de grandes chances de fonctionner, était de les baiser pendant qu'elles mouraient. Ainsi, la Lumière circulerait librement à travers les deux corps, les menant ainsi à la vie éternelle. Il fallait que ça marche, il n'avait plus le choix. Il avait retourné la question dans tous les sens, corrigé ses erreurs, jeûné durant des jours, prié des nuits entières...

Il sillonnait les allées du bois des Rosières en quête d'une partenaire digne de recevoir l'immortalité. Les rayons du soleil slalomaient entre les arbres pour venir s'écraser sur les amas de feuilles et les touffes d'herbes éparses. L'air transportait l'odeur sylvestre de l'automne et les moineaux, piaillant les vertus de la vieillesse, voletaient sans but de branche en branche... Il y avait peu de monde en ce début d'après-midi, « les Rosières » s'étalant sur plusieurs hectares, donnait aux clients discrets une impression de solitude appréciable.

Passé un embranchement, il tourna la tête et aperçut une silhouette isolée sur le bord d'un chemin assez étroit. Elle s'était postée à l'endroit où les rayons du soleil se trouvaient suffisamment nombreux pour l'entourer d'un halo de lumière. Il s'arrêta, fit marche arrière et s'engagea dans le chemin. Roulant toujours au pas, il voyait la silhouette lentement se transformer en jeune fille. Elle resplendissait. Avant même d'être parvenu à sa hauteur, la certitude d'avoir enfin découvert sa compagne le fit frémir de joie. Elle portait une jupe noire descendant presque aux genoux et une guêpière en dentelles mauve assortie à son minuscule sac à main. Il arrêta la voiture et baissa la vitre, levant la tête pour observer son visage. Ses beaux yeux clairs cherchaient à masquer une tristesse incrustée au plus profond de son être. Son demi-sourire fendait le cœur et même le plus lubrique des psychopathes aurait eu envie de la prendre dans ses bras et la protéger de ce monde pervers. Son visage, d'une blancheur éclatante, respirait l'innocence profanée. Elle ne portait pas le maquillage aguichant des professionnelles et semblait à peine avoir conscience de sa condition. On aurait dit Blanche-Neige abandonnée par le rabatteur au milieu d'une forêt automnale, attendant patiemment que les sept satyres viennent lui offrir le gîte et le couvert... Gretel sortie toute chaude du four, portant la galette et le petit pot de beurre au fond de son creuset...

— Bonjour, dit-il de son timbre le plus doux.

— Vous voulez faire ça dans votre voiture ? répondit-elle d'une voix lointaine, comme si cela ne la concernait pas.

C'était elle, il l'avait enfin trouvée. Maintenant, il s'agissait de ne pas rater son coup. Des perles aussi rares, on en croisait une seule dans toute une vie. Pour lui, c'était la seconde. Déjà un miracle et surtout un signe de son Dieu lui confirmant qu'il était sur la bonne voie. Les semaines précédentes, il fut de nombreuses fois assailli par le doute. La petite voix de son ancienne morale venait lui tirer l'oreille en le traitant d'assassin et de monstre. Cette voix ne connaissait pas la Lumière et restait liée aux bases ténébreuses de ses origines. Il n'était pas un monstre. Son destin était de ressusciter les esprits coincés dans les limbes de l'existence. Les monstres font tout le contraire, ils enferment ces esprits et les maintiennent dans un coma artificiel afin de les empêcher de voir la réalité. Il n'était pas un monstre et aujourd'hui, la preuve éclaterait à la face de toute la Création, le miracle allait s'accomplir. Il ne pouvait en être autrement, elle était parfaite.

— Non, je préfère aller dans les bois si cela ne vous dérange pas. J'ai une couverture, bien sûr.

La fille, sans la moindre expression, prit un moment avant de répondre. Son esprit se promenait déjà bien loin de son corps, prisonnier d'un passé de violence quotidienne.

— Comme vous voulez, prononça-t-elle enfin, indifférente.

Il avança un peu et se gara dans un recoin. Il récupéra la couverture sur la banquette arrière et marcha rejoindre sa future épouse. Il cherchait à masquer son émotion, calmer les battements de son cœur affolé, ne pas laisser ses mains devenir moites ni ses jambes flageoler. Il se sentait comme lors d'un premier rendez-vous amoureux, presque timide devant la grandeur de l'œuvre à accomplir. Couverture sous le bras gauche, il tendit l'autre à la jeune fille. Celle-ci, le regarda un instant avant de comprendre ce qu'il désirait. Elle passa son bras dans le sien et ils s'enfoncèrent à l'intérieur des bois.

Une joie incommensurable lui plaquait un sourire béat sur la figure. Il marchait lentement, savourant la solennité de cet instant. Il se vit dans la nef d'une imposante cathédrale, avançant sur un large tapis rouge, au bras de sa promise vêtue d'une robe de mariée couverte de dentelles aux reflets dorés, suivie par les demoiselles d'honneur portant le voile immense. Lui, en smoking noir et chemise blanche, rose rouge à la boutonnière et cravate parfaitement nouée, la tête haute, recevait les acclamations des convives avec la satisfaction sobre du futur élu. Parés de leurs plus beaux costumes, rois et reines légendaires, saints et saintes d'époques différentes, le saluaient à son passage, tous réunis pour participer au sacre d'un nouveau Frère. Le lierre s'enroulait autour des statues de ses prédécesseurs entre les colonnes formées par les arbres. Quinze tableaux géants représentaient diverses figures, une étoile cuivrée brillant au-dessus d'un vieillard, un chevalier de la Table ronde, un enfant dévorant la lune et le soleil, le Christ sortant victorieux du tombeau... Dans le chœur de l'édifice, en place de l'autel, un large chêne servant de clocher naturel étalait ses racines alentour. Il fit une pause devant lui, lâcha le bras de son élue et déplia la couverture sur le sol. Les convives quittèrent les bancs et firent cercle autour du couple afin de mieux admirer le spectacle. Des chants en latin s'élevèrent, se mélangeant à ceux des oiseaux qui volaient maintenant autour du chêne sacré en piaillant de plus belle. Il la prit par les épaules et l'allongea délicatement sur la couverture. Elle souriait. Un vrai sourire, pas cette distorsion nauséeuse des lèvres désirant attirer le client. Elle avait compris...

— Toi aussi, tu les vois ?

— Pardon ? demanda-t-elle sans conviction.

Il s'allongea sur elle, embrassa son front, puis les joues et descendit lentement à sa bouche. Ses mains caressaient son corps, allant du ventre aux seins avant de chercher l'intérieur de ses cuisses. Avec une grande douceur, il fit glisser la culotte mauve le long des jambes et la déposa sur le bord de la couverture. Il dut faire de terribles efforts pour rester calme et ne pas se précipiter. Son sexe brûlait, venant soudainement de retrouver la vigueur de Cloudshrei. Le pantalon baissé, son membre impatient surgit à travers la fente du caleçon. La fille voulut le prendre dans la main mais il l'en empêcha, posant ses lèvres sur ses doigts gracieux avant de les ramener à plat sur le sol. Il enfonça son gland dans l'alcôve chaude et, encouragé par les cris de joie des convives resserrant petit à petit leur cercle, le poussa plus profondément dans la vallée spongieuse de son aimée. La jeune fille frémit de plaisir. Lui caressant le dos et la nuque, elle remuait les hanches accompagnant les mouvements de son homme. Les coups de reins de ce dernier devinrent de plus en plus rapides et violents. Le visage de son épouse perdit le sourire.

— Eh, va doucement, tu me fais mal...

— Je suis désolé mon amour...

Il ne ralentit pas, bien au contraire. Il entrait en elle avec fureur comme s'il désirait ouvrir une brèche plus large afin de s'y engouffrer totalement. Elle cria en lui demandant d'arrêter. Il posa ses mains autour de son cou et commença à serrer. Elle se débattit, le gifla, griffa ses joues... Son corps se contracta, le vagin se resserrant sur le phallus de l'agresseur. L'étranglement génital provoqua un regain de plaisir. Il fit un effort pour ne pas se laisser divertir et rester concentré...

— Je suis désolé mon amour, nous devons en passer par là...

Ayant épuisé ses réserves d'oxygène, elle laissa retomber ses mains. Lui continuait à pilonner son sexe en se retenant de jouir. Le visage devint écarlate, la salive dégoulinait le long des joues et les paupières, petit à petit se refermaient.

— Non, ferme pas les yeux, putain, ferme pas les yeux ! supplia-t-il, désemparé.

Elle ne l'entendait plus. Son corps secoué de spasmes s'avouait vaincu.

— S'il te plaît, ouvre les yeux, répétait-il en gémissant.

Le cœur émit encore quelques battements avant de s'arrêter. Malgré l'horreur des paupières masquant le regard de sa promise, il ne put retenir sa semence plus longtemps. Il n'a pas vu la Lumière ! Elle est morte sans lui offrir sa Lumière ! Il lâcha son cou et éclata en sanglots.

— Pourquoi tu fermes les yeux... ? Pourquoi tu ne veux pas revivre... ?

C'était foutu. L'assemblée venue le porter en triomphe riait maintenant en le montrant du doigt. La cathédrale commençait à s'effacer, emportant avec elle les arbres, les oiseaux et les cieux. Il était dans le vide, entouré par l'obscurité. Seul le corps sans vie de la fille restait imbriqué avec le sien. Les convives se moquant de son échec devinrent invisibles, mais leurs rires continuèrent de résonner dans ses oreilles.

— Non... Pourquoi... ? Pourquoi... ? pleurnichait-il.

La rage de l'injustice vint le faire exploser. Il frappa la poitrine de la jeune fille en hurlant.

— Ouvre les yeux, putain ! Ouvre les yeux !

De toutes ses forces, il martelait son thorax au risque de le briser. Il défoulait ses deux poings sur le cadavre encore chaud de sa bien-aimée, en lui ordonnant de se réveiller.

Les yeux de la jeune fille s'ouvrirent subitement. Une aspiration chargée de glaires suivies d'une toux sèche traversa sa gorge meurtrie.

— Oui, c'est ça, ouvre les yeux !

Il remit une main autour de son cou et recommença à serrer. De l'autre, il maintenait les paupières afin de ne pas leur permettre de se fermer à nouveau. Il fixait les pupilles de la pauvre gosse, s'apprêtant à voir la Lumière surgir. Son membre se ramollissait, il était venu trop vite ! Rien de grave, ça allait marcher quand même. Elle avait vaincu la première mort, du moins, en partie, il manquait seulement la Lumière pour ressusciter entièrement. Il fixait ses yeux mais n'apercevait qu'un univers infini, noir et froid, sans la moindre étoile.

— Allez, donne-moi ta Lumière, c'est le moment ! Donne-la-moi et je te ferai revivre...

Les rires continuaient. Il entendait maintenant les bribes de conversations de certains convives. Parlant tous en même temps, leurs mots se mélangeaient, suspendus au-dessus de sa conscience. « Le pauvre fou, il ne voit pas qu'elle est morte ? »... « De la lumière ? Bien sûr, le sombre éclat des fraudeurs ! »... « Un arriviste, je vous l'avais bien dit ! »... « Quel ennui ! Il veut ressusciter ? Qu'il commence donc par apprendre à tuer correctement... »... Il tenta de ne pas écouter le brouhaha moqueur et se concentra sur l'affreux néant des pupilles refusant de lui offrir leur trésor. La jeune fille rendit l'âme pour de bon, emportant son dernier espoir...

Ce n'est pas possible, il est maudit ! Pourquoi a-t-elle fait ça ? Elle est morte ! Cette sale pute est morte sans rien lâcher ! Il hurla en direction du ciel. Une nuée d'oiseaux s'échappa des hauts branchages pour s'éloigner au plus vite de ce lieu funeste. Fou de rage, il enfonça ses deux pouces dans les globes oculaires du cadavre, sentit le liquide chaud envelopper ses doigts, puis les ressortit pour chercher une éventuelle source de lumière dans la masse gélatineuse baignant le fond des orbites. Rien ! Elle ne voulait rien lui donner ! Il se releva et remit son pantalon sans quitter cette salope du regard. Durant toute la procession, elle lui avait fait croire qu'elle ouvrirait la porte des cieux, qu'il serait enfin accueilli parmi les Justes. Et maintenant, avec la bouche ouverte et les yeux réduits en bouillie, elle semblait à son tour se moquer de lui. De violentes envies traversèrent son esprit. Détruire son visage à coup de talon, l'empaler sur l'un des arbres morts, la découper en morceaux et autres réjouissances similaires. Bien que le bois soit immense, ses hurlements ont pu être entendus. Mieux valait ne pas traîner dans le coin trop longtemps. Il hésita à récupérer sa couverture. Le cadavre, il le laisserait là. Cette pute venait de le détruire, il n'allait pas en plus se coltiner son enveloppe charnelle ! Il tira sur le côté de la couverture, faisant rouler le corps dans les feuilles mortes, la replia et retourna en direction de sa voiture. Il était maudit ! Combien de temps lui faudrait-il pour retrouver une telle beauté ? Des mois ?

Des années ? Il ne suffisait pas d'aller cueillir la première innocente broyée par la cruauté humaine. Il fallait que cette innocence, digne des plus grandes saintes, soit restée intacte, errant comme un spectre dans les ruines de son esprit. En trouvera-t-il une autre ? Celle-là était pourtant parfaite, pourquoi avait-elle refusé de s'unir à lui ? Il avait procédé correctement, aucun doute là-dessus. Mais elle avait fermé les yeux... Pourquoi... ?

Alors qu'il démarrait sa voiture pour quitter le bois des Rosières, cette question le déchirait. Écorché, il sentait le désespoir acide détacher des lambeaux de chair à l'intérieur de son corps. Un poignard tournait dans son sternum, nourrissant une douleur qui remontait jusqu'au cœur prêt à cesser de battre d'un moment à l'autre. Il essuya d'un revers de manche le flot de larmes ininterrompu tout en cherchant sa route dans les allées. Pourquoi avait-elle fermé les yeux... ? Il prendra le temps nécessaire pour trouver la réponse. Il recommencera... Il en tuera d'autres... Il les tuera toutes s'il le faut. Le miracle doit s'accomplir... Peu importe s'il doit empiler une montagne de cadavres, le miracle finira par s'accomplir...

XIII

Les bombes s'écrasaient sur le sol, formant de petites éruptions de poussière. Des soldats faméliques se partageaient une bouteille, certainement de gnôle vue la clarté du liquide. Le visage terne et maculé de boue, un jeune mima un sourire désabusé face à la caméra. Tout cela avait l'air tellement faux... Le grain du film était correct, les costumes également mais les acteurs, on n'y croyait pas une seconde. Pourquoi n'avaient-ils pas pris les véritables images de l'époque plutôt qu'une reproduction cherchant vainement à se faire passer pour un original ? La réponse semblait évidente. Ils n'en possédaient pas de suffisamment intéressantes. Des types avec une caméra, on ne devait pas en trouver beaucoup dans les tranchées. Et puis, les soldats avaient une gueule bien trop contemporaine pour avoir vécu en ce temps-là...

Les images en noir et blanc défilaient sur l'écran, accompagnant « Contagion : Day 1 », l'album d'Infected Paradise diffusé par la chaîne hi-fi. Caritas, affalé dans son canapé, écrasa une énième cigarette dans le cendrier débordant de tous côtés. Sur la table basse, les mégots et la cendre formaient un cercle autour du monticule grisâtre d'où émergeaient les filtres marron clair. Il n'était pas sorti depuis trois semaines. La barbe poivre et sel, les yeux rougis par le manque de sommeil, Caritas se laissait happer par le vampire télévisuel. Ses neurones disparaissaient sans la moindre résistance, aspirés lentement par le tube cathodique. L'outil suprême d'une lobotomie de masse, avec toujours plus de sexe et de violence pour nourrir nos bas instincts. Jadis, un métaphysicien a écrit : « Les scientifiques du XIXe ont fermé l'homme à ce qu'il y a au-dessus de lui. La psychanalyse du XXe l'a ouvert à ce qu'il y a en dessous ». La télévision est la pelle nous permettant de continuer de creuser lorsque l'on a atteint le fond...

Il dormait à peine deux heures par nuit et avait l'impression d'être dans un rêve éveillé le reste du temps. Lorsqu'il tombait de fatigue, fermant les yeux malgré lui, l'image de la vieille le réveillait en sursaut. Ses cauchemars avaient pris une nouvelle tournure. La pluie faisait fondre les livres et des arbres poussaient au milieu de la grande bibliothèque. Les ouvrages se transformaient en glaise, entourant lentement ses pieds dans le but de l'immobiliser. Il apercevait une porte donnant sur une route ensoleillée. Tirant sur ses jambes pour les extraire de la boue, il tentait de se rapprocher de la sortie. La panique gelait ses mouvements. Dans son dos, une vieille en pull mauve et un borgne muni d'une scie avançaient dans sa direction. Il se réveillait toujours au moment où une main froide et ridée se posait sur son épaule…

On l'a retrouvé en plein délire, errant dans les rues de Blancy. Les infirmiers sont venus et l'ont emmené à l'hôpital d'Arkinston. Après une dose de sédatif et une bonne nuit de sommeil, l'interne lui a demandé s'il avait un médecin traitant en ville. Caritas répondit par la négative, il ne voulait pas que l'on prévienne Douez. Son cauchemar s'était matérialisé. Il ressentait une forme de honte pour s'être laissé manipuler par des hallus. De plus, s'il en parlait au docteur, il risquait d'être contraint de suivre un traitement. Il n'était pas question de se retrouver sous camisole chimique. Un moment d'égarement, cela peut arriver à tout le monde, surtout après les évènements de ces derniers mois. Il avait craqué, certes, avait confondu la bibliothèque d'une vieille aveugle avec celle bien plus vaste de ses cauchemars. Son imagination avait fait le reste et pris dans sa psychose, tout s'était enchaîné très vite sans laisser le temps à son bon sens de reprendre le dessus. Il avait besoin de repos, voilà tout. Caritas expliqua tout cela à l'interne. Ce dernier, habitué à voir toutes sortes de perchés, n'en avait rien à foutre. Il lui fit une ordonnance pour un traitement antipsychotique et le laissa repartir le lendemain. Il prit le train et rentra chez lui. Avant de monter dans son appartement, il s'arrêta au bureau-tabac pour acheter une vingtaine de cartouches de cigarettes et dévalisa le rayon féculent, boîtes de conserve et café de la petite épicerie au coin de la rue. Depuis, il ressassait les évènements des mois précédents…

Tout avait commencé avec ce foutu pendentif. Il était parti sur la piste d'un assassin offrant à ses victimes une dague-crucifix. Depuis au moins quinze ans, ce tueur œuvrait dans l'ombre sans jamais avoir eu de flic à ses trousses. Ça ressemblait à un mauvais roman de gare. Un super inspecteur sur les traces d'un super tueur… Pourtant, Caritas n'y a vu que du feu. On lui a balancé un mirage grossier et il a sauté dedans à pieds joints. Espérant trouver quoi ? Une flaque d'eau ? Comment a-t-il pu être aussi naïf ? Il avait retourné la question dans tous les sens et la réponse était venue éclater sa conscience, limpide, irréfutable. Billy avait placé le bijou autour du cou d'Hector Malgoff ! Tellement évident qu'il était passé à côté. Durant plusieurs années, Billy a été en poste à Arkinston. Était-il déjà là-bas lors du meurtre de Dimitri ? Aucun moyen de le savoir. Caritas n'eut jamais la curiosité de lui demander la durée de sa dernière affectation et ne pensa pas une seconde à lui lorsqu'il étudia le dossier sur le meurtre de Blancy. Selon le jeune de la municipale, le pendentif avait disparu de la salle des pièces à conviction. Billy n'a jamais eu de scrupule à faire les poches des victimes lors de ses enquêtes, alors, récupérer un objet concernant une affaire classée, ce n'était pas réellement du vol à ses yeux. Elle devait lui plaire cette putain de dague crucifix ! Après l'avoir gardé toutes ces années, il l'avait mise sur Hector et avait laissé Caritas s'enfoncer tout seul dans un coup monté. Pourquoi ? Pour ruiner l'enquête, envoyer le meilleur flic de la ville sur une fausse piste, le regarder s'embourber dans la recherche de relations entre deux crimes n'ayant aucun rapport. Tout ça par pure jalousie. Après chaque enquête menée à bien, derrière les applaudissements de ses collègues, il ne sut jamais percevoir dans leur sourire hypocrite, la rancœur et l'espérance d'une chute spectaculaire. Billy a joué le premier coup. Voilà la réalité. Un simple petit piège avait guidé son esprit sur le fleuve des Enfers…

Le pendentif était nominatif. Francis lui avait montré les minuscules lettres formant le nom d'Hector gravé sur le manche. Billy était donc l'assassin et avait prémédité son crime. Il n'aurait jamais eu le temps de marquer la dague après le meurtre. Une autre solution venait frapper à la porte de sa raison, détruisant un peu plus son fragile équilibre. Il n'avait pas perçu de traces lorsqu'il observait la dague chez la gonzesse de Malgoff. Il était tout à fait possible qu'elles n'y soient pas. Billy dépose le bijou et le lendemain matin, très tôt, Francis grave les lettres. Francis aurait donc lui aussi participé à ce complot visant à le mettre hors service ? C'est difficile à accepter mais cela expliquerait la disparition du pendentif après sa mort. D'ailleurs, il n'est peut-être pas mort. Il est parti à l'étranger, emportant l'objet avec lui, tout en demandant à sa femme de jouer la veuve éplorée. Ça ne tenait pas la route. Simuler un faux décès et disparaître durant des mois exigeait une excellente raison et le Boss devait certainement être au courant. Non, Francis est bien mort. Billy est venu récupérer le crucifix dans le labo dès qu'il apprit la nouvelle... L'idée blessante de voir Francis participer à cela ne voulait pas le lâcher. Il lui avait affirmé que les os et le sang dataient de vingt mille ans. Tous les musées et professeurs d'université prétendaient ne pas avoir connaissance d'un tel artefact et doutaient de son authenticité. Ça aurait dû lui mettre la puce à l'oreille... Billy liait deux meurtres à quatorze ans d'écart et Francis leur ajoutait un aspect surnaturel. Car finalement, Caritas n'aurait pu faire la différence entre un véritable trésor archéologique et une babiole achetée au bazar du coin. Il avait fait confiance au chef de labo, un érudit respecté de tous. L'idée de mettre en doute sa parole ne lui serait jamais venue. Pour Billy, c'était compréhensible. Une petite frappe, un flic raté, aigri et menteur, si mauvais que les pontes de la ville lui offraient rarement des bakchichs et ne voyaient pas l'intérêt de le prendre à leur service. Mais Francis, c'était dur à digérer. Il n'avait aucune raison de le détester, au contraire. Caritas et son équipe étaient sans doute les derniers poulets de cette putain de ville à ne pas bouffer dans la gamelle de la mafia. Francis, d'une grande probité, ne pouvait l'ignorer. Alors pourquoi aurait-il participé lui aussi à cette mascarade ? Comment Billy a-t-il réussi à le convaincre ?

La musique se termina en même temps que le pseudo-reportage sur la Première Guerre. Une synchro parfaite ! La chaîne hi-fi relança le CD. Il tournait en boucle depuis trois jours, le volume poussé aux limites du supportable pour le voisinage. Caritas zappa à la recherche d'un autre documentaire. Il avait coupé le son de la télé. Les commentaires soporifiques de ce genre de film le mettaient hors de lui. Quant aux actualités, elles lui tapaient sur le système. Leurs bobards, leur manip mesquine... Il se servit un mug de café et alluma une clope avant de repartir dans les méandres de ses pensées...

Deux jours après l'apparition du pendentif, ils ont niqué sa voiture. Ce n'était pas difficile, la veille, il avait dormi chez Cathy. C'était le soir où elle fit semblant de découvrir le meurtre de Dimitri. Elle a insisté pour aller au resto et finalement elle parvint à le ramener chez elle. Ça laissait tout le reste de la nuit à une personne bien informée pour venir trafiquer sa bagnole. Ce foutu mécano, feignant de ne pas trouver la panne, était l'un des garagistes véreux de Zwang. Plongé dans ses souvenirs, il se revoyait demander les clés d'une voiture de service. Zwang se tenait alors dans le hall d'entrée du commissariat, comme s'il l'attendait. Assez près de l'agent d'accueil pour entendre Caritas, il lui a proposé le numéro du mécano. « C'est le meilleur que je connaisse ! ». Ce connard venait du même sac à foutre que les autres ! Billy l'envoyait sur une fausse piste, Francis y ajoutait une touche de paranormal et Zwang le privait de sa voiture. Ce n'était pas réellement handicapant, il avait celle de service, puis la poubelle prêtée par le garagiste, certainement truffées de micros et de caméras miniatures. Cela finit tout de même par l'influencer et le pousser à se croire envoûté. Une petite goutte de plus dans un vase déjà trop plein.

Le plus dur, c'était Cathy. Il avait le cœur brisé en pensant à elle. Pourquoi avait-elle participé à cette saloperie de complot ? Elle lui répétait son amour depuis des années. On ne peut pas jouer la comédie aussi longtemps ? Si ? Ils auraient prévu de le faire sombrer dans la folie depuis ses débuts dans la police ? Non, impossible. Cathy avait accepté de se rallier aux autres dernièrement et sans doute à contrecœur. Pourquoi ? Il avait du mal à comprendre. Était-elle déçue par son refus constant de l'épouser ? Il a toujours pris sa requête pour une plaisanterie, jamais il n'avait imaginé qu'elle fut sérieuse. Elle ne l'était pas… Elle plaisantait… connaissant très bien le métier et les conséquences du mariage. Cela ne pouvait être la bonne raison. Malheureusement, son esprit avait beau creuser dans tous les sens, aucune explication réaliste ne venait le soulager…

Elle lui a rendu visite deux semaines plus tôt, s'inquiétant de ne plus avoir de nouvelles. Elle pleurait des larmes de crocodile, continuant de jouer son rôle de collègue amourachée anxieuse pour son amant. Il l'a mise dehors en lui hurlant dessus, lui reprochant de l'avoir trahi. Imaginer Cathy s'abaisser à de telles compromissions lui donnait la nausée. Pourtant, elle seule pouvait enrayer son flingue. Il ne s'en est pas servi durant des semaines. Elle eut de nombreuses occasions de le trafiquer. D'ailleurs, c'est elle qui l'a débloqué à Sulidro en tirant dans le mur. Il aurait pu se faire descendre ! S'il en avait eu besoin plus tôt, lors de l'une de ses virées en solitaire dans les bas-fonds de la ville, il serait certainement six pieds sous terre à l'heure actuelle. Ils ne voulaient pas seulement le rendre fou, ils avaient failli provoquer sa mort. Non, peut-être pas. Il est bien possible que Cathy ait bousillé son arme la nuit précédant Sulidro. Il était parti à Blancy sur un coup de tête mais elle aurait pu se lever avant lui puis se recoucher et faire semblant de dormir. Tarval avait certainement déjà été logé et son arrestation était préparée pour le lendemain. Bien sûr, elle n'avait pas prévu qu'il irait à Blancy. Il fallut attendre et il n'était plus possible d'éviter la présence de Laurent et Basile.

Leur petit complot de merde a coûté la vie à l'un de leurs collègues. Ça ne les a pas dérangés ces fumiers ?

Le pendentif, la bagnole, le flingue, les pièces du puzzle s'imbriquaient parfaitement.

Il a tâtonné dans l'ombre durant des semaines, chahuté par des marionnettistes pervers ayant imaginé leur jeu des mois à l'avance.

Maintenant, tout était clair et il reprenait les rênes.

En zappant, Caritas trouva un reportage animalier où l'on pouvait voir les habituels prédateurs chasser et dévorer leurs proies. Aux amoureux de la faune sauvage, on proposait la violence et la mort. Les bébés tortus tout juste sortis de l'œuf, cueillis par les oiseaux affamés, l'araignée se laissant bouffer par sa progéniture, le serpent luttant avec la mangouste, la lionne traquant une gazelle. Parfois, on avait le droit au crocodile ou à l'hippopotame attaquant un homme un peu trop proche, le déchiquetant sous l'œil glacial de la caméra. Ce genre de documentaire était diffusé assez tard dans la soirée, afin d'épargner aux gosses la vue de ces images. Lorsqu'il s'agissait de victimes de guerre ou d'attentats, les cadavres, les femmes en pleurs, les enfants mutilés, on pouvait les regarder à l'heure des infos, en famille, autour d'un bon dîner. Mais il était immoral de briser les rêves de l'enfance en montrant un animal causer la mort d'un être humain. Caritas se ralluma une cigarette. Il n'avait pas faim et ne se souvenait plus de son dernier repas. Était-ce ce matin ? Hier ? Peut-être la nuit où il a plu…

Pour Tarval, ils avaient joué une sacrée scène. L'équipe d'intervention était forcément dans le coup, cela n'aurait pu se faire autrement. Il avait fallu, d'une manière ou d'une autre, détacher discrètement les menottes pendant qu'il allait tirer les rideaux. Tarval avait son flingue sous les draps, juste à côté de lui. Sans réellement comprendre, il a braqué Cathy, espérant pouvoir s'en sortir et Caritas l'a buté. Non… ça ne pouvait être ça… trop aléatoire. S'il avait eu le temps d'appuyer sur la gâchette, Cathy serait morte. Elle n'allait pas prendre un tel risque. Il se remémora la scène en détail. Tarval, les mains derrière la tête, se retourne vers lui avec le sourire. Un agent vient lui passer les menottes. Il ne ferme pas totalement l'un des bracelets ! Des menottes trafiquées !

Tarval en tirant dessus a pu facilement dégager son poignet et récupérer son arme. Cela revient au même, il aurait fallu s'assurer que le chargeur du colt soit vide. Caritas creusa sa mémoire cherchant à voir s'il était possible d'ôter le chargeur de l'arme et de replacer celle-ci sous les draps en toute discrétion. Difficile, bien trop difficile… Non, bien sûr que non, il se cassait la tête pour rien. Une solution beaucoup plus simple apparut. Tarval était dans le coup, lui aussi ! Il s'était fait manipuler. On l'avait arrêté et en échange de sa liberté, on lui proposait de jouer ce petit rôle, avec sans doute la promesse que l'arme de Caritas serait chargée à blanc. Il ne courrait aucun risque et pourrait en échange prendre le premier avion pour la destination de son choix. Un de plus à s'être fait baiser dans cette histoire. Ça s'est passé exactement comme cela. Il parlait avec Cathy pendant qu'un agent du groupe d'intervention venait remettre les menottes aux poignets de Tarval. D'une pierre, deux coups. Cathy avait sa vengeance pour Laurent et faisait perdre définitivement la raison à Caritas. Tout paraissait si clair… Certains détails le perturbaient. Rapha était-il complice ? Il avait appelé pour lui donner l'adresse où trouver Tarval. Ce ne serait pas étonnant, c'est une crapule, mais lequel de ses collègues connaissait l'existence de Rapha ? Comme tout bon flic, Caritas ne divulguait jamais à personne l'identité de ses indics. Serait-ce Rapha lui-même, qui, ne supportant plus le harcèlement de Caritas, serait venu mendier pour devenir la pute d'un autre ? Oui, ça se tient. Il a pris contact avec Billy, Zwang ou Cathy et l'un de ces trois lui a fait miroiter l'oubli total s'il offrait la tête de Tarval sur un plateau…

Une tristesse affreuse lui rongeait le ventre. La trahison de Cathy ne passait pas et il en vint à se demander si finalement, il n'était pas sans le savoir, tombé amoureux d'elle. Son amour n'était-il pas la cause principale de ce vide infernal au niveau de sa poitrine ? Pourquoi a-t-elle fait ça ? Il ne lui a jamais fait de mal… Et cette salope de l'inspection générale, pourquoi lui a-t-elle demandé si ses relations sexuelles étaient normales ? Cathy l'avait prévenu ? Avait-elle retourné ses propres perversions contre lui ? Et pour Blancy ? Ses hallus restaient inexplicables. Il était fatigué, persuadé d'être envoûté mais de là à voir une vieille sorcière aux canines démesurées le poursuivre sur un chemin boueux… C'était impossible… sauf s'il avait été drogué…

La cigarette tomba de ses doigts et s'éteignit lentement en laissant une marque noire sur le lino du salon. Il était drogué depuis des mois !

Comment ? Facile, le café ! Au bureau, Cathy allait toujours lui chercher son café. Elle avait également mis la drogue chez elle, directement dans le paquet. Pourtant, elle en buvait avec lui… Elle avait un antidote. Pfff, tellement simple… Chaque jour, elle prenait l'antidote et lui faisait ingurgiter de petites doses de drogue provoquant des hallucinations. Elle avait largement eu l'occasion de faire un double de ses clés pour venir changer les paquets de café dans son appartement. Il se souvint du matin de sa première paralysie, avec la fille voulant lui couper la tête. La veille, il était persuadé qu'une personne était entrée chez lui. Entrée chez lui pour ajouter une nouvelle drogue bien plus puissante dans le paquet déjà ouvert ! Tout s'explique.

Un plan machiavélique joué à la perfection, afin de le faire glisser lentement vers la folie…

Une question cruciale restait en suspens et Caritas rechignait à aller en chercher la solution. Il la sentait au fond de lui mais savait qu'elle le pousserait irrémédiablement au point de non-retour. Pourquoi Billy a-t-il mis le pendentif autour du cou d'Hector ? Comment pouvait-il savoir que cela alimenterait ses cauchemars ? Cathy lui en avait peut-être parlé mais elle non plus ne pouvait le deviner. Malgré ses efforts pour la garder enfouie bien profondément, l'évidence tentait de forcer le barrage et venir exposer sa véracité. Elle finit par trouver la brèche et jaillit comme le bouquet final d'un feu d'artifice. Le docteur Douez… Il s'était occupé de lui depuis le début, avait longuement discuté de ses rêves, avait de nombreuses drogues disponibles et donc, en spécialiste de la psychologie, possédait toutes les connaissances et le matériel nécessaire pour créer sa psychose et le détruire. Pourquoi ferait-il une chose pareille ? Pour une expérience, voilà tout. Ces types bizarres, un pied dans la médecine, l'autre dans la science et la bite dans les mystères de la conscience, sont capables de n'importe quoi pour faire une découverte. Ils n'hésiteraient pas à bousiller un continent entier si le résultat de leurs expériences les rapprochait du prix Nobel. Caritas allant trop peu souvent parler avec Douez, ce dernier avait contacté ses collègues, peut-être même son patron. Il avait dû leur expliquer les salades habituelles. « Mon patient est fragile, il peut travailler sans problème dans la police mais doit rester sous une surveillance psychologique constante. Son amnésie pourrait disparaître du jour au lendemain et provoquer une profonde dépression. Bla bla bla… ». Fort de son statut de médecin, il leur a raconté ce genre de conneries et les autres ont tout gobé. Ils ont pris Caritas en pitié et sont restés en relation avec Douez…

Aucun flic au monde ne se ferait chier avec un barjo ! Et quel directeur de police accepterait de garder un inspecteur pouvant péter un plomb à n'importe quel moment ? Le pour et le contre s'invectivaient dans sa tête et n'étaient pas loin d'en venir aux mains... Douez a le bras long, il a fait jouer ses connaissances. De plus, Caritas était un bon flic. Le meilleur de la ville au classement des enquêtes résolues. Vraiment le meilleur ? Même pour ça, il en avait perdu la certitude. S'il était sous contrôle depuis le début, rien ne pouvait lui affirmer que ses enquêtes n'étaient pas bidon. Des collègues, en échange d'une promotion ou d'une belle prime, auraient pu s'effacer au dernier moment pour lui laisser tous les honneurs sans qu'il ne se rende compte de rien. Était-il un si bon flic ? Et Lazo dans tout ça, quel rôle jouait-il ? Était-il un élément indépendant venu ajouter sans le savoir une touche de réalisme dans le complot ? Pourquoi Douez a-t-il décidé de le faire chuter maintenant ? Désire-t-il mettre un terme à son expérience ? Aurait-il accumulé suffisamment de données et n'aurait-il plus besoin de poursuivre ? Ne passe-t-il à l'étape suivante qu'après avoir mis son cobaye à chaque fois dans une situation extrême ?

— NON ! NON ! FOUS-MOI LA PAIX !

Caritas se leva d'un coup en se tenant la tête dans les mains. Il se précipita vers la porte-fenêtre du balcon, l'ouvrit et s'agrippa à la rambarde de fer forgé. Il observa la rue déserte, trois étages plus bas. Pris de vertige, il sentit l'attirance de l'asphalte, la douce mélopée de la délivrance. Il dut faire de terribles efforts pour ne pas enjamber la rambarde et se laisser tomber. Il faisait son possible pour ignorer la voix, sachant très bien qu'en l'écoutant, il finirait par lui répondre et alors, tout serait terminé. Il deviendrait totalement schizophrène et ils auraient gagné. Sa fatigue tentait de le convaincre de céder. À quoi bon résister puisque de toute façon, elle ne cesserait jamais de parler ? Aucun moyen de lui faire fermer sa putain de gueule ! La seule solution était juste sous ses yeux. Il lui suffisait de laisser son buste se pencher un peu plus, comme ce dernier le lui implorait, et la gravité se chargerait du reste...

La sonnerie du téléphone retentit dans le salon, couvrant la musique de son timbre strident. Une sueur glaciale imbiba le corps de Caritas, ses doigts se crispèrent sur le métal froid de la rambarde et son cœur s'emballa. Il se redressa doucement, sentant les muscles de sa colonne vertébrale lutter pour retrouver une position verticale, et se retourna encore plus lentement. En face de lui, contre le mur, juste à côté de la porte de sa chambre, sur un petit guéridon, le téléphone sonnait.

— Laisse-moi tranquille, fous-moi la paix… parvint-il à murmurer transit de peur

Le son semblait augmenter de volume. Le regard de Caritas passait du combiné vibrant sous l'effet de la sonnerie, au bout du fil suspendu dans le vide. Deux semaines plus tôt, persuadé d'être sur écoute, il avait arraché la prise puis sectionné le fil d'un coup de couteau. Le téléphone continuait de sonner. Il fit un pas dans sa direction, puis deux, s'arrêta, hésitant, chercha si la sonnerie ne pouvait pas venir d'un autre endroit, puis avança de nouveau. Il s'attendait à voir les pires démons surgir dans le salon. Il atteignit l'appareil et resta un long moment immobile avant de forcer sa main tremblante à décrocher et porter le combiné assez proche de son oreille. Il entendit une voix fluette, d'une effrayante douceur.

— *Je suis là…*

Pris de panique, il s'empara du téléphone et le jeta à travers la porte-fenêtre. Celui-ci disparut dans l'obscurité, laissant derrière lui un bruit de grelots aigus lorsqu'il s'écrasa sur le trottoir. Caritas se précipita sur le balcon et, les mains de nouveau serrées sur la rambarde, se retint au dernier moment de passer par-dessus.

Dans son état, la mort ne lui faisait plus peur, au contraire, elle devenait une libération, une maîtresse fidèle l'invitant pour une dernière danse. Mais laisser les autres gagner la partie, ça le mettait en rage et rien que pour ça, il refusait de se jeter dans le vide. Il irait jusqu'au bout, peu importe s'il devait finir avec une camisole dans l'une des oubliettes de l'hôpital, il continuerait de lutter. Et dans tous les cas, même s'ils parvenaient à le transformer en légume, il devait leur faire la peau. Il allait trouver un flingue et buter Douez avant de perdre complètement la raison. En coupant la tête de la bête, ses membres tentaculaires seront forcément désorganisés. Il pourra se les faire un par un, sournoisement. Leur montrer qu'au jeu du plus vicelard, il peut largement les battre. Il doit tout d'abord établir une liste. Il peut déjà inscrire Billy, Zwang, Cathy et bien sûr, Douez en maître du « Je ». Combien y en a-t-il d'autres ? Il ne faudrait surtout pas commencer l'équarrissage avant d'avoir pu identifier l'ensemble. Le groupe d'intervention lors de l'arrestation de Tarval. Sont-ils tous complices ou seulement les deux se trouvant dans la chambre au moment de la petite manipulation avec les menottes ? Il va devoir mener l'enquête, discrètement, tout en évitant de sortir de chez lui.

Tu as raison mon amour, on va leur montrer ce dont on est capable

— Non ! Je n'ai pas besoin de toi ! Tu n'existes pas ! Sors de ma tête !

Il commença une seconde liste mentale, énumérant un certain nombre de règles qu'il devrait suivre impérativement. Celles-ci étaient très simples : Piéger la porte d'entrée et les fenêtres lorsqu'il sera contraint de s'absenter. Ne rien manger ni boire, excepté ce qu'il aura lui-même acheté suffisamment loin de son quartier. Changer de supermarché à chaque fois. Ne pas leur faciliter la tâche. S'il a besoin de faire des courses, il ira dans un magasin, tournera un peu sans rien prendre et se rendra rapidement dans un autre supermarché situé à l'opposé de la ville pour acheter ses provisions. Agir de la même façon avec les bureaux-tabacs. Pour le moment, il avait de quoi tenir encore plus d'un mois mais il valait mieux prévoir. Il fera le tour des buralistes afin de lister ceux susceptibles d'être malhonnêtes et donc de devoir rendre service à la police. Il devait acheter l'eau en bouteille. Ils ont peut-être trafiqué l'arrivée d'eau de son appart pour continuer de diffuser leur saloperie de drogue. Évidemment ! Quel con ! Elle n'était pas dans le café mais dans l'eau du robinet ! Voilà pourquoi il continue à faire des cauchemars et à entendre cette putain de voix ! Il avait tout d'abord cru que les effets persistaient à cause de sa trop longue période de consommation. Ils finiront par disparaître avec le temps… Mais si la drogue est dans l'eau, ils ne risquent pas de se dissiper ! Il lui faut se rendre immédiatement à l'épicerie de nuit, acheter de l'eau en bouteille pour refaire son café. Non, ce n'est pas possible, elle est trop proche de chez lui. Il ne doit rien acheter dans son quartier. Le dilemme semblait insoluble, à moins de se résoudre à ne plus boire de café avant l'aube et prendre le premier bus pour la banlieue. Il regarda sa montre. Trois heures. Encore trois heures et demie à attendre. Va-t-il pouvoir tenir sans café et surtout sans dormir ?

— Tu sortiras d'une manière ou d'une autre ! Même si je dois m'ouvrir le crâne !

Ses réflexions lui redonnèrent espoir. Il lâcha la rambarde et retourna s'installer dans le canapé.

Il avait déjà fait mille fois le tour de son appartement à la recherche de micros et de caméras. Il n'en avait pas trouvé un seul. C'était inconcevable. Le technicien devait être un véritable artiste ou alors, il avait accès aux dernières inventions ultra-secrètes utilisées par la CIA. Les micros pouvaient se trouver dans n'importe quel composant électronique. La télévision, le radio-réveil, la chaîne hi-fi, le four micro-ondes… Le problème est que s'il commence à démonter son téléviseur, sa chaîne et tout le reste, il ne pourra plus s'en servir. Il va se concentrer sur les caméras et laisser la musique tourner en boucle avec le volume assez haut pour couvrir ses paroles. De toute façon, il n'avait pas besoin de parler puisqu'il était seul…   *Je suis là*

— Oui, presque seul ! Arrête de m'emmerder !

Sa montre ! Il n'avait pas pensé à ouvrir sa montre pour en inspecter l'intérieur. Ce ne serait pas idiot… La meilleure planque pour un micro est de le placer directement sur la personne à espionner.

Il pouvait sans trop de conséquences se passer de montre… Caritas chercha un couteau à la pointe assez fine dans les tiroirs de la cuisine puis revint au salon, fit glisser le bracelet à travers sa main, et déposa la pièce d'horlogerie suisse sur la table basse. *Tu ne peux m'ignorer*

— Je m'en fous ! Tu finiras par la fermer. Je trouverai un moyen. Tu veux seulement m'embrouiller l'esprit. T'es avec eux toi aussi ? Tu veux me rendre fou ? Me pousser au suicide ?

Il fit sauter le fond de boîte de la montre et observa le mouvement hypnotique des minuscules engrenages. Il ne voyait pas de micro. Peut-être était-il microscopique ? On pouvait, paraît-il, fabriquer des objets si petits qu'ils restaient invisibles à l'œil nu. Malheureusement, il n'avait pas de loupe dans l'appartement. *Je veux juste t'aider*

— Oui bien sûr, comme Cathy et les autres ? Tu veux m'aider ? Alors, pourquoi tu tournes dans ma tête ? On dirait un rat miniature cherchant à bouffer les cellules de mon cerveau. Trouve-moi une loupe ! Dis-moi où sont cachés les micros et les caméras !

Caritas leva sa montre vers l'ampoule du plafond et se frotta les yeux dans l'étrange espoir d'aiguiser sa vue. Il ne percevait rien de ressemblant à un appareil d'enregistrement mais sentait qu'il se trouvait là, caché derrière les engrenages. C'est une montre suisse, il y a forcément des emplacements prévus pour les micros. *Fais-moi sortir et je t'offrirai le Monde* Les Suisses sont des sournois, ils ont les services de contre-espionnage les plus développés au monde. Bien mieux que la CIA ou le Mossad. Ils donnent le change en passant pour de braves banquiers bien propres, avec leurs fromages, leur chocolat et leurs montres de luxe… Il ne faut pas s'y fier, ce sont de redoutables contrebandiers de l'information. D'ailleurs, le Pape n'est-il pas protégé jour et nuit par la Garde suisse ? Un pays jamais en guerre car il renseigne et manipule tous les autres…

Où est ce putain de micro ???   *Tu n'as pas besoin de montre*

— Non, tu as raison, dit-il en envoyant sa montre à travers la porte-fenêtre du salon.

Il ne l'entendit pas s'écraser trois étages plus bas. La chaîne relançait une fois de plus le premier morceau du CD, continuant à saturer les murs de violence sonore…

Tu as salement besoin de moi et j'ai besoin de toi

Caritas sortit la dernière clope du paquet et l'alluma, jetant l'emballage vide sur la table basse. Sans faire attention à ses gestes, il prit le mug rempli de café et le porta à ses lèvres. Juste avant d'ouvrir la bouche pour avaler une gorgée du breuvage sombre, il baissa le regard sur le liquide, se souvint avoir découvert l'origine de ses hallus et par réflexe, jeta le mug loin de lui, comme s'il s'agissait d'un objet brûlant prêt à exploser dans sa main. Le café se répandit sur le sol, dessinant une forme éclatée. Elle ressemblait à un « i » majuscule avec un tréma tombant du sommet sur le côté droit. Un « i » ? Que voulait-il dire ? Idiot ? Insister ? Ivresse ? Imposture ? Indic ? Isolement ? *Icare* Oui bien sûr, Icare ! Le tréma est là pour confirmer la piste grecque. Sa position, glissant sur la droite de la lettre, indique clairement la chute d'Icare. Mais pourquoi Icare ? Ce jeune con volant trop près du soleil a fini au fond de la mer. Quel rapport avec lui ? Était-ce lui, Icare ? Peut-être simplement un nom de code, celui de l'éminence grise chapeautant le complot pour le détruire, ou celui de l'opération… Caritas fouilla sa mémoire, espérant trouver un souvenir récent lié à la mythologie grecque, à une noyade, un ado ou même aux oiseaux. Icare avait des ailes faites de plumes d'oiseaux collées avec de la cire d'abeille. Rien… Pas la moindre correspondance ne vint éclairer la mystérieuse apparition de cette initiale. Les initiales ! Bien sûr, un acronyme, c'était évident. Il Cherche À Retrouver l'Éden… Ça ne l'avance pas beaucoup. Est-ce lui qui cherche ou le salaud qui a décidé de pourrir sa vie ? Les neurones en ébullition, il avait l'impression d'avoir une véritable usine à l'intérieur du crâne. Les employés mettaient les bouchées doubles afin de découvrir une solution à l'énigme de cette lettre liquide étalée sur le sol du salon. Les mots défilaient sous ses yeux. Parfois, il en retenait un, tentait de le faire correspondre avec d'autres puis le relâchait. Il passa en revue des centaines de mots ayant pour initiale l'une des cinq lettres formant le nom du fils de Dédale. Il se maudit de ne pas avoir un dictionnaire à disposition. Il détestait tellement des livres… *Inspecteur Caritas À Révoquer, Éminence !* Tout simplement… La dernière lettre est la signature.

— Je te remercie mais il faut que tu sortes de ma tête. Je ne peux pas te garder. Lorsque tu parles, je perds le fil de mes pensées. Alors, trouve un moyen de me parler sans rien dire…

Caritas attendit d'entendre la réponse mais rien ne vint. Debout, les mains posées sur les hanches, il observait le « ï » avec un sourire satisfait.

— J'ai votre nom de code, il me reste à tirer sur les ficelles et remonter jusqu'à toi, éminence grise de mes couilles. Je vais te faire bouffer ton acte de naissance !

Était-ce Douez l'éminence ? Y avait-il un inconnu au-dessus de lui organisant ce complot dans l'ombre ? Une espèce d'Illuminati ayant le pouvoir de lire ses pensées ? C'était bien possible... Depuis le temps que les ricains et les ruskoffs font des expériences sur le paranormal, il serait étonnant qu'ils ne soient pas parvenus à maîtriser la télépathie. Avec les moyens matériels et logistiques dont ils disposent, ils ont certainement découvert les ondes utilisées par le cerveau et construit un appareil pour les décoder. Caritas se précipita vers le placard de la cuisine et l'ouvrit, espérant mettre la main sur un rouleau de papier aluminium. Il n'en avait pas. Ne mangeant quasiment jamais chez lui, il n'avait pas trouvé utile d'en acheter. Jusqu'aujourd'hui... Le papier aluminium bloque les ondes. Il devait se faire une protection sur le crâne afin d'empêcher l'éminence d'entrer dans sa tête et de connaître ses projets. Sans cela, il aurait toujours un coup de retard et ne pourrait jamais remonter jusqu'à elle.

— Si tu m'entends espèce d'enflure, je viens de trouver le moyen de te baiser. Tu ne pourras plus lire dans mon cerveau et tu ne me verras pas arriver...

Si elle avait la possibilité de capter ses ondes cérébrales, peut-être pouvait-elle les modifier ou envoyer des messages subliminaux... La voix dans sa tête venait-elle de la drogue ou d'un puissant Psychotron installé dans un appartement voisin ? Cela expliquerait tout ! Ses hallucinations, auditives et visuelles, ses cauchemars, la sensation de déjà-vu lors de la découverte du pendentif... Pour bien faire, il faudrait que l'appareil le vise à chaque instant, peu importe où il se trouve. Il aurait donc une portée gigantesque, puisqu'il était sous son influence à Blancy. Ou alors, bien plus simple, il était miniaturisé et se trouvait sur lui en permanence ! Voilà pourquoi il n'avait découvert ni caméra ni micro. Nul besoin de ce genre d'outils préhistoriques lorsque l'on peut écouter les pensées d'une personne directement à la source ! Instinctivement, il porta sa main sur la petite cicatrice ronde qu'il avait au milieu du front.

— Les enculés ! Lorsqu'ils m'ont retrouvé inconscient au bord du lac, ils en ont profité pour placer un Psychotron dans mon crâne avant de me recoudre. J'ai une putain de puce dans le cerveau ! Si ça se trouve, ils ont provoqué mon accident et ont effacé ma mémoire. Voilà pourquoi mon passé ne revient pas à la surface, le Psychotron fait barrage...

Il se précipita dans la salle de bain pour observer sa cicatrice. Il pourrait l'ouvrir avec un couteau mais si la puce était réellement collée à son cerveau, il lui serait impossible de l'extraire lui-même. Il retourna dans le salon en continuant de triturer le petit morceau de peau morte sur son front. Il faudra trouver un médecin capable de lui ôter cette saloperie...

Une envie de café titilla ses papilles. Il porta le regard sur son poignet et ne voyant pas sa montre, se souvint l'avoir jetée par la fenêtre. Il observa le ciel, espérant apercevoir les prémisses de l'aube afin de descendre attraper le premier bus pour une banlieue et aller acheter un pack d'eau minérale. La nuit refusait de laisser une place si durement acquise. Il allait devoir attendre encore...

Il répéta mentalement sa liste de course durant plusieurs minutes afin de bien l'incruster dans son esprit. Du café, de l'eau, beaucoup d'eau, des rouleaux de papier aluminium et un chapeau descendant juste au-dessus des sourcils, masquant ainsi la protection psychique aux yeux des badauds

JE PEUX T'AIDER

— Si tu n'es pas avec lui, prouve-le-moi, sors de ma tête !

Caritas se concentrait, essayant de bannir toutes pensées afin de percevoir clairement le son de la voix. Il espérait pouvoir déterminer si elle venait de son cerveau ou du Psychotron caché sur lui.

Je ne peux pas, tu ne veux pas de moi

— Comment ça je ne veux pas de toi ? Je ne comprends pas. Il faudrait que tu existes pour que je veuille de toi ! Tu es seulement une hallucination provoquée par cette saloperie d'Éminence !

Non, bien sûr que non... Qui t'a donné la solution de la lettre ?

Il tourna le regard vers la tache de café sur le sol.

Qui t'a donné la signification de l'acronyme ? Si j'étais avec l'éminence, aurais-je dévoilé son nom ?

Elle n'avait pas tort. Cela lui faisait peur mais il devait s'avouer que cette voix était de son côté. Elle pouvait l'aider à lutter contre l'éminence. Mais d'où venait-elle ? Avait-il des alliés inconnus dans cette guerre ressemblant de plus en plus à une bataille eschatologique du Bien contre le Mal ?

Je suis là pour toi, mon amour. Accepte-moi et ensemble nous serons intouchables.

— D'accord, d'accord ! Je t'accepte. Et maintenant ?

Caritas tendit l'oreille intérieure, attendant la réponse. Rien ne vint.

— Et oh... Tu m'entends ?

Il fit le tour du salon en l'appelant, comme si l'endroit de la pièce où il se trouvait pouvait influer sur la portance de sa voix.
— T'es toujours là ? Pourquoi tu ne me réponds plus ? Je t'accepte, j'ai dit que je t'acceptais...
Il retourna s'asseoir sur le canapé et entama un nouveau paquet de cigarettes. Au moment où il portait le briquet à son visage pour allumer sa clope, la porte de la chambre s'ouvrit lentement. Il tourna brusquement la tête. Dans l'entrebâillement apparut la jeune fille, vêtue de son pull mauve et d'un jean bleu. Elle regardait Caritas. Sous ses yeux de jouvencelle, son sourire hésitant lui donnait un air de petite souris n'osant pas sortir par crainte de tomber dans un piège. Sa beauté aurait fait fondre de jalousie toutes les Vénus du monde. Les Apollon et les Casanova s'entre-tueraient pour espérer une simple faveur de sa part. Caritas l'observait en retenant ses larmes. Brillant comme mille étoiles, un soleil venait d'apparaître pour chasser d'un coup toutes ses idées noires, se répandant telle une liqueur euphorisante sur les plages de son île intérieure. Une voix timide emplit la pièce de douceur.
— *Je suis là...*

XIV

Les flammes léchaient les murs au-dessus des vasques d'huile. Un large sourire illuminait son visage. La crypte elle-même semblait plus chaleureuse. Tenant la dague entre deux doigts, sous l'éclairage mouvant, il devinait les minuscules lettres noires inscrites sur le manche. Une suite de lettres qu'il attendait depuis tant d'années, « Stolchov ». Il serra le pendentif au creux de sa main et remonta le fil du temps, en quête de ce soir où parcourant les quartiers de la ville, il avait aperçu la Mercedes...

En haut de la rue des Calcetines, proche de la place des pandémies, se trouve le Saint-Silène, une brasserie assez fréquentée et réputée pour son excellente cuisine. La Mercos était garée devant une porte cochère, à trois pas de la terrasse. Lorsqu'il reconnut la plaque d'immatriculation, son cœur fit un bond. La rue était calme et seul le brouhaha du bistrot outrageait le silence humide de ce soir d'automne. Vu l'heure tardive, la brasserie allait bientôt fermer. Il devait prendre une décision rapidement. Voler une bagnole ? Pourquoi pas mais si le propriétaire de la Mercos était dans l'un des immeubles alentour, il ne sortirait peut-être pas de sitôt. Pas question d'entrer dans le bar pour chercher le type, il pourrait le reconnaître, on ne sait jamais. La solution la plus pratique et sans doute la plus stupide lui vint en une fraction de seconde...

Le coffre n'était pas fermé à clé. Tant mieux, il n'aurait pas à le forcer. Il s'allongea à l'intérieur, enfonça des mouchoirs en papier dans la gâche afin d'empêcher le pêne de venir s'y accrocher puis baissa le hayon tout doucement. Couteau en main au cas où le propriétaire de la Mercedes aurait la mauvaise idée de le surprendre dans sa cachette, il en profita pour desserrer les vis de la gâche. En route, si le coffre venait à se fermer complètement, il pourrait toujours finir de la dévisser pour sortir. Une demi-heure plus tard, il entendit un son de pas sur le trottoir, puis une portière s'ouvrir. La berline démarra et roula un peu moins d'une heure. Sans regarder dehors, il tenta de suivre mentalement le trajet et perdit le fil sur le périphérique. Après la voie rapide, ce fut une succession de virages avant de sentir la voiture pencher sur plusieurs centaines de mètres. Il n'y avait pas beaucoup de collines autour de la ville et à sa connaissance, aucune suffisamment haute pour devoir monter aussi longtemps. À sa décharge, il connaissait parfaitement la ville mais beaucoup moins ses environs.

La voiture s'arrêta. Il entendit la porte claquer puis une autre s'ouvrir en grinçant, sans doute celle d'une habitation. Il attendit une dizaine de minutes avant de pousser légèrement sur le hayon du coffre, observer par la fente puis sortir. La voiture était garée devant un corps de ferme dont seule une partie semblait habitée. Sur la gauche, une grande ouverture donnait sur une grange et plus loin encore, le toit effondré et les murs en ruines étaient laissés à l'abandon depuis très longtemps. Il regarda autour de lui et aperçut une petite chapelle juste en face de la ferme. À ses côtés se dressait un arbre majestueux dont les branches encore feuillues dansaient au rythme langoureux de la brise. Ne voyant aucune lumière à l'intérieur, il réfléchit un moment sur la marche à suivre et décida d'aller jeter un œil dans la grange. Il espérait trouver un outil plus adapté que son couteau pour satisfaire son besoin de violence. Il n'avait pas seulement envie de crever ce type, il voulait que des giclées de sang tapissent les murs, que son corps éparpillé dans toutes les pièces lui donne envie de gerber. Il rêvait d'un truc bien sale, à en écœurer les dieux… Sur le sol recouvert de paille, un tas d'outils entreposés négligemment formait l'ombre d'une étrange araignée longiligne. Il se baissa, ramassa une hache, la soupesa, puis sortit se poster devant la porte d'entrée de la ferme.

La nuit épaisse masquait les étoiles et de lourds nuages commencèrent à se vider. Le vent cessa, laissant place aux petites gouttes de pluie qui frappaient son crâne avec délicatesse, ruisselaient le long de ses cheveux et venaient fondre dans le tissu de sa veste en jean. Il se tenait droit, à une vingtaine de mètres de l'entrée, serrant la hache, attendant l'impulsion intérieure qui le ferait bondir dans l'habitation et enfoncer son arme dans le corps du type qu'il avait cherché durant si longtemps. Il ne voulait pas se précipiter et ressentit une sorte de plaisir subtil à attendre dehors, dans le calme, retardant l'explosion de violence. Il prit une grande aspiration et fit un pas en direction de la porte.

— Bonsoir !

Surpris, il tressaillit et se retourna en prenant sa hache à deux mains, prêt à frapper. À moins de trois mètres de lui se trouvait un homme, souriant, les mains croisées dans le dos, portant des vêtements de couleur sombre. Il ne l'avait pas du tout senti venir et fut totalement désemparé. Depuis bien des années, personne ne pouvait s'approcher de lui sans qu'il le remarque. Il percevait la présence des autres même dans l'obscurité la plus profonde. Il recula, résolu à abattre son arme sur l'inconnu s'il faisait un pas de plus. Ce dernier ouvrit le pan de sa veste pour montrer un pistolet monté d'un silencieux.

— Restez tranquille, s'il vous plaît. Vous seriez déjà mort si telle était mon intention.

— Qu'est-ce que vous voulez ? demanda-t-il sans baisser la hache.

— Ce que je veux... ?

L'homme fit mine de réfléchir. Il ne semblait pas du tout prendre la situation au sérieux.

— Et bien, si nous allions en parler à l'abri ? finit-il par répondre en désignant la grange.

— Désolé, j'ai un travail à faire. Attendez-moi ici, nous parlerons lorsque j'aurai terminé.

— Justement, votre travail me pose un problème et c'est la raison pour laquelle j'aimerai en discuter. Bien sûr, si vous n'êtes pas d'humeur à cela, je peux sortir mon arme et vous tirer une balle dans la tête immédiatement. C'est une possibilité, mais est-ce vraiment la meilleure solution ? Pour vous, ça ne l'est pas, évidemment, puisque vous ne pourrez accomplir votre travail et pour moi, et bien... cela m'empêcherait de trouver réponse à mes questions. Donc, si vous l'acceptez, nous pourrions aller parler tranquillement dans la grange. Ne vous inquiétez pas, il ne ressortira pas de chez lui cette nuit, nous avons tout notre temps.

Il n'eut pas à se poser la question trop longtemps. L'homme avait un flingue et surtout, il était parvenu à se rapprocher de lui en toute discrétion. Nul doute qu'il saurait le tuer avant même qu'il n'ait fini de brandir la hache.

— Je n'ai pas l'impression que vous me laissiez le choix.

— Si, bien sûr que si. Discuter ou mourir. L'impression d'un manque de choix vient simplement du fait que vous confondez impératifs et possibilités. Nous avons toujours le choix. Bien souvent, nous l'oublions car nous considérons comme primordial le fait de rester en vie.

Était-il tombé sur un tordu ? Il n'avait pas envie de perdre son temps avec un philosophe à la con qui allait lui prendre la tête sur les grands mystères de l'univers. D'un autre côté, le philosophe à la con pouvait le buter d'un instant à l'autre.

— Très bien, je vous suis.

— Me suivre ? Ne me prenez pas pour un imbécile. Allons-y ensemble…

Ils entrèrent dans la grange et l'homme lui tendit la main, arborant toujours un large sourire.

— Je me nomme Sven, enchanté.

— Lazo, répondit-il en lui serrant la main. Vous allez me dire maintenant ce que vous me voulez ?

— Oui bien sûr, je ne suis pas là pour vous ennuyer. J'ai un problème et vous faites partie de ce problème. Asseyons-nous, proposa-t-il en désignant un amas de planches rangé contre un mur.

Ils s'appuyèrent contre les planches sans réellement s'asseoir dessus. À une distance d'un mètre l'un de l'autre, il leur serait possible d'attaquer sans qu'aucun des deux n'ait le temps d'utiliser son arme. Le rapport de force venait de s'équilibrer.

— Très bien… Et comment puis-je vous aider à le résoudre ?

— Tout d'abord, je peux vous assurer que je n'ai rien contre vous et détesterai devoir vous éliminer. Je ne vous conseille donc pas de tenter une folie. Vous semblez tenir à la vie. Ne la mettez pas en jeu sur un coup de dé. Vous ne me connaissez pas et ne pouvez deviner si vous aurez le dessus. Je vous le répète, si je ne tenais pas à régler ce problème sans vous faire de tort, vous seriez mort au moment où vous êtes sorti du coffre de cette voiture. Ou peut-être ici, dans cette grange, occupé à ramasser une hache.

— Je crois que j'ai compris. Alors, on fait quoi maintenant ?

— Permettez-moi de vous exposer mon souci. En vous voyant sortir de votre cachette, puis aller chercher cette arme, j'en ai déduit que vous désiriez assassiner la personne vivant ici.

Lazo ne répondit pas, attendant que l'autre développe. Fallait pas être Sherlock Holmes pour comprendre ses intentions… Ça risquait d'être long…

— Je me trompe ?

— Non, c'est évident. On va y passer la nuit ?

— Cela m'ennuierait beaucoup. En premier lieu, je dois analyser la situation. Pourquoi désirez-vous tuer cet homme ?

— Une vengeance personnelle, cela ne vous regarde pas.

— Très bien. Je ne voudrais pas être indiscret. Êtes-vous donc prêt à mourir pour cette vengeance ?

— S'il le faut.

Sven baissa la tête un moment, perdu dans ses réflexions.

— Il a tué un proche et vous venez aujourd'hui pour lui rendre la pareille.

— C'est possible. Vous allez me le dire votre putain de problème qu'on puisse régler ça ?

— J'y viens. Comment pouvez-vous être certain de ne pas faire erreur sur la personne ?

— Je l'ai vu commettre son crime. Je l'ai suivi à travers les bois jusqu'à sa voiture et j'ai relevé les numéros de plaque.

— Et s'il a changé de voiture ?

— Je le saurai lorsque je serai entré. Si ce n'est pas lui, je repartirai sans lui faire de mal. Et toi, qu'est-ce que tu fous là ?

— Étrange, très étrange… Vous l'avez vu commettre un crime… Il y a combien de temps ?

— Eh l'ami, je t'ai posé une question.

— Oui, pardon. Je vais te répondre mais je dois tout d'abord savoir depuis combien de temps tu le traques.

Le ton devint soudainement plus électrique. Les deux ombres continuaient de chuchoter. Une tension palpable venait de s'abattre sur la grange. Lazo était trop nerveux et Sven devait faire attention à ne pas laisser la situation déraper.

— Environ deux ans. Ça va ? Satisfait ? Alors maintenant à toi.

— Deux ans… répéta Sven, pensif. Je suis un professionnel, j'exécute des contrats. Il se trouve que je venais ce soir pour une raison similaire à la tienne. Tu imagines ma surprise lorsque je t'ai vu sortir du coffre ?

235

— Et alors ? Ce fils de chienne a certainement des tas d'ennemis et que l'on se retrouve tous les deux ce soir, c'est juste une coïncidence.

— Cela ne peut être une coïncidence. Il n'y a jamais de coïncidences dans mon métier. La personne qui m'envoie est extrêmement bien informée. D'habitude, je choisis moi-même la date et le lieu pour exécuter mes contrats. Or, cette fois, il était précisé que je devais absolument me trouver ici, ce soir, peu avant minuit. Pourquoi ?

Lazo le regardait sans bien comprendre pour quelle raison le fait d'être deux à vouloir faire la peau de cette ordure posait un problème…

— Oui, pourquoi ? demanda-t-il en jouant le jeu, espérant raccourcir ainsi la discussion.

— Elle voulait que je te rencontre.

— Qui ça, elle ?

— La personne qui m'envoie.

— Ah, super. Bon, maintenant que c'est réglé, je peux aller le buter ?

— Non, c'est bien cela qui m'ennuie… Es-tu certain de pouvoir le faire ?

— Ça ne serait pas le premier…

— C'est un professionnel lui aussi. Il t'a déjà repéré et attend tranquillement que tu pénètres chez lui pour te descendre. Sais-tu par où tu vas entrer ? La porte grince, casser un carreau ferait du bruit. Comment comptes-tu t'y prendre face à lui ?

— Je suis assez doué pour la discrétion. Je l'ai suivi sans qu'il me remarque. Je viens de sortir du coffre de sa bagnole et je sais qu'il n'a pas soupçonné ma présence.

— Comment le sais-tu ?

— Je sens ces choses-là. Il ne sait pas que je suis ici.

Sven le fixait avec attention. Ses yeux brillants dans l'obscurité cherchaient à mesurer le degré de crédibilité qu'il devait apporter aux affirmations de Lazo.

— Oui, ça se pourrait… Elle ne m'aurait pas envoyé pour rencontrer un type lambda… murmura-t-il pour lui-même.

Lazo commençait à s'impatienter. Ce mec n'avait pas l'air méchant mais après deux ans de recherche, il n'avait pas envie de s'éterniser dans une grange à faire la causette.

— Si tu veux, on le bute ensemble, proposa-t-il à Sven toujours perdu dans ses pensées.

— Malheureusement, c'est impossible. Vois-tu, mes contrats sont en quelque sorte « sacrés », répondit-il, en appuyant sur le dernier mot. Je ne peux pas te laisser le tuer et je ne peux dérober ta vengeance juste sous ton nez.

— Là-dessus, on est d'accord, je dois le crever de mes propres mains. Mais pour toi, qu'est-ce que ça change ? À partir du moment où ton contrat est rempli, peu importe qui l'a exécuté, non ?

Sven sourit à nouveau en croisant les bras.

— Tu n'écoutes pas lorsqu'on te parle ? Je viens de te dire que l'on est dans le domaine du sacré. Je ne peux laisser un profane faire mon boulot, il perdrait toute sa valeur.

Lazo comprit aisément cette notion de sacré, ou du moins, c'est ce qu'il crut sur le moment.

— OK. Si ça peut te rassurer, je ne suis pas vraiment un profane. J'ai déjà participé à des crimes rituels.

Sven resta sans rien dire une poignée de secondes, plongeant son regard dans celui de l'adolescent. C'était donc cela... Un contrat avait été lancé sur la tête d'un taré qui sacrifiait des gens, certainement des jeunes vierges. Ce gamin avait vu le crime et s'était mis en quête de retrouver l'assassin. Non seulement il avait été témoin du meurtre, chose déjà assez étonnante, mais avait réussi à remonter la piste jusqu'ici. Ce gosse était incroyablement doué ou béni des dieux. Dans les deux cas, cela expliquait pourquoi elle voulait qu'il le rencontre. Il ne prenait plus goût à son métier et songeait de plus en plus souvent à arrêter. La Dame s'en était rendu compte. Elle l'avait donc envoyé précisément ce soir, non pas pour assassiner mais pour recruter. Malgré sa jeunesse, il semblait déjà avoir pas mal de vécu, une âme bien trempée, beaucoup de talent et surtout une volonté inébranlable. Il en fallait pour pister l'un d'entre eux. Les pensées de Sven défilaient à une vitesse folle. La certitude d'avoir son futur remplaçant juste en face de lui s'épaississait de plus en plus. S'il parvenait à l'enrôler, il pourrait prendre sa retraite. N'était-ce pas le désir de la Dame ?...

— Sataniste ? demanda-t-il.

— Luciférien ! répondit Lazo sur un ton menaçant, à mi-chemin entre l'offense et la colère.

— Oh, mille excuses... Je ne voulais pas te vexer. Cela n'a pas d'importance, de toute façon. Apparemment, nous sommes dans une impasse.

Je ne peux te laisser le tuer et tu ne peux me laisser exécuter mon contrat.

— Apparemment… Alors on fait quoi ? On s'entre-tue et celui qui survit gagne le droit de buter l'enflure d'à côté ?

— Ce serait un peu idiot, tu ne trouves pas ?

— Peut-être. Je n'ai rien contre toi, mais je suis prêt à tout…

— Je n'en doute pas, c'est ce qui me plaît chez toi. Tu fais quoi dans la vie en dehors de pourchasser des tueurs ?

La question désarçonna Lazo. Il se demanda si le type n'était pas schizophrène ou un truc dans le genre. Il veut quoi ? On va papoter du bon vieux temps ? Il va me raconter sa dernière cuite ou son dernier plan cul ?

— Qu'est-ce que ça peut te foutre ce que je fais de mes journées ?

— Rien, en effet. Je réfléchissais juste à une solution.

— Alors, magne-toi, parce que je commence à avoir des fourmis dans les bras et ma hache crève de soif.

— L'impatience de la jeunesse… Tu veux assassiner un professionnel et tu n'es pas capable de savoir prendre ton temps. Il va te trouver la peau avant même que tu ne le voies.

— T'inquiètes pas pour moi, je sais me débrouiller.

— Je n'en doute pas. Ceci dit, lui aussi sait se débrouiller.

— Alors, donne-moi un coup de main.

— On retombe dans l'impasse.

— Ça commence à me gaver tout ça. Je vais sortir d'ici et aller buter cette merde. Si tu veux m'en empêcher, tu peux toujours me tirer dans le dos.

— Dans le dos ? Pour qui me prends-tu ? Je n'ai jamais tiré dans le dos de personne.

Lazo se dirigea vers la sortie lorsqu'il sentit une main se poser sur son épaule. Il se retourna d'un coup, orientant la hache en direction du ventre de Sven tout en se dégageant de la faible étreinte. Il retint son geste réflexe et perçut le pas de recul de son adversaire. Étonnamment vif, il aurait évité le coup de hache sans difficulté. La rapidité et la grâce de son esquive dévoilaient des capacités bien supérieures aux siennes. Même sans flingue, cet homme aurait le dessus dans un combat. Il était peut-être plus sage de trouver une solution acceptable pour les deux parties.

— Nous avons le temps, reprit Sven. Pourquoi ne pas chercher à nous entendre ?
— Et on fait quoi depuis tout à l'heure ? Ça n'avance à rien. Tu ne veux pas que je le tue et je ne peux pas te laisser le tuer. On peut discuter toute la nuit, ça ne servira à rien.
— J'ai peut-être une solution.
— Il était temps… Je t'écoute.
— Si nous le laissions en vie ?
— C'est une blague ?
— Non, pas du tout. Voilà ce que je te propose. Tu veux te venger car il a pris la vie de l'un de tes proches. Si, au lieu de le tuer, tu lui volais la sienne ? Ne serait-ce pas une bien meilleure vengeance ?
— C'est ce que je vais faire en lui enfonçant cette hache au milieu du crâne.
— Tu ne comprends pas. Je te propose de prendre sa place. Lui voler sa ferme, son emploi, son identité…
Lazo retourna s'appuyer sur l'amas de planches.
— Je t'écoute.
— En réalité, il travaille pour le même employeur que moi. Cette ferme ne lui appartient pas. Nous pourrions nous débrouiller pour le laisser en vie dans un état végétatif et si tu acceptais de prendre sa place auprès de notre employeur, tu pourrais également récupérer sa ferme.
— Tu veux dire que c'est ton collègue de boulot ?
— En quelque sorte ?
— Vous faites des bouffes ensemble et puis un soir, comme ça, tu viens le buter ?
— Non, je ne le connais pas. Je ne l'ai jamais rencontré.
— Si je prends sa place, je devrais toujours m'attendre à ce qu'un gars comme toi vienne me faire la peau dans la nuit. Je dors rarement sur mes deux oreilles mais je n'ai pas spécialement envie de m'ajouter des ennemis.
— Il n'y a pas de raison que tu en aies davantage. Tu reçois un contrat sur une saloperie, tu l'exécutes et tu rentres chez toi profiter de ta paie.
— Et si la cible n'est pas une saloperie ?

— C'est toujours une saloperie. Notre employeur ne condamne pas les innocents.

Sven était-il en train de traiter son père de saloperie ? Il sentit une bouffée de colère monter soudainement le long de sa colonne vertébrale et parvint à la bloquer avant qu'elle ne puisse prendre le contrôle de son esprit.

— Personne n'est innocent ! répondit-il avec une voix pleine d'aigreur.

— Certes, on pourrait philosopher sur le sujet durant des milliers d'années et après ? Il existe de véritables saloperies pour lesquelles il n'y a aucun doute.

Lazo parvint à faire redescendre sa colère et la laisser se dissoudre d'elle-même, noyée dans un flux de pensées sevrées d'émotions. Après tout, Dimitri assassinait des gamines en l'honneur des démons. Lazo ne supporta jamais la servilité de son père adoptif envers les anges des profondeurs et demeura partagé entre son amour pour celui qui l'a sorti de la rue et son dégoût de le voir implorer les esprits comme un chien couinant devant un os inaccessible. Oui, s'il devait rester objectif, ce type avait raison, Dimitri était une saloperie.

— Admettons que j'accepte de prendre son boulot et son logement. Pourquoi devrais-je le laisser en vie ?

— Imagine pouvoir l'observer durant des années, dans une chambre d'hôpital, la langue pendante, lobotomisé, sans pouvoir s'exprimer ni contrôler correctement son corps. Toi, tu viendras le voir, il te reconnaîtra mais ne pourra rien dire. Tu lui parleras de tes exploits, de la vie que tu mènes à sa place. Lui ne bougera pas, gémissant parfois en réaction à tes paroles. Tu plongeras ton regard au fond de ses yeux afin de percevoir l'affreuse lucidité d'un esprit enfermé dans un corps brisé.

Lazo prit le temps de soupeser la proposition. Elle paraissait alléchante, peut-être un peu trop alléchante. Une maison, un boulot consistant à tuer des gens et une superbe vengeance pour couronner le tout ? Ça sentait la carotte à plein nez.

— Je n'ai jamais cru au père Noël. À la rue, on a seulement les pervers et les mères maquerelles. Alors, elle est où l'arnaque ?

— Il n'y a pas d'arnaque. Je te propose de voler sa vie, rien de plus.

— Et tu y gagnes quoi dans tout ça ?

— Un apprenti…

Il n'en fallut pas plus pour le convaincre. Tellement obnubilé par sa vengeance, il n'avait pas pris le temps de penser à ce qu'il ferait une fois celle-ci accomplie. Il en avait assez de passer de squat en squat. Ses années avec Dimitri lui avaient offert le plaisir d'avoir un chez-soi. Un luxe pour qui est né et a toujours vécu dans la rue. Un « chez soi » relatif car il ne considérait pas être un résident du monde, mais plutôt un visiteur ne se sentant nulle part chez lui, un étranger pèlerinant dans un désert d'étoiles. Son « chez lui » se trouvait au-delà des univers, au-delà de ce que la psyché peut concevoir. Il était un ami de Dieu, bien qu'à l'époque il n'en avait pas encore pleinement conscience. Avoir une chambre dans laquelle personne ne pénètre, un sanctuaire au milieu des ruines, un véritable havre de paix. L'idée se révélait aussi plaisante que nécessaire. La proposition de Sven semblant trop belle pour être honnête, il s'empressa de l'accepter. Il verrait bien comment tout ceci allait se terminer…

— Je marche, dit-il en tendant la main. J'aimerais savoir encore une chose. Comment va-t-on faire pour lui bousiller le cerveau sans le tuer ?

— Je vais le lobotomiser, répondit Sven en lui serrant la main.

— J'avais compris, mais comment ?

— Oh, c'est simple, il faut juste que je trouve l'outil de la bonne taille. Une paire de ciseaux, un tournevis, quelque chose d'assez fin et pointu.

Sven sortit une lampe de poche et commença à balayer le sol et les murs. Sur une étagère, il récupéra une boîte à outils, dans le genre de celles utilisées par les électriciens. À l'intérieur, il prit un tournevis et referma la main autour de la tige. Celle-ci était exactement de même longueur que sa paume, l'embout cruciforme dépassait à peine.

— Impeccable. Nous allons pouvoir y aller, dit-il en se retournant vers Lazo. Je te le répète, à partir de maintenant, nous sommes liés. Tu t'engages à suivre mes ordres et je m'engage à t'enseigner l'art d'assassiner les monstres. On est d'accord ? Il n'y aura pas de retour possible.

— Je t'ai déjà répondu. Je n'ai qu'une parole.

— Oui, comme tout le monde… Seulement, avec moi, tu n'as pas le droit de la perdre. Elle va de pair avec ta vie.

— Tu veux quoi ? Un serment sur la Bible ? Que je m'ouvre la main pour un pacte de sang ?

— Non, ce ne sera pas utile. Je voulais juste m'assurer que tu avais bien compris les termes du contrat. Suis-moi.

Ils sortirent de la grange et se postèrent devant l'entrée de l'habitation. La pluie s'était muée en averse. D'épaisses gouttes, portées par un vent de plus en plus irrité, frappaient les vitres de la ferme. Sven poussa lentement la porte. À demi couvert par le vacarme des éléments, le grincement résonna comme les cloches de la Saint-Jean dans les oreilles de Lazo. Il s'était foutu de sa gueule ? Il lui avait fait tout un baratin sur le professionnalisme du gars, de comment il allait pénétrer dans la maison sans éveiller son attention et il venait d'ouvrir la porte tranquillement sans se soucier du grincement ! Guidés par le faisceau de la lampe de poche, ils entrèrent dans la pièce principale. On apercevait l'ombre d'une grande table et des meubles contre les murs. Des ronflements affreux émanaient de l'obscurité. Ils empruntèrent un couloir au fond à gauche avant de s'arrêter devant une porte. Sven semblait parfaitement connaître les lieux car il n'hésita pas une seconde sur la direction à prendre. Il tourna la poignée et poussa le battant. Les ronflements cherchant à faire trembler les murs ne diminuèrent pas. Apparemment, leur auteur était si profondément endormi que son inconscient n'avait plus la force de le prévenir du danger imminent. Les deux hommes s'approchèrent du lit où ils aperçurent leur proie. La lampe de poche balaya discrètement les alentour, s'arrêta sur une bouteille de vodka et une boîte de Xanax traînant sur la table de nuit, avant de revenir sur le corps allongé tout habillé sur le lit. Sven prit des Serflex dans sa poche et en tendit deux à Lazo, lui indiquant de faire le tour du lit. Ils passèrent en même temps les lamelles de plastiques autour des poignées du dormeur et d'un geste brusque les tirèrent pour les lier aux barreaux de la tête de lit. L'homme ne se réveilla pas. Ils firent de même avec les pieds avant d'allumer la lumière.

Lazo observait le visage du type avec satisfaction. C'était bien lui. Il était à sa merci. Une envie de prendre son temps, de le garder ici, pieds et poings liés, de lui faire découvrir toutes les joies d'une imagination riche et sadique ayant fermentée patiemment deux ans dans les bas-fonds de la ville. Sven ne disait rien, observant Lazo en silence. Il attendait de voir sa réaction, se tenant prêt à intervenir s'il décidait de ne pas tenir parole et de lui enfoncer sa hache dans le crâne. Malgré leur accord, Lazo n'avait pas lâché son arme.

— Alors c'est ça ton professionnel ? Une éponge tellement beurrée que la maison pourrait s'effondrer, ça ne le réveillerait pas.

— Oui, ces derniers temps il a un peu de mal à dormir.

— Tu le savais, lança Lazo sans conviction.

— Évidemment, mon employeur m'a prévenu.

— Alors, tout à l'heure, tu m'as bluffé... Ça va être compliqué d'avoir une relation de confiance avec un joueur de poker !

— Je ne joue jamais au poker, je préfère les échecs. Je t'ai dit ce qui était nécessaire pour que tu écoutes ma proposition. Je ne bluffais pas, je te sauvais la vie. Tu joues aux échecs ?

Sven posa le tournevis au milieu du front de leur proie, juste au-dessus des sourcils, serrant la tige de toutes ses forces et demanda à Lazo de frapper sur le manche avec la tête de sa hache. La violence du coup compressa la main, laissant dépasser la pointe du tournevis qui vint perforer le crâne. Le dormeur ne se réveilla pas mais ses ronflements cessèrent. Un mince filet de sang coulait de son front. Ils le détachèrent, enlevèrent ses vêtements et le portèrent dans le coffre de sa voiture. Lazo trouva les clés de la Mercedes dans la poche du pantalon et prit le volant.

Les cieux courroucés semblaient ne pas vouloir se calmer, de petits torrents se formaient sur les côtés de la route.

— Tu es certain que ça va marcher ? demanda Lazo en essuyant le pare-brise de sa manche pour enlever la buée.

— Fais-moi confiance, j'ai déjà pratiqué cette opération. Je ne fais rien au hasard.

— Si tu le dis, répondit-il dubitatif. On va où ?

— Tu connais le lac Baga-Higa ?

— Non.

— C'est à cinquante bornes d'ici, je t'indiquerai la route.

Ils roulèrent un peu moins d'une heure, se frayant un passage à travers le déluge et arrivèrent aux abords du lac juste avant le lever du jour. S'étalant sur plus de vingt kilomètres carrés, Baga-Higa offrait de nombreuses plages gavées de baigneurs l'été, une multitude de snacks et guinguettes pour tous les goûts et deux scènes situées à l'opposé l'une de l'autre pour spectacles et concerts estivaux.

N'ayant plus une goutte à cracher, le ciel fit disparaître sa colonie de nimbus et donna une chance aux dernières étoiles. Ils descendirent de la Mercedes, prirent le corps dans le coffre et le déposèrent proche de la rive. Totalement nu, la respiration assez faible, l'homme semblait être dans un coma profond.

Sven se pencha pour prendre son pouls.

— Il va bien. Il se réveillera, il le faut.

— Pourquoi ?

— Parce que c'est la volonté de la Dame.

— La Dame… ? Tu peux m'en dire plus sur elle ?

— Non, pas pour l'instant.

Sven observait le corps de sa victime comme s'il cherchait quelque chose.

— Pas très discret comme endroit, constata Lazo.

— Justement, il faut qu'on le trouve rapidement, sinon il risquerait de ne pas survivre. Ici, il y a beaucoup de monde dès le matin. Les promeneurs de chiens, les sportifs, les retraités, que sais-je ?

— C'est toi qui vois.

— On ne peut pas le laisser comme ça, son trou dans le front est trop voyant. Il faut le masquer, laisser penser qu'il s'agit d'une agression classique. Trouve un bâton assez solide et frappe-le.

— Avec joie !

Lazo retourna à la voiture et récupéra la barre du cric dans le coffre. Le voyant revenir, tout sourire, Sven eut un léger doute sur la santé mentale de son nouvel apprenti.

— T'as bien compris qu'il ne fallait surtout pas le tuer ?

— Oui, juste un maquillage, je sais.

Lazo frappa le crâne du dormeur en retenant ses coups afin de lui déchirer la peau du front et le cuir chevelu sans risquer de l'envoyer dans l'au-delà. Une fois leur œuvre terminée, ils remontèrent dans la voiture et repartirent en direction de la ville.

— Et la bagnole, on en fait quoi ?

— La bagnole ? Elle est à toi, sourit Sven.

Ainsi émergea l'aube d'une longue amitié entre deux serviteurs de Dieu.

XV

Lazo s'attarda sur l'une des nombreuses photos et la fourra dans sa poche avant de refermer le dossier. Il relut une fois encore la phrase manuscrite sur la couverture : « Rejoins-moi lorsque tout sera accompli », puis passa l'ensemble du dossier à la flamme de la chandelle. Il observa la bougie un long moment avant de sortir de la crypte. Il ne reviendrait plus. Ce contrat signait la fin de son office, sa vengeance et sa libération. Une sorte de nostalgie prémonitoire vint s'emparer de son âme. Qu'allait-il donc faire après ? Partir avec Marion, profiter de sa fortune accumulée ses dix dernières années ? Le goût du sang n'allait-il pas lui manquer ? Arriverait-il à trouver quoique ce soit de sacré en ce bas monde qui puisse compenser la perte de son ministère ? Il en doutait affreusement mais sur l'instant, il ne voulait pas gâcher son plaisir en se projetant dans un avenir chimérique. Le futur tout comme le passé sont des bluffs de notre imagination et de notre mémoire, un outil hypnotique nous tenant perpétuellement dans un profond sommeil. Il chassa cette nostalgie nauséabonde de son être et reprit la maîtrise de ses émotions. Bien qu'il soit sans doute le plus important de sa carrière, ce contrat devait être exécuté aussi consciencieusement que tous les autres. Il remonta dans le chœur de la chapelle, referma la crypte, s'agenouilla pour laisser un baiser d'adieu au pied du crucifié puis récupéra une clé posée dans un petit trou juste derrière la croix. Il souffla dessus pour enlever la couche de poussière et la rangea avec la photo prise dans le dossier.

Dehors, la nuit était fraîche comme la mort et parsemée d'étoiles. L'automne se préparait à céder sa place, Orion revenait d'un long voyage intersidéral et la Lyre jouait le Requiem pour un Assassin. En montant dans sa voiture, Lazo chercha à retrouver la dernière fois où il fut de si bonne humeur. Jamais, sans doute. Sa mémoire avait beau creuser, elle ne récupéra pas un seul souvenir pouvant se mesurer à ce qu'il ressentait. Une pensée vint le surprendre au détour d'un virage. Comment avait-il pu supporter trois décennies sans trouver le moindre intérêt à fouler cette planète remplie de démons ? Plus de trois cent soixante lunes et pas le plus petit rayon d'un soleil de minuit... Tout juste une faible lueur lorsqu'il devait renvoyer une pourriture en enfer. Et encore, si le meurtre ne lui donnait pas un minimum de jouissance, il exécuterait ses contrats comme n'importe quel ouvrier bossant à l'usine... De nouveau, il chassa ces pensées venant gâcher son plaisir. N'étant pas habitué à la sensation de bonheur, son esprit sortait toutes les armes d'autodéfense disponibles pour tenter de le faire redescendre sur Terre. Il entra en ville, passa devant le Luna Park et se surprit à trouver cette orgie de néons multicolores assez jolie. Les badauds s'accumulaient à l'entrée, pressés d'aller dépenser leur jeunesse dans des attractions futiles. Pourtant, ce soir, il les comprenait...

Il traversa le troisième arrondissement et une partie du septième. À cette heure-ci, la circulation assez fluide lui permit de se retrouver en peu de temps dans le cinquième. Il gara sa voiture sur le bord d'un trottoir de la rue Laboa, non loin du parc des Antonymes et marcha une dizaine de minutes face à la brise glaciale avant de pénétrer dans un immeuble. Lazo emprunta les escaliers en colimaçon, s'arrêta au troisième palier, sortit la clé récupérée dans la chapelle et l'inséra dans la serrure d'une large porte en bois. Voilà bien longtemps qu'il avait fait faire cette clé, attendant patiemment le jour où il en aurait besoin. Chaque année, il venait s'assurer que la serrure n'avait pas été changée. Il fit un tour et ouvrit très lentement la porte...

La télévision diffusait un épisode de la quatrième dimension où un couple se réveillait dans une maison témoin au milieu d'un lotissement vide. La pelouse était artificielle et tout le décor semblait fait d'un épais carton. Ils avaient tout compris à l'époque. Notre monde n'est qu'une supercherie. Nous sommes enfermés dans un bocal géant dont les parois sont bleues la journée et tapissées d'étoiles la nuit. Qui nous a mis ici ? Sont-ils parmi nous ? Nous observent-ils ?

Soudain, Caritas sentit une présence dans son dos. Il tourna la tête et

aperçut Lazo, un flingue à la main, s'approchant lentement de lui. Il voulut se lever.
— Reste assis, je t'en prie.
Tout autour du canapé, des cartons de pizzas, la gueule ouverte, exposaient des restes recouverts de moisissure. Des taches de sauces multicolores teintaient le lino entre les résidus de nourriture dont on ne pouvait plus savoir s'ils étaient venus maculer le sol avant ou après ingestion. Une odeur de champignons mêlée d'urine agressait les voies olfactives. Lazo prit une chaise rangée contre le meuble de la cuisine et vint s'installer en face de sa proie.
— Bonsoir Serge...
Il ne manquait plus que lui ! Comment était-il entré ? Et pourquoi l'appelait-il Serge ? Était-ce la fin ? Ce bon vieux docteur aurait décidé qu'il fallait en finir avec son expérience ? Il aurait aimé pouvoir en parcourir les résultats...
— Alors ça y est, tu es venu me tuer ? dit-il d'un triste sourire.
– En effet. Il était temps, tu ne trouves pas ?
— Évidemment, maintenant que j'ai mis votre complot à jour, vous ne pouvez me laisser vivre plus longtemps. C'est logique... Tu diras à Douez que je ne lui en veux pas. J'espère simplement qu'il se foutra son Nobel bien profond dans le cul.
— Douez ? demanda Lazo en fronçant légèrement les sourcils.
— N'est-ce pas lui qui t'envoie ?
— Non, désolé, je ne connais pas de Douez.
Bien sûr. Douez n'était qu'un pantin comme les autres ! Il y avait donc une éminence grise au-dessus, mais qui ?
— Alors qui t'envoie ?
Lazo sortit un pendentif de sa poche et le tendit à Caritas. Ce dernier le prit dans la main et sans le quitter des yeux, commença à rire nerveusement. Des larmes vinrent troubler sa vue et son rire aux consonances sinistres s'amplifia. Il lui fallut un moment avant de reprendre ses esprits et calmer ses nerfs. Lazo l'observait sans rien dire, son 9 mm en main, le regard noir, imperturbable, fixé sur un homme ayant sombré dans la folie. Caritas scruta le manche de la dague miniature, essayant de déchiffrer les lettres inscrites dessus.
— Je ne vois pas assez bien, c'est écrit trop petit, mais je n'ai pas l'impression qu'il soit marqué à mon nom. Tu te trompes de client.
– Serge Stolchov. Je ne me trompe jamais.

— Stolchov ? reprit Caritas en souriant. Et d'où sors-tu ce nom ? Personne ne connaît ma véritable identité, alors ton pendentif, tu peux te le mettre où je pense.
— Tu te nommes Sergueï Stolchov, né à Rabisha, il y a bientôt un demi-siècle. Engagé dans l'armée juste après l'école, tu as été remarqué par le KDS. Cinq ans dans les services secrets bulgares avant de passer au KGB. Puis, tu as traversé le rideau de fer pour venir offrir tes compétences à la Dame.
— La Dame ? Quelle Dame ?
— Tu es un tueur, Serge, tout comme moi. Du moins, tu l'étais…

Le regard empli d'incompréhension, Caritas cherchait à démêler le vrai du faux dans les affirmations de Lazo. S'il venait pour le tuer, il n'avait aucune raison de mentir et pourtant, cette nouvelle identité faisant de lui un James Bond de l'Europe de l'Est semblait tirée par les cheveux. Cela dit, il se souvint n'avoir eu aucune difficulté lors des tests pour entrer dans la police. À l'époque, Douez et lui avaient imaginé la possibilité qu'il fût dans son ancienne vie, militaire, flic ou un truc dans le genre. Ce n'était peut-être pas des conneries.

— Comment ça un tueur ?
— Toujours aucun souvenir ? Lorsque je t'ai donné la dague, tu as immédiatement regardé derrière le manche pour chercher ton nom. Ce n'était pas un réflexe inconscient.
— Bien sûr que non, j'ai déjà vu cet objet ou son semblable. D'ailleurs, il y en avait un au cou de ton père, si je ne me trompe.
— En effet, tu lui as offert avant de l'égorger.
— Quoi ? répliqua Caritas écarquillant les yeux

Sa surprise n'était pas feinte. Il était difficile de comprendre comment il pouvait se souvenir de la dague en ayant totalement oublié ses contrats. Mais après tout, la dague portait sa propre puissance. Il était possible que la lobotomie ne parvînt jamais à l'effacer complètement.

Lazo restait muet, un large sourire aux lèvres.
— Je sais que vous jouez avec moi depuis des années mais tu ne me feras pas avaler que j'ai tué de Naglowski, c'est absurde !
— Et pourtant, je t'ai vu. Lorsque tu es entré dans le Temple, je me suis caché derrière un rideau, tu ne m'as pas remarqué. Je t'ai vu lui trancher la gorge et repartir à travers les bois.
— Et pourquoi j'aurais fait ça ?
— C'était un contrat comme un autre.

Un pilier se brisa au fond de son crâne et il fut assez surpris qu'il restât encore des choses à démolir dans sa conscience douloureuse. Était-ce une étape de plus dans le jeu pervers de l'Éminence grise ? Tenter de le persuader qu'il enquêtait sur ses propres meurtres ?

— Je suis amnésique, tu peux raconter n'importe quoi sur mon passé, mais là c'est un peu trop gros. Je serais le tueur à la dague ? C'est donc moi qui ai assassiné Malgoff et tous les autres ? Je serais complètement schizo, c'est ça ? J'assassine les gens la nuit et la journée, je mène ma petite vie sans la moindre idée de ce que je viens de faire ? Arrête de me prendre pour un con ! Mon amnésie remonte à une douzaine d'années et depuis, je n'oublie plus une seule seconde de mon existence.

— En effet, Malgoff, c'est mon œuvre. J'ai dû reprendre ton activité lorsque tu n'as plus été en mesure de travailler.

Caritas sentit un trou d'air au creux de sa poitrine, le néant cherchait à l'aspirer de l'intérieur. Il comprenait les paroles de Lazo mais leur sens restait flou, comme un puzzle dont les pièces ne correspondent pas. Il avait beau forcer pour les imbriquer, elles refusaient de se mettre en place.

— Je ne comprends rien à ce que tu me racontes.

Il avait l'air vraiment paumé, il ne faisait pas semblant. D'après la Dame, sa mémoire avait peu de chance de revenir un jour. Des images du passé parviendraient à atteindre la surface, des sentiments confus, des impressions isolées de toutes références temporelles. Rien d'assez conséquent pour remonter le fil d'Ariane.

— Il y a environ douze ans, on t'a découvert au bord d'un lac, le crâne défoncé.

— Ce n'est pas un secret. Les journaux en ont parlé à l'époque, je crois que ma photo est passée à la télé.

— Je t'ai retrouvé, tu étais tellement ivre que tu ne t'es même pas réveillé lorsque je suis entré chez toi. Je t'ai percé le front avec un tournevis, tu en portes encore la cicatrice juste au-dessus des yeux. Puis je t'ai emmené au bord du lac avant de t'ouvrir le crâne.

Lazo omit volontairement de mentionner Sven. Inutile de lui en dire plus que nécessaire.

— Oui, toi ou Elvis Presley... Dire que j'ai toujours cru que c'était Jiminy Cricket le coupable... Et non, c'était juste toi. Et pourquoi ? Attends, laisse-moi deviner. Tu veux me faire croire que j'ai tué Dimitri, alors tu es venu venger ton père. C'est bien ça ?

— Exactement.

Il s'alluma une cigarette, tendit le paquet en direction de Lazo puis, devant le refus de ce dernier, le lança sur la table basse.

— Arrête de me raconter des conneries ! Si tu veux me buter, fais-le ! Pourquoi te justifier en m'inventant une ancienne vie de tueur à gages ? Ça te fait jouir d'imaginer que je suis le meurtrier de ton père ? Tu en as flingué combien avant moi, des meurtriers de ton père ? T'as besoin de te faire croire ça pour avoir les couilles de tuer quelqu'un ? T'es encore plus vrillé que moi, mon pauvre. Tu devrais te faire soigner. Je te conseille le docteur Douez, un spécialiste pour ce genre de névrose…

Lazo le laissait déblatérer sans répondre. Il avait envie de prendre son temps. Il attendait ce moment depuis quatorze ans. Pas question de le gâcher en se précipitant comme un jeune puceau dans son premier vagin.

— Avant de me flinguer, donne-moi au moins la véritable raison. Et dis-moi, c'est quoi ce délire de dague crucifix ? Pourquoi tu offres ça à tes victimes ? Et c'est qui la Dame à qui j'aurai offert mes services ?

— Tant de questions… Dire que toutes les réponses se trouvent là, bien rangées dans un coin de ton cerveau, inaccessible… Hélas, je ne peux pas satisfaire ta curiosité.

— Tu ne peux pas ou tu ne veux pas.

— Certainement un peu des deux. Tu n'as peut-être pas totalement tort, je suis sans doute perché. C'est vrai, je te l'avoue, ça me fait jouir de savoir que tu vas crever sans avoir de véritables réponses. Je vais peut-être faire durer et même te donner la raison pour laquelle on m'a demandé de venir t'offrir ce pendentif. Tu as de la chance, je ne suis pas aussi attentionné avec mes autres clients.

Lazo sortit le cliché récupéré dans le dossier. C'était la première fois qu'un élément d'un dossier s'échappait de la crypte sous une autre forme que fumée et cendres. Ce contrat était spécial, il s'était permis une exception. Il lança la photo sur la table basse. Serge la ramassa et un sourire sincère vint éclairer son visage.

– C'est Mélanie. Pourquoi as-tu une photo d'elle ?

— Parce que tu l'as tuée.

— Mais non, pas du tout, elle est ici, dans la pièce d'à côté.

Caritas se tourna en direction de la porte de sa chambre.

— Mélanie, viens voir, nous avons un invité ! Il voudrait te saluer.

Le silence régnait. Les deux hommes immobiles, figés par une fêlure du temps, observaient la porte. Cette dernière resta close et nulle réponse

n'émana de la pièce voisine. Caritas appela de nouveau.
— Mélanie, je t'en prie, viens ma chérie ! Un ami veut te rencontrer. Elle est un peu timide et n'aime pas beaucoup se montrer devant des étrangers, dit-il à Lazo en baissant la voix de crainte qu'elle ne l'entende.
— Elle n'est pas dans la chambre, elle est dans ta tête. Tu l'as tuée.
— Tu racontes n'importe quoi, elle était en train de faire le lit juste avant que tu n'entres chez moi. Tu lui as certainement fait peur.

Caritas se leva d'un bond et furieux, se précipita ouvrir la porte.
— Mélanie, ne fais pas l'idiote, notre ami pense que je t'ai fait du mal. Viens lui montrer qu'il se trompe.

Il fouilla la chambre du regard sans percevoir sa bien-aimée. L'incompréhension vint calmer sa colère, laissant place à un affreux doute. Il retourna à pas lent s'installer dans le canapé.
— C'est étrange, il n'y a pas dix minutes, je l'entendais chanter une comptine. Elle a dû sortir sans que je la voie. Tu lui as fait peur, c'est certain. Elle est peut-être déjà en train d'aller chercher de l'aide…
— Tu délires Serge, elle est seulement dans ta tête. Tu l'as étranglée il y a douze ans et t'as baisé son cadavre…

Lazo passa une demi-heure à lui raconter avec un maximum de détail le meurtre de Matberger, de la jeune fille dans la cave, puis celui des nombreuses victimes ayant eu le malheur de ressembler à Mélanie. Les mains tremblantes, cachant son visage boursouflé, Caritas pleurait. Il n'avait aucun souvenir des atrocités exposées par son bourreau et pensait n'avoir jamais mis les pieds à Cloudshreï. Il cherchait de toutes ses forces à se persuader que tout cela n'était qu'une étape de plus dans la manipulation de l'Éminence grise. Arriver à convaincre un flic honnête qu'il était une saloperie de tueur en série, ne serait-ce pas un coup de maître ? Ses vaines tentatives creusaient un peu plus le gouffre au centre de sa poitrine. Bien loin, au plus profond de sa conscience, une petite voix lui disait que ce n'était pas un mensonge. Voilà pourquoi il rêvait d'elle depuis si longtemps, voilà pourquoi elle était venue vivre en lui. Il avait accepté qu'elle sorte de sa tête pour devenir sa compagne. Depuis, ils dormaient dans le même lit et les cauchemars avaient cessé. Elle faisait le ménage, sortait lui acheter ses cigarettes et les pizzas, aérait le salon en lui reprochant gentiment de trop fumer. Elle était toujours là pour lui, offrant son écoute, ses bras, ses lèvres… Pourtant, il n'avait jamais pu se débarrasser de l'impression qu'elle n'existait pas vraiment. Et maintenant, ce fumier de Lazo venait faire exploser cette

impression pour la changer en réalité.
— Espèce de pourriture, parvint-il à marmonner en sanglotant.
Le sourire de Lazo semblait figé pour l'éternité. Il prenait réellement son pied à regarder cette loque en train de chialer. D'habitude, il infligeait des souffrances physiques à ses proies. Là, il découvrait une nouvelle forme de jouissance. Bien sûr, ce n'était pas n'importe quelle proie. Il avait tué son père. Dimitri était une merde démoniaque, c'est vrai et Lazo lui-même l'aurait crevé s'il était encore vivant. Mais il avait galéré durant deux ans pour le retrouver, en n'ayant aucune autre pensée que celle de lui faire la peau et avait dû patienter douze ans de plus. Rien que pour ça, il méritait de souffrir... Sa rancœur était puérile et sans fondement, évidemment. Était-ce sa propre perversion qui venait lui offrir autant de plaisir ? Chaque gémissement, chaque larme arrachée, se changeait en gouttelette de dopamine concentrée. Cette euphorie le rendit mal à l'aise. À force d'aimer les punir, ne commençait-il pas à devenir aussi malsain qu'eux ? Il balaya ses questions d'un revers de la main. Ce taré avait étranglé un tas de gamines, il ne méritait aucune pitié ! Il n'allait certainement pas culpabiliser de se délecter sur la souffrance d'un monstre. Son Dieu l'avait mené jusqu'à la Dame afin qu'il exécute les démons. Pourquoi devrait-il s'en vouloir d'aimer sa mission ? Il n'avait jamais autant apprécié l'orgie de détail dans les dossiers de ses proies. À mesure qu'il narrait patiemment les meurtres de Sergueï, il le voyait s'enfoncer toujours plus profondément dans les ténèbres. Ses sanglots surpassaient les plus belles symphonies, sa douleur se matérialisait sur l'ensemble de son corps. Quel pied ! Que celui qui n'a jamais péché me jette la première pierre, se dit-il, et qu'il soit maudit sur sept générations !

Caritas se morfondait, mutilant sa conscience en essayant d'imaginer ses mains profanant le corps des jeunes filles... Il était un monstre, un déchet de l'humanité, une verrue de plus sur l'épiderme de la ville. Pourtant, il venait de passer dix ans à chasser ses semblables. Inconsciemment, il avait tout fait pour se racheter. Une lueur d'espoir vint raviver son esprit mortifié. Ce n'était pas lui l'assassin, il n'était pas ce Sergueï dont Lazo parle. Il a récupéré son corps certes, mais lui, n'a jamais tué de personnes innocentes. Peut-on condamner un homme pour le crime d'un autre, fussent-ils tous deux dans le même corps... ? Bien sûr que non, la justice n'est pas aveugle à ce point ! Cessant de pleurer, il releva la tête et tourna son regard vers Lazo.

— Je ne suis pas ton homme. Celui que tu cherches, tu l'as tué et t'as abandonné son cadavre sur les rives du Baga-Higa. Tu l'as dit toi-même.

— Je ne t'ai pas tué. La preuve, nous sommes ici tous les deux, l'un en face de l'autre.

— Comment peut-on être si naïf ? Avoir des yeux pour ne rien voir... répondit Caritas en commençant à rigoler de manière condescendante.

Lazo attendit une explication. Sergueï venait d'entrer dans la phase où il allait le supplier de lui laisser la vie. Après le déni et l'acceptation, arrivait l'espoir de la rédemption. C'était certainement le passage le plus jouissif. Lorsque l'espoir suffisamment nourri s'envolait et commençait à percevoir le ciel juste derrière le mur avant qu'une main divine vienne le rattraper pour l'écraser contre le sol. Plus on leur laisse de temps, à discuter, à larmoyer, à accuser, et plus ils pensent pouvoir s'en sortir.

Caritas se ralluma une cigarette, en contenant son rire comme il le pouvait. Cet imbécile de Lazo ne savait pas faire la différence entre un flic et un tueur. Benêt ! Hypnotisé par les corps ! Comme si un arbre était seulement un arbre. Une étoile n'est-elle rien d'autre qu'une boule de feu ? Et Vénus alors ? Une simple planète ? Quel crétin...

— Je ne suis pas Sergueï ! lança-t-il sur un air de défi afin de bien montrer à quel point Lazo s'était fourvoyé.

— Ah bon ? Alors, qui es-tu ? demanda-t-il en faisant mine d'être surpris.

— Je suis Caritas, inspecteur de la police nationale. Le mec que tu cherches est mort il y a douze ans !

Lazo éclata de rire. Son rire semblait si sincère qu'il fit perdre l'équilibre à l'assurance de Caritas.

— Inspecteur de la police nationale ? Rien que ça !

— Il y a dix ans, je suis entré dans la police car je voulais que mon existence serve à améliorer le bien-être des habitants de cette ville. J'ai voué ma vie à ce job, du matin au soir, sans m'accorder de vacances ni de loisirs. En une décennie, j'ai mis hors d'état de nuire plus de truands que n'importe quel autre flic dans toute sa carrière et tu viens pour me buter parce que j'aurai assassiné une poignée de taptox ?

Lazo tenta de calmer ses quintes de rire.

— T'es vraiment perché, Serge... Celle-là, je ne m'y attendais pas. Flic ? Et pourquoi pas ministre ou astronaute ?

Caritas pencha légèrement la tête. Surpris, il sentit son élan d'espoir retomber comme un oisillon sorti trop tôt du nid.
— Quoi ? Comment ça « je suis vraiment perché » ?
— Mais tu n'as jamais été flic ! D'où sors-tu ce délire ?
Lazo se pencha en avant, comme s'il désirait révéler un secret.
— Serge, dit-il lentement, tu travailles à la bibliothèque municipale.
Il retrouva le sourire...
— Il faudrait mettre tes infos à jour. Cela fait longtemps que je ne suis plus là-bas. Je suis inspecteur.
— Toi ? Inspecteur ? reprit Lazo en pouffant. Je crois que tu lis trop de roman policier...
— D'ailleurs, je ne sais même pas pourquoi je te dis ça. Je t'ai interrogé il y a quelques mois dans le bureau de mon collègue, l'inspecteur Zwang.
Lazo cessa de sourire et sembla perturbé par cette affirmation.
— Nous nous sommes vus de nombreuses fois, en effet. Je venais régulièrement à la bibliothèque pour m'assurer que ta mémoire était toujours absente. Je me renseignais sur des livres et sur tes centres d'intérêt. Tu as toujours été attiré par les affaires criminelles et je te soupçonnais de mener tes propres enquêtes à travers l'immensité des publications auxquelles tu avais accès. Mais de là à ce que tu te prennes réellement pour un flic... Jamais aucun de mes clients ne m'aura autant fait rire...
— Tu peux dire ce que tu veux, je sais ce que j'ai fait ces dix dernières années. Ton Éminence a voulu me faire perdre la tête. Elle y est parvenue, mais tu n'effaceras pas ma carrière dans la police. D'ailleurs, tu ne m'as toujours pas dit qui est derrière tout ça. Le parent d'une de mes victimes, c'est ça ? Une mère ou un père cherchant à venger le meurtre de sa pute de fille ?
Il avait fini sa phrase en criant. Sa voix tremblait et ses yeux, injectés de sang, lançaient des éclairs de fureur mêlés de peur.
— T'es sacrément têtu comme mec ! Alors, si t'es flic, montre-moi ta carte...
L'incendie dans le regard de Caritas fut étouffé par la surprise, puis sournoisement, l'angoisse vint recouvrir d'un voile le fond de ses pupilles.
— ... et ton flingue ? Tu dois avoir un flingue, non ?
— Je... Ils me l'ont...
La tête baissée, fixant le sol, il marmonnait des débuts de phrases incompréhensibles. Les larmes s'invitèrent à nouveau, coulant le long

de ses joues. Soudain, cette saloperie d'espoir vint une nouvelle fois lui relever la tête.

— Cathy, appelle Cathy ! Elle va te le dire. C'est ma collègue. J'ai bossé avec elle pendant des années. Appelle là, tu verras, elle va te confirmer que je suis inspecteur.

— Cathy ? Châtain clair, la trentaine, bien roulé ?

— Oui, c'est ça... Appelle-la, tu verras...

— Tu as un téléphone ?

— Oui... Heu... non. J'en ai plus.

— Dommage, on aurait pu l'appeler. Elle aurait confirmé qu'elle bosse avec toi à la bibliothèque. Je l'ai souvent croisé et je me suis demandé si vous n'aviez pas une relation tous les deux...

— Mais... non... Elle est flic, comme moi...

— Oui, bien sûr... T'es un malade Serge. Personne ne peut te soigner et tu es trop dangereux pour que je te laisse vivre. Tu comprends ?

Les paroles empoisonnées de Lazo venaient le frapper de l'intérieur. Des coups de marteau enflammés écrasaient sa conscience et dispersaient des morceaux de cervelle sur les parois de sa boîte crânienne. Ce ne pouvait pas être réel, il mentait forcément... Pourtant, ses propos semblaient en phase avec des pressentiments qui refusaient de remonter à la surface. Il se sentit aspiré, à deux doigts de chuter dans le vide absolu. Il hurla, espérant que son cri lui permette de s'accrocher aux parois de la réalité. Il hurla mais aucun son ne sortit de sa bouche...

Et Mélanie, pourquoi ne revient-elle pas ? L'a-t-elle abandonnée ? Non, elle n'existe pas, il l'a tuée. Cet enfoiré de Lazo a raison. Il n'est qu'un meurtrier, un monstre sans mémoire, un damné de plus nourrissant cette ville infecte... Et pourtant elle vivait en lui et il avait réussi à la faire sortir. Ce connard ne peut pas comprendre ce genre de chose, c'est pour cela qu'il est persuadé qu'elle est morte. Mélanie, où es-tu ? Je t'en prie, j'ai besoin de toi...

Les yeux morts, il fixa la croix de saint Antoine. Antoine... le Vénusien...

— C'est la vieille de Blancy, n'est-ce pas ?

— Tu te souviens de Blancy ?

Les lèvres de Caritas dessinèrent un sourire de clown triste.

— C'est donc ça. Ta mère, Antoine et toi, vous avez voulu vous venger.

— Si tu pouvais imaginer mon plaisir à te voir autant paumé... J'ai du mal à concevoir le lien que tu puisses faire entre ma mère et

Blancy mais je ne vais pas chercher à comprendre un cerveau aussi défaillant. Te voir agiter les bras et les neurones dans le vide pour éviter de te noyer suffit amplement à mon bonheur.

— Comment ça, quel rapport ?

— Je vais te faire une confidence…

Lazo se pencha en avant et baissa la voix.

— Je crois que je n'ai jamais été aussi heureux de ma vie. Je ne sais pas comment te remercier.

— *Je suis là.*

Mélanie ! C'était la voix de Mélanie ! Caritas tourna la tête vers la porte d'entrée mais ne vit personne.

— *Non, je suis dehors, dans la rue.*

Il se leva péniblement, comme s'il avait des courbatures dans chacun de ses muscles, s'approcha lentement de la fenêtre, l'ouvrit et sortit sur le balcon. Les deux mains posées sur la rambarde, il se pencha en avant. Elle était là, dans la rue, surgissant de la bruine, juste sous le lampadaire. Ses beaux yeux verts resplendissaient dans le halo de lumière, son sourire magnifique réchauffait son cœur glacé.

— Mélanie, balbutia-t-il, si heureux qu'il n'arrivait pas à croire ce qu'il voyait.

— *Je suis là, mon amour, tout va bien. Il ne peut plus rien te faire maintenant. Nous allons partir loin, très loin d'ici et plus personne ne pourra t'atteindre. Je te le promets, mon amour. Rejoins-moi et nous serons invincibles…*

Elle tendait ses bras vers lui. Ses petites mains blanches et gracieuses ressemblaient à de la porcelaine sortant des manches mauves.

— Oui, ma poupée, je descends, il ne pourra pas m'en empêcher. J'arrive et nous serons sauvés…

Il tendit lui aussi ses bras, les larmes aux yeux, cherchant à la toucher du bout des doigts. Le visage se rapprocha, les deux magnifiques émeraudes grandirent, son sourire devint un croissant de lune. Elle était si proche… Ses délicieuses lèvres l'invitèrent à venir y coller les siennes…

— J'arrive mon amour, je suis là…

Un son étouffé remonta trois étages et vint couler dans l'oreille de Lazo. Quelle magnifique note, rassemblant en une seule vibration, tout l'avenir du monde ! Il alla sur le balcon et se pencha pour observer le pantin désarticulé autour duquel une flaque sombre se répandait lentement. Le lampadaire, sans cesse à la recherche du chef-d'œuvre ultime, projetait sa lumière sur le cadavre, dérobant à l'obscurité, les louanges de la Faucheuse. Une rue déserte, un mort et une légère bruine pour flouter le tableau...

Lazo récupéra le pendentif sur la table basse, sortit de l'appartement, dévala les escaliers et retrouva la rue. Il se pencha sur ce qu'il restait de la tête de Serge et lui passa la dague-crucifix autour du cou. Il jeta un dernier regard au plus beau contrat de sa carrière et partit en direction de la voiture.

Un bonheur intense accompagnait chacun de ses pas. Le cœur en lévitation tirait son corps vers le haut, lui offrant une sensation proche de l'apesanteur. La nuit semblait chaleureuse et le crachin avait un goût sucré. Ce soir, cette saleté de ville se muait en veuve joyeuse prête à ouvrir ses cuisses pour lui faire visiter les abîmes. Il avait envie de courir voir Marion, lui dire de préparer ses affaires, de l'emmener à l'autre bout des mondes, au-delà des océans et des montagnes infranchissables, créer leur royaume sur la terre des anges. Ce soir, il était enfin libre... ou presque.

La Dame lui avait demandé de venir la voir lorsque ce serait terminé. Une dernière rencontre en guise d'adieux ? Il devra aussi dire au revoir à Sven, Clara et sa petite troupe de manchards. Daphné avait vu juste, il ne pourra plus rester parmi eux. Une vie se termine, laissant place à la prochaine. Voilà le secret de la réincarnation. Mourir puis renaître encore et encore. Abandonner tous nos liens et rebâtir une nouvelle existence. Non, pas tous. Il n'est pas question de partir sans Marion. Elle restera le témoin de son ancienne vie, l'empêchant d'oublier le chemin parcouru...

Le hululement d'une chouette s'échappa du parc des Antonymes et s'en alla se perdre dans les ruelles nocturnes. Lazo prit la voiture et partit en direction du périphérique, traversant les quartiers endormis. À cette heure, la ville se nettoyait les veines et seuls quelques fantômes erraient sur ses trottoirs, glissant d'un néant à l'autre en quête d'un ersatz de vitalité. À cette heure, elle paraissait supportable et malgré le désespoir putride nécessaire pour accepter d'y vivre, un fils de Seth se laisserait aisément convaincre de lui prêter allégeance. Il alluma la radio et tourna le bouton à la recherche d'une station. « Love is all » retentit dans l'habitacle. Lazo ouvrit la vitre et poussa le volume. Il passa tout proche de « Chez Mylène » et eut l'envie irrésistible de partager sa joie avec Marion. Il hésita un instant, son cœur l'attirait vers le bordel, mais sa raison résistait à l'attraction. Il devait tout d'abord aller voir la Dame et seulement après, il pourrait venir prendre son Eurydice par la main et l'emmener loin de cette ville maudite...

Bientôt deux heures qu'il roulait sur l'autoroute. Dans le rétro, le ciel commençait à blanchir, le soleil n'allait pas tarder à faire son entrée. Les nuages avaient fini de se vider, les dernières étoiles s'éteignaient une à une. Une légère brise, faisait danser la cime des arbres, telle une chorégraphe de génie, elle guidait de son souffle, les premiers pas d'un ballet. Lazo prit la sortie d'Yraâd et continua sur la départementale. Les rayons naissants rebondirent sur le miroir du rétro intérieur et l'aveuglèrent. Il tourna le rectangle sur le côté et s'engouffra dans la forêt. Le tunnel végétal assombrit soudain l'atmosphère imprégnée d'une odeur d'herbe humide. Il coupa la radio afin de ne pas polluer l'endroit avec les divagations du monde contemporain. La voiture traversa le village sans croiser âme qui vive puis bifurqua sur le petit sentier. Le chemin était boueux mais praticable. Le chant des oiseaux sortant tout juste du sommeil vint emplir sa conscience d'une douceureuse mélodie. La perfection d'un chef-d'œuvre reproduite chaque jour d'une façon différente. Il passa la grille blanche sur laquelle un N inversé trônait au-dessus du pentagramme et continua sur le chemin de gravier. C'était la troisième fois qu'il entrait dans le domaine de la Dame. Sven l'avait d'abord présenté, puis il était revenu seul afin de prêter serment et recevoir officiellement son ministère. Elle en profita pour lui parler de Sergueï et lui promettre une vengeance future. Depuis, il n'avait jamais eu à remettre les pieds ici.

Il se gara devant le perron. Lors de ses visites précédentes, la Dame l'attendait à l'extérieur, il n'avait jamais pénétré dans le manoir. Il monta les marches et resta un moment à hésiter devant la porte entrebâillée. N'osant entrer sans s'annoncer, il décida de frapper trois coups secs avec le heurtoir. Le son du monde s'écrasant sur le socle de métal résonna. Une voix plana jusqu'à lui.

— Je suis à l'étage.

Il poussa la porte qui s'ouvrit dans un silence spectral. Un escalier aux larges marches montait en face de lui. Sur le côté, un salon gardait une vieille horloge égrenant ses secondes. Les tic-tac emplissaient le hall d'entrée, voletaient d'un mur à l'autre avant de s'enfuir par la porte. Deux grands lions sculptés dans le marbre servaient de colonnes aux rampes d'escalier. L'un vert et l'autre rouge, chacun tenant une sorte de lézard dans la bouche. Lazo accéda au premier étage et fit face à un immense tableau représentant la Dame accompagné d'un chevalier et d'une femme. Au centre, la Dame portait sa robe noire et un bâton bourgeonnant. À son côté, le chevalier tenait son heaume serré contre le flanc. Ses boucles blondes brillaient sous la lumière du peintre et son œil gauche, d'un blanc laiteux, était traversé par une balafre. À la droite de la Dame, une femme d'une grande beauté, brune, les cheveux longs tombant jusqu'en bas des reins. Elle portait un chemisier en dentelles blanc et une jupe rouge. De ses yeux émanait quelque chose d'envoûtant et Lazo eut du mal à détourner le regard de ses pupilles d'obsidienne. Au-dessus des trois personnages, on retrouvait le soleil, une pleine lune et la représentation d'une éclipse totale où seul un fin cercle lumineux entourait l'obscurité. La peinture de style moyenâgeux ne comportait aucune craquelure. Si l'on se fiait à la qualité de la toile et du cadre, elle semblait très récente.

La voix de la Dame le sortit de sa rêverie.

— Par ici

Il tourna la tête en direction de la voix et passa sous une voûte donnant sur une large pièce illuminée par l'éclat d'un soleil juvénile. Les murs étaient remplis de tableaux de différentes époques, un large tapis turquoise aux motifs floraux recouvrait le sol, un bureau en bois noble sur le côté gauche se trouvait en vis à vis avec un clavecin blanc décoré de fines dorures.

Elle se tenait face à la fenêtre. Posée contre le bas du dos, sa main ouverte en direction du sol formait un angle droit avec le poignet, le majeur replié sous le pouce. Cette position bizarre paraissait contre nature, comme si sa main était un appendice autonome ajouté maladroitement au corps sans chercher à faire illusion. De l'autre, elle tenait son bâton dont le pommeau représentait une tête de mort. Elle se retourna lentement.

— Tout s'est bien passé…

— Oui, Madame, il est mort.

Un léger plissement des lèvres lui fit comprendre que ce n'était pas une question. Elle plongea son regard en lui. Une sensation oppressante vint alourdir son corps. Il avait l'impression de ne plus en avoir la maîtrise. Puis, soudain, le regard de la Dame se porta juste derrière lui. Son visage prit une forme particulière, un mélange de curiosité et d'agacement. Durant un moment, elle fixa un point dans le dos de Lazo, sembla s'absenter puis revint dans la pièce, comme si elle émergeait d'un rêve éveillé.

— Tu as donc terminé ton office, je vais devoir te libérer de ton serment.

Un doute vint s'enfoncer dans sa poitrine. Cela ressemblait à un coup de poignard mal affûté manié par un amateur. C'en était presque douloureux. Voulait-il réellement cesser de travailler pour la Dame ? Depuis la veille au soir, il voyait cela comme inéluctable et avait donc projeté de fuir avec Marion mais était-ce vraiment ce qu'il désirait ? Son amour parviendrait-il à contenir son besoin de sang ? Sa rage envers ce monde infernal pourrait-elle se laisser noyer par le père des sentiments ? Après tout, pourquoi pas...

— Une chose te chagrine, mon enfant ?

— Oui... Je doute.

— Si ton amour est sincère, tu relèveras tous les défis. Ne t'embrume pas la tête avec ce qui n'est pas. Tu es ici, maintenant et non demain dans le grand nulle part de ton univers.

Les paroles de la Dame chassèrent toutes ses pensées, emportant les doutes et les espoirs sur leur passage.

— Avant de te délivrer, j'ai une dernière requête.

Lazo posa un genou à terre et baissa la tête.

— Je reste à jamais votre serviteur.

— De toutes mes lames, tu es de loin la plus affûtée, la plus solide et la plus vive. Tu as patienté longuement, mis ta vengeance de côté durant dix ans et n'as jamais perdu de vue le sacré de ton office. C'est pour tout cela qu'aujourd'hui, je te désigne exécuteur du contrat le plus important de ta carrière. Il s'agit d'une mission un peu particulière. La cible sera certainement difficile à trouver. Tu vas devoir la chercher.

Lazo se releva.

— Je la trouverai.

La Dame fit quelques pas sur le côté pour se rapprocher du bureau.

— Je n'en doute pas, sourit-elle.

— Les renseignements sont dans la crypte ? demanda-t-il sans bien comprendre pourquoi elle l'avait fait venir au manoir si c'était simplement pour lui donner un nouveau contrat.

— Non, je ne peux te fournir aucun renseignement sur la cible.
— Pardon ?
— Tout ce que je peux te dire, c'est qu'elle est ici, avec nous en ce moment même. Elle nous écoute, il est possible qu'elle nous voie.

Lazo s'approcha de la fenêtre, jetant un regard vague sur l'extérieur.

— Oh, tu ne la trouveras pas dans le jardin ni dans l'une des pièces de ce manoir.

Il réfléchit un instant.

— Une omnisciente ? Une de vos semblables ?
— Non, tu n'y es pas du tout. Elle te suit depuis longtemps. Je l'ai remarqué lorsque Sven t'a emmené pour la première fois. À l'époque, ce ne fut qu'une fugace apparition mais aujourd'hui, elle te colle à la peau, comme une ombre accrochée à ton âme cherchant à vivre ta vie par procuration. Elle est encore là, juste derrière toi à épier notre conversation.

Instinctivement, Lazo se retourna et ne fut pas surpris de ne voir personne.

— Avez-vous son nom ?
— Oui, mais hélas, je ne peux te le donner. Tu le découvriras par toi-même.
— Je ne peux pas la voir, je ne connais pas son nom, pouvez-vous me dire où la trouver ? Est-ce au moins une personne réelle ?
— Qu'entends-tu par personne réelle ? Qui est réel et qui ne l'est pas ? Ta question n'a aucun sens. Tout ce que je peux te dire, c'est que ta cible n'appartient pas à ce monde.
— Comment ça ?
— Il existe une multitude de mondes et ta cible nous observe depuis le sien. Tu devras pénétrer dans son univers puis la traquer et la mettre à mort.
— Très bien. Comment puis-je changer d'univers et me rendre dans le sien ?
— Pour cela, il va te falloir un objet très précieux, la dague du Yamchalt. Elle te permettra de passer la frontière des mondes afin d'atteindre ta proie.

Lazo avait un peu de mal à assimiler ce que lui disait la Dame. Partir dans un autre univers à la recherche d'un esprit ? Cela semblait tellement délirant.

— Et dans cet autre monde, comment la trouverai-je sans son nom ?
— Lorsqu'elle verra ton tatouage, elle te reconnaîtra et dès lors, tu sauras que c'est elle. Il te suffira d'enfoncer la dague dans son corps pour revenir dans notre monde et ainsi mettre fin à ta mission.

Déboussolé, Lazo tenta d'appréhender ce nouveau contrat comme n'importe quel autre, avec seulement des contraintes un peu spéciales.
— Bon, très bien. Où vais-je trouver cette dague ?
— Actuellement, elle est entreposée dans la mine de Katawa, en Amazonie. Tu navigueras jusqu'au Brésil. Là-bas, une équipe te guidera à travers la forêt pour atteindre la mine.
— À quoi ressemble-t-elle ?
— Ne te fais pas de soucis pour ça, tu la reconnaîtras. Suis-moi.

La Dame le conduisit dans une chambre décorée sobrement d'un lit, d'un tapis de laine et d'un petit secrétaire. Pas de tableaux pour venir masquer la tapisserie terne. La fenêtre donnait sur la face nord et le peu de luminosité offrait un air triste à l'ensemble.
— Repose-toi, un long voyage t'attend.
— Quand dois-je partir ?
— Un bateau est à disposition dans le port de Faro, au sud du Portugal. Tu dois impérativement être en route avant la prochaine lune.
— Très bien.

Une fatigue extrême vint s'abattre sur lui. Il commença à déboutonner le haut de sa chemise. Il fallait dormir, au moins quelques heures. Puis il irait chercher Marion. Un voyage au Brésil pour commencer, puis... et puis il verrait bien pour la suite.

Passant la porte, la Dame se retourna avant de la refermer.
— Une dernière chose. Pourquoi lui avoir fait croire qu'il était bibliothécaire ?

La question surprit Lazo. C'était la première fois qu'elle l'interrogeait sans paraître connaître la réponse par avance. Son omniscience avait-elle des limites ? Feignait-elle la sincérité ? Il décida de jouer le jeu.
— Pourquoi lui avoir fait croire qu'il était flic... ? demanda-t-il en ôtant sa chemise.

Sans attendre de réponse, il s'allongea sur le lit et tomba aussitôt dans un profond sommeil...

… La Dame referma la porte derrière elle, avança de quelques pas avant de lever les yeux à travers la page.

— Toi ! Tu t'es introduit dans ma demeure, tu t'es immiscé dans mes affaires, tu as fourré ton groin sale dans la vie de mes disciples. Tu as pourtant été prévenu mais tu n'as eu que faire des avertissements. Profite bien du peu de temps qu'il te reste à vivre, je t'envoie ma meilleure lame. Elle ne saurait tarder à frapper ton destin du sceau de l'infamie et laisser ton corps aux bons plaisirs de la Veuve. Enëma osma notek ! Et maintenant, disparais !

Épilogue

La tête encore embrumée par d'étranges songes, Lazo sentait son corps tanguer. Émergeant lentement du sommeil, ses paupières eurent du mal à s'ouvrir et son esprit ressentait la fatigue de ceux qui ont trop dormi. Il était allongé sur un lit assez fruste dans une chambre recouverte de lambris. Une cabine plutôt, se dit-il, aux vues des mouvements de celle-ci et du bruit des vagues frappant la coque. Il se releva et aperçut dans le coin proche de la porte, un homme assis sur un tabouret. Il avait une tête à ne pas avoir vu un bout de savon depuis des lustres, une chemise vert sale et un pantalon miteux. Son nez boursouflé semblait un furoncle prêt à éclore.

— Yamdal, prononça-t-il, la voix enrouée.

Il se leva et ouvrit la porte.

— Kapistol.

Lazo ne bougea pas. Assis sur le bord du lit, il observait l'homme. Tenant la poignée d'une main, le matelot faisait un geste d'invitation de l'autre.

— Kapistol, répéta l'homme sans perdre patience. Pasisha taleknal.

Lazo se leva, résolu à le suivre. Il n'était pas expert en idiomes et n'avait aucune idée de l'origine du dialecte utilisé par ce type. Et bordel, que foutait-il sur un bateau ? Il se souvenait s'être endormi au manoir de Blancy et depuis, plus rien. La Dame l'avait fait transporter durant son sommeil. Mais pourquoi ? Il n'avait aucune idée du temps qu'il lui faudrait pour accomplir sa mission. Il aurait aimé rendre visite à Marion avant de partir. D'après ses souvenirs confus, un bateau l'attendait au Portugal… Ce type ne parlait pas portugais, il en était certain. Après quelques pas dans le couloir étroit, le guide ouvrit une porte donnant sur une grande cabine, certainement celle du capitaine. Derrière un luxueux bureau en bois, un homme tout aussi moche que le premier mais vêtu de manière bien plus distinguée, fumait une pipe à longue tige. Son costume semblait sortir tout droit d'un magasin de farce et attrape en faillite et l'odeur d'herbe brûlée, assez désagréable, emplissait l'atmosphère. Le capitaine se leva, souriant de toutes les dents qui lui restaient, et déblatéra un long monologue sans le moindre mot compréhensible pour Lazo. Ce dernier tenta vainement d'établir un début de communication.

— Brazil? Brasilia ? America?

N'apportant aucune attention à ses paroles, le capitaine le conduisit sur le pont.

Ils se trouvaient sur un galion d'environ 40 mètres de long et 12 de large. Une reproduction parfaite des vaisseaux du moyen-âge. L'équipage aussi semblait une reproduction parfaite. Entre les vérolés, les phtisiques et les estropiés, pas un seul ne semblait avoir passé la quarantaine. Leur visage était brûlé par le soleil et leur corps voûté par le poids du sel. Ils puaient le rhum, le moisi et le crime…

Depuis quand était-il parti ? Dans combien de jours arriveront-ils au Brésil ? Il faudrait encore atteindre la mine de Katawa, prendre possession de la dague puis chasser sa cible… La dame avait dit qu'il s'agissait de la mission la plus importante de sa carrière, c'était sans doute pour cela qu'elle avait organisé son départ ainsi. S'assurer que personne ne sache où il se trouve.

Le capitaine présenta Lazo à tout le monde qui s'empressa de lui envoyer une tape sur l'épaule ou dans le dos en guise de bienvenue. Puis, chacun vaqua à ses occupations en l'oubliant totalement.

Il resta seul un long moment à observer un point à l'horizon, là où les couleurs du ciel et de la mer s'unissaient pour effacer la frontière virtuelle entre les mondes…